VI KEELAND / PENELOPE WARD

Sleepless in Manhattan

Die Romane von Vi Keeland und Penelope Ward bei LYX:

Sleepless in Manhattan
Hate Notes
Park Avenue Player
The Story of a Love Song
British Player *(erscheint 30.09.2021)*

Die One-More-Reihe:
One More Chance
One More Promise
One More Kiss
One More Time

Das Rush-Duett:
Rebel Soul
Rebel Heart

Außerdem von Vi Keeland:
Touchdown – Er will doch nur spielen

Außerdem von Penelope Ward (exklusiv als E-Book):
Off Limits – Wenn ich von dir träume
Hate You, Love You
Our Second Chance

Vi Keeland / Penelope Ward

SLEEPLESS IN MANHATTAN

Roman

Ins Deutsche übertragen
von Antje Görnig

LYX

LYX in der Bastei Lübbe AG
Dieser Titel ist auch als E-Book und als Hörbuch erschienen.

MIX
Papier aus verantwortungsvollen Quellen
FSC
www.fsc.org
FSC® C014496

Die Originalausgabe erschien 2020 unter dem Titel
»Happily Letter After« bei Montlake Romance, Seattle.
www.apub.com

Textredaktion: Christiane Wirtz
Umschlaggestaltung: © ZERO Werbeagentur, München
unter Verwendung von Motiven von © shutterstock
(Allen.G / 99Art, tomertu / maxim ibragimov, Parilov,
ANEK SANGKAMANEE)
Satz: Greiner & Reichel, Köln
Gesetzt aus der Adobe Caslon
Druck und Verarbeitung: GGP Media GmbH, Pößneck
Printed in Germany
ISBN 978-3-7363-1540-2

1 3 5 7 6 4 2

Sie finden uns im Internet unter lyx-verlag.de
Bitte beachten Sie auch: luebbe.de und lesejury.de

Für Luna – dieses Buch ist fast so etwas
Besonderes für uns wie du.

1. KAPITEL

Sadie

Do: Sag deinem Date, wie hübsch sie aussieht.
Don't: Sag deinem Date nicht, dass sie deiner Exverlobten ähnelt … aber etwas mehr Speck auf den Rippen hat.

Der Artikel für diese Woche war kein Problem. Ich musste im Prinzip nur mein gestriges Date mit Austin Cobbledick zusammenfassen. Nein, kein Scherz, so hieß er wirklich – kluger Schachzug von ihm, sich auf Match.com lediglich Austin Cobb zu nennen. Aber der Name war nicht mal das Schlimmste. Der ganze Kerl war einfach furchtbar. Ich hätte meine aktuelle Kolumne mit dem Titel *Dos & Don'ts beim Dating* allein damit füllen können, was er alles falsch gemacht hatte. Mal überlegen …

Ich starrte auf meinen Computermonitor und tippte mir mit dem Finger an die Unterlippe, während ich überlegte, was ich als Aufhänger für meine Geschichte benutzen konnte.

Do: Wenn du niesen musst, halte deinen Mund geschlossen.
Don't: Spuck die Krümel deines Essens, das du gerade mit offenem Mund kaust, nicht auf die Burberry-Jacke deines Dates. (Ich hatte sie übrigens heute Morgen in die Reinigung gebracht und sollte Cobbledick eigentlich die Rechnung schicken. Kein Wunder, dass seine Verlobte ihn verlassen hatte.)

Doch ein Artikel, der mit Niesen und Spucken begann, war vermutlich nicht der Knaller. Unsere Zielgruppe, die Modern Miss las, war zwischen einundzwanzig und achtundzwanzig und tendenziell etwas zimperlich. Vielleicht wäre ein anderer Einstieg besser:

Do: Bestell dir zum Essen Bier, Cola, Wasser oder ein Glas Wein.
Don't: Lass die Finger weg von einem Shirley Temple und verzichte darauf, angeberisch mit der Zunge einen Knoten in den Kirschstiel zu machen, wenn du eine Frau erst fünf Minuten kennst.

Absolut widerlich ...

Meine Kollegin Devin, die mir die Post brachte, riss mich aus meiner Grübelei. Sie warf einige Umschläge in den Eingangskorb auf meinem Schreibtisch und sagte: »Willst du was von Starbucks? Ich gehe kurz raus.«

Sie hatte wohlgemerkt noch einen halbvollen Kaffeebecher in der Hand.

Devin war eine der Moderedakteurinnen der Zeitschrift, worüber ich mich manchmal wirklich wunderte. Heute trug sie beispielsweise ein weißes Babydoll-Kleid, eine silberglänzende Paillettenjacke, einen bunten Schal, der fast bis zum Boden reichte, und Gummistiefel – dabei regnete es gar nicht. Ich biss mir auf die Zunge. Sie hatte mir immerhin meine Briefe von der Poststelle mitgebracht und angeboten, mir einen Kaffee zu holen. Ich war so schlau, nicht in die Hand zu beißen, die mich fütterte. Außerdem zählte Devin zu meinen besten Freundinnen.

Ich öffnete meine Schreibtischschublade, kramte das Portemonnaie aus meiner chaotischen Handtasche und zog einen Zehn-Dollar-Schein heraus.

»Ich nehme einen großen Iced-Vanille-Latte mit Sojamilch. Und deiner geht auf mich.«

Sie zog ihre freche Stupsnase kraus. »Ist da überhaupt Kaffee drin?«

»Espresso.«

»Oh. Okay. Bin gleich wieder da.« Sie wandte sich zum Gehen, blieb jedoch in der Tür stehen. »Wie war eigentlich deine Verabredung gestern?«

»Sie hat sich innerhalb von ein paar Minuten in einen Artikel verwandelt.«

Sie lachte. »Vielleicht solltest du es lieber wieder bei eHarmony versuchen.«

In den vergangenen zwei Jahren hatte ich Match, Plenty of Fish, eHarmony, Zoosk und Bumble ausprobiert. Ich hatte mich sogar bei Jdate angemeldet, einer Dating-Website für Angehörige des jüdischen Glaubens, obwohl ich gar keine Jüdin war. Mein Pech bei den Männern war schlecht für mich, aber gut für die wöchentliche Kolumne, die ich als fest angestellte Autorin für Modern Miss schrieb.

»Ich glaube, als Nächstes teste ich Grindr.«

»Das ist doch eine Seite für Lesben, Schwule, Bisexuelle und Transgender, oder?«

»Nach gestern Abend muss ich meine Optionen möglicherweise überdenken.«

Devin lachte, weil sie glaubte, ich hätte einen Witz gemacht. Aber wenn noch mehr Verabredungen verliefen wie die letzten, dann musste ich mir vielleicht ernsthaft Gedanken darüber machen, ob mir ein Penis wirklich so wichtig war.

Ich beschloss, auf meinen Kaffee zu warten, bevor ich mich wieder an die Arbeit machte. Um die Zeit zu nutzen, ging ich meine Post durch.

Werbung.

Werbung.

Eine Praktikumsbewerbung.

Layout-Proofs von der Satzabteilung.

Werbung.

Ein Brief von einer Frau, die den Gebrauch des Wortes »Schlüpfer« in meinem letzten Artikel kritisierte – zwei ganze Seiten, mit der Maschine geschrieben. Offenbar wusste sie nichts Besseres mit ihrer Zeit anzufangen.

Beim vorletzten Umschlag hielt ich inne. Er war weder an Sadie Bisset adressiert, noch an die Redaktion – sondern an den Weihnachtsmann. Weil Juni war, warf ich einen Blick auf den Stempel. Vielleicht war der Brief ja in der Post hängen geblieben? Aber nein: Er war vor drei Tagen abgestempelt worden.

Jede Autorin bei Modern Miss hatte wöchentlich ihre festgelegten Artikel zu schreiben und war außerdem für ein Jahreszeiten-Feature oder ein Feiertagsthema zuständig. Ich war verantwortlich für die Artikelreihe »Weihnachtswünsche«, die alljährlich im November und Dezember erschien. Es war also nicht ungewöhnlich, dass ich Briefe an den Weihnachtsmann erhielt. Nur der Zeitpunkt war merkwürdig. Wir hatten die Postanschrift seit letztem Dezember nicht mehr abgedruckt. Ich schlitzte den Umschlag neugierig auf und lehnte mich in meinem Sessel zurück, um mehr über den Menschen zu erfahren, der so ungeduldig war, dass er nicht noch ein paar Monate warten konnte.

Lieber Weihnachtsmann,
ich heiße Birdie Maxwell und bin zehneinhalb Jahre alt.

Gleich beim ersten Satz musste ich lächeln. Wie lange war es her, dass ich bei meiner Altersangabe »einhalb« hinzugefügt hatte? Genau genommen war ich neunundzwanzigeinhalb, aber ich wollte der Dreißig nicht näher sein als unbedingt nötig. Heute sagte ich lieber »Ende zwanzig«, statt mein tatsächliches Alter zu nennen. Birdie hingegen wollte wahrscheinlich reifer erscheinen. Mir war das ebenfalls wichtig gewesen, als ich klein war.

Ich las weiter, weil ich gespannt auf die Wünsche des Mädchens war.

Obwohl ich diesen Brief schreibe, bin ich mir nicht sicher, ob ich noch an dich glaube. Ich weiß, das klingt blöd, weil ich dir gerade schreibe und so. Aber ich habe meine Gründe. Du hast mich enttäuscht – wenn es dich wirklich gibt. Vielleicht wird dieser Brief aber auch nie geöffnet, weil du gar nicht existierst. Ich habe keine Ahnung.
Jedenfalls habe ich dir vor vier Jahren geschrieben und dich gebeten, meine Mom gesund zu machen. Sie hatte Krebs. Aber am 23. Dezember ist sie gestorben. Als ich geweint habe und zu Daddy meinte, es würde dich nicht geben, hat er mir erklärt, dass der Weihnachtsmann nur für Kinder da sei und es nicht funktionieren würde, ihn um Dinge für Erwachsene zu bitten. Also habe ich mir im nächsten Jahr ein blaues Fahrrad mit einem weißen Korb mit rosa Blumen gewünscht, und mit einer Klingel, die quakt, und einem Kennzeichen mit meinem Namen. Es gibt keine Sachen, auf denen der Name Birdie steht. Keine Magneten, keine Tassen und erst recht keine Fahrradkennzeichen. Aber du hast es mir gebracht! Mein Fahrrad ist supertoll, auch wenn Daddy meint, meine Beine würden allmählich auf dem Boden schleifen wenn ich damit fahre.
Letztes Jahr habe ich mir dann einen Welpen gewünscht. Ich wollte unbedingt einen mit einem blauen und einem braunen Auge haben und ihn Marmaduke nennen, aber den habe ich nicht von dir bekommen. Daddy hat mir erklärt, der Weihnachtsmann bringt keine lebendigen Geschenke. Er wusste

nicht, dass sich Suzie Redmond, das nervigste Mädchen in meiner Klasse, ein Meerschweinchen gewünscht und es vom angeblichen Weihnachtsmann auch bekommen hat. Wie gesagt, ich bin mir nicht sicher, ob es dich gibt. Oder ob es die ganzen Regeln gibt, an die sich der Weihnachtsmann halten muss, wie Daddy sagt. Aber ich dachte, dass ich dir auf diesem Weg schon mal meine Wunschliste für dieses Jahr zuschicke. Also, es ist eigentlich keine Liste. Es gibt nur eins, was ich mir wirklich wünsche …

Wenn du tatsächlich der Weihnachtsmann bist, kannst du mir und meinem Dad dann bitte eine liebe Freundin bringen?

So etwas Ähnliches wie eine Mutter, allerdings keine richtige, weil ich nur eine Mommy habe, und die ist ja gestorben. Aber vielleicht eine Frau, die Daddy wieder zum Lachen bringt? Und wenn sie Zöpfe flechten kann, wäre das supercool! Das hat mein Dad echt nicht drauf.

Vielen Dank!

Birdie Maxwell

PS: Ich weiß, es ist erst Sommer. Aber ich dachte, es kann vielleicht eine ganze Weile dauern, die richtige Freundin für uns zu finden.

PPS: Wenn es dich gibt … Daddy könnte schwarze Socken gebrauchen. Die Socken, die er heute anhat, haben ein Loch am dicken Zeh.

PPPS: Und wenn es dich wirklich gibt, könntest du mir Oliven schicken? Die großen schwarzen in der Dose? Wir haben keine mehr, und Daddy hat mir endlich erlaubt, den Dosenöffner zu benutzen. Ich stecke sie mir gern an die Finger und esse sie dann vor dem Fernseher.

Ich blinzelte einige Male und musste das Gelesene erst einmal sacken lassen. Es war der süßeste, selbstloseste Brief, der je auf meinem Schreibtisch gelandet war. Dass die Kleine schon so früh ihre Mutter verloren hatte, tat mir im Herzen weh. Ich war sechseinhalb Jahre alt gewesen, als meine Mutter an Krebs gestorben war. Und *oh mein Gott* … ich hatte gerade an meine letzte Begegnung mit ihr zurückgedacht, und mir fiel auf, wie ich mein damaliges Alter abgespeichert hatte: sechs*einhalb*.

Ach, Birdie, ich verstehe dich so gut. In den ersten Jahren nach dem Tod meiner Mutter hatte mein Vater auch nur selten gelacht. Meine Eltern hatten sich schon in der Highschool ineinander verliebt. In der neunten Klasse hatte er ihr am Valentinstag vor der Pizzeria in der Nähe der Schule einen Lolli-Ring geschenkt. Fünf Jahre später hatte er sie genau an diesen Ort gebracht, um mit einem echten Ring um ihre Hand anzuhalten. Ihre Liebe war so innig gewesen, wie es sich jedes kleine Mädchen erträumte – eine Inspiration. Der Nachteil daran war allerdings, dass meine Eltern die Latte sehr hoch gelegt hatten, wie eine glückliche Beziehung aussehen konnte. Vermutlich ging ich deshalb erst gar keine ein.

Ich seufzte und las mir den Brief noch einmal durch. Als ich fertig war, hatte ich Tränen in den Augen. Ich wusste nicht, was ich für Birdie tun konnte, aber ich hatte plötzlich das Bedürfnis, meinen Vater anzurufen. Also tat ich es.

Wie es in New York üblich war, machte ich keine großen Lebensmitteleinkäufe, sondern besuchte jeden Tag auf dem Heimweg den kleinen Laden bei mir um die Ecke. Cairo, der Mann, der hinter der Theke stand, war mit dem Traum, Stand-up-Comedian zu werden, von Bahrain hierhergekommen, und er benutzte seine Kunden als Testpublikum.

Ich legte die Sachen aus meinem Korb auf die Theke.

»Gestern habe ich meiner Frau gesagt, dass sie ihre Augenbrauen zu hoch malt, und sie hat mich überrascht angesehen.«

Ich schüttelte schmunzelnd den Kopf. »Ganz nett, Cairo. Aber Sie kennen mich doch … Ich stehe auf schmutzige Witze.«

Cairo sah sich um und winkte mich näher heran. »Ein Mädchen merkt, dass ihm zwischen den Beinen Haare wachsen, und fragt seine Mutter beunruhigt, ob das normal sei. Die Mutter sagt: ›Es ist völlig normal, mein Schatz, das ist dein Äffchen. Das bedeutet, dass du eine Frau wirst.‹ Das Mädchen ist begeistert. Beim Abendessen brüstet es sich damit vor seiner Schwester. ›Mein Äffchen hat jetzt Haare!‹ Die Schwester lächelt. ›Na und? Meins hat schon ein Dutzend Bananen gegessen.‹«

Ich lachte. »Den können Sie im Programm lassen.«

Cairo zeigte in den Gang hinter mir. »Haben Sie gesehen? Ich habe die Waffelröllchen wieder da, die Sie so gern mögen.«

Ich stöhnte. Waffelröllchen mit Nussfüllung waren meine größte Schwäche. Ich konnte von Glück sagen, dass ich hauptsächlich am Po zunahm und dicke Hintern gerade wieder in waren. »Ich habe Ihnen doch verboten, neue zu bestellen!«

Er winkte lächelnd den Gang hinunter. »Nur zu, geht auf meine Rechnung!«

Ich seufzte. Aber ich ging tatsächlich noch einmal zurück. Weil … na ja … Waffelröllchen eben. Die Waren in Cairos kleinem Laden waren nach keinem erkennbaren System sortiert. Die Schwämme befanden sich neben den Spaghetti, und ihnen gegenüber standen die Waffelröllchen im Regal. Ich nahm mir eine Packung, und als ich gerade kehrtmachen wollte, bemerkte ich gleich daneben einen Stapel Dosen. Schwarze Oliven. Ich dachte lächelnd an Birdie und ging in Richtung Kasse. Doch nach drei Schritten drehte ich mich wieder um und holte mir zwei Dosen Oliven.

Cairo erzählte mir noch drei schreckliche Olivenwitze, während ich bezahlte. Ich verließ mit zwei Einkaufstüten den Laden, ohne zu wissen, was ich mit den Oliven machen wollte, aber aus irgendeinem Grund summte ich auf dem Heimweg »Jingle Bells«.

2. KAPITEL

Sadie

»Was um alles in der Welt machst du da?«

Als Devin am nächsten Tag in mein Büro kam, sah sie mich mit einer Rolle Weihnachtsgeschenkpapier und einer Dose hantieren. Ich zuckte mit den Schultern und schnitt das Papier zurecht. »Ich packe Oliven ein.«

»Aha. Warum?«

Ich griff in die Plastiktüte, die auf meinem Schreibtischstuhl lag, und hielt etwas hoch, das ich in der Mittagspause besorgt hatte. »Was meinst du? Wie soll ich die verpacken? Ich habe keine Schachtel dafür.«

Devins dichte Augenbrauen zogen sich zusammen. »Du willst schwarze Männersocken einpacken?«

Ich legte die Schere zur Seite und wickelte die Dose in das rot-weiß gestreifte Papier. »Ich kann schlecht die Oliven in hübscher Verpackung verschicken und die Socken nicht.«

Sie nahm die Strümpfe und rollte sie zusammen. »Ich habe zwei Brüder. Mein Vater hat mich immer mit zwanzig Dollar losgeschickt, um ihnen Weihnachtsgeschenke zu kaufen. Sie haben jedes Jahr Socken vom Wühltisch für einen Dollar gekriegt, und von dem Rest habe ich mir Make-up gekauft. Zusammengerollt lassen sie sich am besten verpacken.«

»Oh, clever.«

Devin lehnte sich gegen meinen Schreibtisch und schob den Klebebandhalter in meine Richtung. »Und für wen sind die guten Gaben? Hast du etwa einen neuen Typen an der Angel, von dem ich nichts weiß?«

Ich schüttelte den Kopf. »Nein, die Sachen sind für Birdie.«

»*Ach sooo*, für Birdie!« Sie nickte, als wäre damit alles geklärt. »Wer zum Teufel *ist* Birdie?«

»Ein kleines Mädchen, das uns seine Weihnachtswünsche geschickt hat. Ein paar davon möchte ich ihm erfüllen.«

»Und es hat sich schwarze Männersocken und Oliven gewünscht?«

»Richtig. Und eine Freundin für ihren Vater. Die Mutter ist vor ein paar Jahren an Krebs gestorben. Sie ist so ein süßes Kind.«

Devin runzelte die Stirn. »Die arme Kleine! Aber wie sieht der Vater denn aus?«

»Woher soll ich das wissen?«

Sie zuckte mit den Schultern. »Er ist Single – und besitzt bald ein Paar saubere Socken. Das ist schon mal besser als die Hälfte der Männer, mit denen du in letzter Zeit verabredet warst.«

Ich grinste. »Stimmt. Aber der kommt wohl eher nicht infrage.«

»Wie du meinst. Sein Kind scheint eh ein bisschen komisch zu sein. Wer wünscht sich schon Oliven zu Weihnachten?«

Ich hielt inne und sah sie an. »Als ich sieben war, habe ich mir einen Hahn gewünscht, weil ich immer frische braune Eier haben wollte.«

»Aber … Hähne legen keine Eier.«

»Ich habe auch nicht gesagt, dass ich ein besonders kluges Kind war!«

Devin verließ lachend mein Büro. »Ich glaube, wenn das so ist, dann solltest du Birdies Vater unbedingt googeln. Womöglich ist er dein Traummann.«

Letztendlich googelte ich niemanden. Nachdem ich Birdie die Geschenke geschickt hatte, wünschte ich ihr im Geiste alles Gute und machte mir keine Gedanken mehr darüber. Bis etwa eine Woche später ein weiterer Brief von ihr eintraf. Als ich die Absenderadresse sah, ließ ich die restliche Post fallen und riss den Umschlag auf.

Ein Foto fiel heraus. Ich hob es vom Boden auf und erblickte ein entzückendes kleines Mädchen mit goldblondem Haar und einem strahlenden Lächeln, das mein Herz zum Schmelzen brachte. Es war ein Schulfoto im Passbildformat. *Wow, das ist sie also.* Nun wusste ich, wie Birdie aussah, und es fühlte sich unwirklich an. Sie war sehr hübsch, hatte liebe Augen und nach allem, was ich wusste, auch eine gute Seele. Ich legte das Foto zur Seite und las den Brief.

Lieber Weihnachtsmann,
oh mein Gott. Oh mein Gott. Oh mein Gott! Es gibt dich wirklich! Wirklich und wahrhaftig. Ich habe heute die Oliven und die Socken bekommen. Meine Finger passen genau in die Löcher. Nicht in die Löcher von den Socken. In die Löcher von den Oliven! Die Socken hatten ja keine. Jetzt muss mein Dad nicht mehr in löchrigen Socken rumlaufen. Sie sind so schön weich. Du hättest ihn sehen sollen, als er sie in seiner Schublade gefunden hat! Er hat bis jetzt keine Ahnung, wie sie dahin gekommen sind, und meinte, heute wäre wohl sein Glückstag. Und ich habe gelacht. Es war so witzig! Und dann ging er mit mir in den Eisladen neben seinem Restaurant, um unseren Glückstag zu feiern. Da konnte ich ihm natürlich nicht sagen,

dass ich total satt war, weil ich gerade eine ganze Dose Oliven gegessen hatte!
Hatte ich dir schon gesagt, dass mein Dad ein schickes Restaurant hat? Die Frauen tragen High Heels, wenn sie dort zum Essen hingehen. Ich esse lieber in meinem kuscheligen Schlafanzug. Aber an unserem Ausgehabend muss ich immer ein Kleid anziehen. Der ist stets am ersten Dienstag des Monats. Da ist Mom früher mit ihm essen gegangen, und jetzt mache ich das. Es ist mein Lieblingstag im ganzen Monat! Nicht weil ich gerne schick in Dads Restaurant esse, sondern weil Daddy nach dem Essen mit mir nach Hause kommt. Meistens arbeitet er nämlich sehr lange.
Oh, und ich habe ihm auch nicht verraten, dass ich dir geschrieben habe. Er hätte nur gesagt, es sei zu früh, um an den Weihnachtsmann zu schreiben, und dass ich nicht so habgierig sein soll.
Aber gestern Abend habe ich meinem Dad gesagt, dass ich außer ihm noch jemand anders brauche, der mir die Haare flicht. Er kann das echt nicht. Danach habe ich ihn dabei erwischt, wie er sich ein YouTube-Video dazu angesehen hat. Ich habe ihm gesagt, ich will so einen schicken Zopfkranz haben, und deshalb hat er sich angeguckt, wie das geht. Wenn er mir die Haare jetzt so flechten will, kriege ich bestimmt ein schlechtes Gewissen und werde ihn machen lassen. Aber dann werde ich sicher ziemlich blöd aussehen.
Jedenfalls wollte ich dir dafür danken, dass du mir gezeigt hast, dass es dich wirklich gibt.
Birdie Maxwell
PS: Ich schicke dir ein Schulfoto von mir. Ich habe viele davon, und außer Dad und meinen Grannies habe ich niemanden, dem ich eins schenken könnte.
PPS: Ich habe etwas zu meiner Wunschliste hinzugefügt. Hast

du schon mal von Ahnenforschung gehört? In der Schule haben wir große Bäume mit Ästen gemalt und dann unsere Eltern und Großeltern eingetragen. Mrs Parker hat uns erklärt, dass man Vorfahren finden kann, die vor Jahrhunderten gelebt haben, wenn man in ein Röhrchen spuckt. Ich möchte mehr Äste für meinen Baum haben. So viele, dass er die ganze Wand in meinem Zimmer bedeckt! Mein Baum war einer von den kleinsten in der Schule, weil ich keine Geschwister habe.
PPPS: Das sollte kein versteckter Hinweis sein! Du sollst mir diesen Gentest nicht kaufen. Meine Tante kauft immer Kleider für mich, die mir nicht gefallen, also werde ich mir den Test dieses Jahr von ihr wünschen!

Ich atmete tief durch und starrte das Foto an. Birdie war genau wie ich in dem Alter. Wir hatten viele Gemeinsamkeiten, von den blonden Haaren bis … tja, bis zu unseren toten Müttern.

Und ihr Wunsch nach schönen Zöpfen erinnerte mich daran, wie mein Vater immer wieder vergebens versucht hatte, mir die Haare zu flechten, als ich klein war. Meist hatte er irgendwann frustriert aufgegeben, und ich musste mit einer Pippi-Langstrumpf-Frisur in die Schule gehen.

Ja, ihr Vater erinnerte mich an meinen. Wir hatten beide das Glück, einen solchen Mann in unserem Leben zu haben. Ich hatte Mitgefühl mit Mr Maxwell, wer immer er sein mochte. Er gab sein Bestes, damit seine Tochter ein möglichst normales Leben führen konnte.

Nachdem ich mich wieder an meinen Schreibtisch gesetzt hatte, beschäftigte ich mich eine Weile mit meinem Artikel, bevor meine Gedanken abschweiften. Ich musste erneut an Birdie denken, rief kurzerhand Google auf und gab ihren Namen ein: Birdie Maxwell.

Nein!

Löschen!

Wenige Sekunden später erlag ich der Versuchung abermals. Ich tippte: Birdie Maxwell, New York.

Und löschte es wieder.

Was machst du hier eigentlich?

Lass es lieber bleiben!

Warum willst du unbedingt mehr über dieses arme Mädchen und seinen Vater wissen?

Mein Herz raste, als ich zum zweiten Mal »Birdie Maxwell, New York« eingab.

Keine Ahnung, was ich erwartet hatte, doch gleich der erste Treffer erwischte mich völlig unvorbereitet.

Es war ein Nachruf. Ich klickte ihn an.

Über dem Text befand sich ein Foto von einer schönen Frau mit braunen Haaren und einem kleinen Mädchen auf dem Arm – einer etwas jüngeren Birdie.

Am 23. Dezember verstarb Amanda Maxwell im Alter von 32 Jahren in New York.
Amanda wuchs in Guilford, Connecticut, auf, wo sie glückliche Sommer mit ihren zahlreichen Cousins verbrachte, die alle an der Küste von Connecticut lebten. Sie genoss es, große Familienfeiern in dem Haus auszurichten, das sie mit ihrem Mann und ihrer Tochter bewohnte.
Amanda besuchte die Guilford Highschool, bevor sie an der Universität von New York ihren Abschluss mit Betriebswirtschaft im Hauptfach machte. Dort lernte sie Sebastian Maxwell kennen, die Liebe ihres Lebens. Nachdem Amanda mehrere Jahre als Wirtschaftsanalytikerin in Manhattan gearbeitet hatte, besuchte sie eine Kochschule. Danach eröffnete sie gemeinsam mit ihrem Mann Sebastian ein italienisches Fünf-Sterne-Restaurant in Manhattan.

Trotz ihres beruflichen Erfolgs liebte Amanda nichts mehr, als ihrer Tochter Birdie, die ihr das Wichtigste auf der Welt war, eine gute Mutter zu sein.
Amanda hinterlässt ihren Ehemann Sebastian und ihre kleine Tochter sowie ihre Mutter Susan Mello, ihren Bruder Adam Mello, ihre Schwester Macie Mello und viele liebende Tanten, Onkel und Cousins.
Amanda wünschte sich eine Beerdigung im engsten Kreis in Guilford. Der Dank der Familie gilt all denen, die Amanda in ihren letzten Tagen voller Liebe begleitet haben. Für diejenigen, die sich von Amanda verabschieden möchten, wird am 2. Januar von sechzehn bis einundzwanzig Uhr im Beerdigungsinstitut Stuart (Main Street, Guilford) eine Gedenkfeier ausgerichtet. Statt Blumen bittet die Familie um Spenden in Amandas Namen an das St. Jude Kinderforschungskrankenhaus.

Devins Stimme schreckte mich auf. »Heulst du?«

Ich wischte mir die Tränen weg. »Nein.«

»Was ist los?«

Ich nahm mir ein Taschentuch. »Es geht um dieses kleine Mädchen … um Birdie.«

»Was ist mit ihr?«

»Sie … hat einen Dankesbrief mit einem Schulfoto von sich geschickt. Und ich hätte den Brief einfach lesen und es dabei belassen sollen, aber dann habe ich doch ihren Namen gegoogelt, und der erste Treffer war der Nachruf auf ihre Mutter. Die Geschichte geht mir ziemlich nahe.«

»Das kann ich mir vorstellen. Tut mir leid.« Devin schaute auf meinen Monitor, scrollte nach oben zu dem Foto und betrachtete es eine Weile.

Ich schloss das Fenster mit einem Klick auf das »x« oben

rechts in der Ecke. »Ist schon okay. Ich muss jetzt einfach aufhören, an sie zu denken, und mich auf die Arbeit konzentrieren.«

»Was hat sie denn geschrieben? Ich nehme an, sie hat die Oliven bekommen?«

Ich reichte ihr den Umschlag.

Nachdem sie Birdies Brief gelesen hatte, sagte sie: »Oh mein Gott. Sie klingt wirklich hinreißend. Und der Vater … der sich im Internet anguckt, wie man Haare flicht? Oh mein Gott! Ich wette, er sieht auch noch scharf aus. Ich meine, seine Frau war wirklich hübsch.«

Merkwürdigerweise fühlte ich mich irgendwie angegriffen. »Würdest du bitte damit aufhören?«

»Warum?«

Meine Reaktion darauf, wie sie über Birdies Vater redete – als wäre er einfach irgendein heißer Typ –, überraschte mich. Vermutlich hatte ich mich zu sehr in Birdie hineinversetzt. Die ganze Sache war einfach ein heikles Thema. War ich meinetwegen traurig? Oder wegen Birdies Geschichte? Ich wusste es selbst nicht mehr.

Es ist schon verrückt: Manchmal denkt man an irgendetwas, und plötzlich sieht man überall in den sozialen Medien Werbung dafür, als könnten die Händler Gedanken lesen.

Einige Tage nach der Ankunft von Birdies Brief erschienen immer wieder Werbeanzeigen für geflochtene Haarbänder aus künstlichen Haaren in meinem Feed. Klickt man solche Anzeigen einmal an, ist es vorbei: Dann tauchen sie immer häufiger auf. Jedenfalls entdeckte ich ein geflochtenes Band, das genauso aussah wie der Zopfkranz, den Birdie sich wünschte.

Ehe ich mich's versah, traf eine Woche später ein Päckchen bei mir im Büro ein. Mithilfe von Birdies Foto hatte ich den passenden Blondton ausgesucht.

Ich holte die Rolle Weihnachtsgeschenkpapier unter meinem Schreibtisch hervor, packte das Haarband ein und schickte es in die dreiundachtzigste Straße.

3. KAPITEL

Sadie

An manchen Tagen arbeitete ich im Büro, und an anderen hatte ich Termine außer Haus. Für meinen Artikel zum Thema Onlinedating mit dem Titel »Mehr Auswahl – mehr Erfolg?« hatte ich an fünf aufeinanderfolgenden Tagen jeweils zwei Dates geplant. Um die damit verbundenen Variablen auf ein Minimum zu beschränken, traf ich alle zehn Männer im selben Restaurant, ja sogar am selben Tisch. Ich wollte herausfinden, ob Quantität auf Qualität hinauslief – ob es möglich war, unter zehn Onlinekandidaten wenigstens einen brauchbaren zu finden.

Für mich lautete die Antwort leider Nein. Ich konnte mir nicht vorstellen, auch nur einen der Männer wiederzusehen. Einer von ihnen ließ mich die komplette Rechnung bezahlen, nachdem ich angeboten hatte, meine Hälfte zu übernehmen. Er machte nicht einmal Anstalten, seine Karte aus der Tasche zu ziehen. Auf meine Frage, ob wir uns die Rechnung teilen wollten, antwortete er, er sei »knapp bei Kasse«. Ein anderer Typ fragte mich, ob ich ihn an meinen Schuhen riechen lassen würde. Er hatte offenbar einen Fußfetisch. Die übrigen acht waren nicht besser. Jeder hatte eine Eigenschaft, die mir gründlich gegen den Strich ging.

Deshalb war ich am Ende der Woche kaputter als sonst, als ich bei Cairo einkaufen ging. An solchen Tagen wünschte ich, er hätte auch Alkohol im Sortiment, weil ich zu müde war, um auch noch zum Spirituosengeschäft zu gehen.

Bei meinem Rundgang durch den kleinen Laden sammelte ich eine Tüte Käsecracker, eine Packung Schokokuchen, eine große Flasche Cola Zero, saure Fruchtgummis und eine Tiefkühlpizza mit Peperoni ein. Es war Zeit für einen dieser Abende.

Als ich zur Kasse kam und Cairo die Unmengen von Junkfood sah, machte er große Augen.

Während er die Preise eintippte, begann er zu grinsen, wie er es immer tat, wenn er einen neuen Witz ausbrütete.

»Was haben Sie heute für mich, Cairo?«

Er ließ sich nicht lang bitten. »Was sagt die geile Pizza zur Peperoni?«

»Keine Ahnung.«

»Ich will dich auf mir haben!« Er lachte.

»Ah, nett.« Ich wusste nicht, ob es an meiner Stimmung lag, aber ich fand den Witz überhaupt nicht komisch.

»Bleiben Sie heute Abend zu Hause?«, fragte er. »Kein heißes Date?«

»Stellen Sie sich vor, ich hatte diese Woche schon zehn heiße Dates, nur waren sie alle eine Katastrophe. Ich habe mich in meinem Leben noch nie so darauf gefreut, einen Freitagabend allein zu verbringen.« Ich zog meine Kreditkarte durch das Lesegerät und lächelte ihm zu. »Schönes Wochenende, Cairo!«

Als ich meine Papiertüte aus dem Laden trug, piepste mein Telefon. Ich kramte es aus meiner Handtasche, als plötzlich ein Windstoß meinen Rock hochwehte und mich beinahe vor sämtlichen Passanten entblößte.

Devin: Weil du heute nicht mehr ins Büro gekommen bist, habe ich nach deiner Post geschaut. Das kleine Mädchen hat dir wieder geschrieben. Ich habe den Brief mit nach Hause genommen und kann ihn dir vorbeibringen, wenn du willst.

Mist. Wollte ich mich heute Abend wirklich damit beschäftigen? Ich würde garantiert noch emotionaler werden, und mir war klar, dass ich lieber in meiner Lieblingsserie abtauchen und früh schlafen gehen sollte. Doch obwohl ich wusste, was das Beste für mich war, schrieb ich genau das Gegenteil.

Sadie: Ja, das wäre klasse. Ich habe gerade einen Haufen Junkfood eingekauft, falls du Lust drauf hast. Bring eine Flasche Wein mit!

Erst nachdem Devin und ich die Pizza und die Hälfte der Snacks aufgegessen, den Wein getrunken und drei Folgen von »Stranger Things« geguckt hatten, beschloss ich, den Brief zu öffnen.

Lieber Weihnachtsmann,
vielen Dank für das Haarband! Ich hatte nicht damit gerechnet, noch etwas zu bekommen. Denk bloß nicht, ich hätte dir geschrieben, dass ich so einen Zopf auf dem Kopf haben will, damit du mir einen schickst. Ich wusste nicht mal, dass es solche geflochtenen Haarbänder überhaupt gibt! Es ist total cool! Man erkennt gar nicht, dass es nicht meine echten Haare sind!
Als ich dir das erste Mal geschrieben habe, wollte ich nur wissen, ob es dich gibt. Und es gibt dich tatsächlich. Deshalb hatte ich mir die Oliven gewünscht. (Aber die Socken für Daddy wollte ich wirklich.) Das Haarband hat mich total glücklich gemacht. Dad hat es gesehen und gefragt, woher ich es habe. Ich habe ihm gesagt, es ist ein Geschenk. Und das stimmt ja auch. Er war anscheinend froh, dass er jetzt nicht mehr Flechten lernen muss.

Neulich abends habe ich Daddy mit einer Frau reden sehen. Es war merkwürdig. Ich hatte Hunger und bin noch mal aufgestanden, um mir heimlich ein paar Kekse zu holen, und er saß auf der Couch, und im Computer war eine Frau, die mit ihm gesprochen hat. Ich bin schnell wieder in mein Zimmer gerannt, weil ich mich ein bisschen erschrocken habe. Ich weiß gar nicht, warum. Er hat mich aber nicht gesehen. Mir ist klar, dass ich im Bett hätte sein sollen, aber ich wollte Oreos haben. Die habe ich dann zum Frühstück gegessen.

Jedenfalls werde ich mir nichts mehr von dir wünschen. Bis Weihnachten.

Aber ich würde dich gern etwas fragen. Der Nordpol ist ja ziemlich weit oben. Kannst du von da, wo du bist, den Himmel sehen? Kannst du mir sagen, ob es meiner Mom gut geht? Kann sie mich sehen? Ich rede ständig mit ihr, aber ich weiß nicht, ob sie mich hören oder sehen kann. Ich habe sie gebeten, mir ein Zeichen zu schicken, aber vielleicht geht das gar nicht. Wenn ich sie zum Beispiel bitten würde, mir einen Schmetterling oder einen Vogel zu schicken – die sind ja überall. Wie soll ich da wissen, ob sie es ist?

Bevor meine Mom krank wurde, ist sie geritten. Sie hatte eine hübsche Stute, die Windy hieß – weil sie so schnell war wie der Wind. Sie war schwarz, und ihre Mähne und ihr Schwanz waren hell. Meinst du, ich könnte sie bitten, mir ein schwarzes Pferd zu zeigen, das so schnell wie der Wind ist? Dann wüsste ich ganz sicher, dass es Mommy gut geht. Kannst du ihr diese Nachricht irgendwie zukommen lassen?

Nochmals danke, Weihnachtsmann.

Ich hab dich lieb!

Birdie

PS: Ich habe vergessen, dir Mommys Namen zu sagen! Sie heißt Amanda Maxwell. Sie hat lange braune Haare (sie hatte sie durch ihre Krankheit verloren, aber wahrscheinlich hat sie sie jetzt wieder), und sie riecht nach dem Parfüm Angel.

Der Wein, den ich intus hatte, war mir keine große Hilfe dabei, das Gelesene zu verarbeiten. Ich wusste nicht, ob ich lachen oder weinen sollte. Ich stand regelrecht unter Schock.

Devin sah meinen Gesichtsausdruck und fragte: »Was steht drin?«

Ich reichte ihr den Brief und ließ sie selbst lesen.

»Was willst du jetzt machen?«, fragte sie, als sie ihn mir zurückgab.

Ich seufzte. »Keine Ahnung.«

»Weißt du, Sadie, du hast dich da auf eine ziemlich verrückte Geschichte eingelassen. Die ganze Sache ist irgendwie süß, aber vielleicht hättest du es nach den Oliven gut sein lassen sollen. Willst du ihr nicht zurückschreiben und die Sache auf nette Weise beenden, bevor sie noch verletzt wird?«

»Es ist nur so … Ich *schreibe* ihr nicht. Ich *schicke* ihr lediglich Sachen. Ich denke, es wäre keine gute Idee, jetzt mit dem Schreiben anzufangen. Ehrlich gesagt macht es mir Spaß, ihr Freude zu bereiten. Daran möchte ich eigentlich nichts ändern. Ich würde ihr auch noch mehr Sachen schicken, um sie glücklich zu machen, aber ein schnelles schwarzes Pferd mit heller Mähne? Das kriege ich echt nicht hin«, sagte ich im Brustton der Überzeugung, doch in meinem Kopf hatten die Rädchen bereits zu rattern begonnen.

Ich hatte mich noch nie für normal gehalten. Ich mochte Hotdogs lieber mit zerkrümelten Tortilla-Chips zwischen Weißbrotscheiben als in einem Hotdog-Brötchen mit Ketchup. Wenn ich mich bei einem Date langweilte, malte ich mir Fluchtmöglichkeiten aus – zum Beispiel wie ich mit einem

Satz über den Nachbartisch sprang oder mich wie eine Actionheldin auf dem Parkplatz über ein Auto katapultierte. Ganz zu schweigen von den irren Lügen, die ich fremden Leuten im Flugzeug auftischte. Als ich einmal in die erste Klasse hochgestuft wurde, habe ich einer Frau erzählt, ich sei eine belgische Herzogin. Aber heute … heute war die absolute Krönung. Zumindest hatte ich das Material für einen neuen Artikel in der Tasche: »Fünf Zehn-Minuten-Dates«.

Ich hatte mich mit jedem Mann an einem anderen Ort verabredet.

Als Erstes traf ich mich um elf Uhr mit Sam im Prospect Park in Brooklyn. Ich hatte alle Beteiligten im Vorfeld mit dem Konzept vertraut gemacht. Wir würden uns treffen, den Handy-Timer auf zehn Minuten stellen und uns sofort voneinander verabschieden, sobald er piepte. Falls einer von uns Interesse hatte, würde er vierundzwanzig Stunden warten und dann eine Nachricht schicken. Wenn der Empfänger nicht darauf reagierte, war er nicht interessiert. Kein Theater, keine faulen Ausreden … klar und einfach. Den Grund, warum ich die einzelnen Treffpunkte ausgesucht hatte, hatte ich meinen fünf Sonntagsverabredungen allerdings nicht verraten.

Sam war jedenfalls ein toller Typ. Das Lächeln in meinem Gesicht, während wir durch den Park schlenderten, war echt. Sicher, ich hatte Hintergedanken, weil ich einen Artikel schreiben und Recherchen in Sachen Birdie anstellen wollte – zwei Fliegen mit einer Klappe sozusagen. Es lag jedoch immer im Bereich des Möglichen, die wahre Liebe zu finden. Dementsprechend groß war meine Enttäuschung, als der nette Sam bei unserem Spaziergang urplötzlich auf den Boden spuckte. *Spuckte!*

Und nicht etwa, weil ihm eine Biene in den Mund geflogen war und er sie in Panik ausspucken musste. Nein, er beförderte geräuschvoll einen Klumpen Schleim hoch und rotzte ihn mir praktisch vor die Füße.

Igitt!

Was kam als Nächstes? Würde er sich ein Nasenloch zuhalten und auf den Rasen schnäuzen?

Unser Date dauerte lediglich zehn Minuten, und er hatte nicht damit warten können? Zum Beispiel bis wir … *verheiratet* waren und ich schon vierunddreißig Gründe gefunden hatte, ihn zu lieben, die mich über diesen Makel hinwegsehen ließen?

Sayonara, Sam!

Das zweite Date fand im Bronx Zoo statt, das dritte im Bryant Park und das vierte im Hudson River Park. Ich will sie mal so zusammenfassen: Niete. Niete. Und Niete.

Und bei meiner »Mission Birdie«, wie ich es nannte, hatte ich auch kein Glück gehabt.

Mein fünftes und letztes Date sollte ich im Central Park treffen. Ich stand pünktlich um siebzehn Uhr am Bethesda-Brunnen und wartete auf Parker. Es herrschte reger Betrieb, aber ich sah nirgendwo einen eins achtzig großen Mann, der nach seiner Traumfrau Ausschau hielt. Nach einer Weile zog ich mein Handy aus der Tasche und schaute mir noch mal das Foto von Parker an. Bei so vielen Dates brachte ich die Männer allmählich durcheinander. Nachdem noch ein paar Minuten vergangen waren, setzte ich mich hin und scrollte durch Instagram. Um zwanzig nach fünf gab ich auf. Ich war tatsächlich versetzt worden. Aber vier von fünf war eigentlich keine schlechte Quote, wie ich fand. Außerdem hatte ich noch einen letzten Punkt für heute auf meiner Liste, was meine »Mission Birdie« anging.

Ich spazierte durch den Park, bis ich das Kassenhäuschen vor dem berühmten Karussell erreichte.

»Ich hätte gern eine Karte, bitte.«

Der junge Mann hinter der Scheibe schüttelte den Kopf. »Wir haben schon geschlossen, die letzte Fahrt war um fünf. Ich räume nur noch auf.«

Ich schaute zu dem Karussell. »Könnte ich … mal kurz reingehen und mir die Pferde anschauen?«

Der Typ zuckte ungerührt mit den Schultern. »Von mir aus. Aber Sie müssen über den Zaun klettern. Der Sicherheitsdienst hat schon alles abgeschlossen.«

Ich sah nochmals in Richtung Karussell. Der Zaun war etwa eins fünfzig hoch. Es war lange her, dass ich so etwas gemacht hatte. Aber hey, warum nicht? »Okay.«

Irgendwie gelang es mir, den Zaun zu überwinden, ohne mir die Jeans zu zerreißen. Auf der Suche nach einem schwarzen Pferd mit heller Mähne – die sich gefühlsmäßig so schwierig gestaltete wie die Jagd auf ein Einhorn – ging ich langsam um das farbenfrohe historische Karussell herum. Als ich es zur Hälfte umkreist hatte, blieb ich wie angewurzelt stehen.

Oh mein Gott!

Da war es!

Es war perfekt! Ich klatschte vor Freude in die Hände. Es war nicht nur ein schwarzes Pferd mit heller Mähne, sondern es war auch mitten im Galopp, mit allen vier Hufen in der Luft – also schnell wie der Wind.

Ich sprang wieder über den Zaun und lief zurück zum Kassenhäuschen. Der junge Mann schloss gerade die Tür ab.

»Kann ich bitte eine Karte haben?«

Er runzelte die Stirn. »Wie gesagt, wir haben geschlossen.«

»Ich will auch gar nicht *jetzt* fahren. Ich will nur eine Karte. Nein, eigentlich zwei!«

»Ich habe die Kasse schon abgeschlossen.«

Da ich mein »Einhorn« endlich gefunden hatte, wurde ich

vor Begeisterung übermütig. »Ich gebe Ihnen fünfzig Dollar für zwei Karten!«

Der Junge zeigte auf das Schild am Fenster. »Sie wissen, dass die Karte nur drei Dollar fünfundzwanzig kostet?«

»Ja, aber ich muss die Karten unbedingt jetzt haben! Haben die eine begrenzte Gültigkeit?«

Er schüttelte den Kopf. »Nein.«

Ich öffnete mein Portemonnaie und nahm einen Fünfziger heraus. In New York musste man nur mit Scheinchen wedeln, um ein Geschäft auf der Straße abzuschließen. Oder einem wurde die Geldbörse entrissen, wenn man sie hervorholte. Aber das war mir bisher nur einmal passiert. Ich hielt ihm den Fünfziger vor die Nase.

»Fünfzig Dollar. Es kostet Sie nicht mehr als ein paar Minuten, die Kasse wieder zu öffnen. Das Wechselgeld können Sie behalten.«

Der Junge nahm mir den Schein aus der Hand. »Bin gleich wieder da.«

Ich fühlte mich, als hätte ich im Lotto gewonnen – weil ich für zwei Karussellkarten dreiundvierzig Dollar und fünfzig Cent zu viel gezahlt hatte.

Ja, ich war völlig übergeschnappt.

Nachdem ich sieben Stunden lang durch drei Stadtteile gefahren war, vier miese Dates gehabt hatte und einmal versetzt worden war, verließ ich den Park freudestrahlend mit den Karten in meiner Tasche. Ich hatte das Gefühl, eine Schlacht gewonnen zu haben. Doch in Wirklichkeit war es nur eine halbe. Denn wie um alles in der Welt sollte ich Birdie in den Central Park bekommen?

4. KAPITEL

Sadie

Ich beschloss, den Rest dem Schicksal zu überlassen. Ich weiß, ich weiß … Obwohl ich so lange nach dem schwarzen Pferd gesucht und einen Kartenverkäufer im Park bestochen hatte, erschien es mir nach wie vor falsch, dem kleinen Mädchen selbst einen Brief zu schreiben. Deshalb legte ich die zwei Karussellkarten in eine Schachtel, packte sie in das gestreifte Weihnachtspapier ein und schickte sie ab. Sie konnte hingehen oder es bleiben lassen. Und selbst wenn sie das Karussell besuchte, konnte ich nicht sicher sein, dass sie das Pferd auch entdeckte. Als ich zwei Wochen später immer noch keinen Brief von ihr bekommen hatte, nahm ich an, dass meine Zeit als Weihnachtsmann zumindest für den Sommer vorbei war.

Doch dann sah ich Devin den Flur herunterkommen. Sie war inzwischen fast genauso fasziniert von der sonderbaren Birdie-Geschichte wie ich. Sie durchsuchte meine Post täglich nach einem Brief von ihr, bevor sie mir den Packen auf den Schreibtisch legte. Und noch ehe sie mein Büro betrat, verriet mir ihr langes Gesicht jedes Mal, dass sie nichts gefunden hatte. Doch heute hüpfte sie mir geradezu entgegen und grinste von einem Ohr zum anderen.

»Schau mal!« Sie wedelte aufgeregt mit dem Umschlag. »Da haben wir ihn!«

Was zum Teufel stimmt mit uns nicht?

Ich wusste es nicht. Aber bevor ich mir darüber Gedanken machte, musste ich unbedingt den Brief lesen. Ich riss den Umschlag auf, und Devin trat hinter mich, um mir über die Schulter zu schauen.

Lieber Weihnachtsmann,

ich liebe den Central Park! Ich wusste nicht, dass es da ein Karussell gibt! Ich habe meinen Dad schon letztes Wochenende gefragt, ob wir hingehen können, aber wegen der Überschwemmung hat es nicht geklappt. In der Küche von Daddys Restaurant war ein rostiges altes Rohr kaputtgegangen, und Magdalene musste auf mich aufpassen. Sie ist meine Babysitterin. Sie hat mir angeboten, mit mir hinzugehen, aber ich wollte unbedingt mit Daddy dahin. Meine Lehrerin für nächstes Jahr hat letzte Woche allen in der Klasse einen Begrüßungsbrief geschrieben, und ich habe ihm gesagt, sie hätte die Karten mitgeschickt. Jedenfalls habe ich jeden Samstagmorgen um neun Ballett, und Daddy hat gesagt, wir können gleich danach in den Park gehen. Also klappt es dieses Wochenende! Danke, dass du mir die Karten geschickt hast! Außerdem wollte ich dir noch etwas erzählen. Erinnerst du dich an Suzie Redmond? Das Mädchen, dem du das Meerschweinchen geschenkt hast? Ich habe dir schon in meinem ersten Brief geschrieben, wie schrecklich sie ist. Zugegeben, ich habe ihr die Haare abgeschnitten. Sie sitzt in der Klasse vor mir und … na ja, ich hatte eine Schere. Aber ich habe ihr nur hinten ein bisschen abgeschnitten. Es war ganz wenig. Sie hätte es vielleicht gar nicht gemerkt, wenn sie nicht ein paar rote Schnipsel auf dem Boden gesehen hätte. Aber sie hatte es verdient! Am Dienstag habe ich die hübschen pinken Crocs angehabt, die Daddy mir gekauft hat. Suzie stand mit

ihren Freundinnen zusammen, als ich vorbeikam, und hat gesagt: »Sind das etwa Crocs? Nicht zu glauben, dass dich deine Mutter so aus dem Haus lässt. Ach so, stimmt ja, du hast gar keine Mutter!«
Du fragst dich wahrscheinlich, warum ich dir von Suzie erzähle. Weißt du, Daddy schickt mich immer in die Sonntagsschule. Letzte Woche haben wir über die Beichte gesprochen. Man geht in die Kirche und sagt dem Pfarrer alles, was man ausgefressen hat, und dann muss man einige Gebete sprechen, und alles ist wieder okay. Ich hoffe, dass es bei dir ähnlich läuft. Ich will nämlich nicht, dass du herausfindest, was ich angestellt habe, und Dad dann keine Freundin schickst.
Danke!
Alles Liebe!
Birdie
PS: Ich habe auch ein paar von Suzies abgeschnittenen Haaren behalten. Die bewahre ich in meinem Schmuckkästchen auf.

Ich brach ungefähr drei Sekunden vor Devin in Gelächter aus.

»Oh mein Gott! Ich liebe dieses Kind!«, sagte ich lachend.

»Sie denkt, mit dem Weihnachtsmann funktioniert es wie mit der katholischen Kirche. Man kann jemanden umbringen, und der heilige Petrus öffnet einem trotzdem die Himmelstür!«, sagte Devin.

Ich wischte mir die Tränen aus den Augen. »Ich könnte ihr zurückschreiben und ihr auftragen, dreimal ›Jingle Bells‹ und zweimal ›Stille Nacht‹ zu singen.«

Wir amüsierten uns köstlich. Dann seufzte Devin. »Gott, diese Suzie ist echt übel, das muss man Birdie lassen. Ihre Mutter ist bestimmt auch eine richtige Zicke.«

»Garantiert! Was für ein boshaftes Biest! Ich wünschte, ich

wäre wirklich der Weihnachtsmann. Dann würde ich dieses Jahr mit der Rute kommen und ihr gar nichts schenken.«

»Und Birdies Vater ist echt ein armer Kerl! Er hat es wirklich schwer: Frau gestorben, schlechter Geschmack bei Schuhen und ein Rohrbruch!« Plötzlich weiteten sich Devins Augen, und sie hob den Zeigefinger. Um das Bild perfekt zu machen, fehlte nur noch eine Sprechblase mit einer Glühbirne über ihrem Kopf. »Ich habe eine Idee!«

Ich kicherte. »Sag bloß!«

»Lass uns am Samstag in den Central Park zum Karussell gehen. Dann kannst du Birdies Gesicht sehen, wenn sie das schwarze Pferd entdeckt, und ich kann endlich ihren Vater abchecken. Ich bin mir sicher, er ist ein heißer Typ.«

»Das können wir nicht machen!«

»Warum nicht?«

»Es ist ... ich weiß nicht ... irgendwie krank.«

Devin lehnte sich gegen meinen Schreibtisch. »Äh, wie war das noch mal? Musste ich nicht diesen Blake mit dir bespitzeln, mit dem du dich ein paarmal nach der Arbeit verabredet hattest? Er bekam immer Nachrichten von einer Frau namens Lilly, die angeblich seine Mutter war.«

»Es war nicht seine Mutter! Er war verdammt noch mal verheiratet!«

»Das ist genau mein Punkt. Manchmal ist ein bisschen rumschnüffeln einfach nötig!«

Ich schüttelte den Kopf. »Ich weiß nicht. Es ist einfach nicht okay, einem Kind nachzustellen.«

»Dann tu so, als würdest du nicht Birdie nachstellen, sondern ihrem heißen Vater. Wie ich!«

»Ich hätte fast Lust, es zu machen, nur um dir zu beweisen, dass du in Bezug auf ihn falsch liegst.« Ich stellte mir einen Mann vor, der so aussah wie mein Vater zu der Zeit, als meine Mutter gestorben war. Devin hingegen träumte aus irgendeinem Grund von einem Supermodel.

Sie klopfte mit den Knöcheln auf meinen Schreibtisch. »Dann beweis es mir! Ich bin um neun bei dir, damit wir um halb zehn im Park sein können. Wie lange dauert so ein Ballettunterricht? Fünfundvierzig Minuten? Bestimmt nicht länger als eine Stunde.«

»Ich weiß nicht …«

Devin ging zur Tür. »Dann bis morgen früh! Und wenn du mir nicht aufmachst, fahre ich allein hin.«

»Unglaublich, dass wir das machen!«

Devin und ich fuhren mit der UBahn zum Columbus Circle und holten uns noch einen Kaffee bei Starbucks, bevor wir zum Karussell gingen. Meine Komplizin war passend für eine Observation gekleidet: von Kopf bis Fuß in Schwarz, dunkle Sonnenbrille und Wollmütze … und das im *Juli*. Wir konnten von Glück sagen, dass wir in New York waren. Sonst hätte sie jeder für eine Bekloppte gehalten – die sie im Prinzip ja auch war. Ich hingegen trug Jeans und ein Aerosmith-T-Shirt. Wegen … natürlich … Steven Tyler und seinen Lippen. Mir war es sogar egal, dass er mittlerweile wahrscheinlich auf die siebzig zuging. Ich hätte diese Lippen zu gern geknutscht!

Wir setzten uns in der Nähe des Karussells auf eine Bank, von wo wir den Eingangsbereich beobachten konnten. Kaum saßen wir, bekam ich ein verdammt schlechtes Gewissen, weil wir im Begriff waren, Birdies Privatsphäre zu verletzen.

»Vielleicht sollten wir lieber wieder gehen.«

Devin legte eine Hand auf meine Schulter, um mich am Aufstehen zu hindern. »Wir ziehen das durch! Denk nicht mal dran wegzulaufen!«

Ich sank in mich zusammen. »Na schön.«

Wir saßen fast eine Stunde da, tranken Kaffee, tratschten über die Arbeit und hielten Ausschau nach einem kleinen Mädchen und seinem Vater.

Irgendwann warf ich einen Blick auf mein Handy und sagte: »Es ist schon nach elf. Ich glaube nicht, dass sie noch kommen.«

»Warten wir noch bis halb zwölf.«

Ich verdrehte die Augen. Aber egal, nachdem wir schon so weit gegangen waren, konnte ich genauso gut weiter mit ihr warten. Sonst würde Devin mir das bis in alle Ewigkeit vorhalten. Punkt halb zwölf stand ich auf. »Gehen wir, Lacey!«

»Wie bitte?«

»Cagney & Lacey. Das ist eine Krimiserie, die meine Mutter immer geguckt hat, als ich klein war. Da gab es zwei Polizeibeamtinnen.«

»Welche sah besser aus? Vielleicht will ich gar nicht Lacey sein.«

Ich lachte. »Du kannst dir aussuchen, welche du sein willst!«

Ich warf meinen leeren Kaffeebecher in den Mülleimer neben der Bank und wollte gerade losmarschieren, als ich im Eingangsbereich ein kleines Mädchen und einen Mann entdeckte. Obwohl sie noch ziemlich weit weg waren, dachte ich, es könnte Birdie sein.

»Oh mein Gott! Setz dich wieder hin! Los, setz dich! Ich glaube, da sind sie!«

Wir ließen uns beide gleichzeitig zurück auf die Bank plumpsen. Devin beugte sich mit zusammengekniffenen Augen vor. »Bist du sicher?«

Ich fasste sie am Arm und zog sie nach hinten. »Nicht so auffällig!«

Wir beobachteten, wie der Mann und das kleine Mädchen näher kamen. Der Mann war groß, hatte breite Schultern und trug Jeans und T-Shirt. Er hatte die Kleine an der Hand, und sie trug ein Balletttrikot und ein Tutu. Es *war* Birdie, ohne jeden Zweifel!

»Oh mein Gott. Sie sind es wirklich!«

Wir schwiegen beide, als Vater und Tochter auf das Karussell zugingen. Als sie uns so nah waren, dass ich endlich ihre Gesichter sehen konnte, verschlug es mir den Atem. »Oh mein Gott! Er ist …«

Devin ergriff meine Hand. »Der gehört *mir*. Ich will Kinder von ihm!«

Ich traute meinen Augen nicht. Ich hatte eine moderne Version meines Vaters erwartet, wie er vor zwanzig Jahren gewesen war, aber dieser Mann hier war völlig anders. Um eines klarzustellen: Mein Vater ist super und sieht nicht schlecht aus. Aber dieser Mann war … zum Sterben schön. *Wow.* Einfach … wow.

Sebastian Maxwell hatte dunkles Haar, traumhaft markante Gesichtszüge und wunderschöne volle Lippen. Ich hatte mich darüber lustig gemacht, dass Devin ein Supermodel erwartet hatte, aber dieser Kerl hatte wahrhaftig das Zeug dazu. Er hatte längeres, zerzaustes Haar, und wenn er mit der Hand hindurchfuhr, sah er sicher so aus, als hätte er gerade Sex und/oder ein Fotoshooting gehabt. Das war er also. Ich war vollkommen sprachlos.

Ich war so beschäftigt damit, den Vater anzustarren, dass ich fast vergessen hätte, warum wir eigentlich gekommen waren: Ich wollte Birdies Reaktion sehen, wenn sie das schwarze Pferd bemerkte. Es kostete mich meine gesamte Willenskraft, aber irgendwie schaffte ich es, meine Aufmerksamkeit wieder auf das kleine Mädchen zu lenken. Die beiden gaben dem Kartenabreißer ihre Karten, und ich beobachtete, wie sie zum Karussell gingen und daran entlangliefen, bis Birdie lächelnd auf einen Schimmel zeigte. Ihr Vater hob sie hoch, stieg mit ihr auf das Karussell und setzte sie auf das Pferd.

Mist. Sie war gar nicht an dem schwarzen Pferd vorbeigekommen.

Ich war enttäuscht.

Aber es gab mir schon einen gewissen moralischen Auftrieb ... oder so etwas Ähnliches ... als sich Birdies Vater vorbeugte, um seine Tochter festzuschnallen.

Was für ein Hintern! Ich war ein bisschen neidisch auf die Jeans, die diesem Knackarsch so nahe war.

Sebastian schwang sich auf das Pferd neben seiner Tochter, und die beiden warteten fröhlich darauf, dass es losging. Birdie kicherte, als ihr Vater vorgab, vom Pferd zu fallen, und streichelte die Mähne ihres Schimmels.

Als sich das Karussell zu drehen begann, lehnten Devin und ich uns entspannt auf der Bank zurück. Und ehrlich gesagt vergaß ich sogar für ein paar Minuten, dass meine Freundin überhaupt neben mir saß.

»Ich glaube, ich bin verliebt.« Devin fasste sich ans Herz.

»Dann solltest du das wahrscheinlich mal dem Mann erzählen, der dir diesen unerträglich großen Klunker an den Finger gesteckt hat.«

Sie grinste mich an. »Sag es! Devin Marie Abandandalo hat recht gehabt!«

Ich verdrehte die Augen. »Er ist schon irgendwie nett.«

Devin fing an zu lachen. »Du Lügnerin! Du wünschst dir doch insgeheim, er würde *dich* reiten und nicht dieses Karussellpferd!«

Nun, es war eine Weile her ... »Halt die Klappe!«

Sie schmunzelte. »Sadie und Sebastian ... Hört sich gut an, oder? Sadie und Sebastian. Das hat was. So könnte glatt eine Fernsehserie heißen. Klingt viel besser als ›Corey und Lacey‹.«

»Cagney«, verbesserte ich sie.

Devin zuckte mit den Schultern. »Wie auch immer.«

Ich seufzte. »Birdie hat das schwarze Pferd mit der blonden Mähne gar nicht gesehen!«

»Na und? Dann schickst du ihr zum Ausgleich dafür ein Plüschpferd und einen lebendigen Hamster. Reden wir lieber wieder über den heißen Daddy.«

Die Fahrt dauerte ungefähr fünf Minuten, und als das Karussell stehen blieb, befand sich das schwarze Pferd direkt vor uns. Ich tippte Devin auf den Arm. »Da ist es!«

»Wenn wir Glück haben, fällt es ihr auf dem Weg nach draußen auf.«

Von Birdie und ihrem Vater fehlte jede Spur. Wahrscheinlich waren sie auf der anderen Seite ausgestiegen. Der Ausgang befand sich von uns aus gesehen auf der rechten Seite des Karussells, und wenn sie den direkten Weg nahmen, hatte Birdie keine Chance mehr, das schwarze Pferd zu entdecken. Ich beobachtete, wie die Leute das Karussell verließen und auf den Ausgang zusteuerten. Leider kamen Birdie und Sebastian tatsächlich von hinten und gingen schnurstracks auf das Ausgangstor zu. Es sah so aus, als wären meine Bemühungen, Weihnachtsmann und Gott zu spielen, vergebens gewesen.

Bis … kurz vor dem Ausgang ein Schmetterling an Birdie vorbeiflog. Sie lächelte und duckte sich unter dem Arm ihres Vaters weg, um ihm hinterherzulaufen. Sebastian rief ihr nach, als sie davonrannte, aber sie reagierte nicht. Als er mit strengerer Stimme zum zweiten Mal ihren Namen rief, blieb sie stehen – direkt neben dem schwarzen Pferd.

Ich hielt die Luft an.

Und von da an lief – ich schwöre es – alles in Zeitlupe ab.

Birdie drehte sich um und wollte zu ihrem Vater zurückkehren. In diesem Moment bemerkte sie offenbar das schwarze Pferd, denn sie hielt ruckartig inne und riss die Augen auf. Dann schlug sie die Hände vor den Mund. So stand sie eine Weile da, bis schließlich ihr Vater kam und sie an die Hand nahm.

Sie sagte etwas zu ihm, das ich nicht hören konnte, während sie langsam weitergingen. Doch nach ein paar Schritten machte Birdie sich erneut von ihrem Vater los, lief zurück zum Karussell und küsste die Mähne des Pferds, das so schnell war wie der Wind.

5. KAPITEL

Sadie

Der Moment, da der Schmetterling Birdie zu dem Pferd geführt hatte, war wahrhaft magisch gewesen. Es war, als wollte mir das Universum sagen, dass ich auf dem Holzweg war, wenn ich glaubte, alles kontrollieren zu können.

Möglicherweise schaute Amanda Maxwell von irgendwo da oben kopfschüttelnd auf mich herab. Womöglich dachte sie, es wäre an der Zeit einzugreifen, um mir zu zeigen, wer hier wirklich das Sagen hatte.

Ein Teil von mir hoffte, dass Birdie nicht mehr zurückschrieb, weil es mir allmählich so vorkam, als würde ich Gott spielen. Ich wollte sie nicht länger irreführen, und ebenso wenig wollte ich sie enttäuschen. Es war ein guter Zeitpunkt, um die Geschichte zu beenden – mit einem schönen Ausgang.

Nachdem ich Birdie im Park beobachtet hatte, fuhr ich nachmittags mit der Bahn zu meinem Vater nach Suffern. Ich musste ihn einfach sehen. Er wusste immer Rat, wenn ich das Gefühl hatte, in einer Sackgasse zu stecken. Vielleicht konnte er mir sagen, ob ich es zu weit getrieben hatte. Nun, im Grunde war mir klar, dass ich es zu weit getrieben hatte, aber ich wollte trotzdem seine Meinung hören. Und ehrlich gesagt wollte ich von ihm erfahren, wie es damals gewesen war, ein alleinerziehender Vater zu sein. Bestimmte Dinge hatte ich ihn nie zu fragen gewagt, als ich noch jünger war. Doch jetzt war ich neugierig, ob er seinerzeit auf mehr Dates gegangen war, als ich mitbekommen hatte. In den letzten Jahren hatte er ein paar Freundinnen gehabt, das wusste ich, aber hatte es auch früher Frauen in seinem Leben gegeben, von denen ich nichts geahnt hatte?

Meine Neugier rührte wohl daher, dass ich Sebastian gesehen hatte. So einem Mann warfen sich die Frauen bestimmt scharenweise an den Hals! Aus Birdies Briefen schloss ich jedoch, dass er sich um Diskretion bemühte, um ihr Leben nicht in Unordnung zu bringen.

Mein Vater wohnte nach wie vor in dem Haus, in dem ich aufgewachsen war. Es hatte noch denselben braunen Anstrich wie früher, aber inzwischen blätterte die Farbe ab. Auf der Vorderseite befand sich eine große Veranda voller Hängepflanzen. Das Haus war nicht das größte in der Stadt, doch es stand auf einem riesigen Grundstück. Mein Vater hatte einen fantastischen Garten, und zu dieser Jahreszeit hatte er so viele Tomaten, dass er sie in der ganzen Nachbarschaft verteilte.

Anhand der Ankunftszeit meiner Bahn berechnete er immer sehr genau, wann ich bei ihm eintraf. Und wie gewohnt stand er auch diesmal schon an der Tür und wartete auf mich.

Er schloss mich in die Arme. »Wie geht's meiner Sadie?«

»Sehr gut!«, antwortete ich und sah in dem Moment etwas über der Tür baumeln. »Hast du wieder ein neues Gerät gebaut?«

Mein Vater entwickelte mit großer Leidenschaft Instrumente, die in seinen Augen das Wetter vorhersagen konnten. Obwohl es in der heutigen Zeit zahlreiche meteorologische Methoden für die Wetterprognose gab, baute er seine Apparate lieber selbst zusammen und schwor, dass sie genauso gut, wenn nicht besser waren als der beste Doppler-Radar. Und er gab ihnen lustige Namen.

»Wie heißt es?«, fragte ich.

»Feuchtbox.«

»Wie ein Behälter für feuchte Toilettentücher?«

»Ja, nur misst dieses Gerät die Luftfeuchtigkeit. Der Papierstreifen da dehnt sich aus, wenn es feuchter wird. Und je mehr er sich ausdehnt, desto größer sind die Aussichten auf Regen.«

»Du bist echt witzig.« Ich lächelte.

Wenn ich mich richtig erinnerte, hatte er sich dieses Hobby kurz nach dem Tod meiner Mutter zugelegt. Wahrscheinlich wollte er seinen Kopf beschäftigen, damit er nicht ständig an die Dinge dachte, die allzu schmerzlich waren.

»Ich habe gerade frischen Kaffee gemacht«, sagte er, als ich ihm ins Haus folgte.

»Oh, frischen Kaffee«, frotzelte ich. »Wie komme ich zu dieser Ehre? Ich muss jemand Besonderes sein.«

Ich zog meinen Vater immer auf, wenn er frischen Kaffee kochte, denn normalerweise machte er morgens eine große Kanne für sich, von der er den ganzen Tag trank. Er erhitzte jeden Becher dann noch einmal kurz in der Mikrowelle. Aber er wusste, dass ich meinen Kaffee am liebsten frisch aufgebrüht trank. Deshalb leerte er die alte Kanne stets und machte eine neue, wenn ich zu Besuch kam. Ich hatte ihm eine Kapselmaschine kaufen wollen, damit er sich jederzeit eine frische Tasse zubereiten konnte, aber er hatte gesagt, es kümmere ihn nicht, dass sein Kaffee etwas bitter und abgestanden schmeckte, und er wolle die Umwelt nicht mit noch mehr Plastikmüll belasten.

Auf der Küchentheke stand eine große Schüssel mit Tomaten in verschiedenen Rot-, Grün- und Orangetönen, daneben lagen Gurken und Paprikaschoten auf einem Papiertuch.

»Lass mich raten … zum Lunch gibt's Gurken- und Tomatensalat?«

»Mit Feta und Oliven.« Er zwinkerte mir zu. »Und dazu warmes Pitabrot aus der Bäckerei.«

Mir knurrte der Magen. »Mmm, das klingt gut.«

Ich fühlte mich daheim wahnsinnig wohl. Das Haus weckte zwar schmerzliche Erinnerungen, aber es gab auch viele gute. Die Sonntage beispielsweise, an denen ich gemütlich mit meinem Vater zu Mittag gegessen hatte, gehörten zu den schönsten.

Er setzte sich mir gegenüber. »Was führt dich eigentlich her? Ich dachte, du kommst erst nächstes Wochenende«, sagte er und schenkte mir eine Tasse Kaffee ein.

»Ja, also, da ist so eine Sache auf der Arbeit, bei der ich an dich denken musste.«

»Ich hoffe, es geht nicht um einen der Idioten, mit denen du dich ständig verabredest.«

»Nein«, entgegnete ich lachend. »Allerdings hat sich auf *diesem* Gebiet wirklich nichts verbessert.« Ich seufzte. »Es hat mit der Artikelreihe über Weihnachtswünsche zu tun. Du weißt schon … die ich immer in der Adventszeit schreibe.«

»Na klar.«

»Nun ja, und ein kleines Mädchen hat jetzt, mitten im Sommer einen Brief geschickt, der eine Reihe von interessanten Ereignissen ausgelöst hat.«

Bei zwei Tassen Kaffee erzählte ich meinem Vater die Geschichte von Birdie und ihren Briefen. Er hörte mir aufmerksam zu und fand sie, wie erwartet, ziemlich rührend.

Als er sich noch einmal nachschenkte, meinte er: »Was für ein hinreißender Name! Ich könnte eins meiner Wetterinstrumente so nennen.«

»Ja, und sie ist auch genauso hinreißend, wie man sich eine Birdie vorstellt.« Ich schüttelte den Kopf. »Aber ich bin ziemlich aufgewühlt.«

»Fragst du dich, ob du weitermachen sollst, falls sie dir wieder schreibt?«

»Was das angeht, bin ich wirklich hin- und hergerissen. Und da ist noch etwas … Die Sache hat mich dazu gebracht, viel über meine eigene Kindheit nachzudenken. Birdie ist in einer ganz ähnlichen Situation wie ich damals.«

»Es ist wirklich unheimlich, dass sie ihre Mutter im gleichen Alter verloren hat wie du.«

»Ja.« Ich hielt inne und beschloss nach kurzer Überlegung, das Thema anzusprechen, das mir auf den Nägeln brannte. »Einmal hat Birdie mir geschrieben, dass sie mitten in der Nacht aufgestanden sei und gesehen habe, wie ihr Vater an seinem Laptop mit einer Frau redete. Sie meinte, sie habe sich erschrocken und sei schnell wieder in ihr Zimmer gelaufen. Da habe ich mich gefragt, ob *du* Dates hattest, als ich noch klein war. Ich habe immer gedacht, du hättest keine Frauengeschichten, weil ich nichts davon mitbekommen habe. Das war wahrscheinlich naiv.«

Mein Vater schaute in seine Tasse. »Ich werde nie jemanden so sehr lieben, wie ich deine Mutter geliebt habe. Das weißt du. Egal, wie oft ich mich im Lauf der vielen Jahre verabredet habe, ich habe sie nie vergessen.« Er sah wieder auf. »Aber es ist nun mal so: Irgendwann kommt die Einsamkeit. Manchmal habe ich dir gesagt, ich würde mit meinen Kumpels Poker spielen oder zu deinem Onkel Al rüberfahren, wenn ich mich in Wahrheit mit einer Frau getroffen habe.«

Ich nickte und ließ seine Erklärung einen Augenblick sacken. »Wie alt war ich da?«

»Es begann etwa vier Jahre nach dem Tod deiner Mutter, also musst du ungefähr zehn gewesen sein. In der ersten Zeit konnte ich nicht einmal daran denken, eine andere Frau auch nur anzusehen. Aber nach drei Jahren ging es darum, dass ein Mann nun mal Bedürfnisse hat. Ich wollte deine Mutter keineswegs hinter mir lassen und neu anfangen. Du weißt, was ich meine?«

Mein Vater und Sex, das war eine schwierige Vorstellung für mich, aber ich wusste leider genau, was er meinte.

»Natürlich. Heute verstehe ich das. Damals hättest du mir unverbindlichen Sex wohl kaum erklären können. Hätte ich dich mit einer Frau gesehen, hätte ich angenommen, du wolltest meine Mutter ersetzen. Es hätte mich aus dem Gleichgewicht gebracht.«

»Das habe ich mir damals gedacht. Deshalb habe ich mich bemüht, keine Verwirrung zu stiften. Aber wenn ich jemand Besonderen gefunden hätte, hätte ich die Frau wahrscheinlich mit nach Hause gebracht, weil es schön für dich gewesen wäre, einen positiven weiblichen Einfluss in deinem Leben zu haben.«

Ich musste daran denken, dass ich mich mit zunehmendem Alter wirklich nach einer weiblichen Bezugsperson gesehnt hatte. »Als Teenager habe ich mir tatsächlich gewünscht, du würdest jemanden finden … nicht nur für dich, sondern auch für mich.«

»Es sollte wohl nicht sein. Ich hatte die große Liebe meines Lebens, wenn auch nicht lange genug. Und jetzt … brauche ich außer dir niemanden.« Er lächelte und klopfte auf den Tisch. »Und ich habe den Krebs besiegt. Was will ich mehr?«

In meiner Jugend wurde bei meinem Vater Darmkrebs diagnostiziert. Ich dachte damals, mein Leben wäre vorbei, denn wenn ich zusätzlich zu meiner Mutter auch meinen Vater verloren hätte, wie hätte es dann weitergehen sollen? Er war mein Ein und Alles. Gott sei Dank schlug die Behandlung an, und mein Vater war bis heute krebsfrei.

Er stand auf, ging zu der fast leeren Kaffeekanne und hob sie hoch. »Willst du noch eine Tasse?«

»Nein. Ich kann nicht so viel Kaffee trinken wie du, ohne dass es Konsequenzen hat. Wenn man dir Blut abnimmt, kommt bestimmt nur ›Maxwell House‹ aus deiner Vene.«

Maxwell House.

Maxwell.

Es traf mich wie ein Blitz.

Die Dose hatte die ganze Zeit auf der Küchentheke gestanden, doch erst jetzt brachte ich Birdies Nachnamen mit der bevorzugten Kaffeemarke meines Vaters in Verbindung.

Ich fragte mich unwillkürlich, wie wohl das Haus von Sebastian Maxwell aussah. Daraufhin musste ich natürlich an sein attraktives Gesicht und seine wunderbaren Haare denken. Daran, wie liebevoll er im Park mit seiner Tochter umgegangen war. Laut Birdie besaß er ein Restaurant – ich hätte gern gewusst, wie es dort war.

»Bist du noch da?«, fragte mein Vater und riss mich aus meinen Gedanken.

»Ja, ich habe nur gerade …«

»An Birdie gedacht?«

»Ja, indirekt.« Ich trank den letzten Schluck Kaffee und seufzte. »Ich hoffe wirklich, sie schreibt mir nicht noch mal. Es hat mir zwar Freude bereitet, ihr die kleinen Wünsche zu erfüllen, aber ich kann nicht ewig damit weitermachen und Gott spielen.«

Er lächelte. »Apropos Gott: Ich bete heute eigentlich nur noch für meine Gesundheit, aber ich würde mir wirklich wünschen, dass dich einer von diesen Losern überrascht, die du von Berufs wegen verschaukelst, und sich als anständiger Kerl entpuppt. Ich will mir keine Sorgen um dich machen müssen, wenn ich eines Tages gehen muss.«

»Ich komme gut allein klar. Ich brauche keinen Versorger.«

»Es geht nicht um die Finanzen. Ich weiß, du bist eine starke, unabhängige Frau, aber im Grunde genommen braucht jeder Mensch jemanden an seiner Seite. Den Tod deiner Mutter habe ich nur überwunden, weil ich dich hatte.«

»Gut, dass mein Vater so bald nirgendwo hingehen wird«, sagte ich augenzwinkernd.

Ich blieb noch eine ganze Weile bei meinem Dad. Nachdem ich mich mit dem leckeren Essen vollgestopft hatte, das er mir servierte, rief ich ein Taxi für die Fahrt zum Bahnhof. Wir hatten uns eine Flasche Wein geteilt, und ich hatte keine Lust den ganzen Weg zu Fuß zu gehen.

Als er mich vor die Tür begleitete, wo wir auf den Wagen warteten, warf er einen Blick auf seinen neuen Wetterapparat.

»Hmm.« Er kratzte sich am Kinn.

»Was ist?«

»Die Feuchtbox sagt, es gibt Regen.«

Als ich im Zug saß, begann es tatsächlich zu regnen. Es war ein richtiger Wolkenbruch, und die Tropfen prasselten gegen die Fenster. Danach kam die Sonne jedoch wieder zum Vorschein, und der Anblick der New Yorker Skyline in der Ferne erfüllte mich mit Hoffnung – und zu meinem Schrecken wanderten meine Gedanken erneut zu Sebastian Maxwell.

6. KAPITEL

Sadie

Ich gab »Sebastian Maxwell Restaurant« ein – und löschte es sofort wieder.

Nein, das kann ich nicht machen.

Nachdem ich die Google-Suchleiste ein paar Sekunden lang angestarrt hatte, tippte ich erneut »Sebastian Maxwell Restaurant New York«.

Und diesmal drückte ich die Enter-Taste, statt es zu löschen.

Die »Über uns«-Seite einer Homepage erschien ganz oben in der Ergebnisliste.

Bianco's Ristorante.

Ich las mir den Text durch.

Bianco's Ristorante wurde 2012 von dem New Yorker Unternehmer Sebastian Maxwell und seiner Frau Amanda, einer herausragenden Köchin, gegründet. Die Maxwells wurden maßgeblich von Rosa Bianco inspiriert, Sebastians Großmutter väterlicherseits, die 1960 aus Norditalien in die USA einwanderte. Über die Jahre sammelte Sebastian die Rezepte seiner Nonna, und er präsentiert heute zusammen mit Chefkoch Renzo Vittadini eine der erlesensten Speisekarten von New York: alte europäische Rezepte mit einem modernen Flair. Die erstklassige Küche von Bianco's Ristorante in Kombination mit

dem rustikalen Ambiente macht jeden Besuch zu einem kulinarischen Erlebnis!
Ob Sie ein Candle-Light-Dinner für zwei oder eine Familienfeier planen – kontaktieren Sie uns, um eine Reservierung vorzunehmen!

Ich klickte die Speisekarte an.

Jedes Gericht war nach einer Person benannt: Nonna Rosas Parmesan-Hühnchen, Birdies Spaghetti bolognese, Renzos Ricotta-Tarte, Mandys Manicotti.

Mandy.

Amanda.

Sebastians Saltimbocca.

Es gab auch eine umfangreiche Weinkarte.

»Was machst du da?«

Ich zuckte zusammen. »Du erschreckst mich noch mal zu Tode, Devin!«

»Warum hast du gerade das Fenster gewechselt?«

»Nur so. Weißt du … ich sollte mich jetzt wirklich nicht vor der Arbeit drücken.«

Sie grinste. »Was ist Bianco's?«

Großartig. Sie hatte den Namen am oberen Rand der Registerkarte gesehen.

Ich atmete genervt aus, bemühte mich aber, locker zu klingen. »Das Restaurant von Birdies Vater.«

»Sehr schön!« Sie lachte und freute sich viel zu sehr über meine offensichtliche Schwäche. »Wie du weißt, habe ich nichts gegen Stalking – besonders wenn es um diesen gut aussehenden Mann geht.«

»Ja, ja, schon klar, dass du das gut findest. Aber *ich* komme mir blöd dabei vor.«

»Trotzdem kannst du einfach nicht anders, oder?«

Ich zuckte mit den Schultern. »Er ist irgendwie faszinierend.«

Ihre Augen leuchteten auf wie bei einem kleinen Mädchen, das gerade erfahren hat, dass der Zirkus in die Stadt kommt. »Wann gehen wir hin? Ich habe plötzlich große Lust auf eine leckere Portion Pasta.«

»Oh, nein! Da ziehe ich die Grenze. Ein bisschen Stalking im Internet ist ein netter Zeitvertreib und völlig harmlos. Aber persönlich jemandem nachstellen? Auf keinen Fall!« Ich schüttelte den Kopf. »Niemals!«

»Es ist ein öffentliches Lokal. Da kann von Stalking keine Rede sein!«

Ich sortierte ein paar Papiere auf meinem Schreibtisch. »Lass gut sein, Devin!«

»Hättest du etwas dagegen, wenn ich das Restaurant teste? Armando und ich wollten schon länger mal was Neues ausprobieren.«

»Und willst du deinem Verlobten erzählen, dass du eigentlich nur mit ihm hingehst, weil du den attraktiven Besitzer unter die Lupe nehmen willst?«

Devin winkte ab. »Das muss er nicht wissen. Er liebt Essen. Er wird begeistert sein.« Sie beugte sich zu meinem Computer vor. »Kann man online reservieren?«

»Keine Ahnung. Das habe ich nicht nachgeschaut, weil es mich nicht interessiert.«

»Mal sehen«, sagte sie, nahm meine Maus und maximierte das Fenster. »Ah!« Sie grinste.

»Was machst du, Devin?«

Sie tippte ihre Angaben ein. »Der einzige freie Termin ist Samstag um siebzehn Uhr. Sonst ist anscheinend nichts mehr frei. Gut, dass ich gern früh zu Abend esse – wie alte Leute.«

»Du spinnst!«, sagte ich kopfschüttelnd.

Sie zwinkerte mir zu. »Ich gebe dir Bescheid, wenn ich ihn sehe.«

Zwei Wochen vergingen, der Sommer neigte sich allmählich dem Ende zu, und es waren keine Briefe mehr von Birdie gekommen. Devin und Armando hatten ein fantastisches und sehr teures Dinner im Bianco's – doch Sebastian Maxwell hatte sich nicht blicken lassen. *Das hat sie davon, dass sie ihm nachspionieren wollte!*

Weil inzwischen eine ganze Weile verstrichen war, dachte ich, ich würde nie wieder von Birdie hören.

Doch eines Nachmittags entdeckte ich zu meiner großen Überraschung einen Brief meiner kleinen Freundin in meinem Poststapel.

Mein Puls raste, als ich zu meinem Schreibtisch lief, die restliche Post ablegte und den Umschlag aufriss.

Lieber Weihnachtsmann,

hat Mommy dir erzählt, dass sie mich im Central Park besucht hat? Ich weiß, dass du meinen Wunsch an sie weitergegeben hast, weil auf dem Karussell ein schwarzes Pferd war, genau wie das, von dem ich dir erzählt habe. Ein Schmetterling hat mich zu ihm geführt. Ich weiß nicht, ob sie ihn geschickt hat oder ob sie selbst der Schmetterling war. Jedenfalls war es großartig. Sie fehlt mir so sehr!

Aber kannst du sie fragen, warum sie seitdem nicht mehr gekommen ist? Ich halte überall nach ihr Ausschau, doch sie gibt mir keine Zeichen mehr. Nachdem du mit Mom gesprochen hast und sie einen Weg zu mir gefunden hat, dachte ich, sie würde jetzt mehr Zeit mit mir verbringen.

Ich habe Angst, dass sie sauer auf mich ist. Womöglich weiß

sie, was ich mit Suzies Haaren gemacht habe oder dass ich mir nachts manchmal Kekse aus der Küche hole?
Kannst du sie bitten, mir noch ein einziges Zeichen zu schicken, damit ich weiß, dass sie nicht sauer ist? Auch wenn sie nicht bleiben kann?
Es tut mir leid, dass ich schon wieder einen Wunsch habe, lieber Weihnachtsmann. Aber es ist wirklich das letzte Mal, versprochen!
Birdie

Als ich den Brief zusammenfaltete und mir dabei die Tränen über die Wangen liefen, wurde mir bewusst, dass Birdie nicht mehr die Einzige war, die Hilfe brauchte.

Der letzte Besuch bei meiner Seelenklempnerin Dr. Eloisa Emery war lange her. Ihre Praxis lag am Times Square, was mir schon immer paradox vorgekommen war, denn aus dem Fenster schaute man auf das größte Chaos, das man sich vorstellen konnte. Eigentlich herrschte dadurch alles andere als eine entspannende Atmosphäre für eine Therapie. Bei meinen Sitzungen hatte ich immer die riesige, sich ständig verändernde Werbetafel angestarrt, wenn ich versucht hatte, meine Gedanken zu sortieren.

Nachdem ich bereits seit einiger Zeit befürchtete, nicht recht bei Trost zu sein, saß ich heute bei Dr. Emery, um ihr die Geschichte mit Birdie zu erzählen. Ich hoffte, dass sie mir weiterhelfen konnte.

Ich hatte ihr zunächst von den Briefen berichtet und war nun bei dem letzten angelangt, den ich gerade erhalten hatte.

»Er klang ein bisschen panisch«, sagte ich. »Sie hatte wirklich Angst, dass sie etwas ausgefressen hatte und der Geist ihrer Mutter sie deshalb nicht mehr besuchte. Außerdem fehlte das übliche PS am Ende, und der Ton des Briefs war insgesamt ein bisschen knapp. Da ist mir bewusst geworden, dass ich die Situation mit meinem Plan, ihr das schwarze Pferd zu zeigen, nur verschlimmert habe, auch wenn sie der Schmetterling letztlich zu ihm geführt hat.«

Dr. Emery nahm ihre Brille ab. »Dann haben Sie also Schuldgefühle?«

»Ja, natürlich. Jetzt erwartet sie mehr von ihrer Mutter, obwohl da nichts zu erwarten ist. Ich habe eine Dummheit begangen. Ihre Mutter ist tot, und jede Andeutung in die Richtung, dass Birdie mit ihr kommunizieren kann, führt dieses Mädchen in die Irre.«

Dr. Emery setzte ihre Brille wieder auf und schrieb etwas in ihr Notizbuch, dann sah sie wieder zu mir auf.

»Sadie, ich denke, es ist wichtig für Sie, akzeptieren zu lernen, dass Sie nichts von dem ändern können, was Sie bisher getan haben. Ihnen ist inzwischen klar, dass es nicht die klügste Idee war, Schicksal zu spielen – egal, wie reizvoll es auch war. Ich denke, Sie müssen das Pflaster jetzt abreißen.«

Meine Hände fühlten sich feucht an, als ich sie an meinen Oberschenkeln rieb. »Was meinen Sie damit?«

»Sie sind offenbar nicht imstande, *nicht* darauf zu reagieren, wenn sie sich bei Ihnen meldet. Meiner Meinung nach liegt Ihnen die Sache so am Herzen, weil Sie sich durch Birdie an sich selbst erinnert fühlen. Es ist fast, als hätten Sie die Gelegenheit bekommen, etwas für jemand anderen zu tun, das niemand je für Sie getan hat. Und dem können Sie nicht widerstehen. Zusätzlich sind Sie dadurch auch ein bisschen in Kontakt mit Ihrem inneren Kind. Aber jetzt wissen Sie, dass Ihr Engagement nicht gut ist. Und je mehr Sie sich engagieren, desto schwerer wird es, damit aufzuhören. Wenn sie Ihnen noch einmal schreibt, sollten Sie den Brief also gar nicht öffnen.«

Ich schüttelte energisch den Kopf und schaute aus dem Fenster. »Das kann ich nicht.«

»Warum nicht?«

»Weil ich wenigstens wissen muss, dass es ihr gut geht … auch wenn ich nicht reagiere.«

»Birdie weiß nichts von Ihrer Existenz. Sie weiß nicht, dass Sie Gefühle für sie entwickelt haben. Deshalb haben Ihre Gefühle, wie stark sie auch sein mögen, keine Bewandtnis für sie. Wenn Sie nicht reagieren und wenn Sie sich vornehmen, nicht mehr einzugreifen und den Weihnachtsmann zu spielen, dann dürfen Sie auch keinen Anteil mehr an Birdies Leben nehmen. Dazu gehört aber ebenfalls, dass Sie ihre Briefe nicht mehr lesen.« Sie legte den Kopf schräg. »Schaffen Sie das? Können Sie in Ihrem eigenen Interesse und letztlich im Interesse des Kindes die Verbindung abbrechen?«

Ich beobachtete, wie die Anzeige auf der Times-Square-Werbetafel mehrmals wechselte, bevor ich schließlich sagte: »Ich werde es versuchen.«

7. KAPITEL

Sadie

Seit dem letzten Brief von Birdie war nun fast ein Monat vergangen. Ich hatte Dr. Emerys Rat befolgt und nicht auf den Brief meiner kleinen Freundin reagiert. Ich war sogar so weit gegangen, Devin damit zu beauftragen, meine Post zu kontrollieren und eventuelle neue Briefe von Birdie auszusortieren. Allerdings war ich mehr als einmal schwach geworden und hatte nachgefragt, ob etwas gekommen sei, aber Devin hatte mir geschworen, dass sie nicht hatte intervenieren müssen. Manchmal gelang es mir nun auch, nicht mehr darüber zu grübeln, ob meine Geschenke mehr geschadet als genützt hatten. Doch heute war alles anders – und das hatte seinen Grund.

Ich hatte einen Termin bei einer Partnervermittlung auf der einundachtzigsten Straße – nicht für mich persönlich, sondern zu Recherchezwecken. Für den nächsten Monat plante ich einen Artikel über das Für und Wider solcher Dienste, und es war mein erstes Interview dafür. Kitty Boom, die Inhaberin der Agentur, versorgte mich mit vielen wertvollen Informationen. Und sie schenkte mir eine einmonatige Gratismitgliedschaft – die sagenhafte zehntausend Dollar kostete. Doch um die Sache auszuprobieren, musste ich eine Menge von mir preisgeben. Die Agentur verlangte einen medizinischen Bericht, ein psychologisches Profil und eine Aufstellung meiner Finanzen. Dazu gab es einen ausführlichen Fragebogen über so ziemlich alles: von meinen Hobbys über meine Fetische bis hin zu meiner Libido. Ich nahm das Geschenk an, war mir aber nicht sicher, ob ich wirklich wollte, dass jemand seine Nase so tief in meine Angelegenheiten steckte.

Weil es ein schöner Abend war, beschloss ich, einen Spaziergang zu machen. Die Partnervermittlung befand sich in einem Block voller eleganter Stadthäuser, und die Upper West Side, die ich mir nicht leisten konnte, zählte zu meinen Lieblingsvierteln. Ich war an der Ecke Broadway und einundachtzigste Straße. Birdie wohnte irgendwo in der dreiundachtzigsten Straße, also gar nicht weit entfernt.

Das sollte ich wirklich nicht tun.

Ich war in letzter Zeit so brav gewesen.

Aber wenn ich schon mal hier bin …

Was konnte es schaden, mal eben dort vorbeizugehen?

Ich war mit dem Taxi gekommen, weil ich spät dran gewesen war, aber ich konnte mit der UBahn von einer der umliegenden Stationen heimfahren. Ich machte also nicht unbedingt einen Umweg, wenn ich mich hier ein bisschen treiben ließ – egal, in welche Richtung. Ich konnte einfach zur Dreiundachtzigsten laufen, und wenn ich auf dem Weg zur Bahn *zufällig* an Birdies Zuhause vorbeikam, war es Schicksal.

Die Hausnummer hatte ich mir gemerkt, weil sie dem Hochzeitstag meiner Eltern entsprach, dem zweiten Oktober: 210. Ich hatte jedoch keine Ahnung, auf welcher Höhe ich auf die dreiundachtzigste Straße treffen würde. Es war reine Glückssache, ob ich an der 210 vorbeikam. Nur wenn ich vorher keine UBahn-Station erreichte, bekam ich das Haus zu sehen.

Trotz allem … Es fühlte sich falsch an.

Erst recht als die Nummer des ersten Hauses, an dem ich entlangging, die 230 war.

Oh mein Gott.

Die dreiundachtzigste Straße war ewig lang, allein auf der West Side vom Central Park bis hinunter zum Hudson River fast einen Kilometer … aber der erste Block, den ich erreichte, war ausgerechnet der, in dem Birdie wohnte!

Es war mir fast ein bisschen unheimlich.

Mein Herz schlug mit jedem Schritt schneller.

228.

226.

224.

Nun waren es noch acht Häuser.

Verdammt, das Viertel war wirklich schön. Birdie wohnte in einer von Bäumen gesäumten Straße mit fantastischen Brownstone-Häusern. Ich wusste nicht, warum, aber ich hatte mir vorgestellt, sie würde in einem Mehrfamilienhaus wohnen, in beengten Verhältnissen wie der Rest von uns, und nicht in einem derart luxuriösen Haus. Jedes dieser Gebäude war Millionen wert. Selbst wenn man hier nur zur Miete wohnte, kostete das einen ordentlichen Batzen.

Ich fuhr fort, die Hausnummern herunterzuzählen.

220.

218.

216.

Nur noch drei.

Als ich vor dem Haus ankam, in dem Birdie wohnte, raste mein Herz. Ich ging langsamer und versuchte, in die Fenster zu schauen. Doch vom Gehsteig waren es ungefähr zehn Stufen bis zur Eingangstür, und ich konnte von hier unten nicht viel sehen. Enttäuschung machte sich in mir breit. Ich zwang mich, das Haus nicht mehr so anzustarren, als würde ich es für einen geplanten Einbruch auskundschaften. Als ich den Blick senkte, sah ich etwas Glänzendes auf der untersten Treppenstufe liegen.

Ist das …?

Nein … das konnte nicht sein.

Ich sah mich um. Niemand schien mich zu beobachten, also bückte ich mich rasch, um es mir genauer anzuschauen.

Meine Augen weiteten sich.

Oh mein Gott.

Auf der Stufe lag eine silberne Haarspange, wie sie ein kleines Mädchen benutzen würde, wenn der Vater ihr keine Zöpfe flechten konnte. Und … es war ein silberner Schmetterling darauf.

Schmetterlinge.

Birdie.

Das passte.

Ohne nachzudenken, hob ich die Spange auf.

Aber … was um alles in der Welt sollte ich jetzt damit machen?

Am besten legte ich sie an einen Ort, wo sie sicherer war. Hier unten an der Straße konnte die hübsche kleine Spange leicht weggeweht werden – oder jemand trat drauf und zerbrach sie.

Wie es aussah, war niemand zu Hause. Ich konnte sie einfach vor die Tür legen.

Ja, das war eine gute Idee!

Zufälligerweise würde ich vom oberen Ende der Treppe womöglich besser in die Fenster schauen können. Aber ich wollte ja nur das Richtige tun: Ich sorgte dafür, dass Birdies Haarspange nicht abhandenkam oder kaputtging. Sie hing wahrscheinlich sehr daran. Bei genauerem Hinsehen stellte ich fest, dass sich unter der Haupttreppe eine weitere Eingangstür befand, zu der ein paar Stufen hinabführten. Ich überlegte, ob die Maxwells vielleicht in der Souterrainwohnung lebten, doch mein Bauchgefühl war anderer Meinung.

Und so atmete ich tief durch und ging die Treppe hoch. Oben angekommen hatte ich weiche Knie. Gott, ich war wirklich nervös!

Vom Bürgersteig aus hatte ich nicht ermessen können, wie groß der Hauseingang war – die zweiflügelige, kunstvoll verzierte Glastür war gut und gern drei Meter hoch. Zu meiner Linken befand sich ein Fenster, durch das ich in ein geräumiges Wohnzimmer schauen konnte. Eine Anzugjacke lag auf einem der Sessel, und ich fragte mich, ob sie Sebastian gehörte. Ich blieb eine Weile stehen und versuchte, Details zu erkennen – die Titel der Bücher im Regal, die Fotos auf dem Kaminsims –, als sich plötzlich die Gardine bewegte.

Es war doch jemand zu Hause!

Ich spürte, wie mir die Farbe aus dem Gesicht wich.

Oh mein Gott.

Ich muss auf der Stelle verschwinden!

Voller Panik suchte ich einen Ablageort für die Haarspange. Weil ich nichts Geeignetes fand, legte ich sie kurzerhand auf den massiven Türgriff. Entweder würde sie jemand dort liegen sehen, oder sie würde herunterfallen, wenn die Tür aufging, und so gefunden werden.

Dann machte ich auf dem Absatz kehrt, um zu verschwinden. Mein Herz schlug so schnell, als hätte ich ein Verbrechen begangen, obwohl ich eine gute Tat vollbracht und einem kleinen Mädchen seine Lieblingshaarspange zurückgebracht hatte.

Nach ein paar Stufen hörte ich, wie hinter mir die Tür geöffnet wurde. Beinahe panisch ging ich weiter … bis mich eine tiefe Stimme innehalten ließ.

»Hey! Sie! Was machen Sie da?«

Oh. Mein. Gott.

Ich schloss die Augen. *Diese Stimme.* Ich hatte Sebastian zwar nur kurz am Karussell reden hören, aber ich war hundertprozentig davon überzeugt, dass er es war. Dieser tiefe, raue, sexy Bariton passte absolut zum Rest des Pakets.

Als ich nicht reagierte, rief er noch einmal. Diesmal lauter.

»Hallo? Wo wollen Sie hin?«

Weil mir nichts anderes übrig blieb, als den Konsequenzen meines Handelns ins Auge zu sehen, holte ich tief Luft und drehte mich langsam um.

Mein lieber Schwan. Aus der Nähe sah Sebastian noch viel besser aus. Anscheinend war er gerade aus der Dusche gekommen. Sein nasses Haar hatte er nach hinten gekämmt, und er trug ein einfaches weißes T-Shirt und eine graue Jogginghose. Ich war völlig fasziniert von seinen grünen Augen. Die Farbe war sehr ungewöhnlich; es war weder ein Braungrün, noch ein Jade- oder Mooston, wie man ihn häufiger sieht, sondern ein leuchtendes Smaragdgrün mit goldenen Sprenkeln rings um die Pupillen.

»Sie sind zu spät!«, blaffte er.

»Äh …«

»Die Klingel funktioniert nicht. Ich muss sie am Wochenende reparieren. Sie müssen schon etwas fester anklopfen und pünktlich sein, wenn Sie den Job haben wollen. Ich muss in fünf Minuten zur Arbeit.«

»Den Job?«

»Sie sind doch die Hundetrainerin, oder?«

Er nahm mich mit seinen atemberaubenden Augen ins Visier, was mich total nervös machte. Ich hatte das Gefühl, dass er mich durchschaute und für eine durchgeknallte Stalkerin seiner zehnjährigen Tochter hielt. Ich meine, das war ich natürlich, aber er sollte das nicht von mir denken.

»Äh … ja. Tut mir leid, dass ich zu spät bin. Viel Verkehr.«

Was zur Hölle tue ich hier gerade?

Er zeigte zur Tür. »Na, dann beeilen Sie sich. Ich habe nicht den ganzen Tag Zeit. Ich stelle Sie kurz einander vor, und dann sind Sie auf sich allein gestellt. In einer Stunde bringen Sie ihn wieder zurück. Dann ist die Babysitterin da und kümmert sich um ihn. Wenn wir als Hausaufgabe irgendwelche Kommandos üben sollen, erklären Sie sie Magdalene. Sie ist sowieso öfter hier als ich.«

Nach kurzem Zögern stieg ich die Treppe wieder hoch. Meine Beine zitterten mit jedem Schritt mehr. Als ich oben ankam, war Sebastian schon im Haus verschwunden. Ich machte vorsichtig ein paar Schritte in die Diele – und wurde aus heiterem Himmel angefallen.

Gut, »angefallen« war vielleicht nicht das richtige Wort. Aber ich wurde plötzlich umgeworfen, landete flach auf dem Rücken, und zwei riesige Pfoten stemmten sich gegen meine Brust und drückten mich zu Boden. Dann schlabberte mir die größte Zunge, die ich je gesehen hatte, durchs Gesicht.

»Marmaduke!«, rief Sebastian. Die junge Bordeauxdogge warf einen Blick über die Schulter und lachte den großen, wütenden Mann praktisch aus, der auf sie herabschaute. Dann fuhr der Hund ungerührt damit fort, mich abzulecken.

Nachdem der erste Schreck verflogen war, gelang es mir irgendwie, das Ungeheuer von mir herunterzuschieben. Ich wischte mir den Sabber aus dem Gesicht und stand auf. Sebastian machte ein grimmiges Gesicht. *Was sollte das denn?* Der Hund hatte *mich* niedergeworfen – *ich* war das Opfer und nicht er!

Er stemmte die Hände in die Hüften. »Ich will hoffen, das war keine Demonstration Ihrer Fähigkeiten. Sie haben ja noch weniger Kontrolle über ihn als ich.«

So langsam wurde ich wütend. »Was erwarten Sie denn? Er hat mich ohne Vorwarnung angesprungen! Danke auch, dass Sie mir aufgeholfen haben. Sehr nett von Ihnen!«

Sebastian runzelte die Stirn. »Sie sehen nicht französisch aus.«

Ich wischte mir den Staub von der Hose. »Wahrscheinlich, weil ich keine Französin bin.«

Er sah mich schräg an. »Warum arbeiten Sie dann mit französischen Kommandos?«

Oh, Mist. »Ähm.« Ich blinzelte einige Male und saugte mir eine Antwort aus den Fingern. »Wollen Sie meine Methoden etwa jetzt schon infrage stellen? Wenn Sie nicht wollen, dass ich Ihren Hund erziehe, der ganz offensichtlich eine stärkere Hand als die Ihre braucht, dann sagen Sie es, und ich verschwinde auf der Stelle.«

Sebastians Mundwinkel zuckten. »Schon gut, ich hole seine Leine.«

Ernsthaft? Was dachte ich mir nur dabei? Ich hatte eine Sitzung bei Dr. Emery gebraucht, um meinen Umgang mit einem kleinen Mädchen zu analysieren, das Briefe an den Weihnachtsmann schrieb. Was war dann vonnöten, wenn ich vorgab, eine Hundetrainerin zu sein, die mit französischen Kommandos arbeitete? Die sofortige Einweisung in eine Anstalt? Gott, was hatte ich mir da eingebrockt?

Sebastian kam mit der Leine zurück und gab sie mir. Dann reichte er mir zu meiner Überraschung die Hand und schlug einen freundlicheren Ton an. »Entschuldigen Sie bitte. Ich habe mich Ihnen nicht vorgestellt. Dieser Hund macht mich manchmal fertig. Ich bin Sebastian Maxwell, und ich nehme an, Sie sind Estelle.«

Estelle. Natürlich! Weil die Frau, die *keine* Französin war und Hunde mithilfe französischer Kommandos erzog, logischerweise Estelle hieß. Ich erwiderte den Händedruck.

Im selben Moment geriet mein Puls völlig außer Kontrolle und raste wie verrückt. Ich war wie elektrisiert.

Na prima. Schon wieder eine verstörende Reaktion, die ich mit Dr. Emery besprechen musste – obwohl es auf gewisse Weise Sinn ergab, dass ich leuchtete wie ein Weihnachtsbaum, denn ich war schließlich der verdammte Weihnachtsmann. Nach dem heutigen Tag brauchte ich einen Kredit, um meine Therapiesitzungen bezahlen zu können.

Ich zog meine Hand zurück und konzentrierte mich auf einen schnellen Abgang. Da ich meinen neuen Schüler offenbar mitnehmen sollte, befestigte ich die Leine an Marmadukes Halsband und bemühte mich, professionell zu wirken.

»Okay, dann bin ich in einer Stunde wieder hier.« Ich ruckte am Halsband des kräftigen Hundes, und er folgte mir erstaunlicherweise. Als weiteren Beweis dafür, dass ich komplett den Verstand verloren hatte, drehte ich mich an der Treppe noch einmal um und lächelte Sebastian Maxwell zu. *»Merci!«*

Kaum hatte ich es gesagt, zweifelte ich bereits daran, ob das überhaupt Französisch für »Danke« war. Aber Marmaduke rannte schon die Treppe hinunter, und ich musste mich beeilen, um mit ihm mitzuhalten. Unten angekommen zog ich fest an seiner Leine, damit er stehen blieb.

»Brr …«, machte ich.

Verflixt. Brr? Das war der Anhaltebefehl für Pferde, oder? In der Hoffnung, dass Sebastian ins Haus gegangen war und mich nicht gehört hatte, schaute ich nach oben.

Natürlich stand er noch an der Treppe und sah mir ziemlich skeptisch nach.

Ja, ja, ich habe auch meine Zweifel.

Marmaduke und ich gingen in einen nahegelegenen Park, in dem es eine Freilauffläche für Hunde gab. Gut für mich: Ich konnte ihn in einem eingezäunten Bereich von der Leine lassen und in Ruhe »Hundetraining« googeln.

Ich verbrachte eine gute halbe Stunde damit, mich in die Grundlagen des Gehorsamstrainings für Hunde einzulesen. Dann fragte ich Google nach den Gründen dafür, einen Hund mit französischen Kommandos zu trainieren. Zu meinem Erstaunen war es weitaus üblicher, als ich vermutet hatte. Viele Leute erzogen ihren Hund in der Sprache des Herkunftslands der jeweiligen Rasse, und die Bordeauxdogge stammte, wer hätte es gedacht, aus Frankreich. Dieser Punkt leuchtete mir also ein. Fremdsprachige Befehle sorgten außerdem für Klarheit, weil sie aus der Gemeinsprache herausfielen und für den Hund unverwechselbar waren. Ich sah mir die Grundkommandos an. Sitz hieß *»assis«*. Platz hieß *»couché«*, und nein hieß *»non«*. Diese drei Worte musste Marmaduke dringend lernen.

Das einzig Gute an einem energiegeladenen jungen Hund war, dass er recht schnell müde wurde. Als Marmaduke sich ausgetobt hatte, nahm ich ihn aus dem Hundebereich und suchte mir ein ruhiges Plätzchen unter einem Baum, um mit ihm zu üben.

Er legte sich quer über meine Beine, und ich streichelte ihn. »Dann erzähl mir mal von den Leuten, bei denen du wohnst, Marmaduke. Ist Sebastian tatsächlich immer so ein Idiot wie vorhin? Er ist auf jeden Fall anders, als ich ihn mir nach Birdies Beschreibung vorgestellt habe.«

Als ich »Birdie« sagte, wedelte Marmaduke mit dem Schwanz. Ich war neugierig, ob das ein Zufall gewesen war. Also wartete ich, bis er aufhörte zu wedeln, bevor ich weiterredete.

»Ich hatte einen richtig netten Mann erwartet, einen sanften, freundlichen Typen, obwohl er so ein großer Kerl ist wie du. Aber Sebastian ist irgendwie nicht sehr nett, oder?«

Marmaduke zeigte keine Regung. Er sah mich nur aufmerksam an.

»Ich hoffe, er spricht nicht so mit Birdie, wie er mit uns gesprochen hat!«

Und tatsächlich, der Hund begann mit dem Schwanz zu wedeln, kaum dass ich »Birdie« gesagt hatte. Ich kraulte ihm lächelnd die Ohren.

»Ja, mein Freund, ich weiß. Ihre Briefe haben mir gezeigt, was für ein besonderes Mädchen sie ist. Ich bin froh, dass du da bist, um sie zu beschützen.«

In einem ihrer ersten Briefe hatte Birdie geschrieben, dass sie sich einen Hund zu Weihnachten gewünscht, aber keinen bekommen hatte. Deshalb fragte ich mich, warum ihr Vater jetzt doch einen angeschafft hatte. Wollte er Birdie beschützt wissen, wenn er nicht zu Hause war, weil ein Stalker im Viertel herumschlich? Ein anderer außer mir, meine ich. Das war hoffentlich nicht der Fall!

Ich musste diesem Hund schnellstens noch etwas beibringen, weil es fast schon wieder Zeit war, ihn zurückzubringen. Aber in den meisten Artikeln, die ich gelesen hatte, war die Rede davon gewesen, dass man Hundeleckerli als Belohnung brauchte. Ich war gezwungen zu improvisieren und kramte in meiner Tasche nach einem akzeptablen Ersatz. Leider hatte ich nicht viel Auswahl: einen Kaugummistreifen und einen Müsliriegel, der hauptsächlich aus Nüssen bestand. Und da heutzutage die halbe Welt allergisch gegen irgendetwas zu sein schien, googelte ich sicherheitshalber, ob Hunde Nüsse fressen durften. Sie durften – mit Ausnahme von Macadamia – und Walnüssen. Nachdem ich die Zutatenliste meines Riegels studiert hatte, steckte ich mir den Kaugummi in den Mund und stand auf. Marmaduke stand ebenfalls auf. Ich brach den Riegel in mehrere Stücke und zeigte ihm eins.

»Sitz!«, sagte ich streng. »Oh, Moment, nein. *Assis!*«

Der Hund guckte mich nur an. Ich seufzte und schaute noch

einmal in einen der Artikel, die ich gelesen hatte. Dort suchte ich den Abschnitt darüber, wie man einem Hund beibrachte, sich hinzusetzen.

Erster Schritt: Knien Sie sich vor Ihren Hund.

Großartig. Grasflecken auf meiner weißen Hose. Ich atmete tief durch und ging auf die Knie.

Zweiter Schritt: Halten Sie die Belohnung in der Hand, zeigen Sie sie dem Hund, und führen Sie sie an seiner Nase vorbei.

Das kam mir gemein vor. Hoffentlich biss mich Marmaduke nicht zur Strafe in die Finger, um ein paar davon mitsamt dem Riegel aufzufressen. Zum Glück tat er es nicht. Hmm ... womöglich hatte der Verfasser des Artikels ja wirklich Ahnung. Ich machte weiter.

Dritter Schritt: Heben Sie die Hand, in der Sie die Belohnung halten, und befehlen Sie Ihrem Hund, sich zu setzen.

Ich folgte der Anleitung und sagte mit fester Stimme: »*Assis!*«

Heiliger Strohsack.

Marmaduke setzte sich.

Er setzte sich wirklich und wahrhaftig hin!

Ich gab ihm seine Belohnung und kraulte ihn hinter den Ohren. »Gut gemacht, Marmaduke! Braver Hund!«

Als ich den Park verließ, um meinen Meisterschüler nach Hause zu bringen, hatte er meine Befehle mindestens fünfmal befolgt. Und beim letzten Mal hatte ich gar keine Belohnung in der Hand gehabt! Sobald ich den Arm gehoben hatte, hatte Marmaduke sich einfach hingesetzt. Unglaublich! Doch auch wenn ich diese kleine Aufgabe bewältigt hatte, war ich beileibe keine professionelle Hundetrainerin. Ich musste dieses hirnrissige Spiel auf der Stelle beenden. Mit meiner Einmischung in Birdies Leben hatte ich schon genug Schaden angerichtet. Ich musste mich unbedingt zurückziehen. Obwohl ich mich zugegebenermaßen darauf freute, das süße kleine Mädchen persönlich kennenzulernen. Und weil mich nun die Babysitterin und nicht Sebastian im Haus erwartete, war ich viel lockerer, als wenn ich ihm noch einmal hätte gegenübertreten müssen.

Ich kam ein paar Minuten zu spät in die dreiundachtzigste Straße. Nachdem ich kurz stehen geblieben war, um ein paarmal tief durchzuatmen, ging ich die Treppe hoch. Ich klingelte und wartete, aber niemand kam zur Tür. Dann fiel mir wieder ein, dass die Klingel kaputt war und Sebastian gesagt hatte, ich solle laut klopfen. Das tat ich.

Eine freundliche Frau von etwa Mitte fünfzig öffnete mir. Mit ihrem herzlichen Lächeln war sie das komplette Gegenteil von dem einschüchternden Typen, dem ich mich an gleicher Stelle zuvor gegenüber gesehen hatte.

»Sie müssen Estelle sein«, sagte sie.

Ich nickte. »Ja, die bin ich. Estelle, die Hundetrainerin.«

Sie trat zur Seite. »Kommen Sie herein. Ich bin Magdalene. Mr Maxwell sagte, Sie sollen mir alles zeigen, was wir mit Marmaduke üben müssen.«

Ich sah mich um. Im Haus war alles still. Keine Spur von Sebastian oder Birdie. »Äh, ist Mr Maxwell daheim? Es können alle mitmachen.«

Sie schüttelte den Kopf. »Nein, er ist zur Arbeit gefahren. Er arbeitet abends, wissen Sie. Aber seine Tochter und ich, wir sind schon ganz gespannt auf das Training. Es ist ihr Hund.«

Als sie Birdie erwähnte, machte mein Herz einen kleinen Hüpfer. »Ah, der Hund der Tochter. Okay, kommt sie denn dazu?«

»Nein«, sagte Magdalene. »Sie ist mit ihrer Pfadfindergruppe unterwegs. Sie sammeln vor dem Supermarkt Spenden. Aber ich bringe ihr alles bei, was Sie mir zeigen.«

Keine Birdie. Ich war enttäuscht.

Ich verkniff mir einen Seufzer und nickte. »Okay. Also, heute haben wir Sitz gelernt. Er bekommt seine Kommandos aber auf Französisch, also *assis*. Und mir sind die Leckerli ausgegangen. Haben Sie welche da, damit ich es vorführen kann?«

»Klar, einen Moment! Sie sind im Küchenschrank. Bitte machen Sie es sich inzwischen bequem.«

Ein Teil von mir hatte ein furchtbar schlechtes Gewissen, aber der andere wollte sich unbedingt etwas umsehen, wo sich schon die Gelegenheit bot. Der schlechtere Teil siegte, als ich die Fotos auf dem Sims des großen Kamins erblickte, den ich zuvor durchs Fenster gesehen hatte. Mein Herz zog sich zusammen, als ich eins davon in die Hand nahm. Es war ein Bild von Sebastian und seiner Frau, sie standen auf Skiern, und Sebastian hielt Birdie im Arm, die ein Snowboard an ihren kleinen Füßen hatte. Auf diesem Foto konnte sie nicht älter als fünf oder sechs sein. Ihre Pausbäckchen waren ganz rot, und sie hatte das strahlendste, glücklichste Lächeln im Gesicht, das ich je gesehen hatte. Obwohl Sebastian wahnsinnig gut aussah, konnte ich den Blick nicht von Birdies Lächeln losreißen.

Als Magdalene zurückkam und sah, was ich in der Hand hielt, lächelte sie traurig. »Das sind Mr Maxwell und seine Tochter Birdie.« Sie bekreuzigte sich. »Und seine geliebte Frau Amanda. Sie ist inzwischen verstorben. Gott hab sie selig.«

Ich bekam einen Kloß im Hals und räusperte mich, bevor ich das Foto zurückstellte. »Eine sehr hübsche Familie.«

Magdalene nickte. Sie gab mir die Hundeleckerli, und ich wandte Marmaduke meine Aufmerksamkeit zu. Hoffentlich erinnerte er sich an das, was er gelernt hatte. Genau wie vorhin zeigte ich ihm die Belohnung und hielt die Hand dann hoch. »*Assis!*«, sagte ich. Wunderbarerweise setzte Marmaduke sich sofort hin.

Magdalene lächelte. »Meine Güte! Sie verstehen wirklich Ihr Handwerk. Der große Kerl hört sonst auf niemanden.«

Die Situation war absolut verrückt, aber ich war trotzdem stolz auf das, was ich erreicht hatte.

»Danke«, sagte ich. »Oder *merci*.«

Ich musste fast lachen, aber ich hatte mir nicht verkneifen können, meine Rolle zu spielen. Ich gab Magdalene noch ein paar Tipps, die ich mir im Internet angelesen hatte, und dann wurde es auch schon Zeit zu gehen.

»Okay, also dann. Viel Glück mit ihm. Er ist ein ganz Lieber.«

Magdalene brachte mich zur Tür. »Sie kommen nächste Woche wieder, nicht wahr?«

»Äh, nun ja …«

»Birdie wird traurig sein, dass sie heute nicht dabei sein konnte. Ehrlich gesagt haben wir nicht an Ihren Besuch gedacht, als sie diese Aktion mit ihrer Gruppe geplant hat. Nächsten Dienstag wird sie garantiert schon an der Tür auf Sie warten.«

An der Tür auf mich warten.

Ich stellte mir vor, wie Birdie sich voller Vorfreude auf das Hundetraining die Nase an der Scheibe plattdrückte.

Ich konnte sie unmöglich enttäuschen.

Eine Woche mehr kann nicht allzu schlimm sein, oder? Ich meine, ich steckte schon so tief drin – wie konnte ich da einen Schlussstrich ziehen, ohne die kleine Birdie wenigstens einmal persönlich getroffen zu haben? Außerdem war sie sicher sehr enttäuscht, wenn die Hundetrainerin gleich nach dem ersten Mal den Dienst quittierte.

»Wissen Sie was? Ich komme. Wir sehen uns nächsten Dienstag.«

Ich wandte mich zum Gehen und atmete tief durch.

So ein Mist. Schon wieder versagt.

8. KAPITEL

Sadie

»*Reste!*«

Wuff!

»*Reste!*«

Wuff!

»Was zur Hölle hörst du dir da an?« Devin hatte mich wieder einmal beim Faulenzen auf der Arbeit erwischt. »Ist das Französisch … und Hundegebell?«

Ich klickte hastig auf Pause. Ich hatte mir auf YouTube eine weitere Anleitung zum Thema »Hundetraining auf Französisch« angesehen. Wann immer ich Zeit erübrigen konnte, hatte ich in den vergangenen Tagen solche Videos geschaut. Ich war schon so im Thema drin, dass ich geträumt hatte, ich stünde wegen irgendeines Vergehens vor Gericht und der Saal wäre voll mit Hunden, die mich auf Französisch anblafften.

»Quatsch.« Ich schüttelte den Kopf. »Kein Französisch. Ich weiß nicht, was du da gehört hast.«

»Nein? Was war es dann?«

Herausreden war unmöglich, also gab ich es notgedrungen zu. »Okay, es war Französisch.«

»Das habe ich sofort erkannt. Meine Oma Julienne ist Französin. Willst du etwa verreisen?« Sie strahlte angesichts dieser Aussicht. »Ein Artikel über Partnersuche in anderen Ländern! Ich würde dich zu gern als Assistentin begleiten!«

Devin hatte keine Ahnung, worauf ich mich eingelassen hatte. Aber ich drohte zu platzen, wenn ich es nicht irgendjemandem erzählte. Wenn mich einer verstehen würde und mich nicht direkt einweisen ließ, dann war es Devin. Nur Devin.

»Kein Artikel, keine Reise.« Ich seufzte. »Aber ich muss dir etwas erzählen. Am besten setzt du dich hin.«

Devin hielt es nicht lange auf ihrem Stuhl. Sie ging aufgeregt vor meinem Schreibtisch auf und ab. »Oh mein Gott! Das ist zu schön, um wahr zu sein!«

»Es ist ein einziger riesiger Schlamassel! Und nach meinem nächsten Besuch ist Schluss damit.«

Sie stutzte. »Du willst also noch einmal die französische Hundetrainerin spielen – und was dann?«

Ich trommelte mit meinem Stift auf den Tisch und atmete geräuschvoll aus. »Dann muss ich mir überlegen, wie ich da rauskomme.«

»Sag mal … was ist eigentlich mit der *echten* Hundetrainerin?«

Tja, das ist die große Frage.

»Ich habe keinen Schimmer. Das ist das andere Problem. Soweit ich weiß, ist Estelle gestern nicht gekommen, aber ich habe nicht die geringste Ahnung, warum und ob sie irgendwann später mal auftauchen wird.«

»Hoffentlich nicht!« Devin seufzte. »Das ist Schicksal, Sadie – die Haarspange mit dem Schmetterling, dass er die Tür genau in dem Moment öffnet, dass der Hund deine idiotischen Kommandos einfach so befolgt, als wärst du eine Expertin! Das ist deine Eintrittskarte. Willst du die Chance nicht nutzen, statt nach dem nächsten Besuch auszusteigen?«

Ich fand ihren Vorschlag unglaublich, obwohl er mich nicht hätte überraschen dürfen.

»Meine Eintrittskarte wofür, Devin? Und sag jetzt nicht, für das Bett von Sebastian Maxwell!«

»Ich wollte eigentlich sagen … deine Eintrittskarte in Birdies Leben. Jetzt kannst du sie treffen und nach ihr sehen und musst keine unerreichbaren Wünsche mehr erfüllen, indem du den Weihnachtsmann spielst.« Devin hielt inne, dann schmunzelte sie. »Und ja, es könnte möglicherweise zu fantastischem Sex mit Sebastian Maxwell führen!«

Ich stand auf. »Nur noch *ein* Mal, dann beende ich die Sache, Devin. Ich meine es ernst. Ich kann diesem kleinen Mädchen nicht ins Gesicht lügen. Das ist schlimmer, als aus der Ferne Gott zu spielen.«

»Du lügst doch nicht. Das ist ja das Schöne daran. Du bist … *du.* Und du trainierst zufällig diesen Hund. Also *bist* du die Hundetrainerin. Wen kümmert es, wie du dazu gekommen bist?«

»Und ich heiße Estelle? Ist das etwa keine Lüge?«

Sie zuckte mit den Schultern. »Das ist nur ein unwesentliches Detail.«

Ich raufte mir die Haare. »Was heißt ›Betrug‹ auf Französisch?«

Es war ein herrlicher sonniger Spätsommertag. Der ideale Tag für ein Picknick im Park oder einen Spaziergang mit anschließendem Cafébesuch. Es gab eine Menge Dinge, die ich hätte tun können, statt dieses verrückte Theater weiterzuspielen. Dennoch ging ich mit klopfendem Herzen die Treppe hoch und klopfte bei den Maxwells an die Tür.

Ich hörte Marmadukes Krallen über den Parkettboden schrammen, als er durch die Diele gerast kam, um mich zu begrüßen.

Kaum war die Tür auf, stürzte er auch schon auf mich zu und

sprang mich an. Wer hatte überhaupt die Tür aufgemacht? Ich sah nur ihn. Es war, als hätte *er* mir geöffnet.

Ich drehte den Kopf zur Seite, um seinen Sabber nicht in den Mund zu bekommen.

»Hey! *Assis! Assis!*«

Anscheinend hatte er alles vergessen, was er beim letzten Mal gelernt hatte. Mein Kommando bewirkte rein gar nichts. Er stand stur auf den Hinterbeinen und versuchte, mir einen Zungenkuss zu geben.

»Kommen Sie rein!«, rief Magdalene irgendwo hinter dem Hund. »Tut mir leid! Er hat heute wieder viel zu viel Energie. Wie Sie sehen, ist er völlig ungestüm. Genau der richtige Tag für die nächste Lektion!«

Ich hatte damit gerechnet, dass Birdie an der Tür auf mich wartete, wie Magdalene angedeutet hatte, aber sie war nirgends zu sehen.

Marmaduke folgte mir auf dem Fuß, als ich hinter Magdalene ins Haus ging und mich suchend nach Birdie umschaute. Als wir die Küche betraten, entdeckte ich endlich Birdies blonde Locken.

Da ist sie!

Allem Anschein nach verstaute sie gerade hektisch irgendetwas im Schrank. Sie sah aus wie ein Backenhörnchen, als sie sich mit vollem Mund zu uns umdrehte.

»Alles in Ordnung?«, fragte Magdalene.

Sie nickte eilig. »Hm, hm.«

Merkte Magdalene nicht, was sie gemacht hatte? Denn man musste kein Genie sein, um zu erkennen, dass Birdie die Gelegenheit genutzt und ein paar Kekse stibitzt hatte, als sie allein in der Küche gewesen war. Ich grinste in mich hinein.

Meine kleine Keksdiebin hat wieder zugeschlagen.

Sie kehrte uns kurz den Rücken zu, und als sie mich danach wieder ansah, war ihr Mund leer. Offensichtlich hatte sie die Kekse hinuntergeschluckt. Erst jetzt, als mich ihre dicken Backen nicht mehr ablenkten, konnte ich einen Blick in ihre hübschen himmelblauen Augen werfen. Birdie war ein fantastisches kleines Mädchen, und es war ein unwirkliches Gefühl für mich, ihr in die Augen zu sehen, nachdem sie mein Herz schon so lange aus der Ferne gewonnen hatte. Und ich konnte einfach nicht in diese Augen schauen und lügen. Deshalb beschloss ich, so ehrlich zu ihr zu sein, wie es unter diesen Umständen möglich war.

»Birdie, das ist Estelle, die Hundetrainerin«, sagte Magdalene.

»Estelle ist eigentlich nur mein Name für die Arbeit. Du kannst mich Sadie nennen.«

Birdie sah mich verwirrt an. »Du hast zwei Namen?«

Ich zögerte. »Ja.«

»Ich will auch zwei Namen! Ich muss mir einen anderen Namen überlegen!«

»Das wird lustig, schätze ich.«

»Gehen wir mit Marmaduke in den Park?«, fragte Birdie.

»Ja. Ich dachte, ihr seht zuerst zu, wie ich mit ihm arbeite, und dann versucht ihr es selbst.«

Birdie rannte aus der Küche. »Ich hole meinen Pulli.« Marmaduke folgte ihr schwanzwedelnd.

Als sie wieder da war, machten sie, Magdalene und ich uns auf den Weg zum Park. Also, es war eher so, dass Marmaduke zum Park rannte und mich mitschleifte, während Birdie und Magdalene hinter uns herliefen. Ich musste unbedingt herausfinden, wie ich ihm befehlen konnte, nicht so an der Leine zu ziehen.

Nachdem wir unser Ziel erreicht hatten, suchten wir einen geeigneten Platz für den Unterricht.

»Bist du Französin?«, fragte mich Birdie.

»Nein.«

»Wie kannst du Marmaduke dann französische Kommandos geben?«

»Ich habe mir die wichtigen Wörter selbst beigebracht. Und ich werde sie euch auch beibringen, damit ihr mich nicht mehr braucht. Schließlich soll er auf dich, Magdalene und deinen Vater hören.«

»Kannst du dafür sorgen, dass er Daddy morgens nicht mehr ins Gesicht springt? So weckt er ihn nämlich immer, und dann wird er stinksauer. Wenn Marmaduke so weitermacht, gibt Dad ihn am Ende noch weg!«

»Das tut dein Vater bestimmt nicht.«

Solche Versprechungen sollte ich wahrscheinlich nicht in Sebastians Namen machen. Ich konnte nur hoffen, dass er seiner Tochter nicht das Herz brach.

Diesmal hatte ich eine große Tüte Leckerli mitgebracht. Mit der richtigen Motivation ging es hoffentlich mindestens so gut wie beim ersten Mal.

Ich führte die Kommandos *assis* (Sitz) und *couché* (Platz) einige Male vor, dann gab ich Birdie ein paar Leckerli. Marmaduke wedelte aufgeregt mit dem Schwanz, sobald sie das Ruder übernahm. Die Begeisterung, die er dem kleinen Mädchen entgegenbrachte, war unvergleichlich. Birdie quietschte vor Freude, als der Hund ihr gehorchte, um eine Belohnung zu bekommen. Für mich kam es einem Wunder gleich, wie gut diese Trainingsmethode funktionierte. Ich hatte wirklich nicht vermutet, dass ich bei dem Hund etwas erreichen konnte, aber anscheinend klappte es – vorerst.

Doch nach allem, was ich gelesen hatte, dauerte ein ordentliches Hundetraining länger als nur ein paar Stunden. Ohne einen guten Grund konnte ich nicht einfach so bereits nach zwei Einheiten verschwinden. Also musste ich mir eine Ausrede einfallen lassen, warum ich nicht wiederkommen konnte. Allein der Gedanke verursachte mir Magenschmerzen.

Ironischerweise arbeiteten wir gerade an dem Kommando Bleib, *reste*, als Marmaduke genau das Gegenteil tat, nachdem er durch einen Welpen abgelenkt worden war, der in den Hundebereich kam. Egal, wie oft wir »*Reste!*« riefen, er hörte nicht auf, dem Kleinen nachzujagen. Wir mussten ihn zu dritt bändigen und in eine ruhigere Ecke fernab der anderen Hunde führen. Erst als er noch ein paar Leckerli bekommen hatte, konnten wir mit ihm unter einem Baum Pause machen. Obwohl es recht kühl war, brach mir der Schweiß aus.

»Wie sind Sie eigentlich dazu gekommen, Hundetrainerin zu werden?«, fragte Magdalene.

Oh, das würden Sie mir nicht glauben.

»Es ist nicht mein Beruf. Ich bin da buchstäblich hineingestolpert und mache es nebenbei. Ich habe noch einen anderen Job.«

»Du hast zwei Jobs und zwei Namen!« Birdie lachte.

Magdalene lächelte mich an. »Darf ich fragen, was Sie sonst machen?«

»Ich schreibe eine Kolumne für eine Zeitschrift.«

Sie machte große Augen. »Das klingt spannend! Über welches Thema?«

»Partnersuche. Manchmal verabrede ich mich mit Männern und schreibe dann über die Dates.«

Birdie zog die Nase kraus. »Igitt! Musst du sie küssen?«

Ich lachte. »Nein, auf keinen Fall.«

»Gut. Der einzige Junge, den ich küssen will, ist Daddy.«

»Und deinem Vater ist es bestimmt recht, wenn es so lange wie möglich so bleibt.«

Magdalene und ich grinsten uns an.

»Dich wollen garantiert viele Jungs küssen«, meinte Birdie. »Du hast tolle blonde Haare und ein hübsches Lächeln.«

Wie süß!

»Vielen Dank, Birdie. Soll ich dir ein Geheimnis verraten?«

Sie kam neugierig näher. »Ja!«

Ich senkte dramatisch die Stimme. »In den meisten Fällen würde ich lieber einen Frosch küssen.«

»Und der verwandelt sich dann in einen Prinzen!«, rief sie. »Meine Mom hat mir mal so eine Geschichte vorgelesen.«

Ich verspürte einen heftigen Stich ins Herz. »Ja?«

»Ja, aber an viel kann ich mich nicht mehr erinnern. Ich weiß nur noch, dass da ein Frosch war und ein Kuss und ein Prinz.«

»Klingt nach einer coolen Geschichte.«

Sie schwieg einen Moment, dann fragte sie: »Weißt du, dass meine Mom tot ist?«

»Ja, das weiß ich.«

Ich bekam Schuldgefühle. Magdalene hatte mir vergangene Woche von Amanda erzählt, aber sie und Birdie ahnten nicht, dass ich *wesentlich* mehr wusste als das. Unvermittelt wurde ich daran erinnert, dass ich eine Schwindlerin war.

»Sie ist gestorben, als ich sieben war.«

Ich hatte mir vorgenommen, alles in meiner Macht Stehende zu tun, um keine Beziehung zu Birdie aufzubauen. Ich durfte dem starken inneren Drang, mich mit ihr anzufreunden, auf keinen Fall nachgeben. Allerdings war das Bedürfnis, ihr zu zeigen, dass sie nicht allein war, noch viel stärker.

»Ich habe auch meine Mutter verloren, als ich in deinem Alter war.«

Die Traurigkeit in ihrem Gesicht verwandelte sich in Erstaunen. »Wirklich?«

Sie schien das noch nie von jemand anderem gehört zu haben.

»Ja, wirklich.«

»Was ist passiert?«

»Sie ist an Krebs gestorben.«

»Meine auch!«

Mein Herz wurde bleischwer. Doch das Wissen, dass jemand anders das Gleiche durchgemacht hatte wie sie, schien Birdie zu erleichtern, und ich war froh, dass ich mich ihr geöffnet hatte.

»Hast du irgendwann aufgehört, an sie zu denken?«, fragte sie. »Ich habe Angst, dass ich sie vergesse, wenn ich älter werde. Ich weiß schon jetzt nicht mehr viel.«

Ich versuchte sie zu beruhigen. »Die Dinge, an die ich mich in deinem Alter erinnert habe, habe ich nie vergessen. Denn diese Erinnerungen sind so wichtig und kostbar, dass sie in unser Gedächtnis eingebrannt sind. Außerdem habe ich einen tollen Vater, der auch dafür gesorgt hat, dass ich sie niemals vergesse. Aber weißt du, was der Hauptgrund dafür ist, dass du sie nie vergessen wirst?«

»Was denn?«

Ich zeigte auf mein Herz. »Sie ist hier drin. Für immer. Sie ist ein Teil von dir, und du trägst sie jeden Tag in deinem Herzen. Dein eigenes Herz kannst und wirst du nicht vergessen.«

Birdie schloss die Augen. »Ja, okay«, wisperte sie.

Diesen Moment würde ich nie vergessen. Selbst wenn ich Birdie niemals wiedersehen würde, so wusste ich zumindest, dass ich ihr geholfen hatte, sich nicht mehr so allein in dieser Welt zu fühlen. Seit sie angefangen hatte, mit mir als Weihnachtsmann zu kommunizieren, hatte ich ihr sagen wollen: »Mir geht es genauso. Ich weiß, wie du dich fühlst.«

»Es freut mich total, dass wir uns kennengelernt haben. Ich habe noch nie jemanden getroffen, der seine Mutter so früh verloren hat wie ich.«

Ich musste unwillkürlich lächeln. »Nun, vielleicht sollte es so sein, dass wir uns begegnen, damit du weißt, dass es noch mehr Leute wie dich da draußen gibt.«

Magdalene bekam feuchte Augen.

Als mir klar wurde, dass ich etwas zu emotional geworden war, sprang ich auf. »Wollen wir dann jetzt mit dem Training weitermachen?«

Marmaduke döste vor sich hin und genoss die frische Brise mit heraushängender Zunge.

Birdie und ich brachten ihn dazu aufzustehen. Wir wiederholten noch einmal abwechselnd sämtliche Kommandos, und Marmaduke verdiente sich seine Belohnungen. Alles lief völlig normal, bis der Welpe wieder in unsere Nähe kam. In dem Moment zeigte sich, dass unser Trainingserfolg noch nicht so nachhaltig war.

Wir führten Marmaduke aus dem Park und machten uns auf den Heimweg.

Zurück in Birdies Zuhause überredete mich Magdalene, noch ein bisschen zu bleiben, um von dem Essen zu kosten, das sie den ganzen Tag im Schongarer gekocht hatte. Wir saßen zu dritt am Tisch, und als wir gerade mit dem Eintopf fertig waren, hörten wir, dass Marmaduke im Nebenzimmer merkwürdige Geräusche von sich gab.

Wir sprangen auf und realisierten schnell, dass er sich an etwas verschluckt hatte.

Er erstickt.

Der Hund erstickt.

Augenblicklich überkam mich Panik.

Und dann ging alles rasend schnell.

Ich hatte kürzlich in einem Video gesehen, was man tun musste, wenn ein Hund zu würgen begann. YouTube hatte es mir aufgrund meines Suchverlaufs empfohlen, und ich hatte es mir sicherheitshalber angeschaut. Aber Grundgütiger, ich hätte nie gedacht, dass ich das Gesehene irgendwann würde anwenden müssen.

Ich versuchte, mir die Anweisungen in Erinnerung zu rufen. Als Erstes stellte ich mich hinter den Hund und legte die Arme um seinen Körper.

Denk nach!

Denk nach!

Denk nach!

Ich ballte die linke Hand zur Faust und platzierte sie in Marmadukes Magengrube. Dann ergriff ich die Faust mit der anderen Hand und zog sie ruckartig in Richtung seiner Schultern nach oben. Unsicher, ob ich die Bewegung korrekt ausführte, wiederholte ich sie, bis Magdalene rief: »Er ist raus!«

»Er ist raus! Er ist raus!«, wiederholte Birdie. Ihr liefen Tränen übers Gesicht.

Magdalene hob den Übeltäter vom Boden auf. Es war ein Flummi, nicht größer als eine Halbdollarmünze.

Ich hatte noch nie solche Angst gehabt. Mir war gar keine Zeit geblieben, um mir Gedanken darüber zu machen, was hätte passieren können. Die arme Birdie war völlig aufgelöst.

»Du hast Marmaduke das Leben gerettet!«, rief sie, umarmte den Hund und schmiegte die Wange an sein Gesicht. Er schien sich der Gefahr, in der er geschwebt hatte, überhaupt nicht bewusst zu sein.

Ich beugte mich vor, um Birdie zu beruhigen. »Ich habe nur getan, was jeder in dieser Situation getan hätte.«

Magdalene fasste sich an die Brust. Allem Anschein nach war sie mit den Nerven noch mehr am Ende als Birdie und ich zusammen. »Ich hätte nicht gewusst, was ich tun soll, Sadie. Gott sei Dank waren Sie da!«

Die Baritonstimme, die in diesem Moment von hinten ertönte, ging mir durch Mark und Bein. »Was zur Hölle ist hier los? Warum weint Birdie?«

Keiner von uns hatte gemerkt, dass Sebastian nach Hause gekommen war.

Birdie lief zu ihrem Vater. »Paps, Sadie hat Marmaduke das Leben gerettet! Er wäre fast an einem Ball erstickt, und sie hat den heimlichen Handgriff gemacht.«

Sie meinte natürlich den Heimlich-Handgriff. Ich hätte gelacht, wenn Sebastian mich nicht mit einem mörderischen Blick durchbohrt hätte.

Er blinzelte irritiert. »Wer ist Sadie?«

Birdie zeigte auf mich und ließ einen ganzen Redeschwall vom Stapel: »Na, die Hundetrainerin! Estelle nennt sie sich nur auf der Arbeit. Eigentlich heißt sie Sadie, und Marmaduke hat den Ball verschluckt, den ich neulich im Supermarkt aus dem Kaugummiautomaten gezogen habe. Sadie hat diesen Griff gemacht, und dann ist er wieder rausgekommen. Ich hatte solche Angst! Ich dachte, er stirbt.«

»Es war wirklich unglaublich, Mr Maxwell«, sagte Magdalene.

Sebastian sah mich an, dann wieder Birdie und ging in die Knie, um den Hund zu kraulen. Er schien etwas erschüttert zu sein, nachdem er begriffen hatte, was passiert war.

Er sah zu mir auf. »Sie haben den Heimlich-Handgriff bei ihm angewendet?«

Gott, ich wusste nicht mal, was *genau* ich getan hatte. Ich hatte mir nur die einzelnen Schritte aus dem Video in Erinnerung gerufen und gehandelt, ohne nachzudenken.

»So ungefähr, ja.«

Sebastian umarmte seine Tochter. »Alles okay mit dir?«

»Ja.« Sie nickte.

Mein Blick fiel auf seine starken Hände, als er ihr tröstend über den Rücken strich.

»Geh doch mit Magdalene in die Küche und lass dir ein paar Kekse und ein Glas Milch geben«, sagte er. Dann richtete er sich auf und fragte mich: »Könnte ich bitte kurz mit Ihnen reden?«

»Mit mir?«, fragte ich idiotischerweise.

Mit wem denn sonst?

»Natürlich.« Ich drehte mich zu Birdie um. »Falls wir uns nicht mehr sehen, bevor ich gehe: Es war toll, dich kennenzulernen, Birdie.«

»Bis nächste Woche, Sadie. Und küss keine hässlichen Jungs!«

Ich brachte es nicht übers Herz, ihr zu sagen, dass wir uns in der kommenden Woche vielleicht nicht sehen würden.

Moment mal … vielleicht? Hatte ich etwa Zweifel daran, dass ich meine Tätigkeit als Hundetrainerin mit dem heutigen Tag beenden würde?

Ich folgte Sebastian in sein Arbeitszimmer. Es war ebenso einschüchternd wie er, mit viel dunklem Holz und einem dunkelbraunen Ledersessel hinter einem wuchtigen Schreibtisch.

Wir blieben ein paar Meter voneinander entfernt stehen, und bevor er etwas sagen konnte, begann ich zu stammeln: »S-sie hat nur … Ich schreibe eine Dating-Kolumne für eine Zeitschrift. Davon habe ich ihr erzählt. Sie … Deshalb hat Birdie vom Küssen gesprochen.« Ich wand mich innerlich wegen meines peinlichen Gebrabbels.

»Sie sind Autorin?«

»Ja, das Hundetraining … mache ich nebenbei.«

Nebenbei? Soso!

Er nickte und schien über meine Worte nachzudenken, dann rieb er sich die Augen.

»Das Letzte, was mir in diesem Haus gefehlt hat, ist ein Hund. Ich habe jahrelang verhindert, dass wir einen bekommen. Ich arbeite zu viel und kann mich nicht ausreichend um meine Tochter kümmern, geschweige denn um ein Vieh, das fast so groß ist wie ein Pferd.«

»Ich verstehe, was Sie meinen. Es ist eine Menge Verantwortung.«

»Meine Tochter wollte schon immer eine Dogge mit dem Namen Marmaduke haben. Ich hatte nie die Absicht, ihr diesen Wunsch zu erfüllen. Aber vor ein paar Wochen ist sie aus einem unerfindlichen Grund zu der Überzeugung gelangt, ihre verstorbene Mutter sei wegen irgendetwas sauer auf sie. Ich habe keine Ahnung, wie sie auf solche Ideen kommt. Ich weiß nur, dass ich ihr das, was sie sich wirklich wünscht – mehr als alles andere – nicht geben kann. Ich kann ihr ihre Mutter nicht zurückbringen.«

Er stockte. Mir kamen die Tränen, aber ich kämpfte mit aller Macht dagegen an, als er fortfuhr.

»Deshalb habe ich etwas getan, das im Nachhinein betrachtet eine große Dummheit war. Ich habe ihr den Hund besorgt, den sie unbedingt haben wollte – nur ohne die verschiedenfarbigen Augen. Und ich habe ihr erklärt, ihre Mutter sei mir im Traum erschienen und habe mich gebeten, ihr den Hund zu schenken und ihr zu sagen, dass ihre Mom nicht sauer auf sie ist, nur weil sie das Gefühl hat, keine Zeichen von ihr zu bekommen.« Sein Blick schweifte ins Leere, und er schüttelte den Kopf. »Ich habe meine Tochter im Grunde belogen, damit sie nicht so traurig ist. Irgendwie rede ich mir ein, dass es die Lüge aufhebt, wenn ich etwas Gutes tue und sie glücklich mache.«

Wow.

Und genau aus diesem Grund, Mr Maxwell, stehe ich hier vor Ihnen.

»Ich verstehe Sie besser, als Sie ahnen«, sagte ich und schluckte.

»Jedenfalls ist die Stimmung hier weitaus besser, seit dieser verdammte Hund bei uns ist, wenn man mal davon absieht, dass er mich jeden Morgen mit seiner Sabberzunge weckt. Aber das ist mein Problem. Worauf ich hinauswill, ist … Ich weiß nicht, was wir getan hätten, wenn dem Tier heute etwas zugestoßen wäre. Ich bin sehr dankbar, dass Sie da waren.«

Meine Wangen glühten, als er mir in die Augen sah. Ich konnte mit der Wucht seiner Emotionen schwer umgehen.

Ich räusperte mich. »Wie ich schon zu Birdie gesagt habe, hätte das jeder getan.«

Sein Blick war durchdringend. Anscheinend fand er meinen lahmen Versuch, das Geschehene herunterzuspielen, unangebracht.

»Ich glaube nicht, dass Magdalene gewusst hätte, was zu tun ist. Die Tatsache, dass Sie da waren, hat dem Hund das Leben gerettet.«

»Nun, dann bin ich wirklich froh, dass ich … da war.«

Er nagte einen Moment an seiner Unterlippe, dann fuhr er fort. »Ich möchte Sie außerdem um Verzeihung dafür bitten, dass ich vergangene Woche so schroff zu Ihnen war. Ich hatte aus mehreren Gründen einen schlechten Tag, aber das ist keine Rechtfertigung.«

»Es war verständlich, ich war schließlich zu spät.«

Er schob die Hände in die Hosentaschen und sah mich schweigend an. Seine Entschuldigung hatte mich überrascht. Sie zeigte, dass Sebastian keineswegs der unsensible Idiot war, für den ich ihn bei unserer ersten Begegnung gehalten hatte. Er hatte eine verletzliche Seite, die ich soeben sehen durfte. Dieser Mann wollte einfach nur seine Tochter vor einer weiteren Tragödie bewahren.

Plötzlich hatte ich das Bedürfnis, ihn zu trösten und ihm zu versichern, dass mir bewusst war, wie schwer es für einen verwitweten Vater war, seine Tochter allein aufzuziehen. Ich hatte es jahrelang mit den Augen meines Vaters gesehen.

Aber ich sagte nichts, denn ich fühlte mich von der Intensität seines Blicks so überwältigt, dass ich schnellstmöglich von hier verschwinden wollte.

»Gut, dann mache ich mich mal auf den Weg.«

Er nickte. »Ich schicke Ihr Honorar an die PayPal-Adresse, die Sie mir gegeben haben.«

»Danke.«

Als ich sein Büro verließ, wusste ich immer noch nicht, wie ich ihm und seiner Tochter beibringen sollte, dass ich nicht wiederkommen würde. Aber bevor ich aus der Tür war, musste ich ihm doch noch etwas sagen.

»Übrigens, Mr Maxwell … Ich kann Ihnen nach der kurzen Zeit, die ich mit Ihrer Tochter verbracht habe, versichern, dass Sie Ihre Sache großartig machen. Und ich sage das nicht einfach so. Sie haben eine fantastische Tochter, und das zweifelsohne, weil Sie so ein guter Vater sind.«

Er blinzelte verdutzt, und da ich keine Reaktion von ihm erwartete, ging ich weiter.

Seine Stimme ließ mich innehalten.

»Sadie.«

Ich drehte mich um. »Ja?«

»Nenn mich bitte Sebastian.« Nach kurzem Zögern warf er mir ein Lächeln zu. »Und … *merci*.«

9. KAPITEL

Sadie

Wie oft haben Sie pro Woche Sex?

Ich kaute am Ende meines Stifts, während ich über diese schwierige Frage nachdachte. *Das kommt darauf an, oder?* Ich meine, ist er gut und verwöhnt mich, bevor er selbst durchs Ziel geht? Da ich meinen Traumpartner suchte, musste ich davon ausgehen, dass danach gefragt wurde, wie es mit *ihm* wäre und nicht mit irgendeinem Trottel, der immer zu früh kam. Ich musste an Sebastian denken. Der Mann hatte das gewisse Etwas. Er erfüllte garantiert alle Erwartungen.

Ich seufzte. Ich hatte mich entschieden, von meiner Gratismitgliedschaft bei der Partnervermittlung Gebrauch zu machen, um *nicht* ständig an Sebastian Maxwell zu denken. Trotzdem schlich er sich bei jeder Frage in meine Gedanken.

Beschreiben Sie das Erscheinungsbild Ihres Traumpartners.

Ich schloss die Augen und überlegte, von welchem Typ Mann ich mich angezogen fühlte, dann notierte ich ein paar Stichworte: groß, breitschultrig, grüne Augen, markante Gesichtszüge, kräftige Unterarme, selbstbewusste Haltung. Großer Gott! Es fehlten nur noch die goldenen Sprenkel in Sebastians Augen. Ich musste wirklich schleunigst vom Maxwell-Zug abspringen!

Bevorzugter Wohnsitz.

Ein Stadthaus auf der Upper West Side natürlich! Zu meiner Verteidigung sei gesagt, dass ich vor der Begegnung mit einem gewissen Jemand genauso geantwortet hätte.

Welches Lied haben Sie zuletzt für sich allein gesungen?

Du liebe Güte, wahrscheinlich musste ich bei dieser Frage lügen. Weil ich am Morgen ein bisschen down gewesen war, hatte ich vor dem Duschen einen coolen Song aus den 90er-Jahren lauter gedreht und beim Haarewaschen zu Sir MixaLot die Hüften geschwungen. Ich war ziemlich sicher, dass wir alle auf »big butts« standen, aber zu einem ansprechenden Profil trug es nicht unbedingt bei. Also entschied ich mich für etwas Reiferes – für Lewis Capaldis »Someone You Loved« –, und dann vertrödelte ich Zeit damit, darüber nachzudenken, welche Art Musik Sebastian wohl mochte. Aus irgendeinem Grund vermutete ich, dass er ein Country-Fan war – die vielen Songs über verlorene Frauen und Hunde schienen zu ihm zu passen. Obwohl ich merkwürdigerweise auch das deutliche Gefühl hatte, dass eine Frau mehr Faszination auf ihn ausübte, wenn sie Sir MixaLot sang.

Vervollständigen Sie diesen Satz: Ich wünschte, ich hätte jemanden, mit dem ich …

Spontan wollte ich »alles teilen kann« schreiben, fand aber, dass es zu bedürftig klang. Deshalb milderte ich es leicht ab, blieb aber bei der Wahrheit und entschied mich für etwas, das ein bisschen individueller war: »nachts um zwei kalte Pasta essen und lachen kann«.

Das Geklapper von Absätzen im Flur machte mich auf Devin aufmerksam, und ich versteckte den Fragebogen schnell unter einem Papierstoß.

»Kaffeezeit!« Sie kam in mein Büro. »Für dich das Übliche?«

»Ja, das wäre super. Bei mir ist die Luft raus.«

»Oh? Hast du gestern Abend irgendwas Interessantes gemacht?«

Ich schüttelte den Kopf, da das Anschauen von Hundetrainingsvideos in ihren Augen kaum interessant war. »Nein, ich bin nur zu früh wach geworden und konnte nicht wieder einschlafen.«

Devin schaute auf meinen Schreibtisch. »Woran arbeitest du gerade?«

»Ich redigiere die Artikel für nächsten Monat.«

»Soso.« Sie sah mich aus leicht zusammengekniffenen Augen an. »Okay ... na dann! Heute geht der Kaffee auf mich. Ich bin gleich wieder da!«

»Klingt gut, danke!«

Devin wandte sich zum Gehen, dann drehte sie sich noch einmal zu mir um. »Ach, ich Dussel ... ich habe mein Portemonnaie vergessen. Kannst du mir zwanzig Dollar leihen?«

»Klar, kein Problem.« Ich stand auf und ging zu dem Schrank unter dem Fenster, in dem ich meine Handtasche aufbewahrte. Kaum wühlte ich auf der Suche nach meinem Geld darin herum, nahm Devin den kompletten Papierstapel von meinem Tisch.

Ich warf ihr einen empörten Blick zu. »He, was machst du da?«

»Von wegen redigieren!« Sie sah die Papiere durch, die sie in der Hand hielt. Ich wollte sie mir schnappen, aber Devin wich mir geschickt aus.

»Gib das her!«

Sie blätterte durch den Stapel und zog schließlich den untersten Bogen heraus. »*Aha!* Ich wusste doch, dass du etwas machst, das ich nicht sehen soll.«

»Du spinnst!«

»Partnervermittlung Bloom. Exklusive Vermittlungsagentur für Singles mit Niveau.« Devin verdrehte die Augen. »Ich übersetze das mal. ›Exklusiv‹ bedeutet ›teuer‹. ›Singles mit Niveau‹ bedeutet ›spießige Arschlöcher, die sich für Match.com und die Barszene zu schade sind‹.«

»Das ist Recherche für einen Artikel.«

»Und warum hast du dann gelogen und mir gesagt, du würdest redigieren?«

»Weil ich befürchtet habe, dass du genau das tust, was du gerade tust. Du machst aus allem eine viel zu große Sache.«

Devin hörte mir gar nicht zu. Sie war zu beschäftigt damit, den Fragebogen zu studieren, und als sie aufsah, grinste sie. »Die Beschreibung deines Traumpartners erinnert mich an jemanden.«

»Ich stand immer schon auf große Männer mit dunklen Haaren.«

Sie zog eine Augenbraue hoch. »Mit markanten Gesichtszügen, grünen Augen und einer selbstbewussten Haltung?«

»Welcher Frau gefällt das nicht?«

»Hm, hm. Du hast hier also nicht Sebastian Maxwell beschrieben?«

»Natürlich nicht!«

Sie drehte das Blatt um und sah sich die Fragen an, die ich am Vormittag beantwortet hatte. »Wie viele Kinder hat Ihr Traumpartner? Null bis eins? Seit wann hast du es auf alleinerziehende Väter abgesehen? Das ist mir neu!«

Ich riss ihr die Papiere aus der Hand. »Musst du nicht arbeiten? Oder dir eine Kaffeeinfusion legen oder so?«

»Verabrede dich einfach mit ihm, dann weißt du es.«

»Ja, das sollte ich wirklich machen. Denn das Fundament einer jeden guten Beziehung sind Lügen … und ich habe gelogen, was meinen Namen, meinen Beruf und mein Verhältnis zu seinem einzigen Kind angeht. Wir sind offensichtlich füreinander bestimmt. Wahrscheinlich sind wir Weihnachten schon verheiratet.«

Devin seufzte. »Warum schenkst du ihm dann nicht reinen Wein ein? Sag ihm die Wahrheit.«

»Und danach bitte ich ihn um ein Date?«

Sie zuckte mit den Schultern. »Klar. Warum nicht?«

»Weil er ausrastet, wenn er es erfährt. Er hat seiner Tochter eine stürmische Dogge gekauft, die ihn wahnsinnig macht, weil die Kleine auf einmal dachte, ihre verstorbene Mutter wäre wegen etwas, das sic getan hatte, sauer auf sie. Das ist alles meine Schuld, Devin. Ich habe ein Kind glauben lassen, der Weihnachtsmann hätte einen direkten Draht zu einer toten Frau!«

»Aber du hast es gut gemeint.«

»Sebastian Maxwell sieht das garantiert anders.«

»Tja, das wirst du nie erfahren, wenn du es ihm nicht sagst.«

Ich schüttelte seufzend den Kopf. »Ich könnte den Kaffee jetzt wirklich gebrauchen.«

Devin nickte. »Na gut, ich gehe ja schon. Aber denk darüber nach, Sadie. Es gibt acht Millionen Menschen in unserer kleinen Stadt, und du bist irgendwie bei diesem Typen gelandet. Es mag nicht so optimal angefangen haben, aber es gibt möglicherweise einen Grund dafür, dass ihr zwei euch begegnet seid.«

Als Devin gegangen war, knüllte ich den Fragebogen kurz entschlossen zusammen. In Wahrheit hatte ich nämlich keine Lust auf irgendwelche Dates. Devin hatte recht. Ich hatte tatsächlich etwas für Sebastian übrig, und es lag nicht nur daran, dass er supergut aussah. Er hatte eine weiche Seite, die seiner Tochter vorbehalten blieb. Seine Frau war sicherlich auch mit ihr vertraut gewesen. Ein Mann, der sich seine besten Eigenschaften für die Frauen in seinem Leben aufhob, war einfach wunderbar. Das wusste ich, weil er mich an einen anderen Mann erinnerte, den ich über alles liebte. Gott, Freud wäre hellauf begeistert von mir gewesen.

Ich beschloss, reinen Tisch zu machen. Es war erschreckend, aber Devin hatte recht. Schon der allererste Brief von Birdie war mir schicksalhaft vorgekommen – als *sollte* ich sie und ihren Vater aus einem bestimmten Grund kennenlernen. Dass der Mann absolut umwerfend aussah, war nur das Sahnehäubchen. Doch ich hätte mich auch zu ihm hingezogen gefühlt, wenn er sich nicht als irre attraktiv entpuppt hätte – davon war ein Teil von mir fest überzeugt. Mein Interesse an ihm ging tiefer. Mir war außerdem bewusst, dass meine eigene Geschichte in meine Faszination für die kleine Familie hineinspielte – aber so ist das Leben nun mal, oder? Unsere Herzen bestehen aus gebrochenen Teilen, die anderen gehören, und wenn man den Richtigen findet, zeigt er einem, wie sie wieder ein Ganzes bilden können.

Möglicherweise betrachtete ich die Sache viel zu philosophisch, aber im Grunde war es doch so: Ich spielte das Dating-Spiel schon lange genug, um zu wissen, dass ich an jemandem dranbleiben musste, bei dem ich Schmetterlinge im Bauch spürte. Denn das kam nicht sehr oft vor.

Ich nahm mir also vor, nach der Trainingsstunde mit Sebastian zu reden und ihm die Wahrheit zu sagen. Aller Wahrscheinlichkeit nach würde er ausflippen und mich nie wiedersehen wollen. Aber ich konnte nicht mehr lügen. Es war weder mir gegenüber fair, noch ihm und seiner Tochter gegenüber. Und wenn auch nur die geringste Chance bestand, dass etwas aus uns werden konnte, durfte es nicht auf Lügen basieren.

Ich bekam feuchte Hände, als ich mich dem Haus näherte, weil ich wahnsinnig nervös war. Ein Teil von mir hoffte, dass Sebastian bei der Arbeit war und ich das Gespräch einfach hinausschieben konnte. Beim letzten Mal waren nur Magdalene und Birdie da gewesen. Vor dem Haus blieb ich einen Moment stehen, atmete tief durch und betete, es möge auch heute so sein.

Der Weg die Treppe hinauf fühlte sich an wie der Gang zum Schafott. Ich schüttelte meine kribbelnden Hände aus und zwang mich anzuklopfen. Wenige Sekunden später sah ich einen Schatten auf der anderen Seite der Tür und hielt die Luft an, als sich der Türgriff drehte.

Leider war es nicht Magdalene.

»Mr … äh … Sebastian, ich habe nicht damit gerechnet, dass du mir aufmachst.«

Er verschränkte die Arme vor der Brust und sah mich fragend an. »Nein? Warum nicht, *Sadie?*«

Lag es an mir, oder hatte er meinen Namen irgendwie merkwürdig betont? Vielleicht spielte mir meine Nervosität einen Streich. Um seinem intensiven Blick auszuweichen, entfernte ich einen nicht vorhandenen Fussel von meiner Hose, dann räusperte ich mich.

»Ich … äh … dachte, du wärst auf der Arbeit. Letztes Mal war nur Magdalene hier.«

Er grinste verschmitzt. »Ich habe mir den Nachmittag freigenommen. Ich dachte, wir trainieren heute mal allein. Nur wir zwei.«

Mit einem Mal hatte ich einen gigantischen Kloß im Hals. *Mist.* Jetzt blieb mir keine andere Wahl, als ihm die Wahrheit zu sagen. Ich hatte es dem Schicksal überlassen, und das Schicksal hätte mir keine heftigere Ohrfeige verpassen können. Der Mann, der sechs Tage in der Woche arbeitete, hatte sich wundersamerweise freigenommen, um Zeit mit mir zu verbringen. Allein.

»Äh, okay. Können wir machen.«

Er trat zurück und hielt mir die Tür auf. »Komm herein. Ich würde gern drinnen anfangen, wenn es dir recht ist.«

Es war mir *nicht* recht. Ganz und gar nicht. Als ich über die Schwelle trat, bekam ich Platzangst. Draußen konnte ich wenigstens weglaufen. Plötzlich knallte die Tür hinter mir zu, und ich zuckte zusammen.

Sebastian grinste mich wieder an. »Entschuldigung. Ist mir aus der Hand gerutscht.«

Hätte ich es nicht besser gewusst, hätte ich gedacht, er wollte mich mit voller Absicht nervös machen.

Glücklicherweise eilte Marmaduke zu meiner Rettung. Er sprang mich an und hätte mich fast umgeworfen, weil er wie immer mein Gesicht ablecken wollte.

»Hey, mein Großer.« Ich kraulte ihn hinter den Ohren. »Ich freue mich auch, dich zu sehen.«

Als ich aufschaute, stellte ich fest, dass Sebastian mich anstarrte. Er hatte ein zusammengefaltetes Blatt Papier in der Hand, das mir vorher nicht aufgefallen war.

»Wo, sagtest du, hast du deine Ausbildung gemacht?«

Äh. Soweit ich mich erinnern konnte, hatte ich es ihm nicht gesagt. Ich geriet in Panik und sah mich hektisch um. Ich hätte das Pflaster einfach abreißen und mit ihm ins Reine kommen können, aber mein Herz raste, und ich war einfach nicht dazu bereit. Was tat ich also? Ich ritt mich noch tiefer rein. In der Diele befand sich ein großer runder Tisch, und darauf lag ein Buchstabierspiel für Kinder. »Bei der … ABC-Schule für Hundetrainer.«

»ABC-Schule …«

Er schaute mit zusammengekniffenen Augen zum Tisch und wieder zu mir. »Wo ist die?«

»Ähm … in Downtown.«

»Ich muss sie googeln. Wenn die auf ihrer Website einen Kommentarbereich haben, gebe ich dir eine gute Bewertung. Schreibt man das mit Bindestrich?«

Mist. »Ja, schon … aber die haben zugemacht.«

»Für heute oder immer?«

»Für immer.«

»Schade. Wo sie doch so eine qualifizierte *Hundetrainerin* ausgebildet haben.«

Was zum Teufel ...? Wollte er sich über mich lustig machen? Nachdem ich seinem Hund das Leben gerettet hatte, war er so nett zu mir gewesen, und jetzt hatte ich das Gefühl, wieder ganz am Anfang mit ihm zu stehen.

Er legte den Kopf schräg. »Warum hat die Schule zugemacht?«

»Hm, ich glaube, weil die Miete in Downtown zu hoch ist.«

Er kniff die Augen so zusammen, dass das Weiße darin kaum noch zu sehen war. Dann kehrte er mir ohne ein weiteres Wort den Rücken zu und ging ins Wohnzimmer. »Komm mit!«

Ich folgte ihm verunsichert. Marmaduke war vorausgelaufen und beschäftigte sich in einer Ecke eifrig mit irgendeinem Spielzeug.

Sebastian wandte sich mir zu und zeigte auf ihn. »Das ist neu. Am besten zeigst du mir als Erstes, wie ich meinen Hund davon abhalte, das da mit den Stofftieren meiner Tochter zu machen.«

Bei näherer Betrachtung stellte ich fest, dass der Riesenhund eine Stoffschildkröte bumste. *Igitt.* Sein Penis war zu sehen. Ich rümpfte die Nase. »Er besteigt eine Schildkröte.«

»Tut er das wirklich? Ich war mir nicht sicher. Wahrscheinlich hast du viel mehr Erfahrung als ich.«

Ich riss die Augen auf. *Hat er mich gerade als Nutte bezeichnet?* Ich blinzelte mehrmals. »Wie bitte?«

»Nun, du hast meiner Tochter erzählt, dass du beruflich über dein Dating-Leben schreibst. Da nehme ich natürlich an, dass du mit vielen Männern ausgehst.«

Nun wurde ich langsam sauer. Ich mochte eine Lügnerin

sein, aber ein Flittchen war ich gewiss nicht. Ich stemmte die Hände in die Hüften.

»Nur weil ich mich oft verabrede, bumse ich nicht zwangsläufig alles, was mir über den Weg läuft, wie dein Hund es tut. Wie wär's, wenn du mal bei dir selbst anfängst – vielleicht hat dein Hund seine Hobbys ja von seinem Herrchen? Wie sieht denn *dein* Dating-Leben aus?«

Sebastian hatte mich regelrecht angefaucht. *Scheiß drauf.* Ich fauchte zurück.

Doch ich wurde abgelenkt, als Marmaduke sich plötzlich mächtig ins Zeug legte. Vorher hatte er eher unkontrolliert mit den Hüften gekreist, doch jetzt pumpte er wie ein Mann mit einer Mission. Oder ein Hund. Ein Hund mit einer Mission, meine ich. Ich schrie ihn an: »Marmaduke! Nein!«

Wider Erwarten reagierte der große Hund. Er erstarrte mitten in der Bewegung und sah sich verwirrt um – als hätte er nicht gemerkt, dass er Zuschauer hatte, bevor er in flagranti ertappt worden war. Ich zog rasch die Stoffschildkröte unter ihm hervor. *Oh nein!* Sie war … nass. Ich wollte gar nicht wissen, mit welchen Körperflüssigkeiten ich es zu tun hatte. Ich hielt das Stofftier mit spitzen Fingern hoch und sah Sebastian an. »Wo ist die Waschmaschine?«

»Der Hauswirtschaftsraum geht von der Küche ab.«

Ich wusste, wo die war, also trug ich die ekelige Stoffschildkröte in die Küche und öffnete mehrere Türen, bis ich den kleinen Raum fand. Ich warf das Stofftier in die Waschmaschine und drehte mich zu Sebastian um, der in der Tür stand und mir zusah.

»Was besteigt er sonst noch?«

»Ein paar andere Stofftiere von Birdie.«

»Hol sie!«

Sebastian verschwand und kam mit drei kleineren Exemplaren zurück. Er gab sie mir, und ich steckte sie ebenfalls in die Maschine. »Hast du Essig im Haus?«

Er zog die Augenbrauen zusammen. »Ich denke schon.«

»Dann bring ihn mir bitte.«

Er überraschte mich erneut, indem er meine Anweisung widerspruchslos befolgte. Als er zurückkam, hatte ich bereits Wasser einlaufen lassen und gab zwei Verschlusskappen Essig in die Einspülkammer.

»Welpen kommen erst im Alter von sechs bis acht Monaten in die Pubertät. Es hat also nichts mit Begattung zu tun. In der Regel ist es nur ein Spiel, das ihnen Spaß macht. Die Tiere suchen sich Dinge aus, die gut riechen. Etwas Essig in der Wäsche dürfte Marmaduke davon abhalten.«

Zum Glück hatte ich eine Menge gelesen und war dabei auch auf einen Artikel über dieses Verhalten gestoßen. In dem Moment klang ich fast, als wüsste ich, wovon ich redete.

Sebastian nickte. Er schien von seinem hohen Ross heruntergestiegen zu sein, auf dem er anfangs gesessen hatte. Ich ging an ihm vorbei und kehrte ins Wohnzimmer zurück, wo Marmaduke aufmerksam auf den Hinterbeinen saß. Es sah aus, als hätte er auf mich gewartet.

»Du hast gesagt, dass du heute im Haus trainieren möchtest. Aber bevor wir damit anfangen, gehe ich besser mit ihm nach draußen. Er hat viel Energie und ist gehorsamer, wenn er sich ausgetobt hat.«

»Gut, dann komme ich mit.«

Ich hob ablehnend die Hand. »Ich gehe lieber allein.« Und weil ich ihm nicht sagen wollte, dass ich einen Moment brauchte, um mich zu sortieren, tischte ich ihm eine weitere Lüge auf. »Es vertieft die Bindung zwischen Marmaduke und mir als seiner Trainerin.«

Sebastian sah mir prüfend ins Gesicht, als wüsste er nicht,

ob er mir Glauben schenken sollte. Schließlich nickte er. »Na schön, ich warte hier.«

Kennen Sie das? In den Sekunden einer knapp abgewendeten Katastrophe ist man völlig ruhig, und wenn die Situation wieder unter Kontrolle ist, bekommt man Herzrasen? Genauso ging es mir, als ich mit Marmaduke das Haus verließ und die Treppe hinunterlief. Meine Beine zitterten bei jedem Schritt, und ich musste mehrmals tief Luft holen, um wieder zu Atem zu kommen. Was um alles in der Welt war da gerade passiert? Ich ging die letzten zehn Minuten noch einmal in Gedanken durch: den spöttischen Ton, den Sebastian mir gegenüber angeschlagen hatte, seine Art, jedes meiner Worte infrage zu stellen, und seine Andeutungen im Hinblick auf meine Dating-Gewohnheiten.

Nachdem ich mehrmals um den Block gegangen war, hatte ich mich beruhigt und mir eingeredet, dass ich mir aufgrund meiner Schuldgefühle Dinge einbildete, die nicht der Realität entsprachen. Es war wie »Das verräterische Herz«, das bei Edgar Allan Poe unter dem Dielenboden schlug – mit jeder Minute, die ich in Sebastians Nähe verbrachte, wurde das Klopfen lauter, und es hatte sich angefühlt, als würde der Raum immer kleiner. Aber in Wahrheit hatte es kein schlagendes Herz unter dem Fußboden gegeben. Es war alles nur ein Produkt meiner Fantasie.

Ja, so musste es gewesen sein. Klar, Sebastian war eine harte Nuss, aber er hatte keine Ahnung, wer ich wirklich war. Hätte er es gewusst, hätte er mich direkt darauf angesprochen. Es konnte sich also nur in meinem Kopf abgespielt haben.

Zwanzig Minuten später fasste ich endlich den Mut, zurück zum Haus zu gehen. Ich holte tief Luft und hob die Hand, um anzuklopfen, doch im selben Augenblick ging die Tür bereits auf.

»Wurde auch Zeit.«

»Marmaduke hatte eine Menge Energie.«

»Ich dachte schon, du haust mit meinem Hund ab.«

Ich musste lachen. Wer würde sich schon mit einem derart chaotischen Hund davonmachen? Das würde wohl nur jemand tun, der nicht mehr alle Tassen im Schrank hatte. *Oh, Moment.* Dieses Kriterium erfüllte ich möglicherweise. Insofern konnte ich Sebastian verstehen.

»Entschuldige bitte. Wenn du möchtest, bleibe ich ein bisschen länger, damit du eine volle Trainingsstunde bekommst.«

Sebastian trat zur Seite, und mir fiel wieder das zusammengefaltete Blatt Papier in seiner Hand auf. Aber diesmal wollte ich mich nicht von meiner Fantasie zum Narren halten lassen und schob den Gedanken beiseite, dass es mich, was immer es war, als Schwindlerin entlarven könnte. Daher ging ich erhobenen Hauptes an ihm vorbei und ignorierte es einfach.

Zurück im Wohnzimmer spürte ich Sebastians Nähe sehr deutlich. Es war unangenehm, zugleich aber sonderbar erregend. Ich räusperte mich. »Gibt es etwas Spezielles, das du heute gern üben würdest?«

Wieder fixierte er mich mit diesem intensiven Blick. »Ja, er soll auf Kommando über Leute springen.«

Ich stutzte. »Wie bitte?«

»Auf deiner Homepage steht, dass du Hunden diesen Trick beibringen kannst. Ich glaube, Birdie hätte Spaß daran, also fände ich es gut, wenn du dem Hund beibringst, über Leute zu springen, die auf allen vieren hocken.«

»Ich soll Marmaduke beibringen, über Leute zu springen, die auf allen vieren hocken?«

Sebastian sah sich um. »Gibt es hier ein Echo?«

»Nein. Aber ich … Wir könnten die Zeit besser nutzen, indem wir mit Marmaduke an den Grundkommandos arbeiten und nicht an solchen … komplizierten Tricks.«

»Schaffst du es nicht, ihm einen komplizierten Trick beizubringen?«

Äh … nein. So weit *bin ich mit meinen Recherchen noch nicht gekommen.* »Selbstverständlich schaffe ich das!«

Sebastian warf mir ein zynisches Lächeln zu und setzte sich auf die Couch. Er breitete die Arme auf der Rückenlehne aus und legte die Beine auf dem Beistelltisch hoch. »Gut. Dann geh mal auf alle viere, Ms Dubois!«

»Dubois?«

»Ist das etwa nicht dein Nachname? Auf deiner Website steht *Estelle Dubois.* Aber meiner Tochter hast du gesagt, dass du Sadie heißt. Was denn nun? Bist du Sadie Dubois, oder gibt es noch einen anderen Namen?«

Meine Wangen glühten. »Äh … nein, nur Dubois. Wie ich deiner Tochter schon gesagt habe, benutze ich Estelle bloß für die Arbeit.«

»Weil es französischer klingt?«

»Genau.«

»Also dann, *Ms Dubois.* Leg los. Was heißt ›springen‹ auf Französisch?«

Oh Gott. Ich geriet in Panik und dachte mir hektisch ein französisches Fantasiewort aus. *»Trompoler.«*

Sebastians Augenbrauen schossen in die Höhe. *»Trompoler?«*

»Richtig.«

Ich hätte schwören können, dass er um ein Haar gelächelt hätte. Doch der Eindruck war nur von sehr kurzer Dauer. »Okay, dann lass uns anfangen … *Trompoler!*«

10. KAPITEL

Sadie

Es waren die längsten zehn Minuten meines Lebens. Ernsthaft. Jede einzelne Sekunde, die Sebastian mir mit verschränkten Armen zusah, wie ich mich zum Narren machte, war eine Qual.

Ich bemühte mich vergeblich, dieses Pferd von einem Hund mit einem erfundenen Kommando ohne jede Bedeutung dazu zu bringen, über meinen Rücken zu springen. Meine Chancen standen weitaus besser, Wasser in Wein zu verwandeln.

Wie zum Teufel konnte man einem Hund überhaupt beibringen, jemandem über den Rücken zu springen? Ich hatte alles versucht. Ich hatte es Marmaduke vorgemacht, indem ich über einen Beistelltisch gehüpft war und dabei mehrmals »*Trompoler!*« gerufen hatte, dann hatte ich ein Stofftier aus Birdies Zimmer geholt und es übersprungen. Und was hatte er gemacht? Er hatte sich das Stofftier geschnappt und es bestiegen.

Okay, ich bin eine Schwindlerin. Ich bin geliefert.

In einem letzten verzweifelten Versuch ging ich auf alle viere, rief »*Trompoler!*« und machte dabei eine auffordernde Kopfbewegung – in der Hoffnung, dass ein Wunder geschah und Marmaduke es als Ansporn verstand, über mich hinwegzuspringen. Doch er legte sich entweder hin oder kletterte, was noch schlimmer war, auf meinen Rücken und blieb dort. Irgendwann brach ich regelrecht unter ihm zusammen, und als ich mich mühsam umdrehte und aufrappeln wollte, leckte er mir das Gesicht ab.

Wie war ich nur in diese Lage geraten, obwohl ich entschlossen gewesen war, Sebastian die Wahrheit zu sagen?

Ich musste einen Schlussstrich ziehen.

Sofort.

Ich musste ihm alles sagen.

Als ich Marmaduke endlich von mir heruntergeschoben hatte, stand ich auf.

Während ich den Staub von meiner Hose wischte, sagte ich: »Sebastian, wir müssen …«

»Lass es, Sadie. Lass es einfach.« Sein Ton war barsch, und sein Blick zornig. »Sag einfach nichts mehr. Es tut nichts zur Sache, weil sowieso nur Lügen aus deinem Mund kommen.«

Ich bekam Herzklopfen, und der Raum begann sich um mich zu drehen.

Was ist denn jetzt los?

Sebastian faltete das Blatt Papier auseinander, das er mit sich herumgetragen hatte, und hielt es mir hin. Das Foto einer Frau und ein kurzer Text waren darauf abgedruckt. Ein Lebenslauf oder so etwas. Die Frau hatte rote lockige Haare.

»Wer ist das?« Ich schluckte.

»Das ist Estelle Dubois, die *echte* Hundetrainerin. Sie hat sich neulich mit mir in Verbindung gesetzt, um sich dafür zu entschuldigen, dass sie wegen eines familiären Notfalls nicht kommen konnte. Sie hat mir den Link zu ihrer neuen Website geschickt, wo ich ihren Lebenslauf gefunden habe.«

Oh nein!

Ich hätte sofort etwas sagen sollen, aber ich bekam kein Wort heraus.

Er fuhr fort: »Und weißt du was? Sie hat ihre Ausbildung während eines Auslandsjahrs in Paris gemacht und nicht in der … was hast du noch mal gesagt? In der ABC-Schule für Hundetrainer? Dort lernt man anscheinend nur, das Blaue vom Himmel herunterzulügen!«

Plötzlich war mir speiübel.

»Ich kann es erklären …«

»Gut zu wissen, aber leider kannst du unter diesen Umständen nichts mehr sagen, was ich dir glauben würde. Deshalb möchte ich, dass du augenblicklich aus meinem Haus verschwindest und nie mehr wiederkommst.«

Das ist übel.

Verdammt übel.

»Ich werde gehen, aber darf ich es erst noch erklären?«

»Du kannst es gerne der Polizei erklären.«

Der Polizei? Er wollte mich wohl verarschen! War es überhaupt eine Straftat, sich als Hundetrainerin auszugeben? Ich kannte mich rechtlich nicht so gut aus und konnte nicht abschätzen, ob ich in ernsten Schwierigkeiten steckte. Statt das Risiko einzugehen, es womöglich noch schlimmer zu machen, beschloss ich, auf ihn zu hören, und ging zur Tür.

Er hätte mir ebenso gut »Und tschüss!« hinterherrufen können, denn ich spürte geradezu, wie mir die Tür ins Kreuz schlug, als er sie hinter mir zuknallte.

Die New Yorker Luft hatte sich noch nie kälter angefühlt, und der Himmel war noch nie grauer gewesen, als jetzt, während ich die Treppe zum Gehsteig hinunterlief. Ich fühlte mich wie der letzte Dreck und noch viel übler behandelt als Birdies Stoffschildkröte.

Die unterschiedlichsten Emotionen brachen über mich herein. Es war nicht bloß ein Schock für mich, entlarvt worden zu sein. Noch viel mehr litt ich unter dem unbeschreiblichen Verlust – nicht nur, weil ich Birdie verloren hatte, sondern auch das Gefühl, zu jemandem zu gehören, das sich bereits bei mir eingestellt hatte. Mir wurde erst klar, wie sehr es in meinem Leben gefehlt hatte, als es mir entrissen wurde.

Zwei Wochen nach dem grauenhaften Tag im Hause Maxwell hatte ich immer noch sehr mit der ganzen Sache zu kämpfen. Ich war nur froh, dass Birdie nicht dabei gewesen war und es miterlebt hatte. Hoffentlich sagte Sebastian ihr nicht, was wirklich passiert war. Die Vorstellung, Birdie könnte mich für einen bösartigen Menschen halten, brach mir das Herz.

Ich war todunglücklich und grübelte in vielen schlaflosen Nächten darüber, ob ich auf irgendeine Art versuchen sollte, Sebastian alles zu erklären. Er hatte klipp und klar gesagt, dass er mir nichts mehr glauben würde. Ihm die Wahrheit zu sagen, würde die Lage am Ende vielleicht nur noch verschlimmern. Andererseits: Wie viel schlimmer konnte es noch werden?

Dr. Emery war für einige Monate außer Landes, sodass ich die Situation leider nicht mit ihr besprechen konnte. Egal, wie oft ich darüber nachdachte, ich kam immer wieder zu dem Schluss, dass es besser war, die Sache ruhen zu lassen.

Aber manchmal hatte das Leben eigene Pläne und nahm einem die Entscheidung ab.

Eines Nachmittags hatte ich einen neuen Brief von Birdie an den Weihnachtsmann in der Post. Es war lange her, seit sie mir zuletzt geschrieben hatte, und ich hatte nicht erwartet, noch einmal von ihr zu hören.

Unter den gegebenen Umständen hätte mich nichts und niemand davon abhalten können, den Umschlag aufzureißen.

Lieber Weihnachtsmann,
ich wollte dir eigentlich nicht mehr schreiben, aber da Weihnachten bald vor der Tür steht, kann dies ja mein Weihnachtsbrief sein.

Ich habe jetzt einen Hund, der Marmaduke heißt. Er ist eine Dogge, wie ich es mir immer gewünscht habe. Ich liebe ihn so sehr! Mommy hat ihn mir gebracht. Also, nicht sie selbst, aber mein Dad meinte, sie hat ihm die Nachricht geschickt, dass er mir Marmaduke schenken soll. Deshalb weiß ich jetzt, dass sie nicht sauer auf mich war, weil ich Kekse geklaut habe. (Ich klaue immer noch Kekse. Aber das weißt du, oder?)
Mommy hat mir keine Zeichen mehr geschickt, aber das ist okay. Ich weiß, dass sie als Engel viel zu tun hat.
Ich habe eine Frau kennengelernt, die auch ihre Mutter verloren hat, als sie sechs Jahre alt war. Mir ist vorher noch nie jemand begegnet, der eine Mutter hatte, die an Krebs gestorben ist. Sie war total nett. Sie heißt Sadie. Also, eigentlich hat sie zwei Namen: Sadie und Estelle. Sie ist der Grund, warum ich jetzt auch zwei Namen habe: Birdie und Muffuletta. Jedenfalls war Sadie Marmadukes Hundetrainerin. Sie hat ihm Sitz und andere Sachen auf Französisch beigebracht. Oh, und sie hat ihm das Leben gerettet. Am Anfang habe ich gedacht, du hättest mir meinen Wunsch nach einer Freundin erfüllt. Aber dann ist Sadie verschwunden. Ich weiß nicht, was passiert ist. Dad hat nur gesagt, dass sie nicht mehr kommt. Er hat gesagt, er weiß nicht, warum. Aber er hat sich komisch benommen, als ich ihn nach ihr gefragt habe. Womöglich war es meine Schuld, dass sie gegangen ist. Vielleicht habe ich sie traurig gemacht, weil ich meine Mom verloren habe. Vielleicht hat es sie an ihre erinnert? Ich wüsste so gern, warum Sadie weg ist, ohne sich von mir zu verabschieden. Warum verlassen mich immer alle?
Also, könntest du Sadie vielleicht finden und ihr sagen, dass es mir leidtut?
Danke, lieber Weihnachtsmann!
Liebe Grüße
Birdie (alias Muffuletta)

An diesem Tag machte ich früher Feierabend. Ich wollte eigentlich beim Spirituosenladen vorbeigehen, aber mir war klar, dass ich meine Sorgen wahrscheinlich in viel zu viel Alkohol ertränken würde. Daher ging ich stattdessen lieber direkt nach Hause.

Egal, wie oft ich den Brief auch las, nun lag im Grunde klar auf der Hand, was ich als Nächstes tun musste.

Sebastian hatte mein Honorar über ein PayPal-Konto bezahlt, das ich neu eingerichtet hatte. Also kannte ich seine E-Mail-Adresse.

Bevor ich es mir anders überlegen konnte, klappte ich meinen Laptop auf, öffnete mein E-Mail-Programm und begann zu schreiben.

Lieber Sebastian,

ich habe mich dazu entschieden, dir diese E-Mail zu schicken, statt ein persönliches Treffen vorzuschlagen, weil du es zweifellos abgelehnt hättest, mich zu sehen. Ich bitte dich jedoch inständig, meine Nachricht zu lesen und mit deinem Urteil bis zum Ende zu warten. Ich verspreche, ich erkläre vollständig, warum ich vor einer Weile bei dir aufgekreuzt bin.

Mein Name ist Sadie Bisset. Ich bin neunundzwanzig Jahre alt und habe, ebenso wie deine Tochter, meine Mutter im Alter von sechs(einhalb) an den Krebs verloren. Beruflich gehört es zu meinen Aufgaben, eine Rubrik zu betreuen, die sich mit den Weihnachtswünschen unserer Leser beschäftigt. Die Artikelreihe erscheint normalerweise in der Adventszeit, aber deine Tochter Birdie hat uns schon im Sommer zum ersten Mal geschrieben.

Die E-Mail an Sebastian war wahrscheinlich eine der längsten Abhandlungen, die jemals verfasst wurden. Ich berichtete von jedem einzelnen Brief, den ich von Birdie bekommen hatte, von den Wünschen, die ich ihr erfüllt hatte, und davon, wie schwer ich mich jedes Mal mit der Frage getan hatte, ob ich reagieren sollte. Und dann erklärte ich ihm, wie ich schließlich Hundetrainerin geworden war.

Ich hatte nie die Absicht, vor deiner Tür aufzutauchen. Ich war zufällig in der Gegend, und als ich merkte, dass ich mich an der Adresse befand, von der die Briefe deiner Tochter kamen, blieb ich stehen. Mir fiel eine Haarspange mit einem Schmetterling auf, die auf der Treppe lag, und ich hob sie auf und wollte sie irgendwo an der Tür ablegen, damit niemand darauf tritt. In dem Moment hast du die Tür geöffnet und gedacht, ich wäre Estelle. Ich war irgendwie völlig überrumpelt, und vermutlich war mein Verstand etwas beeinträchtigt, weil mir zu diesem Zeitpunkt das Wohlergeben deiner Tochter bereits sehr am Herzen lag. Für dich war ich eine Fremde. Doch weil Birdie sich mir geöffnet hatte, hatte ich das Gefühl, nicht nur Birdie zu kennen, sondern auch dich. Ich traf die überhastete Entscheidung, deine Vermutung zu bestätigen. Diese Entscheidung war eindeutig falsch, und ich bedauere sie zutiefst.

Danach habe ich viele Stunden damit verbracht, mich mit Hundetrainingsmethoden vertraut zu machen. Ich wollte der Aufgabe wirklich gerecht werden und das tun, wofür du mich engagiert hattest. Aber um ganz ehrlich zu sein, bin ich nach diesem ersten Tag wiedergekommen, weil ich mich unbedingt mit eigenen Augen davon überzeugen musste, dass es Birdie gutgeht.

Und damit komme ich zu dem Grund, weswegen ich mich heute bei dir melde: Birdie hat erneut einen Brief an den »Weihnachtsmann« – an mich – geschickt. Sie schreibt über das plötzliche Fernbleiben der Hundetrainerin. Sie hat irgendwie den Verdacht, dass etwas schiefgegangen ist, obwohl du ihr nicht gesagt hast, warum ich nicht mehr komme (wofür ich dir nebenbei bemerkt sehr dankbar bin). Sie hat ein gutes Gespür, aber den ganz falschen Schluss gezogen: Sie glaubt, dass ich gegangen bin, weil sie mich traurig gemacht hat und ich durch sie an den Tod meiner Mutter erinnert wurde. Der Gedanke, dass sie sich die Schuld an meinem Fernbleiben gibt, macht mir sehr zu schaffen. Ich weiß nicht, wie man das in Ordnung bringen kann, aber ich wollte, dass du es weißt.

Mir ist klar, dass ich einen großen Fehler begangen habe. Aber ich bin auch nur ein Mensch, und bitte sei dir gewiss, dass ich dir und deiner Tochter niemals etwas Böses wollte. Ich wünsche euch beiden nur das Beste.

Ich möchte dich an etwas erinnern, das du mir erzählt hast. Du hast mir den Grund dafür erklärt, warum du Birdie gesagt hast, ihre Mutter habe Marmaduke geschickt. Du meintest, du seist zu der Auffassung gelangt, es hebe eine Lüge auf, wenn du etwas Gutes für deine Tochter tun und sie glücklich machen willst. Meine Lüge mag nicht in die gleiche Kategorie fallen wie deine, aber ich habe wie du in guter Absicht gehandelt.

Wenn du meine E-Mail bis zum Ende durchgelesen hast, danke ich dir, dass du dir die Zeit dafür genommen hast.

Herzliche Grüße

Sadie Bisset

11. KAPITEL

Sebastian

An solchen Abenden dankte ich Gott dafür, dass meine Tochter da war und friedlich in ihrem Zimmer schlief. Wäre Birdie nicht hier, würde ich vermutlich eine ganze Flasche Scotch austrinken oder irgendeine andere unverantwortliche Entscheidung treffen. Heute Abend war mein größter Fehler gewesen, meine verdammten E-Mails vor dem Zubettgehen zu checken, denn an Schlaf war jetzt nicht mehr zu denken.

Ich hatte Sadies Mail sicherlich mehr als zehnmal gelesen, aber mir ging immer noch nicht in den Kopf, dass meine Tochter ihre Ängste lieber einem Fremden anvertraute, als mit mir zu reden. Es war ein Warnsignal. Ich wusste, dass ich nicht so für Birdie da war, wie sie es brauchte. Ich gab zwar mein Bestes, um sie glücklich zu machen, doch ich war emotional unzugänglich, und das spürte meine Tochter. So war ich seit jeher mit Amandas Tod umgegangen: Ich hatte meinen Schmerz in mich hineingefressen und mich mit Arbeit abgelenkt.

Sadie Bisset.

Ich fand sie gleich vom ersten Moment an faszinierend. Sie war umwerfend, und das nicht nur in Bezug auf ihr offensichtliches gutes Aussehen. Sie hatte etwas sonderbar Vertrautes an sich, das ich nicht genauer hatte benennen können. Nun ergab dieses merkwürdige Gefühl der Vertrautheit jedoch absolut

Sinn. Obwohl ich sie nicht kannte, kannte sie *mich*, wenn auch indirekt. Und sie kannte natürlich Birdie.

Dass sie sich als Hundetrainerin ausgegeben hatte, war allerdings völlig idiotisch gewesen. Daran bestand kein Zweifel. Aber alles andere? Ich wusste immer noch nicht, was ich davon halten sollte. Was sie für meine Tochter getan hatte, war zwar charmant, aber auch ein bisschen verrückt. Doch je länger ich über die E-Mail nachdachte, desto überzeugter war ich, dass Sadie nichts Böses im Schilde führte und in bester Absicht gehandelt hatte. Und sie konnte sich diese Geschichte auf keinen Fall ausgedacht haben, weil sie einfach zu viel wusste. Alles, was sie über Birdie geschrieben hatte, war für mich nachvollziehbar. Zu wissen, dass sie nicht mit böswilligem Vorsatz als Hundetrainerin bei uns aufgetaucht war, erleichterte mich ungemein. In meinem Zorn hatte ich ihr nicht die Möglichkeit gegeben, sich zu erklären. Die Ungewissheit, wer sie war und woher sie kam, hatte mich verfolgt, und obendrein hatte ich mir Vorwürfe wegen meines schlechten Urteilsvermögens gemacht. Nun ergab wenigstens alles einen Sinn.

Als bei mir der Groschen fiel, lachte ich wie ein Irrer. Die Socken!

Die verdammten Socken.

Am nächsten Morgen tat ich etwas, das nur selten vorkam: Ich machte Pancakes – zumindest *versuchte* ich es. Samstags hatte Magdalene frei, und Birdies Frühstück bestand normalerweise aus irgendwelchen zuckerhaltigen Getreideflocken, die sie sich aus dem Schrank holte. Sie mochte die mit Schokokeks-Stückchen am liebsten.

Heute jedoch wollte ich meiner Tochter ein richtiges Frühstück zubereiten und mich mit ihr unterhalten, wenn sie aufstand.

Birdie schlief länger als gewohnt. Als sie endlich in die Küche kam, waren ihre blonden Haare ganz verstrubbelt, und sie rieb sich schläfrig die Augen.

Ich warf den Pancake, den ich in der Pfanne hatte, zum Wenden in die Luft. »Guten Morgen, mein Sonnenschein!«

Ihre Stimme klang matt. »Kochst du etwa, Daddy?«

»Klar doch!«

»Bist du sicher, dass du den Herd benutzen solltest?«

Ich musste lachen. Mein kleines Mädchen hatte absolut kein Vertrauen in die Kochkünste seines Vaters. Ich konnte ihr jedoch keinen Vorwurf machen.

»Na, hör mal! Dein Vater ist Restaurantbesitzer. Ich habe schon ein bisschen Ahnung vom Essen.«

»Du weißt, wie man es anbrennen lässt.« Sie kicherte.

Ich drehte den Pancake rasch wieder um, damit sie die etwas zu dunkle Seite nicht sah. Dann legte ich ihn mit der guten Seite nach oben auf einen Teller und gab ihn ihr.

»Sieht dieser Pancake etwa angebrannt aus?«

»Nein.« Sie lachte. »Danke, dass du mir einen gemacht hast, Daddy.«

»Gern geschehen, mein Schatz. Und ich mache noch mehr davon. Geh und hol den Sirup und die Schlagsahne.«

Als Birdie sich wieder an den Tisch setzte, briet ich noch zwei Pancakes, bevor ich mir eine Tasse Kaffee einschenkte. Dann setzte ich mich meiner Tochter gegenüber. Sie aß, ohne ein Wort zu sagen, und es schien ihr zu schmecken. Ihre Mutter hatte immer Pfannkuchen in Form von Mickey-Mouse-Köpfen gemacht, aber an solche Kunstwerke wagte ich mich gar nicht erst heran.

Ich stützte das Kinn in die Hand. »Hör mal, Birdie … ich weiß, es sieht aus, als hätte ich ständig viel zu tun. Aber du sollst wissen, dass ich immer Zeit für dich habe. Du kannst mir alles sagen, was du auf dem Herzen hast. Ich möchte wissen, was bei dir los ist. Versprich mir, dass du zu mir kommst, wenn du Sorgen hast oder dich etwas bedrückt.«

Sie hörte auf zu kauen und sah mich mit ihren großen Augen an. »Okay.«

»Und das sagst du nicht nur so?«

Sie nahm den nächsten Bissen. »Nein«, entgegnete sie mit vollem Mund.

Nachdem ich ihr eine Weile schweigend beim Essen zugeschaut hatte, sah ich sie fragend an. »Macht dir momentan irgendetwas zu schaffen, worüber du mit mir reden möchtest?«

Sie trank ihr Milchglas in großen Schlucken aus und wischte sich den Mund mit dem Ärmel ab.

»Nein, Daddy«, sagte sie schließlich.

Ich hatte gehofft, sie würde mir ihre Besorgnis in Bezug auf Sadie anvertrauen. Dann hätte ich ihr versichern können, dass sie keine Schuld an der Situation trug. Aber sie rückte nicht damit heraus. Ich erkannte, dass sie trotz ihrer Zusicherung, mir all ihre Sorgen zu erzählen, nicht bereit war, sich mir zu öffnen. Und das traf mich. Doch alte Gewohnheiten ließen sich nicht über Nacht ablegen. Ich nahm mir vor, in Zukunft aufmerksamer zu sein, um zu verhindern, dass sie sich noch weiter von mir entfernte.

»Danke für die Pancakes!«

»War mir ein Vergnügen, meine Kleine.«

Sie stand auf, stellte ihren Teller in die Spüle und ließ Wasser darüber laufen.

»Was hast du vor?«, fragte ich.

»Ich gehe in mein Zimmer spielen.«

Ich runzelte die Stirn, ließ sie aber gewähren. »Okay.«

Als sie im Flur war, rief ich ihr nach: »Hey … ich lasse dich eine halbe Stunde in Ruhe, aber wie wär's, wenn wir dann mit Marmaduke in den Park gehen und Ball spielen?«

Sie zuckte die Achseln. »Okay.« Dann verschwand sie in ihrem Zimmer.

Ich konnte ihr natürlich nicht alles geben, was sie brauchte, das war mir klar. Ein Mädchen ihres Alters brauchte seine Mutter, und die konnte ich nicht ersetzen. Trotzdem musste ich mich deutlich mehr anstrengen, um diese Lücke, so gut es ging, zu füllen – vor allem nachdem ich erfahren hatte, dass sie versuchte, sich bei Fremden Hilfe zu holen.

An diesem Tag verdiente ich mir als Vater ein Sternchen. Ich hielt mich an mein Versprechen, weder meine geschäftlichen E-Mails noch mein Telefon zu checken, und verbrachte den Tag mit Birdie. Nachdem wir mit dem Hund im Park gewesen waren, brachten wir ihn nach Hause und gingen Eis essen.

Später spielten wir Scrabble, und ich kochte das einzige Gericht, das ich zubereiten konnte: Spaghetti mit Hackfleischbällchen und Tomatensoße. Normalerweise bestellten wir uns etwas zu essen. Es war schon ironisch, dass der Besitzer eines der besten italienischen Restaurants in der Gegend kein bisschen kochen konnte.

Birdie und ich aßen zusammen, und danach sahen wir uns den Film *Matilda* an. Amanda hatte einmal gesagt, Birdie würde vermutlich eines Tages Gefallen daran finden. Es war merkwürdig, dass mir dieser Film heute in den Sinn gekommen war – als hätte mir meine verstorbene Frau den Titel ins Ohr geflüstert, als ich online in der Filmdatenbank gestöbert hatte. Oh Mann, jetzt klang ich schon wie meine Tochter.

Jedenfalls wärmte es jedes Mal mein Herz, wenn Birdie lächelte oder herzhaft über eine Szene lachte, und zugleich versetzte es mir einen schmerzhaften Stich. Ich hatte daran gedacht, ihr davon zu erzählen, dass ihre Mutter sich vorgenommen hatte, den Film irgendwann mit ihr zu schauen, aber ich wollte sie nicht traurig stimmen. Sie schien heute irgendwie neben sich zu stehen, und ich brachte es automatisch mit dem in Verbindung, was Sadie mir geschrieben hatte: dass Birdie sich die Schuld an ihrem Fernbleiben gab. Schuldgefühle waren eine miese Sache, und wenn sie sich anstauten, wurden sie nur noch mächtiger. Es war schon schlimm, wenn sie berechtigt waren, aber in diesem Fall verschwendete mein armes Mädchen wahrhaftig seine Zeit und Energie.

Nachdem Birdie schlafen gegangen war, lag ich auf meinem Bett und grübelte darüber, ob ich Sadies E-Mail beantworten sollte.

Das Problem war, dass ich nicht wusste, was ich ihr eigentlich mitteilen wollte. Ein Teil von mir wollte ihr am liebsten gründlich die Meinung geigen, weil sie meine Tochter getäuscht und manipuliert hatte, doch der größere Teil von mir wusste, dass das Schwachsinn war. Sie hatte nicht die Absicht gehabt, Birdie zu verletzen. Ich war nur wütend, weil eine Fremde, die jemanden spielte, den es nicht gab, Birdie in gewisser Hinsicht glücklicher machen konnte, als ich es vermochte. Sadies Lügen waren zwar völlig daneben gewesen, aber das war für mich eher unerheblich.

Ich wusste, ich würde erst in den Schlaf finden, wenn ich Sadie geantwortet hatte. Also rief ich ihre E-Mail auf und drückte auf »Antworten«.

Liebe Sadie,
ich weiß es zu schätzen, dass du dir die Zeit genommen hast, um mir alles zu erklären. Wenn ich sage, dass es mich schockiert hat, in welchem Umfang du mit meiner Tochter kommuniziert hast – wenngleich aus der Ferne –, so ist das noch untertrieben.

Und obwohl ich deine Begründung nicht recht verstehe, warum du das Missverständnis wegen der Hundetrainerin nicht sofort aufgeklärt hast, glaube ich inzwischen nicht mehr, dass du in böser Absicht gehandelt hast. Also vergessen wir die Geschichte am besten.

Jedenfalls ist es so, dass deine ungeklärte Abwesenheit meine Tochter irgendwie aus der Bahn geworfen hat. Mir ist es im Grunde egal, ob der verdammte Hund über deinen Rücken springen kann oder ob er Sitz macht oder eine Schildkröte besteigt. Ich will nur, dass meine Tochter glücklich ist. Und es ist offensichtlich, dass deine Besuche – auch wenn es nur wenige waren – sie tatsächlich glücklich gemacht haben, weil sie jemanden hatte, mit dem sie sich identifizieren konnte. Ich kann selbst nicht glauben, dass ich es vorschlage, und vielleicht habe ich wirklich eine Schraube locker, aber würdest du es eventuell in Betracht ziehen, Marmaduke noch ein paarmal zu »trainieren«? Auf diese Weise könntest du deinen späteren Abgang behutsamer vorbereiten. Wir könnten Birdie sagen, du hättest dir einfach eine Weile freinehmen müssen und würdest nun wiederkommen, um den Job zu Ende zu bringen.

Es klingt verrückt, das ist mir klar, und ich hätte Verständnis dafür, wenn das alles für dich nicht infrage kommt, zumal ich dich ziemlich unsanft hinausgeworfen habe. Aber in Anbetracht dessen, was ich seinerzeit vermuten musste, verstehst du hoffentlich, warum ich so reagiert habe. Es tut mir auf jeden Fall leid, dass ich dir gegenüber so schroff war und dir keine Gelegenheit zur Erklärung gegeben habe.

Sag mir Bescheid, ob du meinen Vorschlag annehmen möchtest. Ich würde dir das Doppelte oder Dreifache deines üblichen Stundensatzes zahlen, und du müsstest im Prinzip nicht mehr tun, als Marmaduke am Leben zu halten. Da du ihm schon einmal das Leben gerettet hast, wird es dir sicherlich gelingen. (Das war mein

Versuch, humorvoll mit der ganzen Sache umzugehen und einen Schlussstrich darunter zu ziehen.)

Viele Grüße

Sebastian Maxwell

12. KAPITEL

Sadie

Als ich die Treppe hochging, war ich vielleicht noch nervöser als beim ersten Mal, obwohl ich eigentlich keinen Grund dazu hatte. Es war alles geklärt. Sebastian und ich hatten ein paar E-Mails gewechselt, und er hatte mich gebeten wiederzukommen. Trotzdem hatte ich einen Riesenbammel.

Ich atmete mehrmals tief durch und klopfte an. Kurz darauf öffnete Birdie die Tür. Ihr Gesicht leuchtete auf, und als sie stürmisch die Arme um meine Taille schlang, wäre ich fast hintenübergekippt.

»Sadie! Du bist wieder da!«

Wir hatten zwar nicht darüber gesprochen, aber ich war davon ausgegangen, dass Sebastian Birdie von meinem Kommen erzählen würde.

»Hey! Ja, ich bin wieder da. Wusstest du nicht, dass ich komme?«

Es war nicht Birdie, die antwortete: »Ich dachte, es wäre eine nette Überraschung, deshalb habe ich nichts gesagt.«

Tja, dann waren wir wohl beide überrascht. Denn ich hatte nicht erwartet, dass Sebastian zu Hause sein würde. Ich beugte mich vor, um Birdie zu umarmen, und sah zu ihm auf. Er lächelte, aber ich bemerkte die Zurückhaltung in seinen Augen.

»Hallo! Ich habe nicht damit gerechnet, dass Sie da sind.«

»Enttäuscht?«

Ganz im Gegenteil. Allerdings war ich unsicher, ob es mir gelingen würde, vor ihm die Hundetrainerin zu geben, schließlich wusste er inzwischen, dass ich keine war.

Ich schüttelte den Kopf. »Nein, natürlich nicht.«

Marmaduke drängte sich zwischen Sebastian und Birdie und sprang mich an. Als er mir das Gesicht mit seiner riesigen nassen Schlabberzunge ableckte, kicherte Birdie. Sie so zu sehen war eine Wohltat für mein schlechtes Gewissen, das mich in den letzten Wochen so gequält hatte.

Ich kraulte Marmaduke hinter den Ohren. »Hallo Sportsfreund, ich bin auch froh, dich zu sehen! Ich glaube, du bist in der kurzen Zeit einen halben Meter größer geworden. Du wächst unheimlich schnell!«

Sebastian zog an seinem Halsband. »Platz, Marmaduke. *Couché!*«

Es war unglaublich, aber der Hund gehorchte.

»Oh, das tut mir leid.« Sebastians Blick fiel auf mein weißes T-Shirt. »Er liebt es neuerdings, Topfpflanzen auszubuddeln, und das hat er wahrscheinlich gerade gemacht, bevor er dich begrüßt hat.«

Ich schaute an mir hinunter und entdeckte zwei große schmutzige Pfotenabdrücke, einen auf jeder Brust. Ich versuchte, sie wegzuwischen. »Macht nichts. Das geht beim Waschen raus.«

Sebastian warf abermals einen Blick auf die Bescherung. Dann schüttelte er den Kopf und brummelte etwas vor sich hin, bevor er die Tür weit öffnete. »Komm rein.«

Als wir im Wohnzimmer waren, sagte er zu Birdie: »Zieh dich doch schon mal an, ja?«

»Okay!« Sie hüpfte fröhlich in ihr Zimmer.

Sebastian sah mich an. »Sie freut sich, dass du da bist.«

Ich lächelte. »Das beruht auf Gegenseitigkeit.«

Sein Blick glitt über mein Gesicht, als wollte er meine Aufrichtigkeit abschätzen. Nach ausgiebiger Prüfung nickte er zufrieden. »Danke, dass du zurückgekommen bist.«

»Ich weiß, ich habe es schon mehrfach geschrieben, aber ich bedauere wirklich alles, was passiert ist. Aus einer kleinen Lüge am Anfang wurde förmlich ein ganzes Lügengespinst, und irgendwann wusste ich nicht mehr, wie ich wieder herauskommen sollte. Aber ich versichere dir, ich hatte nur gute Absichten, was deine Tochter angeht.«

Sebastian zog eine Augenbraue hoch. »Nur was meine Tochter angeht? Heißt das, du hast böse Absichten im Hinblick auf *mich?*

Oh ja! Was dich anbelangt, habe ich ganz böse Absichten. Ich spürte, wie mir die Hitze ins Gesicht stieg. Zum Glück kam Birdie angelaufen, und ich konnte mich abwenden.

»Sadie, kannst du flechten?«

»Ja, klar. Soll ich dir die Haare flechten?«

Sie hüpfte vor Begeisterung auf und ab. »Ja, bitte!«

»Was für einen Zopf hättest du denn gern?«

Sebastian runzelte die Stirn. »Es gibt mehrere Arten von Zöpfen?«

Ich lachte. »Hunderte!« Dann fragte ich Birdie: »Wie wäre es mit einem Fischgrätenzopf? Den kann ich am besten.«

Sie nickte eifrig. »Ich liebe Fischgrätenzöpfe!«

»Holst du schnell eine Bürste?«

Als sie davonlief, bemerkte ich, dass Sebastian mich anstarrte. Ich griff mir an die Brust. »Oh mein Gott, bin ich zu weit gegangen? Ich hätte dich fragen sollen, ob es okay ist.«

Er hob die Hand. »Nein, nein, alles in Ordnung. Mach nur. Mit ihren Haaren hatte ich schon immer zu kämpfen.«

»Oh, ach so. Wenn du möchtest, kann ich dir das Flechten beibringen.«

»Das wäre wirklich großartig.«

Als Birdie mit der Bürste zurückkam, nahm ich auf der Couch Platz, und sie setzte sich zwischen meine Beine. Sebastian ließ sich neben mir nieder.

Gott, er roch so gut! Ich fragte mich, welchen Duft er trug. Er war holzig, aber frisch … mit einem Hauch von Leder und … was war das? Eukalyptus? Die Flasche stand bestimmt im Badezimmer. Vielleicht konnte ich …

Du lieber Himmel, Sadie, was stimmt nicht mit dir? Ich schimpfte innerlich mit mir. *Du bist wegen Birdie hier. Es fehlt gerade noch, dass du beim Stöbern im Badezimmerschrank erwischt wirst!* Ich zwang mich, die Pheromone in der Luft zu ignorieren, und konzentrierte mich auf Birdie.

Nachdem ich ihre Haare ausgebürstet hatte, nahm ich sie wie zu einem Zopf zusammen und teilte sie in zwei Partien. Ich hielt eine hoch und erklärte: »Man nimmt außen ein paar Haare ab und legt sie über die dicke Strähne nach innen.« Ich zeigte es Sebastian.

»Okay.«

»Bei der anderen Strähne macht man es genauso: außen etwas Haar abteilen und nach innen legen. Ich mache es noch ein paarmal vor, dann kannst du es ausprobieren.«

Sebastian schaute genau zu, wie allmählich ein symmetrisches Muster entstand. Ich machte weiter, bis der Fischgrätenefekt deutlich zu erkennen war.

»Jetzt verstehe ich, woher der Zopf seinen Namen hat«, sagte er.

Ich lächelte. »Birdie, bist du einverstanden, wenn wir uns ein paar Minuten mehr Zeit nehmen? Ich löse den Zopf jetzt wieder, und dann kann dein Vater es versuchen.«

Sie lachte. »Seine Zöpfe sind schlimmer als seine Pancakes. Aber okay.«

Ich zupfte die geflochtenen Haare auseinander und kämmte sie mit den Fingern durch, während ich mit Sebastian sprach. »Birdie hat mir erzählt, dass du ein Restaurant besitzt. Da müssten Pancakes doch ein Klacks für dich sein.«

Seine Miene wurde ernst. »Meine Frau war Köchin. Ich habe mich um das Geschäftliche gekümmert.«

»Oh, tut mir leid.«

Er nickte.

»Also, dann rutsche ich jetzt rüber, und du bist an der Reihe.« Ich machte Platz für Sebastian, damit er sich hinter seine Tochter setzen konnte, und leitete ihn Schritt für Schritt an. »Teile den Zopf in zwei Hälften. Jetzt nimmst du von der linken Seite etwas Haar ab und legst es in die Mitte, wie ich es dir gerade gezeigt habe.«

Sebastian teilte Birdies Haare zwar sorgfältig, aber weiter kam er nicht. Er hielt die Strähnen hilflos in den Händen und schmunzelte. »Ich habe keine Ahnung, wie du das gerade gemacht hast.«

Ich legte lächelnd meine Hand auf seine, um sie zu lenken, damit er ein Gefühl für die einzelnen Flechtschritte bekam. Eine harmlose Geste, doch die Berührung war elektrisierend. Es brachte mich derart aus dem Konzept, dass ich selbst keinen blassen Schimmer mehr hatte, wie es nun weitergehen musste mit dem Zopf.

»Ähm, du legst das hier nach da … Nein, Moment, das ist falsch … Das kommt hierher …« Ich musste ihn loslassen, wenn Birdie nicht aussehen sollte, als hätte sie ein Rattennest auf dem Kopf.

Sebastian bemühte sich redlich, ohne mich weiterzumachen, aber es gelang ihm nicht.

Schließlich seufzte er. »Mach du das doch bitte, sonst sitzen wir noch den ganzen Tag hier.«

»Ja, das ist vielleicht das Beste.«

Wir standen auf, um erneut die Plätze zu tauschen. Als wir aneinander vorbeigehen wollten, wichen wir beide zur selben Seite aus und stießen zusammen.

»Entschuldigung«, sagte er.

»Mein Fehler.« Ich lächelte.

Dann bewegte ich mich nach links und Sebastian nach rechts, und das Gleiche passierte noch einmal. Sein Blick blieb an meinen Lippen hängen, ehe wir es endlich schafften, aneinander vorbeizugehen.

Ich fragte mich, ob ich es mir nur eingebildet hatte, aber das glaubte ich nicht.

Als ich wieder hinter Birdie saß, räusperte er sich. »Ich … gebe Marmaduke schnell noch Wasser, bevor wir gehen.«

Birdie schien nichts von dem, was gerade passiert war, mitbekommen zu haben.

»Siehst du? Ich hab's ja gesagt!«, rief sie. »Schlimmer als Pancakes!«

Nachdem Sebastian den Raum verlassen hatte, war ich innerhalb von wenigen Minuten mit Birdies Zopf fertig. Sie lief zum Spiegel. »Das sieht so hübsch aus! Kannst du mir beibringen, wie ich das selbst machen kann? Ich glaube, Daddy kriegt das nicht hin.«

»Klar. Gute Idee.«

Sebastian kam aus der Küche zurück. »Es gibt ein Problem im Restaurant, und ich muss ein paar Anrufe machen. Geht doch ohne mich eine Runde mit Marmaduke, und ich komme dann zum Training dazu, wenn ihr wieder da seid.«

»Okay, Daddy!«

Ich wusste nicht, warum, aber ich hegte den Verdacht, dass Sebastian gar kein Problem auf der Arbeit hatte. Doch er hatte mich wieder in sein Leben gelassen, und ich wollte keine

Dummheit begehen. Ich strich meine Hose glatt. »Wir sind in zwanzig Minuten wieder da.«

Draußen nahm ich Marmadukes Leine, und Birdie ging neben mir her.

»Ich habe nicht gedacht, dass du wiederkommst«, sagte sie.

»Das tut mir leid. Mir ist etwas dazwischengekommen. Ich wollte dich nicht enttäuschen.«

Sie zuckte mit den Schultern. »Ist schon okay. Ich bin einfach nur froh, dass du wieder da bist.«

»Was gibt es denn Neues? Wie war Marmaduke in der letzten Zeit?«

Birdie kicherte. »Er wollte Dads Bettdecke fressen, und die Federn flogen überall rum. Unmengen von Federn!«

»Ach herrje. Wie hat er reagiert?«

»Er war wütend. An dem Abend habe ich gehört, wie er der Frau gesagt hat, dass er Marmaduke auf irgendeinen Bauernhof bringen will.«

»Welcher Frau?«

»Daddy spricht abends manchmal mit ihr. Er macht es in seinem Zimmer, weil er denkt, ich höre es dann nicht.«

Als wir an die Kreuzung kamen, legte ich meine Hand auf Birdies Schulter, um sicherzugehen, dass sie bei der roten Ampel stehen blieb. Während wir auf Grün warteten, hakte ich nach.

»Ist die Frau eine Freundin von ihm?«

»Er hat sie aus dem Internet.«

Ich musste mir das Lachen verbeißen. »Aus dem Internet? Wie meinst du das?«

Birdie runzelte die Stirn. »Ich glaube, er sucht nach einer neuen Mom für mich. Suzie, ein Mädchen aus meiner Klasse, hat gesagt, ihr Vater hat sich seine neue Frau in Russland gekauft.«

Ich sah sie mit großen Augen an. »Er hat was?«

»Sie hat gesagt, ihre Mutter hat gesagt, dass ihr Dad seine Braut mit der Post bekommen hat.« Sie zuckte mit den Schultern. »Aus Russland.«

»Weißt du, vielleicht hat Suzies Mutter das nur aus Flachs gesagt?«

»Aus … Flachs?«

Ich lächelte. »Das soll heißen, dass es als Witz gemeint war.«

»Oh. Dann hat ihr Vater also keine Frau in Russland gekauft? Das ergibt Sinn. Denn wenn er sich eine gekauft hätte, hätte er bestimmt eine in seinem Alter genommen, oder? Suzies Stiefmutter ist total jung.«

Tja, womöglich hat er sie sich doch gekauft … Aber egal, das Gespräch hatte jedenfalls eine unerwartete Wendung genommen. »Wie bist du auf die Idee gekommen, dass dein Vater nach einer neuen Frau sucht?«

»Vor ein paar Wochen habe ich an seiner Tür gelauscht, und er hat zu ihr gesagt, dass er offen mit ihr sein will und nicht am Daten interessiert ist.«

Oh-oh. »Hat er denn gesagt, *was* er will?«

»Nein, aber was soll er sonst wollen, wenn er die Frau nicht daten will?«

Darüber wollte ich nun wirklich nicht mit ihr reden. Es wurde höchste Zeit, das Thema zu wechseln. Wie ich aus Birdies Briefen wusste, war Suzie schon öfter gemein zu ihr gewesen. Ich nutzte die Gelegenheit, um nachzuhören, wie es jetzt zwischen ihnen lief.

»Ist Suzie … eine gute Freundin von dir?«

Birdie zog die Nase kraus, als hätte sie an einem verdorbenen Fisch gerochen. »Oh nein, sie ist furchtbar!«

»Warum ist sie furchtbar?«

»Sie macht sich über jeden lustig. Über die Kleidung, die

Haare und sogar die Bücher, die wir uns in der Bücherei aussuchen.«

Die Ampel sprang auf Grün, und wir überquerten die Straße. »Weißt du, warum Suzie so gemein zu anderen ist?«

»Weil sie eine schwarze Seele hat?«

Ich lachte. »Wo hast du das denn her?«

»Aus der Religionsstunde. Also, es war zwar nicht von schwarzen Seelen die Rede, aber wir haben gelernt, dass gute Menschen reine Seelen haben. Und Weiß ist ja irgendwie rein, also dachte ich, Suzies Seele muss schwarz sein.«

An ihrer Logik war nichts auszusetzen. Aber ich wollte das Gespräch auf den wahren Grund dafür lenken, warum manche Kinder kleine Tyrannen waren.

»Weißt du, wenn Kinder so gemein sind, mögen sie sich meist selbst nicht. Sie putzen die anderen runter, damit sie sich besser fühlen.«

Birdie lachte schallend. »Suzie findet sich unheimlich toll! Sie meint, sie wäre in allem die Beste.«

»Suzie will nur, dass du genau *das* glaubst. Aber tief in ihrem Inneren ist sie sehr unsicher.«

»Ich weiß nicht …«

Birdie ließ sich nicht so leicht überzeugen. »Mal sehen, ob ich ein paar andere Sachen über Suzie erraten kann.«

»Okay …«

»Ist sie vielleicht viel zu sehr auf ihr Aussehen bedacht? Ist sie immer gut frisiert und trägt jeden Tag etwas Schickes, statt sich manchmal einfach eine Jogginghose und ein zerknittertes T-Shirt überzuziehen wie der Rest von uns?«

»Ja, sie ist immer wie aus dem Ei gepellt.«

»Und gehört sie zu einer Clique von Mädchen, die *immer* und überall zusammen unterwegs sind?«

»Ja.«

»Und sie setzt Gerüchte über andere Kinder in die Welt?«

Birdie sah erstaunt zu mir auf. »Woher weißt du das? Letzte Woche hat sie überall rumerzählt, dass Amelia Aster nachts noch Windeln trägt, weil sie sich in die Hose macht. Aber das stimmt nicht! Ich bin mit Amelia befreundet, und sie hat schon bei mir übernachtet und ich bei ihr.«

»Siehst du? Ich weiß das alles, weil es die typischen Erkennungszeichen von gemeinen Mädchen sind, die sich in ihrer Haut nicht wohlfühlen.«

»Hattest du gemeine Mädchen in deiner Schule?«

»Oh ja! Und weißt du, wie ich es geschafft habe, dass sie nicht mehr auf mir herumhacken?«

»Wie denn?«

»Mit Lächeln.«

Birdie war verwirrt. »Mit Lächeln?«

»Ja. Wenn so ein kleines Biest etwas Gemeines zu mir gesagt hat, habe ich einfach nur gelächelt. Und als sie keine Reaktion mehr von mir bekam, hat sie mich nach einer Weile in Ruhe gelassen.«

In dem Moment rannte eine Katze an uns vorbei. Marmaduke sah sie dummerweise als Erster, und ich war nicht vorbereitet, als er lospreschte. Und da ich die Hand durch die Schlaufe seiner Leine gesteckt hatte, zog er mich hinter sich her.

»Marmaduke! Nein! Bleib stehen!«

Er gehorchte nicht. Ich lief an mehreren Häusern vorbei, schrie wie eine Verrückte und bemühte mich, mit ihm Schritt zu halten.

Schließlich holte Birdie uns ein und rief: *»Non!«*

Marmaduke blieb auf der Stelle stehen.

Ich legte die Hand auf mein rasendes Herz. »Oh mein Gott, danke! Ich fasse es nicht, dass er auf dich hört!«

»Ich habe jeden Tag mit ihm geübt.«

»Wow! Das ist großartig. Offensichtlich hast du das sehr gut mit ihm gemacht.«

Birdie strahlte. »Danke!«

Der Rest des Spaziergangs verlief ohne Zwischenfälle, und wir kehrten nach etwa zwanzig Minuten zum Haus zurück.

»Hey, wie war's?«, fragte Sebastian seine Tochter.

»Super! Marmaduke hat versucht, einer Katze nachzujagen.«

Sebastian schaute stirnrunzelnd zu mir herüber. »Und wie ist es gelaufen?«

»Ehrlich gesagt nicht so gut. Er hat mich überrumpelt, und ich konnte ihn nicht bremsen. Aber Birdie hat ihn dazu gebracht, stehen zu bleiben.«

Sie zuckte mit den Schultern. »Es war total einfach. Sadie hat ihm schließlich das Wort beigebracht. Ich habe es nur gerufen.«

Sebastian schenkte mir ein warmherziges Lächeln, und die Schmetterlinge in meinem Bauch erwachten.

Gott, bin ich heute empfindlich. Ich löste die Leine von Marmadukes Halsband. Er machte ein paar Schritte und streckte sich auf dem Teppich aus. Allem Anschein nach hatte er Lust auf ein Nickerchen.

»Ich glaube, er hat sich genügend ausgepowert, sodass wir anfangen können. Ich dachte, wir arbeiten heute an ›Bleib‹ und ›Platz‹.« Um die Trainingsmethoden für diese zwei Kommandos zu lernen, hatte ich mir bestimmt hundert Stunden Videomaterial angesehen.

Sebastian blieb im Raum, setzte sich aber in einen Sessel und überließ Birdie und mir das Training. Hin und wieder schaute ich zu ihm herüber und sah, wie er uns beobachtete. Nachdem eine gute Stunde vergangen war, blickte er auf seine Uhr und stand auf.

»Ich glaube, die Zeit ist um.«

»Kein Problem. Die beiden haben das heute großartig gemacht, findest du nicht auch?«

Sebastian kam zu uns herüber. »Allerdings.« Er hockte sich neben seine Tochter. »Ich glaube, nach der harten Arbeit hast du dir ein Eis verdient. Was hältst du davon, wenn wir zu Emack & Bolio's fahren, bevor ich arbeiten muss?«

Birdie war begeistert. »Au ja!«

»Gut, dann geh dir mal die Hände waschen … aber mit Seife, okay?«

»Okay, Daddy!« Birdie sah mich an. »Kommst du auch mit, Sadie? Da gibt es lila Eis, und mit bunten Streuseln drauf sieht es fantastisch aus.«

»Hm, das klingt lecker. Doch ich mache mich jetzt besser auf den Heimweg.«

Sie verzog das Gesicht. »Na gut, aber du kommst wieder, ja?«

Ich lächelte. »Auf jeden Fall!«

»Wann?«

»Das bespreche ich mit deinem Vater, während du ins Badezimmer gehst.«

Birdie umarmte mich. »Danke, dass du wieder da bist!«

Mein Herz schmolz dahin. Ich zog die Kleine spielerisch am Zopf. »Danke, dass du so schön geübt hast, als ich nicht kommen konnte. Ich bin wirklich stolz auf dich.«

Als sie im Bad verschwand, sah mich Sebastian mit einem merkwürdigen Gesichtsausdruck an.

»Was ist?« Ich wischte mir über die Wange. »Hat Marmaduke mich wieder schmutzig gemacht?«

»Nein, es ist nur … Sie hat wirklich eine starke Bindung zu dir entwickelt. Ehrlich gesagt hat sie keine Beziehung mehr zu einer Frau aufgebaut, seit ihre Mutter verstorben ist.«

»Gibt es … andere Frauen in ihrem Leben?«

»Sie hat eine Tante, die in Jersey lebt. Sie kommt alle paar Wochen zu Besuch und bringt ihr immer eine kleine Aufmerksamkeit mit. Aber … ich weiß nicht … Das zwischen dir und Birdie ist einfach anders.«

»Ich fühle mich auch mit ihr verbunden«, sagte ich lächelnd. »Ich hoffe, das ist okay?«

Sebastian steckte die Hände in die Hosentaschen und schaute zu Boden. »Ja, ich freue mich darüber, wirklich. Mir ist erst vor Kurzem bewusst geworden, wie sehr ihr eine Frau in ihrem Leben fehlt.«

Eine Frau in ihrem Leben … Dazu musste ich noch etwas loswerden. Ich wies mit dem Kopf zur Haustür. »Können wir uns kurz draußen unterhalten?«

Seine Augenbrauen zogen sich zusammen, aber er nickte. »Ja, natürlich.«

Nachdem wir die Tür hinter uns geschlossen hatten, wusste ich nicht so recht, wie ich das Thema ansprechen sollte.

Sebastian sah mich beunruhigt an, während ich meine Gedanken sortierte. »Ist alles in Ordnung?«

»Ja, alles gut. Es ist nur so … Birdie hat etwas zu mir gesagt, das ich dir erzählen sollte.«

»Was denn?«

»Nun, allem Anschein nach weiß sie, dass du abends online mit einer Frau redest.«

»Scheiße.« Sebastian wirkte überrascht. »Was genau hat sie gesagt?«

»Sie denkt, du willst dir eine Frau kaufen … eine neue Mutter für sie.«

»Wie bitte?« Er riss die Augen auf. »Wie zur Hölle kommt sie denn darauf?«

»Manchmal belauscht sie deine Gespräche, und sie hat gehört, wie du zu einer Frau gesagt hast, dass du sie nicht daten willst. Daraus hat sie geschlossen, dass du eine Ehefrau suchst und kein loses Verhältnis.«

Sebastian schloss die Augen und schüttelte den Kopf. »Ich habe gemeint ...« Er öffnete die Augen wieder, und unsere Blicke kreuzten sich. »Ich treffe mich gelegentlich online mit einer Frau. Ich versuche, offen und ehrlich zu sein ... Also, ich habe damit gemeint, dass ich keine emotionale Verbindung will.« Er runzelte die Stirn. »Mich interessiert nur der körperliche Teil. Wenn du verstehst, was ich meine.«

»Sicher. Natürlich. Ich hatte mir schon gedacht, dass du es so gemeint hast. Aber das habe ich Birdie nicht erklärt, denn es steht mir selbstverständlich nicht zu, ihr zu sagen, dass ihr Vater nur auf ein Abenteuer aus ist.«

Sebastian fuhr sich durch die Haare. »Ich mache das nicht oft. Halte mich bitte nicht für ...«

Ich hob abwehrend die Hände. »Du musst dich nicht rechtfertigen. Wir sind Erwachsene – mit Bedürfnissen. Ich weiß, wovon du redest, das kannst du mir glauben.«

Sebastian grinste. »Flaute?«

»Die Männer, denen mein Onlineprofil gefällt, sehen alle wie Sexualverbrecher aus.«

Wir lachten beide.

»Ja, es ist nicht einfach«, sagte Sebastian. Er schaute kurz an mir herunter und dann wieder in meine Augen. Als er merkte, dass es mir aufgefallen war, wie er mich gemustert hatte, räusperte er sich. »Äh, also ... wann kannst du denn wiederkommen?«

Interessante Wortwahl.

»Wie wäre es nächste Woche um dieselbe Zeit?«

»Das wäre großartig. Und danke, dass du mir von Birdies Verdacht erzählt hast. Das weiß ich wirklich zu schätzen.«

»Keine Ursache! Bis nächste Woche dann.«

Ich ging langsam die Treppe hinunter. Mit jedem Schritt wurde die Versuchung größer, mich umzudrehen, um herauszufinden, ob Sebastian mir nachsah. Als ich fast das Ende des Blocks erreicht hatte, konnte ich nicht mehr widerstehen und riskierte einen Blick über die Schulter. Sebastian stand immer noch vor der Tür und hatte sich keinen Zentimeter von der Stelle bewegt.

Ich seufzte. *Ja, es ist wirklich nicht einfach. Aber ich wäre nicht abgeneigt, mal* mit ihm *zu kommen.*

13. KAPITEL

Sebastian

»Sie ist hübsch, nicht wahr?«

»Hm?« Ich tat so, als hätte ich Magdalenes Frage nicht gehört. Wir waren allein in der Küche, nachdem Sadie und Birdie mit Marmaduke in den Park gegangen waren.

Sadie hatte keinen festen Tag bei uns. Sie kam im Prinzip, wenn es ihre Zeit zuließ. Heute war Sonntag, und es war unser zweiter Termin seit ihrer Rückkehr. Wir hatten noch nicht besprochen, wann das Hundetraining enden sollte, aber sie schien es nicht eilig damit zu haben, ihre Besuche einzustellen. Und solange Birdie glücklich war, sollte es mir recht sein.

»Sadie. Sie ist sehr hübsch«, wiederholte Magdalene.

Als hätte ich sie beim ersten Mal nicht gehört …

Ich trank meinen Kaffee aus und sagte: »Ich habe einen Termin mit einem Olivenöl-Importeur im Restaurant und bin schon spät dran, also …«

»Sie versuchen, das Thema zu wechseln. Ich verstehe.«

Ich war schon fast aus der Küche und drehte mich noch einmal um. »Was soll ich denn dazu sagen? Natürlich ist sie eine hübsche Frau.«

Magdalene wischte die Arbeitsfläche. »Und so liebenswürdig … Sie scheint ein guter Mensch zu sein.«

»Was wollen Sie damit sagen?«

»Nichts … Mir ist nur aufgefallen, wie Sie Sadie angesehen haben und …«

»Wiedersehen, Magdalene!« Ich lächelte, damit sie nicht dachte, ich wäre sauer. Aber auf dieses Thema wollte ich mich nicht einlassen.

Dass Magdalene mitbekommen hatte, wie ich Sadie beobachtet hatte, war nicht gut. Ich hatte mir eigentlich größte Mühe gegeben, es zu unterlassen. Aber das war nicht so einfach. Wenn wir zusammen in einem Raum waren, konnte ich es kaum vermeiden, Sadie anzusehen und ihre natürliche Schönheit zu bewundern. Sie war attraktiv, ohne etwas dafür tun zu müssen. Sie brauchte kein Make-up. Und ihr Körper? Er war einfach perfekt. Selbstverständlich war mir das aufgefallen. *Verklagen Sie mich, Magdalene!*

Ich holte meine Schlüssel und die Brieftasche aus meinem Arbeitszimmer und war im Begriff, das Haus zu verlassen, als Magdalene mich abermals aufhielt.

»Mr Maxwell …«

Ich wandte mich ihr zu. »Ja?«

Sie senkte den Blick. »Es ist nur … Es ist jetzt vier Jahre her, und ich frage mich …«

»Ich weiß, Sie meinen es gut. Aber ich bin nicht an einer Beziehung interessiert – oder an einem Ersatz. Niemand wird Amanda jemals ersetzen können. Wollten Sie darauf hinaus?«

»Natürlich nicht! Aber Sie verdienen es, glücklich zu sein … und Mrs Maxwell hätte das auch gewollt.«

Ich lachte. »Mrs Maxwell hätte sicher nicht gewollt, dass ich die hübsche blonde Hundetrainerin angaffe, Magdalene. Wenn Sie anderer Meinung sind, haben Sie meine Frau nicht besonders gut gekannt.«

»Entschuldigen Sie.« Sie schüttelte den Kopf. »Ich hätte meine Nase nicht in Ihre Angelegenheiten stecken sollen.«

»Sie wollen nur unser Bestes, das ist mir klar. Aber ich habe endlich wieder einen Rhythmus gefunden, und darin ist kein Platz für eine ernste Beziehung. Ich habe ja kaum genug Zeit für meine Tochter.«

Sie schloss die Augen und nickte. »Verstehe. Solange Sie glücklich sind.«

Dazu äußerte ich mich lieber nicht. »Glücklich« war eigentlich nicht das richtige Wort. »Stabil« oder »halbwegs gefasst« traf es wahrscheinlich besser. Oder »nicht mehr völlig verzweifelt«. Aber glücklich? Dafür war nicht die Zeit. Das Glück war hier nicht mehr zu Hause.

Magdalene war schon lange bei uns. Wenn sie nicht auf Birdie aufpasste, machte sie sauber und bekochte uns. Zurzeit war sie die einzige Konstante in unserem Leben, und sie wusste viel zu viel. Ich hatte gemerkt, dass sie die Kondome in meiner Unterwäscheschublade gefunden hatte, weil sie den Verpackungsstreifen wieder ordentlich in die Schachtel gesteckt und sie zugemacht hatte. Magdalene wusste also, dass ich sexuell aktiv war. Und nur weil mein Schwanz wieder funktionierte, nahm sie fälschlicherweise an, es gäbe auch Hoffnung für mein Herz. Aber so einfach war es nicht. Birdie war hier offenbar nicht die Einzige, die sich eine Frau herbeiwünschte.

Am Abend kam Birdie in mein Arbeitszimmer gelaufen, als ich mit Inventurarbeiten für das Restaurant beschäftigt war.

»Daddy … du musst Sadie anrufen!«, rief sie einigermaßen verzweifelt.

»Warum?«

Sie hielt ein Tablet hoch. »Sie hat ihr iPad mini hier vergessen!«

»Oh.« Ich nahm ihr das Gerät ab und sah es mir an. »Nun, sie kommt bestimmt ohne es aus, bis sie das nächste Mal kommt.«

»Nein! Sie hat mir gesagt, sie benutzt es für die Arbeit. Sie hat alle ihre Notizen da drin. Du weißt schon, von ihren Dates und so. Sie hat es mir gegeben, als sie mit Magdalene geredet hat, und ich durfte mir etwas mit ihrer Hulu-App angucken. Ich habe es weggelegt, um mir Kekse aus der Speisekammer zu holen, solange sie abgelenkt waren. Und dann haben wir zusammen in der Küche gequatscht, und sie ist gegangen, ohne es mitzunehmen. Ich hatte ganz vergessen, dass es in meinem Zimmer lag. Es ist mir erst jetzt wieder eingefallen.«

Ich schnaufte verärgert. »Na gut. Ich habe ihre Nummer und werde ihr Bescheid sagen, dass es hier ist, falls sie es abholen will.«

»Danke, Daddy!«

Birdie schlang die Arme um meinen Hals, und ich drückte sie.

»Aber jetzt ab ins Bett«, sagte ich. »Es ist schon spät!«

Birdie verließ das Zimmer, und ich lauschte ihren Schritten, als sie den Flur hinunterging.

Ich starrte mein Telefon mehrere Sekunden an, bevor ich Sadie anrief.

Als sie dranging, hörte ich zuerst eine Menge Hintergrundgeräusche, dann sagte sie schließlich: »Hallo?«

»Hey ... Sebastian Maxwell hier.«

»Oh, hallo!«, rief sie über den Lärm hinweg. »Wie geht's dir?« Es klang, als säße sie in einem überfüllten Restaurant oder einer Bar.

»Ich rufe an, weil du dein iPad hier vergessen hast. Birdie wollte unbedingt, dass ich dir Bescheid sage.«

»Oh, Mist. Stimmt! Ich habe es ihr geliehen und völlig vergessen, es wieder einzustecken, als ich gegangen bin.«

»Gut, es ist jedenfalls hier. Das wollte ich dir nur sagen, falls du es suchst.«

»Darf ich später vorbeikommen und es mir holen?«

Damit hatte ich nicht gerechnet. Ich zögerte. »Klar.«

»Danke. Und entschuldige die Unannehmlichkeiten. Ich kann in ungefähr einer halben Stunde da sein.«

Ich fuhr mir durch die Haare. »Okay.«

»Super. Danke! Bis gleich!«

Nach dem Gespräch blieb ich an meinem Schreibtisch sitzen, wippte mit den Beinen, drehte mich auf meinem Stuhl, spielte mit dem Stift und zerknüllte Papier, statt mich auf die Arbeit zu konzentrieren. Irgendwann kapitulierte ich und nahm das iPad mit ins Wohnzimmer, weil ich Sadies Ankunft jeden Augenblick erwartete.

Als es endlich klopfte, war ich nicht auf den Anblick vorbereitet, der sich mir beim Öffnen der Tür bot: Sadie stand in einem knappen schwarzen Kleid vor mir. Ihre Schultern waren nur mit einer kleinen Pelzstola bedeckt. Sie trug Lederstiefel, die bis zu den Knien reichten. Ihr langes blondes Haar war welliger als sonst. Sie sah höllisch sexy aus, und mir blieb einen Moment lang die Luft weg. Als wir uns ansahen, fiel Licht von der Straße in ihre blauen Augen und ließ sie erstrahlen. Verdammt, sie war wunderschön. Mir kam unwillkürlich der Gedanke, wie diese Augen aussehen mochten, wenn sie unter mir lag und zu mir aufschaute.

Ist das dein Ernst, Sebastian?

Sie machte unaufgefordert ein paar Schritte in die Diele. Aber es war kalt draußen, und ich hätte sie ohnehin hereingebeten.

»Du bist ja ziemlich aufgebrezelt. Hattest du ein heißes Date?«

Sie schaute an sich hinunter, und ihr Aufzug schien ihr fast peinlich zu sein. »Oh Gott. Nein. Ich hatte zwar eine Verabredung, aber es war ein Arbeitstermin und kein richtiges Date.«

»Ah, ich hätte es wissen müssen.«

»Dein Anruf war die perfekte Ausrede für mich, um zu verschwinden!«

»Kein Wunder, dass du dein iPad so spät noch abholen wolltest. Wieder ein Reinfall, hm?«

»Sagen wir mal so: Er ist öfter zur Toilette gegangen, als ich zählen konnte. Entweder hatte er schlimmen Durchfall, oder er ist drogenabhängig. Was auch immer es ist, das Thema ist erledigt.«

Ich musste lachen. »Autsch!«

»Ja. Hoffentlich hat er sich wenigstens jedes Mal die Hände gewaschen, bevor er in den Brotkorb gegriffen hat.« Sie seufzte. »Gut, dann nehme ich jetzt mein iPad und mache mich auf den Heimweg.«

»Ach ja, einen Moment bitte …«, sagte ich, dann kratzte ich mich jedoch am Kopf, weil mir kurzzeitig entfallen war, wo ich es hingelegt hatte.

Als ich es auf der Couch entdeckte, ging ich hinüber, um es rasch zu holen. Dabei stolperte ich beinahe über meine eigenen Füße. Ihre Anwesenheit machte mich vollkommen nervös.

»Nochmals danke«, sagte sie, als ich ihr das Gerät gab. »Unglaublich, dass ich es vergessen habe. Wenn darauf nicht meine Notizen der gesamten Woche abgespeichert wären, hätte ich bis zum nächsten Besuch gewartet, aber mein Abgabetermin rückt näher.« Sie schaute über meine Schulter. »Ich nehme an, Birdie schläft schon?«

»Ja. Oder sie tut nur so als ob und schleicht sich gleich aus ihrem Zimmer, um Kekse zu klauen.«

Sadies Lächeln erhellte ihr ganzes Gesicht. »Natürlich.« Dann verschwand es wieder, und sie machte ein paar Schritte auf die Tür zu. »Jetzt will ich dich aber wirklich nicht länger stören. Danke noch mal.« Sie zögerte einen Augenblick, als wäre sie noch nicht bereit zu gehen.

In dem Moment, da sie sich von mir abwandte, überkam mich ein merkwürdiges Gefühl – als wäre es schlagartig eiskalt im Haus geworden. Und verdammt, ich wollte die Wärme zurück.

Tu es nicht.

Tu es nicht.

»Sadie …«, rief ich.

Sie drehte sich sofort um. »Ja?«

»Es ist kalt draußen. Ich mache mir um diese Zeit meist einen Tee … zum Abschalten und Entspannen. Möchtest du vielleicht eine Tasse mit mir trinken, bevor du dich auf den Weg machst?«

Da war es wieder, dieses Lächeln! »Nach dem Abend, den ich hinter mir habe, klingt eine schöne Tasse Tee wirklich gut.«

»Großartig … Ich verspreche auch, nicht alle zwei Minuten zur Toilette zu laufen.«

Sie kicherte. »Im Ernst, wer tut so was?«

Sadie folgte mir in die Küche und setzte sich an den Tisch. Ich füllte den Wasserkessel mit Wasser aus dem Hahn, bevor ich zwei Teetassen auf die Küchentheke stellte.

»Ist schwarzer Tee okay?«, fragte ich.

»Ja, ich habe keine Probleme mit dem Schlafen, wenn ich abends noch Koffein zu mir nehme.«

»Ich auch nicht. Selbst Kaffee macht mir nicht das Geringste aus.«

»Geht mir genauso.« Sie grinste.

»Nimmst du Milch … oder Zucker? Ich habe auch Honig.«

»Nur ein bisschen Milch. Danke.«

Während ich wartete, bis das Wasser kochte, lehnte ich mich gegen die Granitarbeitsfläche und verschränkte die Arme vor der Brust.

»Wie oft *recherchierst* du denn so pro Woche?«

»Du meinst, wie viele katastrophale Dates ich über mich ergehen lasse?« Sie lachte. »Nur ein paar. Das genügt. Es ist echt gruselig da draußen.«

Seltsamerweise erwachte mein Beschützerinstinkt. »Du triffst die Männer doch immer in der Öffentlichkeit, oder?«

»Immer.«

Ich war überrascht, dass sie nicht die freie Auswahl unter den Männern hatte.

»Weißt du … Ich kann gar nicht glauben, dass du so wenig Glück hast. Du bist zweifelsohne attraktiv und intelligent … Warum triffst du nur all diese Loser?«

»Ehrlich gesagt ist New York das Problem. Es gibt mehr Frauen als Männer in der Stadt. Das macht die Partnersuche so schwierig. Die Frauen müssen sich viel mehr anstrengen, um die Guten zu finden. Und die guten Männer haben eine Riesenauswahl. Wenn ich es nicht aus beruflichen Gründen tun muss, gehe ich überhaupt nicht mehr aus.«

»Ich habe meine Frau am College kennengelernt und hatte mit Onlinedating überhaupt nichts am Hut. Das ist eine Sache, die mir so gut daran gefallen hat, verheiratet zu sein: Ich musste mir keine Gedanken mehr über solche logistischen Angelegenheiten machen.«

»Es ist wahnsinnig zeitraubend.«

Der Kessel pfiff, und ich begann mit der Teezubereitung. In Sadies Tasse gab ich erst etwas Milch, dann das kochende Wasser und warf den Teebeutel hinein.

Ich stellte beide Tassen auf den Tisch und setzte mich.

»Danke«, sagte sie, bevor sie den heißen Dampf wegpustete.

»Und, ist es mit dem Hund heute gut gelaufen?«, fragte ich.

»Du meinst jetzt den richtigen Hund und nicht den, mit dem ich vorhin verabredet war …?«

»Ja, ich meinte den Duke.«

Sie hätte fast ihren Tee ausgespuckt. »Duke! Das ist ja ein toller Spitzname!« Sie sah sich suchend um. »Wo ist er eigentlich?«

»Er schläft, wenn Birdie schläft. Überrascht dich das?«

»Kein bisschen. Das ist wirklich süß!« Sie strahlte. »Und ja, heute hatten wir einen richtig guten Tag. Er gehorcht Birdie inzwischen sehr gut, aber darum ging es ja auch von Anfang an, nicht wahr?«

»Komisch. Ich dachte, am Anfang ging es um … eine Schmetterlingshaarspange, oder etwa nicht?«, neckte ich sie.

Sie wurde ganz rot im Gesicht, und ich fand es hinreißend. Dann schaute sie verlegen in ihre Tasse. »Das habe ich wohl verdient.«

»Ich scherze doch nur. Das ist dir klar, oder?«

»Wenigstens machst du dich jetzt darüber lustig, statt die Polizei zu rufen.«

»Ich hätte niemals die Polizei gerufen. Das war nur eine leere Drohung.«

»Glück gehabt!«

»Es wird dich freuen zu hören, dass ich manchmal an die Situation zurückdenke und mich sehr darüber amüsiere«, sagte ich und begann zu lachen. »Als du erfahren hast, dass er auf Französisch trainiert werden soll … da musst du innerlich ja ausgerastet sein!«

Nun musste auch sie lachen. »Und wie!«

»Ich rechne es dir hoch an, dass du den Job überhaupt in Angriff genommen hast. Dazu gehört schon eine Menge Mut.«

»Mut und eine Portion Wahnsinn.«

Wir sahen uns einen Moment lang in die Augen. Ich fühlte mich verdammt wohl in ihrer Gegenwart. Sie kam mir vertraut vor, obwohl wir uns vor dieser Geschichte mit Birdie noch nie begegnet waren. Apropos Birdie: Ich hätte Sadie gern die eine oder andere Fragen gestellt. Allerdings war ich mir nicht sicher, ob es zu aufdringlich war. Ich beschloss, das Risiko einzugehen.

»Darf ich dich etwas fragen?«

»Sicher. Ich hoffe, dass ich nach meinem miserablen Date noch geradeaus denken kann, aber versuch es einfach.«

Ich schmunzelte. »Sehr freundlich von dir, danke.«

Sie trank einen Schluck Tee. »Was möchtest du denn wissen?«

Ich stützte das Kinn in die Hand. »Deine Mutter ist gestorben, als du sechseinhalb Jahre alt warst – wie Birdie. Wenn du auf deine Kindheit zurückblickst, wünschst du dir dann, dein Vater hätte irgendetwas anders gemacht?«

Sie nickte ernst. »Gute Frage. Ich verstehe, warum es dich interessiert. Schließlich bist du in der gleichen Lage.«

»Nun, du hast den Vorteil, dass du auf deine Kindheit und Jugend zurückschauen kannst. Ich möchte lediglich verhindern, dass ich vermeidbare Fehler mache. Birdie ist noch so jung. Ich kann mir kaum vorstellen, wie es erst sein wird, wenn sie ein Teenager ist. Falls es die Möglichkeit gibt, jetzt schon die Weichen zu stellen …«

Sie wirkte nachdenklich und schien über eine Antwort nachzudenken, die mir weiterhelfen könnte. »Mir fällt wirklich nichts Konkretes ein, was mein Vater im Umgang mit mir hätte besser machen können. Er hat stets sein Bestes gegeben, dessen war ich mir immer sehr bewusst. Was konnte ich mehr verlangen? Aber Eltern begreifen oft nicht, dass ihre Kinder sie komplett durchschauen. Ich habe zum Beispiel gewusst, wann mein Vater deprimiert war, auch wenn er sich bemüht hat, es vor mir zu verbergen. Ich wünschte, er hätte sich mehr Zeit *für sich* genommen und nicht so viel darüber nachgedacht, welche

Auswirkungen dieses oder jenes auf mich haben könnte. Wir Töchter … wir sind robuster, als ihr denkt. Und letzten Endes wollen wir unsere Väter glücklich sehen. Denn das macht uns glücklich.«

»Ja«, sagte ich leise. »Okay, verstehe.«

Manche Menschen kommen aus einem bestimmten Grund in unser Leben, heißt es, und womöglich war es Sadie und mir bestimmt, einander zu begegnen, weil ihre persönlichen Erfahrungen die unseren widerspiegelten. Ich hatte noch nie jemanden getroffen, der unsere Situation so gut nachvollziehen konnte wie sie. Mit ihr zu reden war Balsam für meine Seele. Es gab mir das Gefühl, nicht so allein zu sein. Das war seit Amandas Tod das erste Mal.

»Birdie weiß, wie sehr du dich bemühst und wie sehr du sie liebst. Und sie spürt auch, wenn es dir nicht gut geht.«

»Das wird mir allmählich immer klarer.«

Sadie lächelte verständnisvoll. »Als mein Vater seine Krebsdiagnose bekam, habe ich –«

»Wie bitte? Dein Vater hatte auch Krebs?« Ich hatte sie nicht unterbrechen wollen, aber ich war entsetzt.

»Ja, mein Vater ist an Darmkrebs erkrankt, als ich ein Teenager war. Unglaublich, oder? Aber seit der Behandlung ist er Gott sei Dank bis heute krebsfrei.«

Ich schüttelte fassungslos den Kopf. »Es muss unvorstellbar furchterregend für dich gewesen sein … und für ihn.«

»Allerdings. Es hat meinen Glauben schwer erschüttert. Ich konnte nicht begreifen, warum es mir gleich zweimal passierte. Aber ich habe mir alle Mühe gegeben, nicht in Selbstmitleid zu versinken. Ich brauchte meine ganze Kraft, um ihn zu unterstützen – psychisch wie physisch. Das Selbstmitleid musste also warten. Sein Leben stand ein paar Jahre auf der Kippe. Als er die Krankheit endlich überwunden hatte, fühlte ich mich, als wäre ich gerade noch einmal davongekommen. Dadurch war ich noch viel dankbarer, dass ich ihn hatte.«

Ihre Haltung beeindruckte mich. »Wow, du warst als Heranwachsende regelrecht von Krebs umgeben.«

»In der Tat. Es hat mir so zugesetzt, dass ich irgendwann einen Gentest habe machen lassen, weil ich glaubte, ich würde sicherlich auch an Krebs erkranken. Das ist jedoch absurd.«

»So abwegig ist das nicht. Viele Krebsarten sind genetisch bedingt. Für mich klingt es nach einer vernünftigen Entscheidung.«

»Ähm … Habe ich erwähnt, dass ich adoptiert wurde?« Sie lachte. »Ich wusste, dass ich nicht die gleichen Gene wie meine Eltern habe. Und trotzdem war ich davon überzeugt, auch krank zu werden. Findest du immer noch, dass es nicht so abwegig ist?«

Ich lächelte. »Okay, das ändert einiges.«

»Ja. Meine Mutter konnte keine Kinder bekommen. Sie war mit dreiundzwanzig an Eierstockkrebs erkrankt. Als sie in Remission ging, haben sie es noch jahrelang versucht, aber die Chemo hatte viel Schaden angerichtet.«

»Es ist verblüffend, wie ähnlich deine Situation der unseren ist. Meine Frau und ich haben uns auch lange bemüht, ein Kind zu bekommen, bis wir auf künstliche Befruchtung zurückgreifen mussten.«

»Oh, wow. Ist ja verrückt! Aber es ist vermutlich eine weitere Erklärung dafür, warum Birdie und ich so schnell eine Beziehung aufgebaut haben. Wir sind beide etwas ganz Besonderes, weil unsere Eltern so viel Mühe aufbringen mussten, uns zu bekommen.«

Ich lächelte. »Tut mir leid, dass ich dieses deprimierende Thema angeschnitten habe, aber ich bin dir sehr dankbar für die gewonnenen Erkenntnisse. Amanda ist vor vier Jahren gestorben, und es kommt mir immer noch so vor, als würde ich in meiner Rolle als alleinerziehender Vater jeden Tag absolutes Neuland betreten.«

Ich schloss einen Moment lang die Augen und sinnierte darüber, wie sich mein Leben entwickelt hatte. Dann öffnete ich sie wieder und sprach wie in einer Art Trance. »In seiner Jugend versucht man, etwas aus sich zu machen. Man fühlt sich unbesiegbar und steht permanent unter Strom. Danach steigt man ins Berufsleben ein, heiratet und will eine Familie gründen … und alles ist perfekt. Wenn dann so etwas wie Krebs ins Spiel kommt, nachdem das Leben gerade erst richtig angefangen hat, macht es einen völlig fertig. Man kann es nicht begreifen. Ich habe Amandas Krankheit nur durchgestanden, weil ich so getan habe, als wäre nichts. Ich habe ihr und mir immer wieder gesagt, dass alles gut wird. Man schlägt sich jeden Tag durch und versucht, für alle stark zu sein. Es ist wie ein permanenter Taubheitszustand. Und es geht auch nicht anders. Es ist absolut unmöglich, diese Dinge wirklich an sich heranzulassen. Selbst als sie starb, war ich völlig empfindungslos. Es kommt erst viel später bei einem an – lange nachdem die Leute kein Essen mehr vorbeibringen. Eines Morgens bin ich wach geworden und habe die Morning Show im Fernsehen eingeschaltet. Für die meisten war es ein ganz normaler Tag, aber für mich war es der Tag, an dem ich begriff, dass das Leben, wie ich es kannte, vorbei war. Zumindest fühlte es sich so an. Aber eigentlich konnte es nicht vorbei sein, weil ich irgendwie weitermachen musste … für Birdie. Und dann beginnt man wieder zu strampeln, baut sich aus dem Nichts ein neues Leben auf und bemüht sich, immer noch nicht zu viel zu empfinden, weil es einen komplett aus der Bahn werfen könnte.«

Ich rieb mir die Augen und seufzte. »Das Leben ist manchmal grausam.«

Mein Gott, jetzt sorgte ich aber wirklich für depressive Stimmung.

Sadies Blick war durchdringend. Sie sah aus, als würde sie gleich weinen. Ich hoffte inständig, dass sie es nicht tat. Damit wäre ich nicht klargekommen.

»Ich kann dir jedes Wort nachfühlen, Sebastian. Jedes einzelne Wort. Ich habe natürlich keinen Ehepartner verloren, aber ich habe miterlebt, was mein Vater durchgemacht hat. Und ich kenne das Gefühl, alles völlig mechanisch zu tun. Ich kann dich gut verstehen.«

Ich kippte den Rest meines lauwarmen Tees hinunter, obwohl ich lieber einen Scotch getrunken hätte, und stellte die leere Tasse ab. »Dieser verdammte Tee zieht einen echt runter! Du wärst jetzt bestimmt lieber wieder bei dem Typen mit dem Toilettenproblem.«

»Oh Gott, nein!« Sie seufzte. »Weißt du, wie selten ich ein Gespräch mit jemandem führe, das nicht nur oberflächlich ist?«

»Ich hatte nicht die Absicht, dich mit meinem Kram zu überfallen.«

»Kein Problem, ehrlich. Jederzeit wieder, wenn du reden möchtest. Ich höre gern zu«, entgegnete sie augenzwinkernd. »Aber dann musst du dir unter Umständen auch mal was von mir anhören. Das ist das Risiko dabei.«

»Okay, danke.«

Sadie legte den Kopf schräg und musterte mich schweigend. Sie hatte offenbar etwas auf dem Herzen und wusste nicht recht, ob sie es aussprechen sollte.

»Darf ich dir auch eine Frage stellen?«, sagte sie schließlich.

»Nach der Frage, die ich dir gestellt habe, bin ich dir wohl eine Antwort auf alles schuldig, was du gern wissen möchtest.«

Ein verschmitztes Grinsen breitete sich auf ihrem Gesicht aus. »Gut. Nehmen wir mal an, du siehst einer nackten Frau beim Tanzen zu. Wäre es dir lieber, wenn sie zu Sir MixaLot tanzt, oder würde dir Lewis Capaldi besser gefallen?«

Ich schmunzelte. »Du bist eine sehr interessante Frau, Sadie. Diese Frage hätte ich beim besten Willen nicht erwartet.«

»Ist das gut oder schlecht?«

Ich sah ihr in die Augen. »Das ist sehr gut. Und ich stehe total auf ›I Like Big Butts‹.«

Ich hatte keine Ahnung, warum sie mir diese Frage gestellt hatte, aber das Lächeln in ihrem Gesicht verriet mir, dass ich mich für die richtige Antwort entschieden hatte, und das gefiel mir sehr.

Nachdem wir uns Birdies Kekse geholt hatten, plauderten wir noch ein bisschen weiter. Sadie erzählte mir von ihrer Kindheit und den lustigen Wetterinstrumenten ihres Vaters und stellte mir ein paar Fragen zu meinem Restaurant, über das ich natürlich die ganze Nacht hätte sprechen können. Wir unterhielten uns auch über ihren Beruf. Sie erzählte, dass sie die Zeitschrift nicht verlassen wollte, aber darauf hoffte, bald etwas Neues ausprobieren und die Dating-Kolumne aufgeben zu können. Es war so … leicht, mit ihr zu reden.

Und es hatte gutgetan, sich einfach mal jemandem anzuvertrauen. Aber nachdem sich mein kurzzeitiger emotionaler Rausch verflüchtigt hatte, starrte ich von Neuem ihre Lippen an, während sie redete. Es fühlte sich aus vielerlei Gründen falsch an. Wäre die Anziehung rein körperlich gewesen, hätte ich es eventuell noch rechtfertigen können. Aber da war eine schmerzhafte Sehnsucht in meiner Brust, die ich nicht empfinden wollte. Nicht empfinden *durfte*.

Auf der Stelle machte ich die Schotten dicht.

Mein Stuhl schrammte über den Boden, als ich ihn ruckartig zurückschob. »Nun gut, ich will dich wirklich nicht länger aufhalten.«

Meine unvermittelte Andeutung, dass es für sie an der Zeit war zu gehen, überraschte sie. Sie hatte sich wohlgefühlt. Genau wie ich, bevor es mir bewusst geworden war. Ich fühlte mich *viel zu wohl* mit ihr.

Sie warf einen Blick auf ihr Telefon. »Ja, ich mache mich wohl besser auf den Weg.«

Daraufhin rief ich ihr ein Taxi.

Nachdem sie gegangen war, stellte ich unsere Teetassen in die Spüle. Dabei fiel mir der rote Lippenstift an ihrer Tasse auf, und mein Schwanz zuckte.

Jetzt war es also schon so weit, dass ich beim Anblick eines Lippenabdrucks geil wurde? Es war höchste Zeit, mal wieder Sex zu haben. Nur nicht mit Sadie.

Ich wiederhole: nicht mit Sadie.

14. KAPITEL

Sadie

»Wie läuft es eigentlich im Birdie-Land? Du erzählst gar nicht mehr viel, seitdem du wieder zu den Maxwells gehst.« Devin ließ sich mit ihrem Kaffee in der Hand auf dem Gästestuhl vor meinem Schreibtisch nieder. Sie wackelte mit den Augenbrauen. »Besser gesagt, wie läuft es mit dem heißen Daddy?«

Ich war in letzter Zeit tatsächlich schweigsam geworden, was die Familie Maxwell anging. Ich hatte Devin vom ersten Brief an sämtliche Kapriolen geschildert, aber nachdem ich reinen Tisch gemacht und Sebastian mich gebeten hatte, meine Besuche fortzusetzen, hatte sich etwas verändert. Ich gab nicht mehr vor, jemand zu sein, der ich nicht war, und es war irgendwie … real geworden. Dadurch empfand ich es als vertrauliche Angelegenheit, über die ich nicht tratschen sollte.

Doch seit dem Abend neulich, als ich mein iPad abgeholt und mich lange mit Sebastian unterhalten hatte, verspürte ich nun doch das Bedürfnis, darüber zu reden. Ich hatte das Gespräch weiß Gott schon überanalysiert und war trotzdem nicht darauf gekommen, was schiefgelaufen war.

»Vor ein paar Tagen habe ich ein bisschen Zeit allein mit Sebastian verbracht.«

Devin riss die Augen auf. »Oh mein Gott! Und das sagst du mir *jetzt?* Warum habe ich nicht sofort danach einen detaillierten Bericht erhalten?«

Ich lächelte. »Es ist nicht, wie du denkst. Ich hatte mein iPad liegen lassen, und Sebastian rief mich an, um mir Bescheid zu sagen. Ich war mitten in einem entsetzlichen Date und habe seinen Anruf als Ausrede benutzt, um mich zu verdrücken, und bin zu ihm gefahren. Wir haben noch zusammen Tee getrunken und eine Weile geredet. Ich fand das Gespräch großartig, sehr aufrichtig, und wir haben auch viel gescherzt und gelacht. Irgendwann fiel mir auf, wie er meine Lippen anstarrt … mit diesem Blick … Du weißt schon, wenn du jemandem zuhörst und dein Körper auf einmal die Kontrolle übernimmt und du dich unwillkürlich fragst, wie sich diese Lippen bei einem Kuss anfühlen.«

»Oh, wow, *so ein* Blick! Ich verstehe.«

»Gut, aber kurz darauf ist er aufgestanden und hat die Unterhaltung abrupt beendet. Und schwups, schon saß ich in einem stinkenden Taxi mit einem Fahrer, der unterwegs ein jamaikanisches Ziegencurry gegessen hat.«

»Mmm … weißt du zufällig, woher er das Curry hatte? Ich liebe es, und der Laden, wo ich es mir früher geholt habe, wurde geschlossen.«

»Äh, nein. Tut mir leid.«

Devin zuckte mit den Schultern. »Egal … zurück zu dem heißen Daddy. Er steht eindeutig auf dich, und das hat ihn wohl erschreckt.«

»Aber warum? Er hatte schon andere Frauen. Das hat er mir verraten, als ich ihm gesteckt habe, dass seine Tochter ihn dabei belauscht hat, wie er spätabends am Computer mit einer Frau sprach. Er lebt also nicht enthaltsam, das kann nicht das Problem sein.«

Devin runzelte die Stirn. »Du suchst nach dem einzig Richtigen für dich, Sadie. Das bleibt keinem verborgen. Deshalb hattest du noch nie eine Beziehung, die länger als ein paar Monate gehalten hat. Du willst keinen bedeutungslosen Sex mit irgendeinem beliebigen Typen, und das spürt Sebastian garantiert.«

Ich seufzte. »Ich hätte nichts gegen bedeutungslosen Sex mit Sebastian einzuwenden.«

Die Augen meiner Freundin funkelten. »Na, jetzt wird es ja mal interessant. Warum versuchst du es nicht einfach? Ihr seid beide erwachsen. Er fühlt sich zu dir hingezogen, wir fühlen uns zu ihm hingezogen.«

Wir? Ich musste lachen. Aber ich war mir nicht sicher, ob es so gut war, Sebastian ein Schäferstündchen vorzuschlagen. »Und was ist, wenn ich die Situation missverstanden habe und Sebastian nur ein Stück Salat vom Abendessen zwischen meinen Zähnen angestarrt hat?«

»Mach doch einen kleinen Test. Beug dich vor, um dir den Schuh zuzubinden, wenn er hinter dir ist, und schau, ob er dir auf den Hintern glotzt. Oder zeig ihm dieses rot-schwarze Unterwäscheset mit Spitze, das du letzten Monat bei Victoria's Secret im Schlussverkauf ergattert hast.«

»Na klar … Ich reiße mir beim Hundetraining einfach T-Shirt und Jeans vom Leib. Super Plan!«

Devin stand auf. »Dir wird schon etwas einfallen. Du bekommst sicher ziemlich schnell die Bestätigung, die du brauchst, dass Sebastian auf dich abfährt. Das ist nicht der Punkt.«

Ich zog die Augenbrauen zusammen. »Nein?«

»Nein. Der Punkt ist, dass du zu feige sein wirst, die Sache anzugehen, selbst wenn du dir sicher bist, dass er dir das Hirn rausvögeln will. So etwas machst du nicht.«

»Ich hatte schon mal Gelegenheitssex! Das weißt du.«

Sie nippte an ihrem Kaffee. »Ja, aber nur, wenn du überzeugt warst, dass der Typ sowieso nicht der Richtige für dich war und nicht mehr aus der Sache werden konnte. Aber mit Sebastian ist es anders. Ich glaube, du siehst das Potenzial in ihm. Du wirst zu feige sein, ins Feuer zu springen – wie heiß und erregend es auch sein mag –, weil du zu viel Angst davor hast, dich zu verbrennen.«

»Das ist lächerlich.«

Devin ging zur Tür. »Dann beweis mir das Gegenteil. Würde mich freuen.«

Am Freitagabend hatte ich um halb sechs eine Dreiviertelstunde Yoga und sollte dann um halb acht bei den Maxwells sein, um Marmaduke zu trainieren. Eigentlich hatte ich zwischendurch nach Hause fahren, kurz unter die Dusche springen und mir einen Pferdeschwanz machen wollen. Aber als ich das Studio verließ, entschied ich mich für eine Planänderung.

Ich hatte mein Yoga-Outfit noch an, und ein wirklich gut aussehender Typ schaute zu mir herüber, während ich vor der Tür stand und meine Textnachrichten checkte. Er war derart auf mich fixiert, dass er buchstäblich über die eigenen Füße stolperte.

»Alles in Ordnung?«, fragte ich ihn, als er vor mir auf dem Boden lag.

Der Mann stand verlegen auf, wischte sich den Dreck von der Hose und grinste mich schief an. »Ja, aber Sie sollten wirklich nicht in diesem Aufzug durch die Gegend laufen. Die Leute könnten ernsten Schaden erleiden.«

Ich wurde rot, und als er weiterging, schaute ich an mir hinunter. Ich trug ein lilafarbenes bauchfreies Top von Lululemon und dazu passende Leggings mit Mesh-Cutouts an den Seiten. Sie saß wie eine zweite Haut, weshalb sie perfekt für Yoga geeignet war. Ich hatte eine dazu passende Sweatjacke, aber die hatte ich in meiner Sporttasche verstaut, weil es für

Mitte Oktober noch angenehm warm war. Es war ein richtig schöner Altweibersommer. Aber die Reaktion des Mannes hatte mich auf eine Idee gebracht. Besser gesagt war es Devins Idee gewesen. Vielleicht sollte ich nicht mehr zum Umziehen nach Hause gehen, sondern in meinen Yogaklamotten zu den Maxwells fahren.

Ich nahm mein Telefon, um Sebastian zu fragen, ob ich früher kommen konnte, aber dann hielt ich inne und verdrehte die Augen. *Was stimmt eigentlich nicht mit mir?* Ich brauchte keine Taktik, um die Aufmerksamkeit eines Mannes zu gewinnen. Ein Mann, der kein Interesse an mir hatte, wenn ich nicht halb nackt war, war nicht richtig an mir interessiert. Wow … jetzt klang ich schon wie mein Vater.

Ich atmete tief durch und ging zur UBahn. Kaum war ich eingestiegen, fiel mir auf, dass mich schon wieder ein Mann anstarrte. Dieses Outfit zog wirklich alle Blicke auf sich! Ich fragte mich, wie Sebastian reagiert hätte, wenn ich wirklich so bei ihm aufgetaucht wäre. Hätte er mich enttäuscht und es gar nicht wahrgenommen, oder wäre er über die eigenen Füße gestolpert?

Oh mein Gott.

Neulich war Sebastian tatsächlich gestolpert! Ich hatte es ganz vergessen. Es war passiert, als er mir die Tür geöffnet hatte und mein iPad holen ging. Aber das hatte sicher nichts zu bedeuten. Ich hatte ihn vorher nur einmal dabei erwischt, wie er mich angestarrt hatte. Da hatte ich mich allerdings wegen meines Dates ziemlich aufgebrezelt. Zudem lag im Wohnzimmer ein Teppich, und Marmaduke hatte vermutlich beim Herumtoben eine Ecke hochgeschlagen, was Sebastian nicht bemerkt hatte. Ja, so war es bestimmt gewesen.

Ich zog mein Telefon aus der Tasche, um meine E-Mails zu checken und mich auf der Fahrt zu meinem sechs Stationen entfernten Ziel mit etwas anderem zu beschäftigen als Sebastian Maxwell. Es funktionierte zwei Haltestellen lang, dann hielt die Bahn abrupt an. Ein paar Minuten später standen wir immer noch, und der Fahrer machte eine Durchsage.

»Verehrte Damen und Herren, wir haben eine Bahn vor uns, die offenbar technische Probleme hat. Momentan geht es hier nicht weiter. Ich melde mich wieder, sobald ich neue Informationen habe.«

Die Fahrgäste stießen einen kollektiven Seufzer aus, und manche äußerten laut ihren Unmut. Nach weiteren zehn Minuten ertönte die dumpfe Stimme erneut aus dem Lautsprecher.

»Also, wie es aussieht, werden die Reparaturarbeiten da vorn eine Weile dauern. Wir müssen zurück zu der Haltestelle an der dreiundzwanzigsten Straße, wo Sie auf andere Linien umsteigen können. Aber die Bahn, die sich hinter uns befindet, muss zuerst zurücksetzen. Unsere Servicemitarbeiter stehen für diejenigen unter Ihnen bereit, die sich nicht mit unserem wunderbaren UBahn-System auskennen. Ich hoffe, Sie genießen diesen vergnüglichen Start ins Wochenende.«

Alle stöhnten. Wir mussten noch fast eine halbe Stunde warten, aber dann setzte die Bahn langsam zurück. Als wir endlich in die Station einfuhren, war es schon zwanzig nach sieben. Sobald ich oben auf der Straße war, rief ich bei den Maxwells an. Birdie ging ans Telefon.

»Hallo.«

»Hallo Birdie. Hier ist Sadie. Ist dein Vater zu Hause?«

»Nein, er ist noch auf der Arbeit. Aber du kommst doch, oder?«

Ich lächelte angesichts der Besorgnis in ihrer Stimme. »Ja, natürlich. Ich bin nur spät dran, weil meine Bahn im Tunnel steckengeblieben ist. Kann ich Magdalene kurz fragen, ob es okay ist, wenn ich später als geplant komme?«

»Klar!«

Magdalene kam an den Apparat. »Hallo Sadie!«

»Hallo Magdalene. Ich wurde aufgehalten. Ist es in Ordnung, wenn ich so gegen halb neun komme? Oder ist das zu spät für Birdie?«

»Hm, sie übernachtet heute bei einer Freundin, die eine Pyjamaparty zu ihrem Geburtstag veranstaltet, mit noch sechs anderen Mädchen. Die Party fängt um acht an, und ich wollte Birdie hinbringen, wenn Sie mit dem Training fertig sind. Aber ich denke, sie kann auch später da aufkreuzen. Sie ist gerade ins Bad gegangen. Soll ich sie fragen, ob sie einverstanden ist?«

Ich seufzte. »Nein. Ich möchte nicht, dass sie meinetwegen etwas von der Party verpasst. Ich war eigentlich auf dem Heimweg, aber ich kann die nächste Bahn in die andere Richtung nehmen. Nur werde ich mich wahrscheinlich trotzdem zehn Minuten verspäten.«

»Okay, kein Problem.«

»Danke, Magdalene!«

Ich eilte zu der Haltestelle der Linie, die zur Upper West Side fuhr, und sprang in eine wartende Bahn, als die Türen sich zu schließen begannen. Der Wagen war rappelvoll, und es gab nur noch Stehplätze. Ich drängelte mich rasch zu einer Stange durch, an der ich mich festhalten konnte, während die Bahn sich ruckartig in Bewegung setzte.

Im Gegensatz zu der Fahrt davor verlief diese ohne Zwischenfälle, und ich traf nur sieben Minuten zu spät bei den Maxwells ein. Ich klopfte und wartete darauf, dass Magdalene mir öffnete.

Nur war es nicht Magdalene, die mich anstarrte, als die Tür aufschwang.

15. KAPITEL

Sebastian

Heilige Scheiße!

Ich schluckte. Was zur Hölle hatte sie da an?

»Äh, hallo. Ich dachte nicht, dass du zu Hause bist. Birdie hat gesagt, du seist noch auf der Arbeit.«

Meine unkontrollierbare Hingezogenheit zu Sadie machte mich wütend, und ich ließ meinen Frust an ihr aus. »Bist du deshalb zu spät? Wenn die Katze aus dem Haus ist, tanzen die Mäuse auf dem Tisch, oder wie?«

»Nein! Ich habe mit Magdalene gesprochen und ihr gesagt, dass meine Bahn steckengeblieben ist. Nach dem Yoga wollte ich eigentlich kurz zum Duschen nach Hause, aber weil ich eine Stunde lang aufgehalten wurde, habe ich mich gleich auf den Weg hierher gemacht, damit Birdie nicht noch später zu der Geburtstagsparty kommt.«

Sie hat ein Nabelpiercing. Es glitzert …

Verdammt! Ich zwang mich, Sadie in die Augen zu schauen, und stellte fest, dass sie mich erwartungsvoll ansah. Hatte sie etwas gesagt? Ich versuchte, die letzten zehn Sekunden in meinem Kopf zurückzuspulen. Irgendetwas von Bahn?

Wie auch immer.

Ich trat zur Seite. »Bitte, komm rein. Magdalene hat eben einen langen Spaziergang mit Marmaduke gemacht, und jetzt liegt er im Wohnzimmer.«

Als wir hereinkamen, sah Marmaduke auf. Kaum hatte er Sadie erblickt, fing er an zu hecheln, und die Zunge hing ihm aus dem Maul.

Ja, das Gefühl kenne ich, Kumpel.

Birdie kam aus ihrem Zimmer und fiel Sadie um den Hals, die sich zu ihr vorbeugte, sodass ich eine grandiose Aussicht auf ihren Po hatte. Oh Mann, sie sah von hinten genauso klasse aus wie von vorn! Mein Blick klebte noch an besagtem Po, als sie sich zu mir umdrehte und mich um ein Haar erwischt hätte.

»Konntest du den Klicker besorgen, über den wir letztes Mal gesprochen haben?«, fragte sie.

Meine Tochter lief zum Couchtisch, holte das Höllengerät und begann damit zu klicken.

Klick-klick. Klick-klick. Klick-klick.

Dieses Geräusch strapazierte meine Nerven schon fast eine ganze Woche – seit ich das Ding aus der Tierhandlung mitgebracht hatte. Ich sah Sadie wütend an, doch ich machte mir etwas vor, wenn ich glaubte, meine Stimmung hätte etwas mit diesem Klicker zu tun.

»Vielleicht kannst du nächstes Mal etwas für das Hundetraining aussuchen, das einem nicht so auf den Geist geht«, blaffte ich sie an.

Sadie stemmte die Hände in die Hüften. *In ihre äußerst wohlgeformten Hüften.* »Stimmt irgendetwas nicht?«

Ich fuhr mir brummelnd durch die Haare. »Ich bin in meinem Arbeitszimmer, wenn mich jemand braucht.«

Glücklicherweise hatte ich Alkohol in meinem Schrank. Es war ein furchtbarer Tag gewesen. Mein Geschäftsführer hatte gekündigt und blieb nur noch zwei Wochen, was bedeutete, dass ich schnell einen Ersatz finden musste und wesentlich mehr Zeit im Restaurant verbringen würde, bis ich einen neuen eingearbeitet hatte. Außerdem hatte es in der Küche einen kleinen Fettbrand gegeben, der eins unserer Frittiergeräte ruiniert hatte. Und zu guter Letzt war unsere Gemüselieferung mit der eines anderen Lokals vertauscht worden, wo offenbar nur Mais als Beilage auf der Speisekarte stand. Ich hatte früher Feierabend gemacht, denn in den nächsten zwei Wochen würde ich dazu wahrscheinlich keine Gelegenheit mehr haben. In den letzten Nächten hatte ich zu allem Übel auch noch aus irgendeinem Grund nicht gut geschlafen. Ich öffnete also eine Flasche von dem Cabernet, den ich gebunkert hatte, und schenkte mir ein sehr volles Glas ein, mit dem ich mich an den Schreibtisch setzte.

Gott, sie ist verdammt sexy.

Ich nahm einen großen Schluck Rotwein.

Es war verrückt, aber ich verspürte das Verlangen, den glitzernden Diamanten in ihrem Nabel zwischen die Zähne zu nehmen und kräftig daran zu ziehen.

Ich trank einen weiteren Schluck.

Und dieser Hintern! Vielleicht konnte sie noch einmal mit dem Duke üben, dass er über sie sprang. In der Aufmachung, in der sie heute erschienen war, bot sie auf allen vieren garantiert einen fantastischen Anblick.

Und noch einen Schluck.

Wie lautete gleich das Kommando? Irgendwas mit Trampolin … *Trampoler? Trompoler?* Ja, genau! Springen hieß »*trompoler*«. Ich fing an zu lachen. Es klang fast ein bisschen hysterisch.

Trompoler.

Ich will die vermeintliche Hundetrainerin trompoler.

Ich schüttelte den Kopf und trank weiter.

In der letzten Woche hatte ich ständig an sie gedacht. An dem Abend, als sie ihr iPad abgeholt hatte, war sie sehr offen zu mir gewesen, als ich sie nach ihrem Vater gefragt hatte. Ich hatte ihre Aufrichtigkeit und ihr Mitgefühl in ihren blauen Augen gesehen. Zudem hatte sie viele erkundenswerte Körperteile. Das bewies ihr knappes Trainingsoutfit nur allzu deutlich.

Oh Gott, dieses Outfit.

Ich kippte den Rest meines Weins hinunter.

Im Verlauf der nächsten Stunde leerte ich die halbe Flasche. Das Gelächter von Sadie und Birdie im Wohnzimmer war derart irritierend, dass ich die Musik aufdrehte und die Augen schloss. Daher hörte ich das Klopfen nicht, als sie fertig waren.

»Hey.« Sadie steckte den Kopf zur Tür herein. »Entschuldige, du hast nicht reagiert. Wir hören für heute auf. Birdie holt gerade ihren Rucksack für die Pyjamaparty. Soll ich sie hinbringen?« Sie betrachtete die Weinflasche und mein leeres Glas und grinste. »Wie ich sehe, bist du sehr beschäftigt.«

Ich presste die Lippen aufeinander. »Nein, schon gut. Ich bin durchaus imstande, mich selbst um meine Tochter zu kümmern. Danke.«

Sadie kniff die Augen zusammen. Wir starrten uns eine gute halbe Minute an, dann kam sie herein. Nachdem sie die Tür hinter sich geschlossen hatte, fragte sie: »Ist alles in Ordnung? Du wirkst … verärgert.«

Hör auf, sie abzuchecken.

Schau ihr ins Gesicht.

»Alles bestens.«

Sie sah mich schräg an.

»Bist du sicher?«

Meine Augen wanderten zu ihrem Bauch. Ich war machtlos dagegen.

Gott, du bist so ein Arsch, Maxwell.

Augen nach oben!

Los jetzt!

Komm schon, du schaffst das.

Sadie sagte keinen Ton. Ich wusste nicht einmal, ob sie mich ansah. Denn ich war völlig damit beschäftigt, ihren Körper zu bewundern ... ihre schmale Taille, ihren flachen Bauch ... Ich fantasierte, was ich mit diesem glitzernden Diamanten in ihrem Nabel anstellen könnte.

Sie kam ein paar Schritte auf mich zu.

Es mochte am Wein liegen, aber plötzlich schlug mir das Herz bis zum Hals. Ich bemühte mich, ihr ins Gesicht zu sehen, und diesmal wanderte mein Blick auch nach oben ... mehr oder weniger. Leider blieben meine Augen auf dem Weg an ihren Brüsten hängen.

Hm, sind das CCups?

Hübsch.

Sehr hübsch.

Beim Yoga wird ihr Dekolleté bestimmt schweißnass.

Und der heiße Schweiß rinnt dann zwischen ihren üppigen runden Titten hinunter bis zu diesem Bauchnabel.

Als es mir endlich gelang, Sadie in die Augen zu sehen, stand sie direkt vor meinem Schreibtisch.

Sie wiegte sich leicht in den Hüften. »Was machst du hier eigentlich, Sebastian?«

Ich hielt ihrem Blick stand. Das verschmitzte Grinsen, das über ihr Gesicht huschte, ließ mich befürchten, dass sie meine Gedanken lesen konnte. Ich schluckte. »Nichts.«

»Nichts, hm? Du sitzt einfach da und schaust in der Gegend rum?« Ihre Mundwinkel gingen nach oben.

Du hältst dich ja für wahnsinnig clever!

Sie wusste genau, was ich machte.

Ich richtete mich in meinem Sessel auf und räusperte mich. »Wenn du fertig bist, dann kannst du ja gehen.«

»Daran denkst du also die ganze Zeit? Wie du mich möglichst schnell loswirst?«

Als es plötzlich klopfte, blinzelte ich verdutzt.

Ich schaute total verwirrt zur Tür und sah Sadie hereinkommen.

Was zur ...?

War sie nicht ...?

Ich hätte schwören können, sie hatte eben noch vor meinem Schreibtisch gestanden. Es dauerte einen Moment, bis ich begriff, dass ich wohl vom Wein eingeschlafen war und geträumt hatte.

Mannomann.

Sadie lächelte. »Wir sind mit dem Training fertig. Wenn du möchtest, bringe ich Birdie zu der Party. Ich breche ja sowieso jetzt auf.«

»Äh ... ja. Das wäre großartig. Vielen Dank. Ich will mich nur kurz von ihr verabschieden.«

Ich folgte Sadie ins Wohnzimmer. Birdie war schon startklar mit dem Rucksack auf dem Rücken und einem Kissen sowie einem Schlafsack unter dem Arm.

»Hey, du bist ja schon fertig.« Ich ging vor ihr in die Hocke. »Wie wär's mit einer Umarmung für deinen alten Herrn?«

Meine Tochter schlang stürmisch die Arme um meinen Hals. »Ich hab dich lieb, Daddy.«

»Ich dich auch, meine Kleine.«

»Marmaduke war heute super! Wenn Sadie klickert, setzt er sich jetzt sofort hin.«

»Wirklich?«

Sie nickte.

»Na, dann.« Ich zupfte sie an ihrem Pferdeschwanz. »Auf zu deiner Party!«

Birdie ging in Richtung Haustür, kam aber noch einmal zurück. Sie strich mir mit ihrer kleinen Hand über die Wange. »Ich bin nur ein Stück den Block runter, wenn du mich brauchst.«

Mein Herz zog sich zusammen. »Danke«, sagte ich lächelnd. »Ich werde dran denken.«

Sie gab mir noch einen Kuss, dann hüpfte sie zur Tür.

»Soll ich den Eltern irgendetwas ausrichten?«, fragte Sadie.

»Nein, ich schicke Renee eine Textnachricht und rufe später dort an.«

»Okay.« Das Nickerchen und meine Fantastereien hatten mir offenbar gutgetan. Ich war in der Lage, vernünftig mit ihr zu reden, und verschlang sie nicht mit Blicken, wie ich es im Traum getan hatte. Doch als sie sich umdrehte und Birdie folgte, konnte ich einfach nicht widerstehen und bewunderte noch einmal ihren Hintern in dieser sagenhaften Yogahose. Ich meine, ich hatte ihn praktisch direkt vor der Nase. Welcher Mann, der halbwegs bei Sinnen war, würde da nicht einen Blick riskieren?

»Oh, fast hätte ich es vergessen …« Sadie wandte sich zu mir um, und meine Augen schnellten in die Höhe.

Verdammt.

Jetzt hat sie mich erwischt.

Wäre ich nicht ohnehin sicher gewesen, aufgeflogen zu sein, hätte mir Sadies wissendes Grinsen verraten, dass ihr klar war, was ich getan hatte.

Sie versuchte nicht einmal, es zu verbergen, und hielt mir den Klicker hin. »Der gehört dir.«

Ich wich ihrem Blick aus, als ich ihn ihr aus der Hand nahm. »Super. Danke.«

Als ich die Tür hinter ihr geschlossen hatte, ließ ich den Kopf hängen.

Gott, was bist du für ein Idiot, Maxwell. Du brauchst dringend Sex.

Da ich sturmfreie Bude hatte, sollte ich mir vielleicht genau das holen, was mir fehlte. Ich stand schon eine Weile mit einer gewissen Irina in Kontakt, einer vielbeschäftigten Werbemanagerin, die ich im Internet kennengelernt hatte. Sie wollte das Gleiche wie ich, aber in den letzten Wochen hatte ich sie immer wieder vertröstet. Vielleicht war die Zeit nun reif, mich bei ihr zu melden.

Auf dem Weg in mein Arbeitszimmer, wo mein Laptop stand, redete ich mir gut zu.

Irina.

Sie war sexy.

Langes rotes Haar.

Eine Frau, die wusste, was sie wollte.

Genau das brauchte ich jetzt.

Ja, genau!

Ich muss herausfinden, was Sadie heute Abend macht.

Irina! Irina, meine ich.

Zurück an meinem Schreibtisch schenkte ich mir erneut ein Glas Wein ein und setzte mich.

Ich trank einen Schluck und schloss kurz die Augen, um mich zu sammeln, bevor ich Kontakt zu Irina aufnahm.

Doch statt Klarheit zu gewinnen, sah ich Bilder von Sadie vor meinem geistigen Auge.

Schon wieder.

Sie war so verdammt sexy.

Dieser Hintern.

Dieser flache Bauch.

Dieser verfluchte funkelnde Diamant.

Ihre großen schönen Augen.

Und diese Lippen. Wie ihre Mundwinkel nach oben gewandert waren, als sie mich beim Glotzen erwischt hatte …

Oh Mann, was würde ich dafür geben, diesen Mund an meinem Schwanz zu spüren.

Ich musste über mich selbst lachen und öffnete die Augen.

Gut, dass sie gegangen war. Wer weiß, welche Dummheiten ich sonst angestellt hätte. Wegen dieser Frau verlor ich noch den Verstand.

Ich nahm noch einen großen Schluck Wein und klappte meinen Laptop auf, um online zu gehen.

Und in dem Moment klingelte es …

16. KAPITEL

Sadie

Er öffnete die Tür, und mein Verstand setzte aus. Ich hatte mich in Sekundenschnelle entschieden, auf die Klingel zu drücken. Ich hatte einfach nicht nach Hause fahren wollen. Das Problem war nur, dass ich mir besser vorher eine Ausrede ausgedacht hätte.

Sebastians Atemzüge wurden schneller, während er mich musterte. »Alles okay?«

Ich schluckte und bekam kein Wort heraus. Was sollte ich auch sagen? Die Wahrheit bestimmt nicht: *Du hast mich abgecheckt, und ich dachte, du würdest mich auch gern berühren.*

Er brach das Eis. »Ist das der Moment, in dem ich annehme, du wärst die Hundetrainerin, und dich anpfeife, weil du zu spät bist? Das kommt mir nämlich gerade wie ein Déjà-vu vor: Ich mache die Tür auf, und du bist völlig perplex.« Er warf mir ein schiefes Lächeln zu, das mich etwas beruhigte.

Ich lachte nervös.

Er wies mit der Hand ins Haus. »Willst du nicht reinkommen? Es war zwar sehr warm heute, aber jetzt wird es allmählich kühl.«

Ich rieb mir die Arme. »Danke.«

Marmaduke kam mir entgegen und sprang mich an. In dem Augenblick war ich deutlich weniger von ihm angetan als er von mir, denn seinetwegen war ich nicht zurückgekehrt.

Zum Glück kriegte er sich ziemlich schnell wieder ein und verzog sich in eine Ecke, um sein Stofftier zu besteigen.

Ja. Du bist hier nicht der Einzige, der total aufgeregt ist, mein Freund.

Sebastian starrte mich nur an. Er wartete noch auf eine Erklärung dafür, warum ich wiedergekommen war.

Meine Güte, Sadie, jetzt reiß dich mal zusammen! Du schreibst eine Dating-Kolumne, verdammt, und müsstest eigentlich wissen, wie du dich in der Nähe eines attraktiven Mannes zu verhalten hast!

»Ich bin noch mal zurückgekommen, weil ich dachte, dass du heute Abend vielleicht Lust auf Gesellschaft hast«, platzte ich heraus.

Sebastian schob die Hände in die Hosentaschen und schien alles andere als begeistert von meiner Erklärung zu sein.

Seine Reaktion rief Panik in mir hervor, die ich mit Lachen zu überspielen versuchte. »Aber das ist Quatsch, oder? Du hast wahrscheinlich Pläne. Wenn ja, dann gehe ich einfach …«

»Magst du lieber weißen oder roten?«, fragte er unvermittelt.

Es dauerte einen Moment, bis ich begriff, dass er von Wein gesprochen hatte.

Ich bleibe?

»Der rote, den du getrunken hast, sah ziemlich gut aus.«

»Bin gleich wieder da«, sagte er.

Ich trat unruhig von einem Bein aufs andere, als Sebastian in sein Arbeitszimmer ging und mit der Flasche und seinem Glas wiederkam. Er stellte beides auf den Couchtisch, bevor er mir ein Glas aus der Küche holte.

Ich sah zu, wie er mir einschenkte und sein Glas ebenfalls auffüllte.

»Danke«, sagte ich und setzte mich aufs Sofa. Er nahm am anderen Ende Platz – so weit von mir entfernt wie eben möglich.

Als ich einen Schluck getrunken hatte, fragte ich: »Wie hättest du den Abend denn verbracht, wenn ich mich nicht hier eingeschlichen hätte?«

Seine Lippen zuckten. »Keine Ahnung. Ich wollte es mir gerade überlegen.«

»Es kommt wahrscheinlich selten vor, dass Birdie nicht zu Hause ist.«

»Ja, ich glaube, bisher hat sie nur einmal woanders übernachtet.«

Sebastian sah heute besonders gut aus. Er war lässiger gekleidet als sonst. Ein dunkelblaues T-Shirt umspannte seine breite Brust. Er trug Jeans und war barfuß. Er hatte große, schöne Füße – wenn man Männerfüße als schön bezeichnen konnte. Doch in seinem Fall war es tatsächlich so: schöner Mann, schöne Füße.

»Bin ich irgendwo reingetreten?«, fragte er.

Mist. Er hatte mich erwischt.

»Oh, nein. Ich habe nur … deine Füße bewundert.«

Ich wand mich vor Verlegenheit. *Das hätte ich wohl besser für mich behalten.*

»Danke.« Er runzelte die Stirn. »Glaube ich.« Er legte den Arm auf die Rückenlehne des Sofas, blieb aber in seiner Ecke sitzen. »Wo genau machst du eigentlich Sport, Sadie?«

»Ich übe ein paarmal pro Woche eine Dreiviertelstunde Yoga. Das Studio ist bei mir in der Nähe.«

»Schön. Ich sollte wahrscheinlich auch so etwas machen, um Stress abzubauen.«

»Yoga ist total gut gegen Stress … aber ich mache es, um gelenkig zu sein.«

Er räusperte sich. »Dann bist du also … gelenkig?«

»Sehr.« Ich antwortete mit voller Absicht so selbstbewusst. »Heute haben wir eine Übung gemacht, bei der man die Beine hinter den Kopf nimmt.«

Er sah aus, als würde er jeden Moment seinen Wein ausspucken. »Das klingt ziemlich … abenteuerlich. Wie heißt diese Übung? Herabschauender Hund? Hunde sind ja dein Spezialgebiet.« Er zwinkerte mir zu.

Ich kicherte. »Nein. Beim Herabschauenden Hund beugt man sich nach vorn. Wir haben die Pflugstellung gemacht. Dabei führt man in Rückenlage die Beine hinter den Kopf.«

Seine Augen weiteten sich. »Du nimmst die Beine hinter den Kopf, und das nennt sich *Pflug*stellung?«

Mir war die Ironie dieser Bezeichnung vorher noch nie aufgefallen.

Er hat eine schmutzige Fantasie. Das gefällt mir.

»Vergeudung von Talenten, könnte man sagen. In dieser Hinsicht ist schon lange nichts mehr gelaufen.«

Sebastian trank schweigend sein Glas aus. Dann hielt er die Flasche hoch. »Möchtest du noch?«

»Ja, ich nehme gerne noch ein Glas, danke.«

»Die Flasche ist leer. Möchtest du einen anderen probieren, oder soll ich noch einen davon aufmachen?«

»Den finde ich wirklich lecker. Wie heißt er?«

Er schaute auf das Etikett, und ich hätte schwören können, dass er rot wurde. Anscheinend hatte er noch nie auf den Namen geachtet.

Er presste die Lippen zusammen.

»Und?«, drängte ich.

»Es ist ein … Pornfelder.« Er grinste peinlich berührt, machte die Flasche auf und schenkte uns ein.

Ich musste lachen. »Was für ein Name!«

»Klingt wie erfunden. Genau wie *trompoler*.«

»Haha!« Ich wand mich innerlich vor Verlegenheit.

Er hob sein Glas. »Das solltest du dir übrigens markenrechtlich schützen lassen.«

Als er von seinem Wein getrunken hatte und das Glas absetzte, bemerkte ich, wie sein Blick für einen Moment zu meinem Bauchnabel wanderte und dann wieder nach oben. Es gefiel mir, wie er meinen Körper musterte! Er fing sofort ein neues Thema an, um davon abzulenken, dass ich ihn dabei erwischt hatte, wie er mein Nabelpiercing anschaute.

»Du hast mir noch gar nicht erzählt, wie du zum Schreiben gekommen bist.«

Ich ließ mich gegen die Rückenlehne sinken und machte es mir ein bisschen bequemer. »Nun, auf dem College hatte ich Journalismus als Hauptfach, aber danach habe ich erst mal nichts mit meinem Abschluss angefangen. Ich habe jahrelang nur Gelegenheitsjobs gehabt. Irgendwann habe ich ein Praktikum bei dem Unternehmen gemacht, dem die Zeitschrift gehört, für die ich jetzt arbeite. Der Reporter, dem ich unterstellt war, hat mir erlaubt, mich an ein paar Artikeln zu versuchen. Später wurde ich dann als Autorin eingestellt, und seitdem wandere ich durch die verschiedenen Bereiche. Die Weihnachtsrubrik betreue ich schon seit Jahren, aber meine Hauptaufgabengebiete wechseln. Ich habe eine Zeit lang Artikel über Geschäftsetikette geschrieben, bevor ich die Beauty-Kolumne übernommen habe. Aber über Kosmetik schreiben wurde mir sehr schnell langweilig.«

»Und die Dating-Rubrik machst du jetzt schon eine ganze Weile, oder?«

»Ja.« Ich lächelte. »Seit fünf Jahren. Ich bin da irgendwie hängen geblieben. Die denken offenbar, dass ich die Richtige dafür bin, und sie ist ziemlich beliebt geworden.«

»Das kann ich nachvollziehen. Frauen lieben es anscheinend, die Abenteuer einer schönen erfolgreichen Frau in der Stadt mitzuerleben. Mit dieser Serie, die meine Mutter immer geguckt hat, ist es ähnlich … die mit der Frau aus ›Drei zauberhafte Hexen‹.«

Ich musste lachen. »Ja, Sarah Jessica Parker. ›Sex and the City‹. Ich bin allerdings eher eine Carrie Bradshaw für Arme.«

Er schien beinahe durch mich hindurchzusehen, als er sagte: »Die kann dir doch nicht das Wasser reichen.«

Mir wurde heiß. Er hatte mir ein Kompliment gemacht, und ich wusste nicht, wie ich darauf reagieren sollte. Am liebsten wäre ich über ihn hergefallen, aber das wäre wohl etwas unangebracht.

»Meinst du, du bleibst in deinem Beruf?«, fragte er.

»Ich beschwere mich zwar oft, aber eigentlich macht er mir Spaß. Ein klassischer Bürojob mit festen Zeiten ist nichts für mich.«

»Und wenn du jemanden findest, mit dem du dein Leben verbringen willst? Schreibst du dann weiter die Dating-Kolumne?«

Seine Frage ließ mein Herz höherschlagen. »Bei meinem Glück würde ich zwar keine Wette darauf abschließen, aber falls es tatsächlich passiert, würde ich das nicht weitermachen. Die Artikel müssen authentisch sein, und wenn ich verliebt wäre, wieso sollte ich dann so tun, als wäre ich auf der Suche? Das ergibt doch keinen Sinn. Es würde nicht funktionieren und wäre auch nicht fair gegenüber meinem Partner.«

»Du würdest also um eine Versetzung bitten?«

Sein Interesse an diesem Thema weckte eine wahrscheinlich irrwitzige Hoffnung in mir. »Ja. Dann würde ich einfach für ein anderes Ressort schreiben, das mich haben will.«

»Zum Beispiel die Weihnachtsmannartikel …« Er lächelte, und mir fielen zum ersten Mal seine dezenten Grübchen auf.

»Die schreibe ich natürlich nur in der Adventszeit, das reicht nicht fürs ganze Jahr. Aber damit will ich auf jeden Fall weitermachen, wenn sie mich lassen. Es ist eine wirklich sehr erfüllende Aufgabe.«

»Freut mich, dass du deine Arbeit liebst«, sagte er.

»Ja, denn weißt du … Dieses Hundetraining, das führt doch zu nichts.«

Er schmunzelte. »Eben.«

Ich trank meinen Wein aus und seufzte. »Es könnte alles viel schlimmer sein. Ich bin zwar nicht da, wo ich mit fast dreißig sein wollte, aber ich bin im Grunde recht glücklich und vor allem gesund. Und zumindest einen Teil meines Lebens habe ich ganz gut hingekriegt: meine berufliche Karriere.«

»Und die anderen Teile?«

»Tja, ich habe immer gedacht, ich wäre in diesem Alter längst verheiratet und hätte vielleicht ein Kind. Ich bin nicht sicher, ob es dazu noch kommt.«

Er musterte mich einen Moment, dann sagte er: »Aber du wünschst es dir, oder? Du möchtest eine Familie, ein Haus, einen Hund …«

»Ja, schon«, antwortete ich, ohne zu zögern, »aber nur mit dem richtigen Partner.«

Er nickte und schien ins Grübeln zu kommen. Ich fragte mich, ob er an Amanda dachte und daran, dass er das alles schon gehabt hatte … das Haus, die Familie, eine schöne Frau. Doch jetzt war sie tot, und es war alles nicht mehr dasselbe ohne die bessere Hälfte, ohne denjenigen, den man liebte. Und weil er sie verloren hatte, musste er Birdie gleichzeitig Vater und Mutter sein, was bei seinem anstrengenden Job sicher nicht leicht war.

»Geht es dir gut, Sebastian?«, fragte ich. »Ich meine, nicht jetzt im Moment, sondern allgemein … als alleinerziehender Vater.«

»Du meinst, ob ich nur so tue, als ob ich alles im Griff hätte, obwohl ich innerlich deprimiert bin?« Er starrte ins Leere. »Manchmal schon, ehrlich gesagt. Aber ich achte darauf, immer schnell weiterzumachen, sodass mich das schwarze Loch nicht verschlingen kann. Die Melancholie ist zwar da, bleibt aber im Hintergrund.«

Ich schluckte und wusste nicht recht, was ich sagen sollte. »Es muss schwer sein weiterzumachen, wenn man so eine tolle Ehe geführt hat. Ich weiß, wie hart es für meinen Vater war.«

Er schloss die Augen und schüttelte den Kopf. »Birdie denkt, ihre Eltern hätten eine perfekte Ehe geführt, aber meine Frau und ich hatten durchaus unsere Schwierigkeiten. Als meine Tochter zwei war, haben wir uns sogar für eine Weile getrennt.«

Ich sah ihn mit großen Augen an. Das hatte ich nun wirklich nicht erwartet. Ich hatte angenommen, er hätte eine perfekte kleine Familie gehabt. »Wow, ich hatte ja keine Ahnung.«

»Birdie hat offensichtlich keine Erinnerung daran. Sie weiß es nicht, und so soll es auch bleiben.«

»Selbstverständlich. Ich würde ihr niemals etwas sagen. Darf ich fragen, was passiert ist?«

»Dafür brauche ich mehr Wein.« Sebastian füllte sein Glas auf und schenkte auch mir nach. Dann seufzte er. »Es hat eine Weile gedauert, bis aus dem Restaurant das wurde, was es heute ist. Wir haben beide zu viel gearbeitet, und dann kam das Baby. Wir haben unsere gesamte Energie in das Geschäft und unsere Tochter gesteckt, sodass uns keine mehr blieb, um unserer Beziehung die nötige Aufmerksamkeit zu schenken. Es war zum Teil meine Schuld …« Er nippte an seinem Glas. »Meine Frau brauchte wohl jemanden, mit dem sie über etwas anderes reden konnte als über Geldprobleme oder Windeln. Und, na ja, sie hat sich mit einem unserer Kellner angefreundet. Eines Abends haben sie zu tief ins Glas geschaut, und sie sind sich etwas zu nah gekommen.«

»Oh Gott. Das tut mir leid.«

Er nickte. »Wir sind zur Paarberatung gegangen, aber ich konnte einfach nicht darüber hinwegkommen. Also haben wir uns nach ein paar Monaten getrennt. Ich bin ausgezogen und habe ein kleines Apartment um die Ecke gemietet, um in Birdies Nähe zu sein. Wir hatten uns gerade an unser getrenntes Leben gewöhnt, als Amanda bei einer Routineuntersuchung erfuhr, dass ihr Eierstockkrebs zurückgekehrt war. Das hat alles relativiert. Ich hatte nie aufgehört, meine Frau zu lieben, und sie brauchte mich.«

»Also seid ihr wieder zusammengekommen?«

Er nickte. »Danach hatten wir gute Jahre. Aber Amanda hat immer gedacht, ich hätte mich nur wegen ihrer Krebsdiagnose um die Beziehung bemüht.«

»Und das stimmte nicht?«

Sebastian lächelte traurig. »Ich weiß nicht, wie es gelaufen wäre, wenn sie nicht krank geworden wäre. Aber das spielt auch keine Rolle. Im Leben braucht man manchmal einen kleinen Schubs, um dahin zu gelangen, wo man sein sollte. Ihre Krankheit war der Schubs für mich. Wir haben dafür gesorgt, dass die Beziehung funktioniert, und ich habe ihre Stärke bewundert und wie sie jeden Tag gekämpft hat. Ich habe noch immer Schuldgefühle, weil sie in der Überzeugung gestorben ist, ich wäre nur wegen ihrer Krankheit bei ihr geblieben.« Er schüttelte den Kopf. »Ich habe sie geliebt. Sehr.«

Ich wollte nicht weinen, aber mir kamen trotzdem die Tränen.

Als er es merkte, reagierte er bestürzt. »Oh, verdammt. Was habe ich angerichtet? Ich wollte dich nicht zum Weinen bringen.«

Ich wischte mir schniefend mit dem Ärmel über die Nase. »Nein, nein, es tut *mir* leid. Ich denke einfach … Es ist traurig und zugleich wunderschön, Sebastian. Es ist schön, jemanden auch nur für kurze Zeit in seinem Leben gehabt zu haben, den man so sehr liebt. Es ist großartig, dass du ihr vergeben konntest und eure Liebe noch eine Chance bekam. Und in Birdie lebt sie weiter.«

»Ich weiß nicht, woran es liegt, dass ich das Bedürfnis habe, mich dir gegenüber zu öffnen.« Er rieb sich die Augen. »Aber lass uns jetzt über etwas Leichteres reden, okay?«

Ich überlegte, was ich »Leichteres« erzählen konnte. »Birdie ist davon überzeugt, dass Marmaduke ›Hi‹ sagen kann.«

Er lächelte. »Ach ja?«

»Ja, wirklich. Wir haben es sogar aufgenommen. Moment!«

Ich nahm mein Handy aus der Tasche und spielte ihm ein Video vor, in dem Marmaduke ein Geräusch von sich gab, das verdächtig nach »Hiiiii« klang.

Er schmunzelte. »Ich sagte ›etwas Leichteres‹, nicht etwas völlig Albernes.«

Wir mussten beide lachen, und die Stimmung schien sich Gott sei Dank aufzulockern.

»Darf ich mal die Toilette benutzen?«, fragte ich.

»Natürlich.«

Ich war etwas wackelig auf den Beinen, als ich ins Badezimmer ging. Ich spritzte mir Wasser ins Gesicht und sah in den Spiegel. Der Wein machte sich inzwischen bemerkbar und die physische und emotionale Belastung des Abends auch. Es tat fast weh, wie sehr ich mich zu Sebastian hingezogen fühlte. Ich wollte ihn eine Nacht lang alles vergessen lassen, aber noch mehr wollte ich von ihm gewollt werden. Ich war mir ziemlich sicher, dass er mich attraktiv fand, aber ich war ebenso sicher, dass er mich respektierte und mich daher nicht als flüchtiges Abenteuer für eine Nacht in Betracht zog. Doch mehr als das war für ihn derzeit wahrscheinlich nicht vorstellbar, und deshalb gab es einfach keinen Platz für jemanden wie mich in seinem Leben.

Als ich aus dem Bad kam, saß Sebastian noch auf der Couch und wartete auf mich. Mich beschlich das Gefühl, dass ich den Anfang machen musste, wenn etwas zwischen uns laufen sollte. An seiner Reaktion konnte ich dann zumindest ablesen, ob überhaupt Aussicht auf mehr bestand. Ich setzte mich mutig direkt neben ihn und spürte augenblicklich die Wärme seines Körpers. Seine Wangenmuskeln zuckten, und er sah mich nur an. Sein Atem ging schneller, als er mir völlig ungeniert ins Dekolleté schaute und dann wieder ins Gesicht. Während er zuvor immer nur verstohlene Blicke riskiert hatte, schien er es jetzt beinahe darauf anzulegen, dass ich es merkte. Ich sehnte mich nach einem Kuss von ihm, aber ich hatte mich schon weit genug aus dem Fenster gelehnt. Der Wein stieg mir eindeutig zu Kopf und verstärkte mein körperliches Verlangen.

Sebastian betrachtete meine Lippen.

»Ist es okay, wenn ich so dicht neben dir sitze?«, fragte ich.

Er nickte, und mir entging nicht, wie schwer er nun atmete. Er war definitiv scharf auf mich. Ich hatte jetzt keinen Zweifel mehr.

»Du bist umwerfend, Sadie – innerlich wie äußerlich«, flüsterte er mit rauer Stimme.

Ich biss mir auf die Unterlippe. »Aber …?«

»Versteh mich nicht falsch … aber ich finde dich fast *zu* anziehend. In deiner Nähe kann ich mich nicht kontrollieren, und es besteht die Möglichkeit, dir ganz und gar zu verfallen. Und …«

»Und du hast die Entscheidung getroffen, so etwas nicht zuzulassen.«

»Es ist aus vielerlei Gründen das Beste …«

Mir wurde das Herz schwer, nachdem er meine Befürchtungen bestätigt hatte.

»Ich dachte nur, dass da vielleicht etwas sein könnte.«

Sein Blick war durchdringend. »Da *ist* etwas. Ich will mich nur nicht darauf einlassen.«

»Okay.« Ich starrte seine nackten Füße an, bevor ich wieder zu ihm aufsah. »Was hättest du heute Abend gemacht, wenn ich nicht hier wäre?«

»Ist das so wichtig?«

»Nein, ich bin nur neugierig.« Ich neigte mich zu ihm. »Aber lüg mich nicht an. Sag mir, was du wirklich getan hättest.«

Er nickte. »Na gut.« Nach einem großen Schluck Wein sagte er schließlich: »Ich hätte eine Frau angerufen, von der ich weiß, dass sie nur mit mir schlafen will und sonst nichts. Ich wäre zu ihr gefahren, weil ich mich in diesem Haus nicht mit Frauen treffe. Ich hätte Sex mit ihr gehabt und wäre zurückgekommen, ohne mich zufriedener zu fühlen als vorher. Und genau so muss es im Moment auch sein.«

Sein Geständnis verschlug mir die Sprache.

»Wann warst du das letzte Mal … mit einer Frau zusammen?«, fragte ich, als ich mich wieder gefasst hatte.

»Ist schon eine Weile her. Ein paar Monate vielleicht.« Er atmete vernehmlich aus. »Und du?«

»Ist noch viel länger her.«

Sebastian schluckte schwer. »Warum?«

»Weil ich nicht einfach nur mit jemandem schlafen kann. Ich brauche etwas mehr. Ich brauche eine Verbindung. Ich muss dem Mann in die Augen sehen und das, was ich darin sehe, ebenso mögen wie das Äußere. Eine mentale Verbindung ist mir sehr wichtig.« Meine Gefühle brachen förmlich aus mir heraus. Ich glaubte, dass dies womöglich meine einzige Chance war, sie ihm gegenüber auszudrücken. Ich war von mir selbst schockiert, als ich mich sagen hörte: »Ich finde dich sehr anziehend, in jeder Hinsicht. Aber ich verstehe vollkommen, warum du dich abschotten musst. Ich verstehe, warum es für dich beängstigend ist, jemanden nicht nur in dein Herz, sondern auch in dein Leben zu lassen. Ich denke, es ginge mir genauso, wenn ich an deiner Stelle wäre.«

Als er nichts sagte, fuhr ich fort.

»Es tut mir leid, Sebastian. Es tut mir leid, dass die Situation nicht einfacher ist. Es tut mir leid, dass du deine Frau verloren hast und allein schlafen gehen musst. Hoffentlich kannst du eines Tages wieder glücklich sein. Und auch wenn ich dich wahnsinnig gerne besser kennenlernen würde, ist mir vollkommen klar, dass dieser Platz in deinem Herzen noch besetzt ist.«

Seine Augen hingen wieder an meinen Lippen. »Du machst mir das Abschotten verdammt schwer, Sadie.«

Mein Herz raste.

»Soll ich gehen?«, wisperte ich.

Er ergriff meine Hand. »Nein.«

Seine warmen Finger verschränkten sich mit meinen, und dieses Gefühl war das Schönste, was ich seit Langem verspürt hatte.

»Dann bleibe ich, solange es dir recht ist. *Als gute Freundin.* Und wenn du wieder allein sein möchtest, dann gehe ich.«

Er schaute auf unsere Hände. »Eigentlich bin ich nicht gern allein. Ich hasse es. Ich hasse es, hier zu sein, wenn Birdie nicht zu Hause ist. Weil ich dann damit konfrontiert bin, was mir geblieben ist. Und außer meiner Tochter ist mir nichts geblieben. Ich will nicht, dass mein Leben so ist. Ich möchte wieder glücklich sein. Ich weiß nur noch nicht, wie ich es anstellen soll.«

»Ich glaube, das geschieht von allein. Glück kann man nicht erzwingen. Es stellt sich einfach irgendwann ein, wenn man nicht damit rechnet.«

Seine nächsten Worte brachen mir das Herz.

»Amanda hat mir nie gesagt, ob es okay für sie wäre, wenn ich etwas Neues anfange. Und ich glaube, das ist einer der Gründe für meine Zurückhaltung. Ich möchte nicht, dass sie auf uns herunterschaut und das Gefühl hat, ersetzt worden zu sein. Dieser Gedanke verfolgt mich.«

Er bekam feuchte Augen, als er meine Hand losließ. »Gott, du hast dir diesen Abend sicherlich anders vorgestellt …«

»Bitte«, sagte ich. »Bitte entschuldige dich nicht. Deine Ehrlichkeit tut mir gut. Du hast ja keine Ahnung, wie schön es ist, deine Liebe und Achtung für deine Frau zu sehen und dadurch zu erfahren, was wahre Liebe ist. Du schenkst mir sehr viel Hoffnung, Sebastian. Ernsthaft.«

Er sah mir tief in die Augen. »Willst du wissen, was das Verrückte daran ist?«

»Ja.«

»Ich sitze hier und rede über meine Frau, und trotzdem will ich dich küssen.«

Seine Worte entzündeten ein wahres Feuer in mir. Was für ein Gefühlschaos!

»Niemand sagt, dass Empfindungen Sinn ergeben müssen«, entgegnete ich, während mein Verlangen wuchs.

»Du hast mich gefragt, was ich heute Abend getan hätte, aber ich habe dir nur die halbe Wahrheit gesagt«, erklärte er. »Ich habe dir verschwiegen, dass ich nicht aufhören konnte, an dich zu denken, als du gegangen warst – an dein ansteckendes Lachen, an dein sexy Aussehen in diesem Outfit. Keine andere Frau hätte dich heute aus meinem Kopf vertreiben können. Und als du plötzlich wieder vor der Tür standest, hätte ich mir fast vor Angst in die Hose gemacht. Es war, als hättest du meine Gedanken gelesen.«

Ich rutschte näher an ihn heran, bis mein Gesicht nur noch

Zentimeter von seinem entfernt war. Die körperliche Anziehung war kaum auszuhalten. Ich war wesentlich forscher als sonst – vielleicht weil ich noch nie zuvor jemanden so attraktiv gefunden hatte. Ich hätte liebend gern mehr als eine sexuelle Beziehung mit Sebastian gehabt, doch er war dazu nicht bereit. Aber wenn ich mich fragte, ob ich trotzdem mit ihm schlafen wollte, dann lautete die Antwort eindeutig Ja.

Ich bekam kaum noch Luft, als ich aussprach, was ich in diesem Moment empfand. »Wenn du mich willst, kannst du mich haben. Völlig unverbindlich. Ich brauche es genauso wie du. Wir können einfach unseren Frust aneinander auslassen.«

Er schluckte und schüttelte den Kopf. »Du bist betrunken, Sadie, und ich bin es auch. Wir dürfen das nicht tun.«

Ich nickte stumm. Er hatte vollkommen recht.

Umso schockierter war ich, als er nur Sekunden später die Beherrschung verlor, mich packte und an sich zog. Die Intensität seines Kusses jagte Schockwellen durch meinen ganzen Körper. Sebastian stöhnte in meinen Mund, und ich spürte die Vibration tief in meiner Kehle. Er schmeckte nach Wein und dem aufregendsten Aroma, das ich jemals gekostet hatte. Es war männlich, es war seins, und ich wollte mehr davon. Mir war völlig egal, wie betrunken ich war. Es war mir nur wichtig, jede Sekunde zu genießen. Als er mich auf seinen Schoß zog, hätte ich allein dadurch kommen können, dass er seine Erektion an mir rieb. Ich spürte ihn durch die Stoffschichten, und er fühlte sich ziemlich groß an. Meine Beine zitterten, als er seine Hände über meinen Rücken gleiten ließ.

»Verdammt«, murmelte er an meinen Lippen. »Du bist so sexy. Ich könnte dich bei lebendigem Leib auffressen.«

Seine Worte sorgten dafür, dass sich die Muskeln zwischen meinen Beinen zusammenzogen. Wenn mir in diesem Moment jemand gesagt hätte, dass ich mein Leben riskieren müsste, um ihn in mir zu haben, dann hätte ich es in Betracht gezogen.

Doch als ich kurz davor war, meinen Schmelzpunkt zu erreichen, schien Sebastian aus seiner Trance aufzuwachen und löste sich von mir.

Er nahm die Hand vor den Mund und stand auf. »Ich kann nicht, Sadie. Ich kann einfach nicht. Ich will dich, aber so kann ich nicht mit dir schlafen. Du hast zu viel getrunken, und das Gleiche gilt für mich.«

Meine Lippen waren geschwollen, meine Brustwarzen hart. Mein Körper war bereit. Natürlich war seine Reaktion eine Enttäuschung für mich, auch wenn es zu meinem Besten war.

»Soll ich gehen?«, fragte ich atemlos.

Er schüttelte energisch den Kopf, blieb aber auf Abstand. »Nein. Ich würde mich nicht wohl dabei fühlen, dich jetzt nach Hause zu schicken. Bitte bleib. Du kannst mein Bett haben, und ich schlafe in Birdies Zimmer.«

Ich schöpfte Hoffnung. »Bist du sicher?«

»Ich bestehe darauf. Ich lasse dich nicht in betrunkenem Zustand zu einem Fremden ins Auto steigen, auch wenn es ein Taxi ist.«

Seine Besorgnis gab mir ein Gefühl der Wärme und Geborgenheit. »Danke.«

Er wies mit dem Kopf in den Flur. »Komm, ich zeige dir mein Schlafzimmer«, sagte er und führte mich hin.

Ein wuchtiges Bett mit einem Kopfteil aus dunklem Holz und einer grauen Satindecke dominierte den Raum. Der Mond draußen vor dem Fenster bot einen herrlichen Anblick. Doch ich fühlte mich wie ein Eindringling, der etwas Verbotenes tat, auch wenn das Zimmer sehr einladend war.

»Mach es dir gemütlich. Du kannst auch gerne nebenan duschen, wenn du möchtest.«

»Okay …« Ich lächelte. »Vielen Dank.«

Nachdem er verschwunden war, ging ich davon aus, ihn bis zum nächsten Morgen nicht mehr zu sehen. Er hatte eine reife und vernünftige Entscheidung getroffen. Das respektierte ich, aber das Feuer, das in mir brannte, erlosch dadurch natürlich nicht.

An diesem Abend duschte ich also in seinem schicken Badezimmer und legte mich in sein großes Ehebett. Es fühlte sich merkwürdig an, in dem Bett zu liegen, in dem Sebastian mit seiner Frau geschlafen hatte. Das Gefühl der Leere, das er mir beschrieben hatte, konnte ich absolut nachvollziehen. Und ich hatte Sehnsucht nach ihm. Meine Gefühle für ihn reichten weiter zurück als unsere erste Begegnung. Und nachdem ich seine Leidenschaft gekostet hatte, wurden sie nur noch stärker.

17. KAPITEL

Sebastian

Am vergangenen Abend hätte ich um ein Haar Mist gebaut. Ich war ihr so nah gekommen. Ich seufzte. Sie roch wahnsinnig gut. Und obwohl ich nicht mehr betrunken war, fühlte ich mich immer noch berauscht von ihr.

Es war ein Wunder, dass ich überhaupt in den Schlaf gefunden hatte, aber der Wein hatte schließlich Wirkung gezeigt, sodass ich irgendwann nach zwei Uhr in der Frühe in Birdies Bett eingeschlafen war. Vorher hatte ich mich jedoch ins Badezimmer zurückgezogen, das vom Flur abging, und mir dabei vorgestellt, Sadie in dieser Yogaposition mit den Beinen hinter dem Kopf zu vögeln. Ich brauchte nur dreißig Sekunden, um so heftig zu kommen wie seit Monaten nicht mehr. Besser unter der Dusche als in ihr – was höchstwahrscheinlich passiert wäre, wenn ich nicht die Notbremse gezogen hätte.

Ich zog mir ein weißes T-Shirt und eine Jeans an und ging in die Küche. Der Geruch von Kaffee stieg mir in die Nase.

Als ich sie in meiner Küche stehen sah, blieb mir fast das Herz stehen. Mir war nicht bewusst gewesen, wie sehr es mir gefehlt hatte, den Morgen mit einer Frau zu verbringen. Vielleicht wurde mir sogar erst in diesem Moment klar, wie einsam ich die ganze Zeit gewesen war. Aber es war nicht nur das. Sie trug mein Hemd. Mein weißes Anzughemd. Und keine Hose. Und sie wippte mit dem Hintern, obwohl keine Musik lief.

»Hey«, sagte ich.

Sadie zuckte zusammen. »Hey.« Sie lächelte. »Ich dachte, ich mache schon mal Frühstück.« Sie schaute an sich hinunter. »Ich habe mir eins von deinen längsten Hemden gemopst. Nachdem ich gestern geduscht hatte, wollte ich meine verschwitzten Trainingssachen nicht wieder anziehen. Ich hoffe, das ist okay.«

Was sollte ich dazu sagen? Meinem Schwanz war es anscheinend recht, denn ich bekam sofort einen Ständer bei ihrem Anblick in meinem Hemd. Ich kam mir vor wie ein verdammter Neandertaler. Der Schlaf hatte meine Lust kein bisschen zügeln können.

Ich gab keine Antwort. Ich war zu beschäftigt mit Glotzen.

»Ein schönes Frühstück ist das Mindeste, was ich für dich tun kann, nachdem du mir dein Schlafzimmer überlassen hast.«

Dafür, dass ich sie mit einem Kuss überfallen und dann allein ins Bett geschickt hatte, war sie ziemlich nett zu mir.

Der Geruch von Eiern, Kaffee und einem Hauch Zimt lag in der Luft. Und statt mich schuldig oder verwirrt zu fühlen, ging es mir einfach großartig.

»Das ist wunderbar, danke«, sagte ich und trat zu ihr.

In dem Moment klingelte es.

Ich schaute in Richtung Tür. »Was zur Hölle …?«

»Erwartest du jemanden?«, fragte sie.

»Nein.«

Als ich öffnete, stand Birdie mit der Mutter ihrer Freundin vor mir. Eigentlich hätte meine Tochter erst nachmittags wieder zurück sein sollen.

»Hey! Was ist los?«

Birdie sah zu mir auf. »Ich habe ein rotes Auge.«

»Tut mir leid, Mr Maxwell«, sagte Renee. »Bindehautentzündung ist ansteckend. Ich hielt es für das Beste, sie nach Hause zu bringen.«

Scheiße.

Renee bemerkte meinen irritierten Gesichtsausdruck.

»Ist es gerade ungünstig? Ich habe versucht, Sie auf Ihrem Handy anzurufen, aber da ging gleich die Mailbox an.«

Klar. Vor dem Schlafengehen hatte ich an andere Sachen gedacht als daran, mein Handy aufzuladen.

Ich schüttelte den Kopf. »Nein, nein, es ist natürlich okay. Es war richtig, Birdie herzubringen.«

Meinen Worten zum Trotz blockierte mein Körper die Tür.

Was mache ich denn jetzt? Birdie durfte Sadie auf keinen Fall halb nackt in unserer Küche sehen. Es war in vielerlei Hinsicht völlig unpassend. Wie sollte ich ihr das nur erklären?

»Die Bindehautentzündung macht offenbar gerade in der Klasse die Runde. In der Regel braucht man nur ein paar Augentropfen, um sie loszuwerden. Birdie meinte, sie merkt nicht einmal was davon, nicht wahr, Süße?«

Meine Tochter zuckte die Achseln. »Tut gar nicht weh.«

Marmaduke kam zur Tür gelaufen. Er drängte sich an mir vorbei und warf Birdie fast um.

»Hey, Marmaduke, hast du mich vermisst?« Sie ging in die Knie, um ihn zu streicheln, obwohl er annähernd so groß war wie sie.

Renee lächelte. »Ich habe meinen Mann mit sieben Mädchen allein gelassen, also mache ich mich besser wieder auf den Weg.«

»Okay. Ja. Vielen Dank, dass Sie Birdie nach Hause gebracht haben.«

Sie ging die Treppe hinunter, und während Birdie noch mit dem Hund beschäftigt war, warf ich einen Blick über die Schulter. *Keine Spur von Sadie.*

»Äh, weißt du was, Süße? Ich wollte gerade mit Marmaduke raus. Ich hole schnell seine Leine, dann gehen wir zusammen. Und wenn wir zurückkommen, rufe ich beim Arzt an und mache einen Termin für dich.«

»Okay, Paps.«

»Bin gleich wieder da. Warte kurz hier, während ich die Leine aus der Küche hole.«

Birdie zeigte lachend auf die Garderobe. »Sie hängt doch da, direkt neben deinem Kopf!«

Ja, verdammt, die blöde Leine hing natürlich an dem Schlüsselbrett in der Garderobe gleich neben der Haustür.

Birdie stand auf und klopfte sich die Hose ab. »Ich bringe mein Kissen und den Schlafsack in mein Zimmer.«

»*Nein!* Auf keinen Fall.«

Sie runzelte die Stirn. »Warum nicht?«

»Äh …« *Denk nach! Oh, Moment!* »Weil da Bakterien dran sein könnten. Von der Bindehautentzündung.« Ich lächelte, und meine Tochter sah mich komisch an. Sicherlich dachte sie: *Was gibt es da zu lächeln, du Spinner, wenn ich eine Augenentzündung habe?* Ich nahm ihr rasch die Sachen ab und warf sie hinter mich ins Wohnzimmer.

Dann verließen wir das Haus, und ich zog die Tür fest ins Schloss. »Bereit?«

»Schon, aber du hast die Leine vergessen, Daddy.« Sie schaute nach unten. »Und deine Schuhe!«

Herrje. »Verflixt. Okay … einen Augenblick bitte.« Ich öffnete die Tür, riss die Leine vom Haken und schnappte mir ein Paar Schuhe, dann zog ich sie wieder zu.

»Jetzt aber los!«

Birdie ging die Treppe hinunter. Ich schaute noch ein paarmal über meine Schulter, aber von Sadie war weit und breit nichts zu sehen. Hoffentlich hatte sie mitbekommen, was passiert war, und zog sich zumindest etwas an, bevor wir zurückkamen.

Ich zögerte unsere Rückkehr so lange wie möglich hinaus, und wir liefen mindestens eine halbe Stunde durch die Gegend, bis Birdie zur Toilette musste. Zu Hause angekommen öffnete ich zögernd die Tür. Birdies Schlafsack und ihr Kissen lagen noch genau da, wo ich sie hingeworfen hatte. Ich sah mich verstohlen um – es war alles still. Während Birdie rasch ins Bad lief, schaute ich in die Küche. Sie war leer. Also ging ich in mein Schlafzimmer und das anliegende Bad. Auch da war Sadie nicht. Als ich kehrtmachte, sah ich mein Hemd zusammengefaltet auf dem Bett liegen. Das Hemd, das sie getragen hatte – in dem sie geschlafen hatte.

Sie war weg. Ich seufzte erleichtert, und meine Schultern entspannten sich. Einerseits war ich froh, dass meine Tochter nichts mitbekommen hatte, andererseits fühlte ich mich jedoch beschissen, weil ich Sadie hatte gehen lassen, ohne mit ihr zu reden – insbesondere nach meinem Verhalten am vergangenen Abend. Sie hatte Besseres verdient.

Nachdem ich Birdies Arzt angerufen und einen Termin vereinbart hatte, lud ich mein Handy ein paar Minuten lang auf und schrieb Sadie eine Nachricht.

Sebastian: Entschuldige das abrupte Ende. Birdie ist früher als erwartet mit Bindehautentzündung nach Hause gekommen. Ich fahre jetzt mit ihr zum Arzt.

Kurz darauf kam ihre Antwort.

Sadie: Kein Problem. Ist doch klar. Viel Glück beim Arzt!

Ich überlegte, ob ich ansprechen sollte, was zwischen uns passiert war, aber was zur Hölle sollte ich schreiben? *Danke, dass ich mich im besoffenen Kopf an dir reiben durfte?* Oder: *Ich will nicht duschen, damit ich deinen Geruch nicht verliere?*

Manchmal war es vielleicht besser, sich etwas zurückzunehmen, also entschied ich mich für eine neutrale Antwort.

Sebastian: Vielen Dank. Bis bald.

Dann schloss ich mein Telefon wieder an das Ladegerät an.

Vor der Fahrt zum Arzt zwang ich mich, kurz unter die Dusche zu springen und mich zu rasieren. Danach zog ich das erstbeste Hemd aus dem Schrank, das ich zu fassen bekam, und holte mir ein T-Shirt zum Unterziehen aus der Kommode. Da fiel mir abermals das gefaltete Hemd auf meinem Bett ins Auge.

Besser nicht.

Das wäre ziemlich übel.

Ich stand zwei Meter davor und starrte das verdammte Ding an, als würde es mich beißen, wenn ich ihm zu nahe kam.

Doch es lockte mich.

Fass mich an.

Riech an mir.

Zieh mich an.

Einmal ist keinmal.

Ich versuchte es zu ignorieren, aber dann begann ich mit mir zu feilschen.

Ich sollte nur mal kurz daran riechen. Wenigstens checken, ob es in die Wäsche muss.

Gut, das war natürlich sinnvoll.

Nur einmal.

Ganz kurz.

Ich ging zum Bett, nahm das Hemd und hielt es an meine Nase. Während ich tief einatmete, durchdrang Sadies Geruch meine Sinne. Er war unverkennbar.

Verdammt.

Verdammt noch mal.

Ich roch noch einmal daran.

Allerdings hätte ich besser auf mich gehört – *nur einmal* –, denn als ich mein Gesicht zum zweiten Mal in dem Hemd vergrub, kam Birdie zur Tür hereingestürmt und ertappte mich auf frischer Tat.

Sie zog die Augenbrauen zusammen. »Was machst du da?«

»Ich … äh. Ich wollte sehen, ob das Hemd sauber ist.«

Sie kicherte. »Und? Ist es sauber?«

»Äh, ja … Ich schätze schon.« Ich sah sie verlegen an.

»Ist alles okay, Daddy? Du bist heute echt merkwürdig.«

»Ja, ja, alles okay, mein Schatz. Entschuldige.«

»Komm!« Sie streckte die Hand nach mir aus. »Wir müssen zum Arzt.«

»Klar … ich hole mir nur schnell ein Hemd.«

»Was stimmt mit dem da nicht?«

»Es ist schmutzig.«

Sie lachte. »Du hast gerade gesagt, es ist sauber!«

»Oh, ja … Das stimmt auch. Da ist nur ein … kleiner Fleck drauf.« Ich knüllte das Hemd zusammen, warf es aufs Bett und nahm mir das andere, das ich aus dem Schrank geholt hatte. »Ich ziehe einfach das hier an.«

Als Birdie später sagte, sie sei müde und wolle früh ins Bett gehen, war ich ziemlich froh. Wir waren beide total erledigt von unseren Pyjamapartys. Ich musste wirklich abschalten und freute mich darauf, in meinem Zimmer die Beine hochzulegen und ein bisschen fernzusehen. Aber als ich durch etliche Kanäle gezappt und nichts Interessantes gefunden hatte, wurde mir klar, dass mir irgendeine blöde Fernsehsendung nicht helfen konnte, wenn ich mich wirklich entspannen wollte. Ich musste Dampf ablassen.

Und so stand ich auf, schloss meine Tür ab und öffnete die Schublade meines Nachtschränkchens, wo ich meine Lotion versteckte. Als ich sie herausholen wollte, bemerkte ich einen zusammengefalteten Zettel. Ohne mir etwas dabei zu denken, nahm ich ihn und faltete ihn auseinander.

Lieber Sebastian,
es war ein sehr schöner Abend. Wenn du dir das aus der Schublade nimmst, was unter diesem Zettel liegt, dann denkst du hoffentlich an mich, wenn du es benutzt.
Ich habe weiß Gott an dich gedacht, als ich mich letzte Nacht in deinem Bett um mich selbst gekümmert habe.
Alles Liebe!
Sadie
PS: Vielleicht möchtest du das Bett neu beziehen.;)

18. KAPITEL

Sadie

Bis bald.

Das war seine letzte Nachricht gewesen. Aber wir hatten offensichtlich unterschiedliche Auffassungen von »bald«.

Fünf Tage waren vergangen, und ich hatte noch immer nichts von ihm gehört.

Und als hätte ich einen Verlust erlitten, machte ich die typischen Phasen der Trauer durch. Zuerst hatte ich es nicht wahrhaben wollen, dass Sebastian sich nicht meldete. Ich hatte alle zwanzig Minuten mein Telefon gecheckt, obwohl ich es auf laut gestellt und zusätzlich den Vibrationsalarm eingeschaltet hatte … nur sicherheitshalber, falls er schrieb oder anrief, wenn ich eingeschlafen war oder so. Ich wusste, dass Sebastian nicht das Gleiche wollte wie ich, aber selbst eine kurze Knutscherei verdiente im Anschluss eine kleine Kontaktaufnahme.

Nach den ersten zwei Tagen war Wut in mir aufgekommen. Was fiel ihm ein, sich nach diesem Abend nicht bei mir zu melden? Ich hatte zwar den ersten Schritt gewagt, aber er hatte nur allzu gern mitgemacht. Seine Erektion war der beste Beweis dafür.

Dann, am sechsten Tag, klingelte mein Telefon, und ich sah Sebastians Nummer auf dem Display. Vor lauter Aufregung fummelte ich so ungeschickt daran herum, dass es mir aus den

Händen rutschte. Es fiel auf den Boden, und das Display bekam einen Sprung. Aber hey ... zumindest rief er endlich an.

Nur war nicht Sebastian dran, als ich das Telefon endlich am Ohr hatte, sondern Magdalene. Sie wollte einen Termin für das nächste Hundetraining ausmachen, weil Birdie gefragt hatte, wann ich kommen würde. Allem Anschein nach war der Herr des Hauses zu beschäftigt, um selbst anzurufen.

Danach kamen die nächsten Phasen, die in der Regel auf Verleugnung und Wut folgten. Meines Wissens waren das Verhandlung, Depression und Akzeptanz. Sicher war ich mir aber nicht, denn wem wollte ich etwas vormachen? Ich ging mitnichten in die nächste Phase – es sei denn, die Phase nach der Wut wäre *noch mehr Wut*.

Und nun stand ich am Samstagmorgen bei den Maxwells vor der Tür, drückte auf die Klingel und straffte resolut die Schultern.

Aber mir öffnete nicht Sebastian.

Auch nicht Birdie.

Nicht einmal Magdalene.

Es war eine Frau, die einen Bademantel trug und einen Handtuchturban auf dem Kopf hatte.

Sie reichte mir lächelnd die Hand. »Sie müssen Sadie sein. Ich bin Macie. Seb hat mir gesagt, dass Sie um elf kommen, aber unter der Dusche habe ich anscheinend das Zeitgefühl verloren. Er hat hier einen unglaublich guten Wasserdruck.«

Seb? Dusche? Es war wie ein Schlag in die Magengrube. Meine Wut verflog urplötzlich, ich übersprang die dritte Phase und landete direkt in der vierten: in der Depression.

»Oh, hallo.«

Die Frau machte die Tür ganz auf. »Kommen Sie herein. Machen Sie es sich bequem, während ich mir schnell etwas anziehe.«

Ich nickte und folgte ihr ins Haus, obwohl ich am liebsten davongelaufen wäre. Die Frau ging den Flur hinunter … und direkt auf *Sebastians Schlafzimmer* zu. Ich verfiel in eine Art Schockstarre, nachdem sie die Tür hinter sich geschlossen hatte, und blieb regungslos stehen, bis sie wieder herauskam.

»So, das ist besser.« Sie trug eine enge Jeans und ein T-Shirt und zog sich das Handtuch vom Kopf. Lange rote Locken fielen auf ihre Schultern herab und umrahmten ihr hübsches Gesicht.

»Birdie und Magdalene müssten jeden Augenblick wieder da sein.«

Ich blinzelte verdutzt, weil ich die Abwesenheit der beiden nicht einmal bemerkt hatte. »Oh. Okay. Sind Sie … zu Besuch hier?«

»Nur bis morgen. Ich hatte gar nicht vor zu kommen, aber es war so eine nette Überraschung, als Sebastian mich angerufen und eingeladen hat, dass ich einfach nicht Nein sagen konnte.« Sie lächelte. »Normalerweise muss ich mich ihm regelrecht an den Hals werfen.«

Eifersucht wallte in mir auf, und ich biss die Zähne zusammen. Die Frau wusste offenbar nicht, dass ich erst vor einer Woche in dem Zimmer geschlafen hatte, in dem sie sich umgezogen hatte. Ich konnte nicht anders, als es ihr unter die Nase zu reiben.

»Ich hoffe, er hat die Bettwäsche gewechselt, bevor Sie …« Ich zeigte in Richtung von Sebastians Schlafzimmer. »Bevor Sie was auch immer mit ihm da drin gemacht haben. Denn vor ein paar Tagen habe ich mich noch splitternackt darin gewälzt.«

Ihre Augenbrauen schossen nach oben. Sie öffnete den Mund, um etwas zu sagen, als plötzlich die Haustür aufging. Birdie und Marmaduke stürmten herein und veranstalteten einen gewaltigen Rummel. Magdalene kam einen Moment später atemlos ins Haus.

»Die zwei sind den letzten Block um die Wette gerannt. Mit einer Zehnjährigen und einem Vierbeiner kann ich nicht mithalten«, sagte sie lächelnd.

Der Rotschopf aus Sebastians Bett half Birdie mit ihrer Jacke. Sobald sie sie ausgezogen hatte, lief sie zu mir, um mich zu umarmen. Ich fühlte mich ein wenig sicherer. Zumindest Birdie mochte mich lieber.

»Sadie, können wir Marmaduke heute die Rolle beibringen?«

»Klar. Was immer du willst.«

»Kann Tante Macie helfen?«

Ich runzelte die Stirn. »Wer?«

»Tante Macie.«

Mir wurde flau im Magen. Die Rothaarige kam zu uns herüber und legte die Hände auf Birdies Schultern. »Ich hatte noch keine Gelegenheit, mich vorzustellen, meine Liebe.« Sie sah zu mir auf. »Wie meine Nichte bereits sagte, ich bin ihre Tante.«

Ich schloss die Augen. *Oh Gott, das darf nicht wahr sein. Bitte, bitte sag mir, dass sie Sebastians Schwester ist. Das ist das Mindeste, was du jetzt für mich tun kannst.*

Dann schluckte ich und sah sie an. »Sebastians Schwester?«

Sie schüttelte den Kopf. »Nein, die seiner Frau.«

Ich hätte mich am liebsten in einem tiefen Loch verkrochen.

Nach der Trainingsstunde wollte Magdalene Birdie zum Spielen zu einer Freundin bringen. Ich beschloss, mich unauffällig mit ihnen hinauszuschleichen, obwohl mir bewusst war, dass ich mich bei Macie entschuldigen musste. Doch so leicht kam ich nicht davon.

»Sadie … haben Sie noch etwas Zeit?«

Mist, ich war schon fast bei der Tür gewesen. Ich seufzte leise und nickte, dann umarmte ich Birdie zum Abschied und sagte Magdalene, ich würde nächste Woche wiederkommen.

Als die Tür ins Schloss fiel, atmete ich tief durch und drehte mich zu Macie um.

»Das vorhin tut mir unheimlich leid.«

Sie lächelte freundlich. »Haben Sie Lust auf eine Tasse Tee oder einen Kaffee?«

»Ist es noch zu früh für Alkohol?«

Macie lachte. »Eine Frau nach meinem Geschmack! Kommen Sie, wir plündern Sebastians Alkoholvorräte. Er hat bestimmt einen Baileys da, mit dem wir unseren Kaffee aufpeppen können.«

Ich hatte nur gescherzt, aber Macie war es anscheinend ernst. Sie ging in Sebastians Arbeitszimmer, holte eine Flasche und nahm sie mit in die Küche, um zwei Tassen Kaffee zu machen, in die sie den Sahnelikör hineinrührte.

Dann setzten wir uns zusammen im Wohnzimmer auf die Couch.

»Es ist mir total peinlich, was ich eben gesagt habe.« Ich schüttelte den Kopf. »Keine Ahnung, was mich da geritten hat. Ich wusste natürlich nicht, dass Sie seine Schwägerin sind. Ich habe bloß gesehen, wie Sie zum Umziehen in sein Schlafzimmer gegangen sind, und Sie haben was von ›an den Hals werfen‹ gesagt und … Es tut mir wirklich sehr leid.«

Sie winkte ab. »Kein Problem. Ich kann Sie gut verstehen. Wenn ich an Ihrer Stelle wäre, hätte ich wahrscheinlich ähnlich reagiert. Womöglich sogar schlimmer. Ich habe meinen Exfreund mal beim Fremdgehen erwischt und seinem Spielzeug vor Wut die schlechten Extensions vom Kopf gerissen.«

Ich lachte, obwohl ich immer noch nervös war. »Danke.«

Macie trank einen Schluck Kaffee. »Und? Wie lange sind Sie schon mit ihm zusammen?«

Ich schüttelte den Kopf. »Wir sind nicht zusammen. Also, nicht richtig. Wir … Es war nur neulich abends … Tja, und dann …«

Macie hob die Hand. »Sie müssen mir nichts erklären. Mein Schwager ist ein komplizierter Mann. Ich vermisse meine Schwester sehr und weiß, dass sie und Sebastian sich geliebt haben. Aber ich weiß auch, sie würde ihm ein neues Glück wünschen. Er hat lange genug getrauert. Mir ist aufgefallen, wie gut sie sich mit Birdie verstehen.«

Ich lächelte. »Ja, ich glaube, wir haben ein enges Verhältnis. Ich habe als Kind meine Mutter verloren, und zwar im gleichen Alter wie Birdie. Deshalb kann ich vieles nachvollziehen, was sie durchmacht … die banalen Dinge … Ihr fehlt einfach eine Frau an ihrer Seite, mit der sie zum Beispiel shoppen gehen kann oder die ihr die Haare macht. Es sind diese kleinen Momente, die Tochter und Mutter miteinander teilen. Mir ging es genauso.«

Macie runzelte die Stirn. »Ich hätte in den letzten Jahren öfter herkommen müssen.«

»Oh mein Gott! Entschuldigen Sie. Das wollte ich nicht damit sagen.« Ich wurde knallrot vor Verlegenheit. »Ich trete aber wirklich von einem Fettnäpfchen ins nächste.«

»Schon gut«, sagte sie mit einem traurigen Lächeln. »Ich habe nur ein schlechtes Gewissen, weil Sie hundertprozentig recht haben. Meiner Nichte entgehen diese Mutter-Tochter-Momente. Sie sollte ein weibliches Rollenvorbild haben.« Macie sah mir ins Gesicht. »Das habe ich heute in Ihnen gesehen. Sie schaut zu Ihnen auf.«

»Sie ist ein tolles Mädchen.«

Unsere Blicke trafen sich. »Oh ja! Und ich nehme an, Sie mögen ihren Vater?«

Es kam mir sehr merkwürdig vor, dieses Gespräch mit der Schwester seiner verstorbenen Frau zu führen, aber sie war so nett zu mir, nachdem ich mich total idiotisch verhalten hatte. Deshalb wollte ich ehrlich sein. Ich nickte. »Er ist wirklich ein großartiger Mann und ein außergewöhnlicher Vater.«

»Darf ich Ihnen einen Rat geben?«

»Ja, gerne.«

»Wenn Sie denken, dass da etwas ist, dann scheuen Sie sich nicht, die Dinge ein wenig voranzutreiben. Viele Männer haben Bindungsängste, aber zu denen gehört Sebastian nicht. Er ist ein Mann für ›in guten wie in schlechten Zeiten‹. Leider hat ihm das Leben in letzter Zeit mehr Schlechtes gebracht als Gutes. Das Problem mit ihm ist, dass seine Entscheidungen natürlich nicht nur ihn selbst betreffen. Und er scheut sich davor, Entscheidungen zu treffen, die seiner Tochter schaden könnten.«

Ich lächelte. »Ich habe die Dinge vergangene Woche vorangetrieben, und in dem Moment sind wir uns auch nähergekommen, aber danach scheint er sich wieder vier Schritte von mir entfernt zu haben.«

»Wenn er vier Schritte zurück gemacht hat, dann machen Sie doch zwei vorwärts und bringen ihn dazu, ebenfalls zwei vorwärts zu machen. Sind Sie schon mal miteinander ausgegangen?«

Ich schüttelte den Kopf.

»Dann fangen Sie damit an. Kleine Schritte.«

Ich seufzte. »Ich weiß nicht.«

Macie tätschelte meine Hand. »Sie werden es schon schaffen. In jedem Fall bin ich Ihnen sehr dankbar, dass Sie für meine Nichte da sind.«

»Es ist mir ein Vergnügen.«

Nachdem wir unseren Kaffee ausgetrunken hatten, brachte mich Macie zur Tür.

»Ach, eine Sache noch ... Morgen gehe ich mit Birdie zum Brunch und danach ins Kino. Es ist eine Überraschung, aber wir werden uns ›Der König der Löwen‹ ansehen. Nur wir zwei.«

»Das ist großartig. Es wird ihr bestimmt gefallen.« Ich lächelte.

»Ja, wir fahren so gegen zehn los, und wir kommen nicht vor sieben Uhr zurück. Sebastian geht sonntags immer um fünfzehn Uhr ins Restaurant. Also wird er von zehn bis drei allein zu Hause sein.« Sie zwinkerte mir zu. »Ich dachte, das könnte Sie interessieren.«

Am nächsten Morgen spielte ich das Gespräch mit Macie immer wieder in Gedanken durch. Vermutlich hatte sie recht. Im Nachhinein betrachtet hätte mein Vater durchaus einen kleinen Schubs gebraucht. Er hatte sich so viele Jahre bemüht, das Richtige für mich zu tun, und sich keine neue Partnerin gesucht, um nicht in einen Gewissenskonflikt zu geraten. Ich wünschte, ihn hätte eine Frau, die ihn mochte, ein bisschen zu seinem Glück gezwungen.

Ich atmete also tief durch und griff zu meinem Telefon, schrieb Sebastian eine Nachricht und drückte sofort auf ›Senden‹, damit ich es mir nicht anders überlegen konnte. Doch in meiner Hast war ich so unkonzentriert, dass mir am Ende ein merkwürdiger Tippfehler passiert war.

Eigentlich hatte ich schreiben wollen: Hey! Hast du Zeit und vielleicht Lust, mich heute zu treffen?

Aber abgeschickt hatte ich: Hey! Hast du Zeit und vielleicht Lust, mich heute zu fressen?

Ich schloss kopfschüttelnd die Augen, dann beobachtete ich,

wie die Anzeige von ›versendet‹ auf ›gelesen‹ sprang und fing an zu lachen. Ich war in dieser Woche so schlecht gelaunt gewesen, dass es guttat, mich in diesem Moment selbst nicht so ernst zu nehmen. Die kleinen Punkte tanzten im Kreis, verschwanden und begannen wieder herumzuspringen. Ich malte mir aus, was für ein Gesicht Sebastian machte, während er meine Nachricht las, und amüsierte mich königlich. Während ich gespannt auf seine Antwort wartete, wurde mir die Absurdität der vergangenen Woche bewusst, und ich lachte erneut los, als hätte ich sie nicht mehr alle.

Mein Gelächter fand jedoch ein jähes Ende, als seine Nachricht auf meinem Display erschien. Ich stutzte und rieb mir die Augen, bevor ich den Text ein zweites Mal las.

Sebastian: Sei um elf da!

Oh. Mein. Gott.

Hatte ich mich gerade zu einem Schäferstündchen bei ihm eingeladen, und er hatte zugesagt?

Es sah ganz danach aus.

War es möglich, dass er meine Nachricht so gelesen hatte, wie ich sie gemeint hatte, und nicht, wie sie bei ihm angekommen war?

Ich las die Texte noch einmal.

Sadie: Hey! Hast du Zeit und vielleicht Lust, mich heute zu fressen?

Sebastian: Sei um elf da!

Die Sache war für meine Begriffe ziemlich eindeutig.

Aber was um alles in der Welt sollte ich jetzt tun?

19. KAPITEL

Sebastian

Ich starrte ihre Nachricht ungläubig an. Sie meinte doch nicht wirklich »fressen«, oder? Ich musste lachen, weil ich es tatsächlich nicht einschätzen konnte. Nach der Botschaft, die sie in meinem Nachtschränkchen hinterlassen hatte, war ich unsicher, ob es eine sexuelle Anspielung sein sollte. Ich war hin- und hergerissen. Und vor allem wusste ich nicht, ob ich *wollte*, dass sie tatsächlich »fressen« gemeint hatte. Eins war allerdings klar: Bei der Vorstellung, über sie herzufallen, bekam ich prompt eine Erektion.

Kaum hatte die Uhr elf geschlagen, klingelte es. Ich ging zur Tür und verspürte eine gewisse Anspannung. Kein Wunder bei den Gedanken, die mir durch den Kopf gingen.

Sadie sah in ihrer weißen Wolljacke fabelhaft aus. Es war herbstlich geworden. Ihre Wangen waren von der Kälte gerötet, und sie trug ihre langen lockigen Haare offen.

»Komm rein.«

Bevor ich noch etwas sagen konnte, begann Sadie zu reden, und zwar ziemlich schnell. »Ich, äh … Ich habe gemerkt, dass in meiner Nachricht ›fressen‹ stand. Ich habe natürlich ›treffen‹ gemeint. Ich wollte nicht, dass du denkst, ich hätte ›fressen‹ gemeint. Ich meine … wenn du Lust hättest, über mich herzufallen, würde ich mich nicht beschweren, aber du sollst nicht denken, es wäre eine Anspielung gewesen. Du kennst das bestimmt … diese blöde Sprache-zu-Text-App. Ich kann dir gar nicht sagen, wie oft die mich schon in Schwierigkeiten gebracht hat. Ich …«

»Entspann dich, Sadie. Das habe ich mir schon gedacht. Ich war zu achtzig Prozent sicher, dass du ›treffen‹ gemeint hast.«

Sie pustete sich die Haare aus der Stirn. »Oh, gut. Und die anderen zwanzig Prozent?«

»Tja, das gefällt mir so gut an dir: Du bist immer für eine Überraschung gut, weil du ziemlich mutig bist. Du scheust dich nicht zu sagen, was du willst. Es wäre ein *interessanter* Vorschlag gewesen.«

Mir kam der Gedanke, ihr die Jacke vom Leib zu reißen, sie zur Couch zu tragen und mein Gesicht zwischen ihren Beinen zu vergraben. Es war in diesem Moment sicher nicht die schlimmste Idee. Und wenn sie wirklich »fressen« gemeint hätte? Dann hätte ich mir auf jeden Fall so einiges erlaubt.

Es war wohl das Beste, das Haus erst einmal zu verlassen.

»Hör mal, es geht ja so langsam auf Mittag zu. Magst du zufällig italienisches Essen, Sadie?«

Sie lächelte. »Zufällig ja.«

»Wie wär's, wenn wir in mein Restaurant gehen? Ich kann es nur selten aus der Gästeperspektive genießen. In der Regel fahre ich sonntagnachmittags hin, um Geschäftskram zu erledigen und den Lagerbestand aufzunehmen. Wir könnten vorher zusammen dort essen.«

Sie strahlte. »Klingt großartig!«

Mein Personal zeigte an diesem Mittag für meinen Geschmack etwas zu viel Interesse an meinem Gast. Jedes Mal, wenn ich Augenkontakt zu jemandem aufnehmen wollte, schauten sie bereits lächelnd zu uns herüber.

Seit Amandas Tod hatten mich meine Angestellten nie mit

jemand anderem im Restaurant gesehen als mit meiner Tochter. Und so zogen sie natürlich alle denselben Schluss, als ich mit Sadie das Bianco's betrat. Ich war mir jedoch nicht so sicher, ob sie mit ihren Vermutungen richtiglagen. War dies ein offizielles Date mit Sadie? Ich hatte keine Ahnung. Es fühlte sich auf jeden Fall so an: das Adrenalin, diese Aufregung, die man verspürt, wenn man zum ersten Mal mit jemandem ausgeht. Es war alles da. Das Einzige, was mich davon abhielt, es hemmungslos zu genießen, war mein Gewissen.

Mein Oberkellner Lorenzo kehrte zu uns an den Tisch zurück, um unsere Bestellung aufzunehmen.

Sein dämliches Grinsen verriet, was er dachte.

Er wandte sich Sadie zu. »Was darf ich Ihnen bringen, Madam?«

Sadie klappte ihre Speisekarte zu. »Ich denke, ich probiere Birdies Spaghetti bolognese.«

Ich lächelte. »Birdie wird sich über deine Auswahl freuen.«

Lorenzo nickte. »Eine ausgezeichnete Entscheidung.« Er sah zu mir herüber. »Und Sie, Mr Maxwell?«

Es fühlte sich ziemlich merkwürdig an, in meinem eigenen Restaurant zu bestellen.

»Wissen Sie was, Lorenzo? Ich nehme das Gleiche.«

Er sammelte die Speisekarten ein und ging immer noch grinsend davon. Als Sadie ihn nicht mehr im Blick hatte, drehte er sich um und machte das Daumen-hoch-Zeichen in meine Richtung. Vielleicht war es ein Fehler gewesen, Sadie hierherzubringen. Die ganze Truppe war ein bisschen *zu* begeistert.

Sadie sah sich um. »Es ist wunderschön hier. Die Innenausstattung ist großartig.«

Es gab mehrere offene Kamine im Restaurant, die zusammen mit dem Backsteinmauerwerk und der gedämpften Beleuchtung für eine sehr entspannende Atmosphäre sorgten.

»Amanda hat sich viel Mühe mit der Ausstattung gegeben. Der Ruhm gebührt also nicht mir allein.«

Kannst du mal damit aufhören, deine tote Frau bei jeder Gelegenheit zu erwähnen?

»Nun, sie hatte einen unheimlich guten Geschmack.«

Ich ließ den Blick durch den Raum schweifen. »Dieses Lokal war unser zweites Baby. Es weiterzuführen war eine Herausforderung für mich und zugleich ein Segen. Es hat mir durch die schlimmsten Zeiten geholfen.«

»Dafür ist Arbeit wirklich gut.«

»Ein Restaurant ist ein riskantes Unterfangen, besonders in dieser Stadt, wo es an jeder Ecke gutes Essen gibt. Die Konkurrenz ist groß. Da muss man sich schon etwas einfallen lassen, um Erfolg zu haben.«

Sadies Augen waren voller Bewunderung. »Es ist wirklich toll hier. Ich glaube, dass Liebe und Leidenschaft viel bewirken können. Der Laden floriert, weil zwei Menschen, die sich liebten und respektierten, ihre Energie gemeinsam hier reingesteckt haben. In Verbindung mit den alten Rezepten von deiner Großmutter, die die Basis für eure Speisekarte sind, ergibt das mehr als ein Restaurant. Es ist ein Gesamtpaket aus Geschichte und Liebe und Inspiration. Das ist deutlich zu spüren.«

Sie schien den Tränen nahe zu sein. Sie sagte das alles nicht, um mir Honig um den Bart zu schmieren. Sie meinte es ehrlich. *Ihre* Leidenschaft war auf jeden Fall bemerkenswert.

Während des Essens unterhielten wir uns locker und entspannt. Der Wein tat sein Übriges, und ich war froh, dass ich mir für den Nachmittag nicht allzu viel Arbeit vorgenommen hatte. Wir waren nicht betrunken – schon gar nicht in dem Ausmaß wie neulich, als sie bei mir übernachtet hatte –, höchstens ein bisschen angeheitert.

Als wir nach dem Essen den Tisch verließen, legte ich Sadie die Hand in den Rücken. Selbst dieser leichte Köperkontakt bedeutete viel für mich. Dabei hatte es mich gar keine Überwindung gekostet, sondern es fühlte sich ganz natürlich an – wie eine schützende Geste gegen die zahlreichen neugierigen Blicke. Ich wollte gern mit ihr allein sein, und mir fiel ein, dass ich ihr noch etwas zeigen wollte.

»Komm mit. Du musst dir etwas ansehen«, sagte ich.

Ich ging mit ihr ins Untergeschoss und schloss die Tür zu unserem großen Weinkeller auf.

Sie sah sich mit offenem Mund um. »Wow, das ist ja das reinste Paradies!«

»Ja, ich bin ziemlich stolz darauf. Die meisten Gäste wissen nicht einmal, dass wir so etwas haben. Unsere VIP-Gäste dürfen herkommen und sich ihren Wein aussuchen, aber wir lassen nicht jeden in diesen Keller.«

»Genauso würde ich mir einen Weinkeller in Europa vorstellen.«

»Nun, wir haben ihn tatsächlich nach dem Vorbild europäischer Weinkeller aus Felssteinen und Ziegeln mauern lassen. Du liegst also gar nicht so falsch.«

»Es war bestimmt ein aufwendiges Projekt.«

»Allerdings. Man muss darauf achten, dass man die richtigen Regale für die Flaschen hat, und für die Lagerung der Weine muss die Raumtemperatur natürlich stimmen. Dafür haben wir extra ein zuverlässiges Temperierungssystem und ein Notstromaggregat einbauen lassen.«

»Wow, da gibt es ja einiges zu bedenken.«

Ihr Blick blieb an einer Flasche Cabernet hängen.

»Möchtest du dir etwas aussuchen und mit nach Hause nehmen?«

»Oh, nein. Nicht nötig.«

»Ich bestehe darauf.«

Sie grinste und fuhr mit dem Zeigefinger an den Flaschen entlang, während sie langsam an der Regalwand vorbeiging. Ich folgte ihr und atmete ihren herrlichen Geruch ein. Schließlich wandte sie sich zu mir um.

»Ich habe mich entschieden«, sagte sie.

Ich war gespannt, welchen Wein sie sich ausgesucht hatte.

Doch statt eine Flasche aus dem Regal zu nehmen, legte sie die Hände um mein Gesicht und sagte: »Ich nehme den hier.«

Und schon waren ihre Lippen auf meinen, und meine Zunge glitt in ihren Mund. Sämtliche Gedanken in meinem Kopf lösten sich in Luft auf, und ich gab mich dem wunderbaren Gefühl hin, Sadie wieder zu küssen.

»Ich will *dich* mit nach Hause nehmen und keinen Wein«, wisperte sie.

Ich wurde augenblicklich steinhart, als ihr weicher Busen sich an meine Brust drückte. Und ich dachte gewiss nicht mit dem Gehirn, als ich ihre Hand ergriff. »Lass uns von hier verschwinden!«

Ich führte sie nach draußen und winkte das erstbeste Taxi heran, ohne überhaupt zu wissen, wohin die Reise gehen sollte. Dabei wurde ich fast überfahren.

Als der Fahrer nach unserem Ziel fragte, sahen wir uns bloß an, und sie nannte ihm ihre Adresse. Offenbar hatte sie die Begierde in meinen Augen gesehen.

Die Fahrt zu ihrer Wohnung nahm ich nur verschwommen wahr, denn ich befand mich in einer Art Lustrausch, während ich mich gleichzeitig fragte, ob es richtig war, mit ihr nach Hause zu gehen.

Nachdem ich bezahlt hatte, ließ ich mich von ihr die Treppe hinauf zu ihrer Wohnung führen. Sobald sie die Tür geöffnet hatte, warf sie ihre Jacke zur Seite, und ihre Handtasche fiel zu

Boden, als ich sie an mich zog. Es fühlte sich fast so an, als würde ich aus meinem Körper heraustreten. Ich hob sie hoch und legte ihre Beine um meine Taille. Sie saugte an meinem Hals und rieb sich an meinem geschwollenen Schwanz, während ich versuchte, ihr Schlafzimmer zu finden.

»Erste Tür links«, raunte sie mir ins Ohr.

Es kam mir vor wie der längste Marsch meines Lebens.

Ich war noch nie so scharf auf eine Frau gewesen. Ich zog ihr das Shirt aus und bewunderte ihre üppigen und zugleich festen Brüste, die aus ihrem lavendelfarbenen Spitzen-BH hervorschauten. Ich küsste ihr Dekolleté, musste aber unbedingt ihre Nippel kosten. Kurzerhand öffnete ich ihren BH und ließ ihn auf den Boden fallen.

»Du hast verdammt schöne Brüste«, sagte ich und liebkoste sie nacheinander.

Sadie lehnte vor Wonne seufzend den Kopf zurück. Mich interessierte brennend, welche Geräusche sie machte, wenn ich meinen Mund weiter nach unten wandern ließ.

»Willst du immer noch von mir gefressen werden?«, flüsterte ich ihr zu.

Sie nickte kichernd. »Ich will!«

Dann ließ sie sich aufs Bett fallen, und ich war sofort über ihr und zog ihr die Hose und den Slip aus. Ich schob ihre Beine auseinander und tat, wovon ich schon den ganzen Tag geträumt hatte. Ich presste meinen Mund auf ihre Mitte. Sie schmeckte so verdammt süß. Seit Amandas Tod hatte ich mich auf schnellen Standardsex mit Kondom beschränkt. Sadies feuchte Wärme unter meiner Zunge zu spüren, sie zu kosten und ihre Erregung zu erleben war so ziemlich das Intimste, was ich seit Ewigkeiten mit einer Frau gemacht hatte.

Sie stöhnte, als ich meine Zunge kreisen ließ und an ihrer empfindlichsten Stelle saugte. Und während ich sie nach allen Regeln der Kunst verwöhnte, krallte sie die Hände in meine Haare. Mein Schwanz war so hart, dass ich befürchtete, in meiner Hose zu kommen, noch bevor ich mit ihr fertig war.

Sadie hob die Hüften und drängte sich meinen wenig sanften Zungenstößen entgegen. Ich merkte, dass sie kurz vor dem Orgasmus war, und musste mich entscheiden, ob ich sie auf der Stelle kommen lassen oder mitmachen wollte.

Im letzten Moment löste ich mich von ihr. »Willst du so kommen oder wenn ich in dir bin?«

»Ich will dich in mir«, keuchte sie.

Ihre Worte waren unmissverständlich. Mehr brauchte ich nicht.

Glücklicherweise hatte ich immer ein Kondom in meinem Portemonnaie dabei. Aber so unverhofft hatte ich ehrlich gesagt noch nie eins benutzen müssen. Ich griff in meine Gesäßtasche, nahm das Kondom heraus und riss die Verpackung mit den Zähnen auf, so eilig hatte ich es, in sie einzudringen. Als ich mir die Hose herunterzog, schnellte mein steifer Schwanz empor. Seine Spitze glänzte bereits feucht. Sadie starrte ihn wie gebannt an, und als sie sich über die Lippen leckte, konnte ich mir das Kondom nicht schnell genug überstreifen.

Ich hätte zärtlicher zu ihr sein müssen, aber mein Verlangen, mit einem einzigen Stoß in sie einzudringen, war stärker. Doch ihr lustvolles Stöhnen, als ich tief in ihr war, bestätigte mir, dass sie es auch so wollte. Außer Amanda hatte es bisher keine Frau gegeben, mit der ich mich so wohl gefühlt hatte, um mich vollkommen im Sex zu verlieren. Da war keine Angst, kein Zögern, nur blanke Begierde.

»Sebastian«, hauchte Sadie mehrmals. Und ich drang mit jedem Mal härter in sie ein, um meinen Namen immer wieder aus ihrem Munde zu hören.

»Verdammt, Sadie …« Ich konnte kaum sprechen und hatte das Gefühl, komplett den Verstand zu verlieren. »Zieh fester an meinen Haaren …« Ich hatte keine Skrupel, ihr zu sagen, was ich wollte. »Mach die Beine weiter auseinander …«

Sie folgte meiner Aufforderung und bewegte ihre Hüften noch schneller. Anscheinend gefiel es ihr sehr gut, im Bett herumkommandiert zu werden, und ich tat ihr den Gefallen nur zu gern.

»Sag mir Bescheid, wenn du bereit bist, Sadie.«

Nur wenige Sekunden später erbebte ihr Körper, und sie umklammerte meinen Hintern. »Ich komme«, stöhnte sie beinahe tonlos, aber ich hörte es.

Ich ließ mich gehen und erbebte nach wenigen Stößen unter meinem Höhepunkt. Ihre Hände blieben auf meinem Hintern und führten meine Bewegungen, während ich kam. Die ekstatischen Geräusche, die sie während ihres Orgasmus von sich gab, würde ich wohl nie vergessen. Diese Frau hatte innerhalb von Minuten meine Welt auf den Kopf gestellt.

Als ich auf ihr zusammenbrach, keuchten wir annähernd synchron. Es war ernsthaft der verrückteste Sex meines Lebens. Er war roh und wild gewesen, aber ich hatte mich nur deshalb so gehen lassen können, weil ich ihr vertraute. Er war anders als alles, was ich nach Amanda erlebt hatte – und ehrlich gesagt auch anders als alles, was ich mit Amanda erlebt hatte. Aber ich verbot mir, in dieser Situation länger an meine Frau zu denken. Das wäre schließlich ziemlich verkorkst.

Es dauerte ein paar Minuten, bis ich bereit war, mich aus ihr zurückzuziehen. Ich entsorgte das Kondom, kehrte ins Bett zurück und legte meinen Kopf auf ihre nackten Brüste. Ich konnte hören, wie schnell ihr Herz schlug. Es war *die* Bestätigung für mich, dass das, was gerade zwischen uns passiert war, wesentlich mehr war als der beste Sex meines Lebens.

20. KAPITEL

Sadie

Ich wusste nicht, was besser war: das, was an diesem Nachmittag geschehen war, oder der Anblick von Sebastians muskulösem Hintern, als er vom Bett aufstand, um sich seine Hose anzuziehen. Er drehte sich gerade so weit zur Seite, dass ich einen Blick auf seinen wippenden erigierten Schwanz erhaschen konnte, bevor er in seinen engen Boxershorts verschwand. Verdammt, sein Körper war einfach perfekt: schlanke, durchtrainierte Beine, braun gebrannte Haut und Bauchmuskeln wie aus Stein gemeißelt. Ich konnte nicht fassen, dass ich Sex mit ihm gehabt hatte. Und ich konnte nicht fassen, dass wir der Versuchung widerstanden hatten, es noch einmal zu tun. Aber Sebastian hatte nur ein Kondom dabeigehabt, und obwohl ich die Pille nahm und es ihm gesagt hatte, war Sex ohne Kondom keine Option für ihn. Stattdessen hatte ich ihm einen Blowjob geschenkt. Die tiefen, kehligen Laute, die er von sich gab, während ich ihn verwöhnte, waren mehr als sexy.

»Du bist ein sehr schöner Mann«, sagte ich, während ich ihm beim Anziehen zusah.

Er zog sich sein Hemd über und erwiderte mein Lächeln.

Als er fertig war, setzte er sich zu mir aufs Bett. »Ich muss zu Hause sein, bevor Birdie zurück ist«, sagte er und gab mir einen Kuss auf die Nasenspitze.

Ich schaute zur Uhr und stellte fest, dass es noch recht früh war und er eigentlich noch nicht gehen musste. Birdie sollte erst um sieben wieder zu Hause sein. Ich hatte gehofft, er würde noch ein bisschen länger bleiben. Aber ich wollte nicht klammern und einen allzu anhänglichen Eindruck machen. Sebastian schien nicht der Typ Mann zu sein, der daran Gefallen fand, zumal er bereits ein kleines Mädchen hatte, das Ansprüche an ihn stellte. Er brauchte nicht noch eins.

Deshalb drängte ich meine Bedürfnisse und meine Verletzlichkeit beiseite und sagte: »Ja, du machst dich wohl besser auf den Weg.«

Als er sich erhob, stand ich ebenfalls auf und schnappte mir meinen Bademantel. Mir entging dabei nicht, wie Sebastian mich in den wenigen Sekunden musterte, in denen mein Körper unverhüllt war. Warum auch immer er gehen wollte, mit einem Mangel an körperlicher Anziehung hatte es jedenfalls nichts zu tun.

Er blieb einen Moment stehen und sah mich an, als wüsste er nicht, was er sagen sollte. »Wir telefonieren, ja?«

Ich gab ihm ein braves Küsschen auf den Mund. »Ja.«

Als er gegangen war, verspürte ich ein Gefühl der Leere. Wieso war die Stimmung plötzlich so anders gewesen: zuerst der fantastischste Sex, den ich je gehabt hatte, und dann diese merkwürdige Distanziertheit? Ich konnte es mir nicht erklären, weil ich mich den ganzen Tag sehr mit ihm verbunden gefühlt hatte, nicht nur sexuell, sondern in jeder Hinsicht. Dennoch schien sich durch die Tatsache, dass wir miteinander geschlafen hatten, etwas geändert zu haben.

Und als hätte jemand da oben gewusst, dass ich Unterstützung brauchte, schickte mir Devin eine Nachricht, während ich vor mich hin grübelte.

Devin: Mir ist stinklangweilig, und der Kerl ist mit seinen Kumpels unterwegs. Hast du Lust auf Gesellschaft?

Sadie: Ja … aber bring keinen Wein mit. Ich hatte heute schon genug.

Devin: Du vielleicht! Dann bleibt umso mehr für mich.

Sadie: LOL. Okay. Bis gleich.

Sie klopfte energisch wie immer an die Tür. Als ich ihr aufmachte, sah sie sich erstaunt mein Gesicht und meinen Hals an. »Was zum Teufel ist denn in dich gefahren? Oder sollte ich fragen *wer?*«

»Wovon redest du?«

Zugegebenermaßen war ich unschlüssig, ob es eine gute Idee war, ihr von Sebastian zu erzählen – auch wenn ich nur zu gern mit jemandem darüber gesprochen hätte. Davon abgesehen fragte ich mich, wie sie so sicher sein konnte, dass etwas vorgefallen war.

Ich stellte mich dumm. »Ich weiß nicht, was du meinst.«

»Hast du mal in den Spiegel geguckt? Du hast überall am Hals Blutergüsse.«

Ich lief zu dem Spiegel im Flur. *Mist.* Sebastian hatte mir mehrere Knutschflecke verpasst.

»Raus damit! Was ist passiert?«

Sie kam selbst darauf, bevor ich auch nur ein Wort sagen konnte.

»Oh mein Gott. Oh. Mein. Gott.« Sie schüttelte den Kopf. »Es war Sebastian Maxwell, oder?«

Mein hartnäckiges Schweigen kam einem Geständnis gleich.

»Heilige Scheiße.« Sie stellte eine Flasche Wein auf die Küchentheke und öffnete sie. »Ich hole mir noch schnell ein Glas, und dann erzählst du mir alles.«

Wir setzten uns also ins Wohnzimmer, und ich erzählte Devin, was geschehen war, wobei ich die intimen Details ausließ (obwohl sie sie bestimmt gern erfahren hätte).

»Heilige Scheiße. Nicht zu fassen! Warum bist du nicht total aus dem Häuschen? Das ist ja wohl das Beste, was uns jemals passiert ist.«

Uns?

Ich runzelte die Stirn. »Das war es wirklich – das absolut Beste. Solche Gefühle hat noch nie jemand in mir geweckt.«

Sie zog ihre Schlüsse aus meiner Miene. »Aber …?«

»Aber bevor er ging, hat sich auf einmal irgendetwas verändert, und ich verstehe es nicht. Vielleicht ist ihm da erst richtig bewusst geworden, was passiert ist.«

»Was genau meinst du damit? Dass er dich gevögelt hat?«

»Es war nicht das erste Mal, dass er seit Amandas Tod Sex hatte. Aber meinem Eindruck nach war es unter Umständen das erste Mal mit einer Frau, für die er etwas empfindet. Ich denke, er hat möglicherweise ein schlechtes Gewissen bekommen oder es bereut. Ich weiß es nicht.«

Sie seufzte. »Wieso sollte es auch einfach sein?«

»Genau. Das habe ich in diesem Fall sowieso nicht erwartet. Ehrlich gesagt bin ich noch immer ein bisschen geschockt, dass es tatsächlich passiert ist. Ich kann mir also vorstellen, wie er sich fühlt – die verschiedenen Emotionen, die über ihn hereinbrechen, wenn ihn die Realität einholt und ihm klar wird, was wir getan haben. Ich hoffe, es geht ihm gut.«

Sie schwenkte ihr Weinglas und schüttelte den Kopf. »Wow.«

»Was?«

»Die meisten Frauen würden sich an deiner Stelle zurückgesetzt fühlen. Aber du denkst daran, wie es *ihm* geht? Du hast ihn wirklich gern, oder?«

Darüber musste ich nicht lange nachdenken. »Ja, das stimmt, und es macht mir Angst, weil ich deshalb Gefahr laufe, verletzt zu werden.«

Hätte jemand unsere Textnachrichten gelesen, hätte er Sebastian für meinen Bruder gehalten. Ich seufzte, als ich die letzten noch einmal durchging.

Am Sonntagabend, nachdem Devin gegangen war, hatte ich diese bekommen:

> **Sebastian:** Hey. Entschuldige, dass ich mich vorhin beeilen musste. Es war schön mit dir.

Schön?

Ich würde ein anderes Wort benutzen, um weltbewegenden Sex zu beschreiben: »fantastisch« beispielsweise oder »großartig« oder »unglaublich«. Denn »schön« hörte man wohl eher von seiner Großtante: »Danke, dass du mich heute im Heim besucht hast. Es war schön, dich zu sehen.«

Trotzdem war ich seinem Beispiel gefolgt und hatte zurückgeschrieben.

> **Sadie:** Kein Problem! Ich fand es auch schön.

Am Montagabend hatte mir die Frage, was eigentlich in Sebastians Kopf vorging, keine Ruhe mehr gelassen. Und so hatte ich beschlossen, den Kontakt diesmal selbst zu suchen, und zwar auf humorvolle Art.

> **Sadie:** Hey. Heute schon von mir geträumt? Wie war dein Tag?

Die Punkte hatten sich ein Weilchen gedreht, dann angehalten und sich danach wieder bewegt. Dann war endlich seine Antwort gekommen.

Sebastian: Arbeitsreich. Und deiner?

Ich schrieb zurück, obwohl ich enttäuscht war, weil er auf die erste Frage gar nicht eingegangen war.

Sadie: Gut!

Am Dienstag und Mittwoch hatten wir keinen Kontakt gehabt. Am vergangenen Abend hatte ich jedoch neue Hoffnung geschöpft, als mein Telefon summte und ich eine Nachricht von ihm erhielt.

Sebastian: Hast du Samstagabend schon was vor?

Ich dachte an ein Abendessen, einen Film und … vielleicht Sex?

Sadie: Ich habe ab sieben Zeit!

Doch mit seiner Antwort kam die Ernüchterung.

Sebastian: Kannst du um halb acht oder acht zum Hundetraining kommen? Birdie liegt mir die ganze Zeit in den Ohren. Anscheinend hat sie Marmaduke einen neuen Trick beigebracht, den sie dir unbedingt zeigen will. Ich darf ihn nicht mal vorher sehen.

Ich freute mich über Birdies Begeisterung, war allerdings von Neuem enttäuscht, weil er kein Wort über uns beide verloren hatte. Ich ließ es mir nicht anmerken.

Sadie: Klingt super. Bin schon gespannt!

Eine halbe Stunde später ärgerte ich mich immer noch darüber, wie banal und unverbindlich unsere Nachrichten waren. Deshalb beschloss ich, ihn ein bisschen aus der Reserve zu locken. Es war eine blöde spontane Reaktion, weil er meine Gefühle verletzt hatte, und ich bedauerte sie, kaum dass ich auf ›Senden‹ gedrückt hatte.

Sadie: Es wird wahrscheinlich eher acht, aber ich komme gleich nach meinem … Arbeitsdings.

Ich wartete Nägel kauend auf seine Antwort. Er wusste, welche Arbeitstermine ich oftmals nach Büroschluss hatte. Diesmal stand eine Kombination aus Happy Hour und »Sechs-Minuten-Date in Begleitung einer befreundeten Person« auf dem Programm. Ehrlich gesagt fühlte ich mich nach allem, was zwischen Sebastian und mir in den vergangenen zwei Wochen passiert war, ziemlich unwohl damit – selbst wenn ich ihm nie begegnet wäre, hätte ich wenig Spaß an acht Sechs-Minuten-Dates mit reichlich alkoholisierten Männern. Aber ich hatte mich schon vor zwei Monaten angemeldet, weil mich der »in Begleitung einer befreundeten Person«-Teil interessierte und ich mir einen lustigen Artikel von dem Event versprach.

Beim regulären Speeddating sprach man fünf bis zehn Minuten lang mit einem Fremden und wechselte dann zum nächsten. Am Ende einer Runde mit sechs oder acht verschiedenen kurzen Dates schrieb jeder auf, mit wem er oder sie gern eine richtige Verabredung hätte, und wenn sich zwei füreinander interessierten, gab der Organisator die entsprechenden Kontaktdaten heraus.

So ungefähr würde es auch morgen Abend laufen. Nur kam diesmal noch eine Besonderheit hinzu. Beide Beziehungssuchenden brachten einen Freund oder eine Freundin mit, die bei den Sechs-Minuten-Dates das Gespräch führten. Sie stellten einander Fragen über die Kandidaten. Es klang zwar ein bisschen abgefahren, aber ich war überzeugt, dass es mit Devin an meiner Seite interessant werden würde. Außerdem hatte ich vor zwei Monaten noch nicht geahnt, dass die Maxwells in mein Leben treten würden. Irgendwie war das ein merkwürdiger Gedanke, weil ich das Gefühl hatte, sie schon viel länger zu kennen.

Ich schaute auf mein Telefon, um festzustellen, ob Sebastian meine Nachricht inzwischen gelesen hatte. Die kleinen Punkte sprangen herum, und ich hielt gespannt die Luft an.

Sebastian: Arbeitsdings?

Ich schmunzelte. Ich hatte seine Aufmerksamkeit gewonnen! Doch als ich meine Antwort tippte, wurde ich plötzlich nervös. Warum? Ich wusste es nicht. Wir hatten schließlich keine feste Beziehung. Aber eine zwanglose Geschichte war es in meinen Augen auch nicht. Ich bedauerte es, dass ich den Bären gereizt hatte, obwohl ich genau das bekommen hatte, was ich gewollt hatte. Wie würde ich mich wohl fühlen, wenn Sebastian mir sagen würde, er hätte ein Date? *Mist.* Ich musste mich etwas zurücknehmen.

Sadie: Ja, nur Recherche für einen Artikel.

Aber er ließ es nicht gut sein.

Sebastian: Ein Date?

Streng genommen hatte ich acht Dates vor mir. Aber diese unwesentliche Kleinigkeit musste ich jetzt nicht erwähnen.

Sadie: Schon, aber kein richtiges. Ich teste nur eine neue Form von Speeddating für einen Artikel.

Ich wappnete mich innerlich in Erwartung seiner Antwort. Doch nach unserem kleinen Dialog herrschte plötzlich Funkstille. Es dauerte zehn Minuten, bis mein Telefon erneut summte, und als ich seine Nachricht las, stockte mein Herz.

Sebastian: Viel Spaß!

Devin nippte an ihrem zweiten Cosmopolitan. »Und was macht Tyler beruflich?«, fragte sie.

Tylers Freund Ethan antwortete: »Er ist Pilot und macht Langstreckenflüge zwischen hier und Sydney.«

»Wow, das ist ein cooler Job. Kann er Rabatt für Freunde und Angehörige bekommen? Wenn ja, wäre ich bereit, die Regeln zu umgehen und euch Sadies Nummer sofort zu geben.«

Alle lachten. Es war das fünfte Date des Abends, und Devin ging vollkommen in ihrer Funktion auf, potenzielle Dating-Anwärter zu durchleuchten. Allerdings hatte das Unterhaltsame daran nichts mit den Männern zu tun, denn machen wir uns nichts vor, ich war an keinem von ihnen interessiert. Vielmehr hatte ich meinen Spaß, weil Devin so viel Unsinn von sich gab. Hätte ich mich mehr auf das Gespräch eingelassen, hätte ich vielleicht gemerkt, wie nett Tyler war.

»Hat dein Freund irgendwelche Spitznamen?«, fragte Devin.

Tyler warf Ethan einen warnenden Blick zu.

»Nein, nein, nein«, sagte sie. »Spuck es aus! Jetzt wollen wir es erst recht wissen.«

Ethan grinste. »Sein Spitzname ist Pinky.«

»Pinky? Wie in ›Pinky und der Brain‹, der Zeichentrickserie?«

Ethan schüttelte den Kopf. »Nein, wir nennen ihn so, weil er sich bei unserem ersten Saufgelage, als wir dreizehn waren, dermaßen zugedröhnt hat, dass er im Suff ins Bett gepinkelt hat.«

Wir lachten alle, und Tyler boxte seinen Freund auf den Arm. »Du sollst mir helfen, eine Frau zu finden, und sie nicht vergraulen, du Blödmann!«

»Welche Fernsehsendungen schaut dein Freund, die du jetzt lieber nicht erwähnen solltest?«

Ethan grinste wieder über das ganze Gesicht. Tyler schloss nur die Augen. *Ha, das wird lustig.*

»Er schaut immer diese grauenhafte Seifenoper … irgendwas mit Schatten und Leidenschaft …«

Ich riss die Augen auf. »›Schatten der Leidenschaft‹? Die Serie, die schon seit Ewigkeiten läuft?«

Ethan schlug sich lachend auf die Schenkel. »Am College hatten wir eine Mitbewohnerin, die das immer geguckt hat. Tyler war total verknallt in sie, aber sie hatte einen Freund. Da hat er angefangen, die Serie mit ihr zu schauen, nur um Zeit mit ihr verbringen zu können. Zu Weihnachten hat er ihr sogar Tickets für ein ›Meet and Greet‹ mit den Stars in einer Buchhandlung geschenkt.«

»Oh, das ist doch süß«, sagte Devin. »Was ist aus ihr geworden?«

Tyler stöhnte und legte scherzhaft den Kopf auf den Tisch.

»Nach dem Treffen hat sie einen Typen von der Serie aufgerissen. Am folgenden Tag hat sie ihren Freund abserviert und ist seitdem mit dem Schauspieler zusammen. Soweit ich weiß, haben sie zwei Kinder.«

»Oh mein Gott.« Ich lachte. »Ist das ein Witz?«

Der arme Tyler schüttelte den Kopf. »Leider nicht.«

Er lächelte schief und zurückhaltend, aber bezaubernd und scheinbar aufrichtig. Ich erwiderte es, und wir teilten einen kurzen Moment der Verbundenheit. Kurz darauf meldete der Organisator, dass die Zeit abgelaufen war, und wies die Frauen an, einen Tisch nach rechts weiterzurücken. Tyler und ich gaben uns die Hand, und er sah mir in die Augen.

»Es war wirklich schön, sechs unglaublich peinliche Momente mit dir zu teilen.«

Ich lachte. »Gleichfalls.«

Als wir an den nächsten Tisch gingen, stieß Devin mich mit der Schulter an. »Der war echt süß. Ich hoffe, es klappt zwischen uns.«

Die nächsten drei Speeddates waren ziemlich quälend. Einer der Typen lallte schon, und die beiden anderen konnten nichts mit Devins Humor anfangen. Ich war froh, als wir fertig waren. Devin zog die Karten aus der Tasche, die wir am Eingang bekommen hatten.

»Ich bin für Nummer eins, drei und fünf«, sagte sie.

»Gleich drei! Ich glaube, der Mann, mit dem zu zusammenlebst, wird nicht davon begeistert sein. Du solltest dich vielleicht auf einen beschränken.«

Sie runzelte die Stirn. »Es ist mein Ernst.«

Ich seufzte. »Ich will mich mit keinem von den Typen verabreden, Dev.«

»Ich weiß, Süße. Aber du hast selbst gesagt, dass du nicht weißt, wie es mit dir und Sebastian weitergeht. Warum gibst du dann nicht ein paar dieser Typen eine Chance? Wenigstens Nummer fünf. Er war hinreißend.«

»Finde ich nicht.«

Der Organisator kam vorbei, um meine Karte mit meinen Wunschkandidaten einzusammeln, und ich gab sie ihm.

»Sie haben sie noch nicht ausgefüllt!«

Ich lächelte. »Doch, habe ich. Danke für den unterhaltsamen Abend.«

Draußen umarmte ich Devin zum Abschied und dankte ihr für ihre Begleitung.

»Immerhin kann ich einen guten Artikel darüber schreiben. Es hat wirklich Spaß gemacht. Mein letztes Speeddating war schrecklich, aber zusammen mit dir war alles viel entspannter.«

»Das hat nicht an mir gelegen. Du hattest von Anfang an nicht vor, dich mit jemandem zu verabreden. Also hattest du keinen Druck.«

Ich zuckte mit den Schultern. »Kann sein.«

»Du weißt, dass ich vom ersten Tag an für Sebastian war.«

»Ja, ich weiß. Was ist passiert? Erst sagst du, ich soll mich um ihn bemühen, und jetzt soll ich mich mit anderen Männern verabreden.«

Sie drückte meinen Arm. »Ich will nicht, dass dich ein Herz, das dich nicht lieben kann, davon abhält, eins zu finden, das dich lieben wird.«

Ich runzelte die Stirn. »Das werde ich nicht zulassen, Ehrenwort.«

Es war mir zwar ernst mit dem, was ich gesagt hatte, das Problem war nur, dass ich keine Kontrolle mehr darüber hatte, in wen ich mich verliebte.

»Darf ich es noch mal probieren?« Birdie war völlig aus dem Häuschen vor Begeisterung.

Ich sah Magdalene an, die uns den ganzen Abend unterstützt hatte, und sie nickte. Birdie klickerte zweimal und rief: »Gib Laut, Marmaduke. *Aboie!*«

Der großgewachsene junge Hund begann zu bellen. Heute hatten wir ihm beigebracht, es auf Kommando zu tun. Und weil er ohnehin immer kläffte, wenn er die Türklingel hörte, hatten wir sie in das Training eingebaut: Magdalene klingelte, und im selben Moment klickerte ich und befahl ihm zu bellen. Wenn er gehorchte, kraulte ich ihn hinter den Ohren, lobte ihn und gab ihm eine Belohnung. Nach fünf Wiederholungen musste ich nur noch klickern und *»Aboie!«* rufen, und Marmaduke bellte auch ohne die Türklingel. Das einzige Problem war, dass er danach manchmal keine Ruhe gab. Er schnappte sich sein Leckerli, schluckte es unzerkaut hinunter und fing von Neuem an zu bellen.

Genau das passierte auch diesmal. Während das laute Gebell Birdie kein bisschen störte, trieb es mich allmählich in den Wahnsinn, und die arme Magdalene saß am Esszimmertisch und rieb sich die Schläfen. Um dem ohrenbetäubenden Lärm ein Ende zu machen, öffnete ich die Kommodenschublade, in der wir die Stofftiere versteckt hatten, an denen er Gefallen gefunden hatte, und warf ihm ein Plüscheinhorn zu. Er hörte auf zu bellen, aber nur, weil er sofort das Einhorn bestieg. Ich seufzte. *Nicht vergessen: Diese Woche noch YouTube-Videos dazu ansehen, wie man das Gekläffe abstellt.*

Magdalenes Telefon klingelte, und sie lachte, als sie das Gespräch annahm.

»Oh, hallo Mr Maxwell!«

Ich spitzte die Ohren noch mehr als Marmaduke, wenn er eine Schildkröte sah.

»Ja, klar. Sie ist noch hier.« Kurze Pause, dann: »Einen Moment bitte.« Ich schaute absichtlich in die andere Richtung, als Magdalene mich rief. »Sadie! Mr Maxwell möchte Sie gern sprechen.«

»Oh. Okay.« Ich bekam Herzflattern, als sie mir das Telefon brachte.

»Hallo!«

»Hey.«

Er klang angespannt. »Ist alles in Ordnung? Ich habe versucht, dich auf deinem Handy zu erreichen, aber du bist nicht drangegangen.«

»Oh. Es ist wahrscheinlich ... in meiner Tasche. Und wegen dem Gebell habe ich es nicht gehört.«

»Gebell?«

»Wir haben Marmaduke beigebracht, auf Kommando zu bellen.«

Ich hörte, wie Sebastian tief durchatmete. »Hör mal, ich wollte um halb neun Schluss machen, damit ich rechtzeitig zu Hause bin, bevor du gehst. Aber das wird offensichtlich nichts. Ich kann erst in ein bis zwei Stunden weg. Meinst du, du könntest ... warten, bis ich komme? Wir müssen reden.«

Mein Puls beschleunigte sich. »Klar. Natürlich. Ich sage Magdalene dann, dass sie gehen kann, oder?«

»Wenn es dir nichts ausmacht? Sie war diese Woche immer lange da. Das wäre großartig.«

»Mache ich gern.«

»Okay, ich muss Schluss machen. Uns fehlen heute ein paar Leute.«

»Alles klar. Bis später!«

Ich gab Magdalene das Telefon zurück. »Sebastian hat mich gebeten, auf ihn zu warten, damit wir ... über Marmadukes Training reden können. Möchten Sie nicht nach Hause gehen?

Er meinte, sie müssen unbedingt mal wieder früher Feierabend machen.«

Sie lächelte und schaute über meine Schulter in Birdies Richtung, dann flüsterte sie mir zu: »Mr Maxwell war diese Woche schlecht drauf.«

»Tatsächlich?«

Sie nickte und zwinkerte mir zu. »Hoffentlich geht es ihm nach Ihrem Gespräch über Marmadukes Training besser.«

»Oh … es … es ist nicht das, was Sie denken.«

Sie zog die Augenbrauen hoch.

Ich seufzte. »Okay, vielleicht ist es das, was Sie denken. Aber es ist … Es ist … Ach, ich habe keine Ahnung, was es ist, Magdalene.«

Sie lächelte. »Er ist ein guter Mann. Haben Sie Geduld mit ihm.«

Ich wusste nicht, was ich dazu sagen sollte, und nickte nur.

Als Magdalene gegangen war, sprang Birdie unter die Dusche. Danach kam sie ins Wohnzimmer und bat mich, ihr die Haare zu flechten. Gegen halb zehn gähnte sie, und ich brachte sie ins Bett. Dann setzte ich mich ins Wohnzimmer und wartete auf Sebastian.

Ich dachte permanent an das, was er am Telefon zu mir gesagt hatte: *Wir müssen reden.* So eine Ankündigung hatte in der Regel nichts Gutes zu bedeuten. Mich überkam ein beklemmendes Angstgefühl. Ich war traurig, obwohl er noch gar nicht Schluss gemacht hatte. Ehrlich gesagt wusste ich nicht einmal, was genau er beenden würde. Es war ja nicht so, als hätten wir unseren Status definiert. Ich wusste nur, dass wir *etwas* angefangen hatten, und dieses Etwas bedeutete mir viel.

Um halb elf saß ich immer noch auf der Couch. Inzwischen wippte ich unruhig mit den Knien, und meine Nerven waren zum Zerreißen gespannt. Sebastian hatte sich nicht noch einmal gemeldet. Ein bis zwei Stunden hatte er am Telefon gesagt, er würde also hoffentlich bald da sein. Ich musste mich beruhigen und ging auf der Suche nach Wein in sein Arbeitszimmer.

Ich wusste, wo er den Schlüssel aufbewahrte, weil ich dabei gewesen war, als Macie ihn sich geholt hatte. Aber beim Griff in die Schreibtischschublade fiel mein Blick auf ein gerahmtes Bild. Ich nahm es und starrte das Foto von Sebastian und Amanda lange an. Es war im Krankenhaus aufgenommen worden. Sebastian hatte einen Arm um die Schulter seiner Frau gelegt, während sie zärtlich die neugeborene Birdie an sich drückte. Sie lächelten beide und sahen sehr glücklich aus.

Würde es so sein, wenn wir zusammen wären? Gerahmte Fotos von seiner ersten Liebe im ganzen Haus? Würde ich im Schatten einer anderen Frau leben? Wie würde das laufen, wenn er noch mal heiraten würde? Käme das Foto seiner neuen Frau dann in den gleichen Rahmen über das Bild von seiner ersten Ehefrau? Vielleicht war es das Beste, wenn er mir heute den Laufpass gab.

Ja, das wäre eindeutig das Beste.

»Sie kam drei Wochen zu früh zur Welt.«

Sebastians tiefe Stimme ließ mich zusammenfahren. Dummerweise rutschte mir das Bild aus der Hand und landete klirrend mit der Vorderseite nach unten auf dem Boden.

Ich fasste mir an die Brust. »Du hast mich zu Tode erschreckt!«

»Tut mir leid.«

Ich bückte mich nervös, um das Bild aufzuheben. Als ich es umdrehte, wurde mir schlecht.

Das Glas war zersprungen.

Ich schüttelte den Kopf. »Gott, es tut mir wahnsinnig leid. Der Rahmen ist kaputt. Ich werde ihn dir natürlich ersetzen.«

Sebastian kam zu mir und nahm mir das Bild aus der Hand. »Schon gut. Kein Problem.« Er legte es umgedreht auf seinen Schreibtisch und sah mir in die Augen. »Entschuldige, dass ich so spät bin.«

»Ich habe nicht herumgeschnüffelt. Ich wollte nur nachsehen, ob du Wein dahast, und … dann ist mir das Foto aufgefallen.«

Sebastian nickte, öffnete die Schreibtischschublade und nahm den Schlüssel heraus. Er schloss seinen Schrank auf, nahm eine Flasche Rotwein heraus und zeigte mir das Etikett. »Ist der okay?«

»Ist da Alkohol drin?«

Er schmunzelte. »Ich versteh schon! Ich mach dir dein Glas ordentlich voll.«

»Danke.«

Sebastian entkorkte die Flasche, füllte ein Glas und verschloss sie wieder.

»Trinkst du nichts?«, fragte ich.

Er gab mir das randvolle Glas. »Später vielleicht. Jetzt brauche ich erst mal einen klaren Kopf.«

»Oh. Okay.«

»Komm, gehen wir ins Wohnzimmer.«

Wir setzten uns zusammen auf die Couch. Ich nippte an meinem Wein und wartete ab, während Sebastian den Kopf in die Hände stützte und zu Boden schaute. Es tat mir im Herzen weh, ihn so bedrückt zu sehen, wie ich mich fühlte. Der Mann hatte so viel hinter sich; ich musste es ihm leichtmachen. Ich nahm also einen großen Schluck Wein, um mir Mut anzutrinken, stellte mein Glas ab und rückte näher an ihn heran.

»Sebastian … es ist okay. Ich verstehe es. Du brauchst nichts weiter zu sagen. Wir hatten unseren Spaß, aber mehr willst du nicht. Das ist in Ordnung. Du musst kein schlechtes Gewissen haben.«

»Das denkst du? Dass ich ein schlechtes Gewissen habe, weil ich mit dir fertig bin?«

Ich zog die Augenbrauen zusammen. »Geht es etwa nicht darum? Du fühlst dich schlecht, weil du meine Gefühle verletzen musst?«

Er bekam einen Lachanfall und zeigte kopfschüttelnd auf mein Glas. »Gibst du mir das bitte?«

Ich reichte es ihm und sah zu, wie er es komplett austrank. »Scheiß auf den klaren Kopf«, sagte er, als er es mir zurückgab. »Ich muss mir Mut antrinken.«

Hatte er gerade gesagt, was ich glaubte gehört zu haben? Ich kämpfte gegen die Hoffnung an, die in mir aufkeimte. »Ich verstehe nicht.«

Er fuhr sich mit den Händen durch die Haare und wandte sich mir zu. »Wie war dein *Date* heute Abend, Sadie?«

Er betonte das Wort »Date« sehr merkwürdig und spuckte es förmlich aus, als widerte es ihn an.

»Es war … gut.«

»Das freut mich. Dann hatte wenigstens einer von uns einen schönen Abend.«

»Du nicht?«

»Mal überlegen … Ich habe einen Backofengriff abgebrochen, mich *zweimal* am Arm verbrannt, drei falsche Bestellungen in der Küche abgegeben und ohne jeden Grund beinahe eine Kellnerin entlassen, und das alles vor achtzehn Uhr.«

»Was willst du damit sagen?«

»Ich konnte mich nicht konzentrieren, Sadie. Ich drehe durch bei der Vorstellung, dass du dich mit einem anderen Mann triffst – geschweige denn *mit einem halben Dutzend Männern* beim Speeddating.«

»Genau genommen waren es acht.«

Er schnaubte. »Danke. Jetzt geht es mir schon viel besser.«

Weil ich sicher gewesen war, dass er mit mir Schluss machen wollte, blieb ich vorsichtig und schützte mein Herz, obwohl er mir eben gesagt hatte, er könne es nicht ertragen, wenn ich einen anderen Mann traf.

»Wenn du nicht wolltest, dass ich hingehe, warum hast du mir das nicht gesagt? Und überhaupt, warum hast du mich diese Woche nicht mal angerufen?«

»Weil ich das Gefühl habe, ich *darf* nicht noch eine Frau für mich allein haben wollen.«

Ich schluckte. »Aber du willst mich?«

Sebastian sah mir in die Augen. »Ich will dich ganz und gar, Sadie. Und das macht mir eine Höllenangst.«

Ich lächelte traurig. »Du machst mir auch Angst, wenn dich das beruhigt.«

»Ich möchte ja einen Neubeginn wagen, aber ich habe deswegen große Schuldgefühle.« Er schüttelte den Kopf. »Hast du als Kind mal in der Schule beim Tauziehen mitgemacht?«

»Ja, sicher.«

»Da hieß es doch immer, man soll sich das Seil nicht um die Hand wickeln.«

»Ja …?«

»Nun, ich habe das Gefühl, dass ich genau das getan habe. Das Seil ist fest um meine Hand gewickelt, weil ich sehr lange Angst hatte loszulassen. Aber jetzt schnürt es mir allmählich das Blut ab, und wenn ich das verdammte Ding weiter festhalte, verursache ich viel mehr Schaden, als wenn ich es endlich loslasse.«

Ich schaute auf Sebastians Hände. Er hatte sie zu Fäusten geballt, als hielte er tatsächlich ein Seil umklammert. Ich wollte ihm helfen, selbst wenn ich damit die Chance vergab, ihn auf meine Seite zu ziehen und den Wettkampf zu gewinnen. Ich nahm seine rechte Hand, öffnete sie behutsam und legte meine hinein.

Sebastian starrte unsere verschränkten Hände lange an. »Ich will dich, Sadie.«

Mein Herz hämmerte in meiner Brust. »Du hattest mich vom ersten Moment an.«

Er lächelte. »Tut mir wirklich leid, dass ich mich diese Woche wie ein Arsch benommen habe.«

»Ist schon gut. Aber rede einfach nächstes Mal mit mir. Mir ist klar, dass du immer wieder gemischte Gefühle haben wirst, und ich lasse dir deinen Freiraum, wenn du ihn brauchst.«

Er nickte, führte meine Hand an seine Lippen und drückte einen Kuss darauf. »Und wie funktioniert das jetzt? Ich bin schon lange nicht mehr fest mit jemandem gegangen.«

Ich kicherte. »Fest mit jemandem gegangen? Wie redest du denn! Aus welchem Jahrhundert kommst du?«

Er zog mich auf seinen Schoß. »Ich weiß, dass es zu deinem Job gehört, dich mit Männern zu verabreden«, sagte er und strich mir eine Strähne hinters Ohr. »Ich verlange *noch* nicht von dir, damit aufzuhören, aber wie wär's, wenn wir ein paar Grundregeln vereinbaren?«

»Okay …«

»Ich hätte das mit uns gern exklusiv, was das Körperliche angeht.«

»Selbstverständlich. Ich auch.«

»Und erzähl mir einfach nicht, was du alles aus beruflichen Gründen machen musst. Du brauchst nicht mal erwähnen, dass du ein *Dings* hast.«

Ich lächelte. »Was die Arbeit angeht, werde ich mir etwas einfallen lassen. Ich kann weiterhin Artikel über verschiedene Möglichkeiten der Partnersuche schreiben oder Leute zu ihren gruseligsten Dates interviewen … Ich muss ja nicht immer alles selbst ausprobieren.«

Sebastian legte die Hände an meine Wangen. »Dann gehen wir jetzt fest zusammen?«

Ich grinste. »Ja, wir gehen fest zusammen, du Grufti.«

Wir besiegelten die Sache mit einem Kuss. Als wir uns voneinander lösten, wies ich mit dem Kopf in Richtung von Birdies Zimmer. »Was ist mit Birdie?«

»Ich denke, ich sollte es ihr sagen. Was meinst du?«

Ich nagte an meiner Unterlippe. »Das ist deine Entscheidung. Aber ich finde, es ist besser, ehrlich zu ihr zu sein, als dass sie es erfährt, indem sie mich irgendwann auf deinem Schoß erwischt, so wie jetzt.«

Er nickte. »Ich rede morgen mit ihr. Wollen wir danach zusammen essen gehen und einen Film ansehen oder so? Ich und meine Mädels.«

Mir schmolz das Herz. »Das hört sich gut an«, sagte ich strahlend.

»Super. Finde ich auch.«

21. KAPITEL

Sebastian

Ich musste wohl oder übel improvisieren. Es war ja nicht so, als hätte ich ein Handbuch zur Verfügung, in dem stand, wie man seiner Tochter sagt, dass man nun mit jemandem zusammen war. Mit einer Frau, die nicht ihre Mutter war. Birdie hatte es sich zwar gewünscht, aber ich hatte mich schon oft gefragt, ob sich ihre Einstellung vielleicht änderte, wenn es tatsächlich passierte. Ich hatte feuchte Hände, als ich durch den Flur auf ihr Zimmer zusteuerte. Birdie wusste, dass wir abends zusammen mit Sadie essen und ins Kino gehen würden. Eventuell ahnte sie etwas, aber trotzdem musste ich »das Gespräch« mit ihr führen.

Birdie hörte Musik und nickte dazu mit dem Kopf. Sie lag bäuchlings auf ihrem Bett, und mir fiel auf, wie lang ihre Beine geworden waren. Sie wuchs so schnell! Kaum zu glauben, dass sie bald elf wurde. Ich wollte nicht einmal daran denken, wie es sein würde, eine Vorpubertierende zu Hause zu haben.

Ich klopfte, um ihre Aufmerksamkeit zu gewinnen.

Sie sah auf und nahm ihre Ohrstöpsel heraus. »Hallo Daddy.«

»Hallo Mäuschen. Freust du dich schon aufs Kino?«

»Ja. Und auf Sadie.«

Damit sind wir schon zwei.

»Gut.« Ich setzte mich auf die Bettkante. »Darüber wollte ich nämlich mit dir reden.«

Sie sah mich besorgt an. »Sie kommt doch mit, oder?«

»Ja, ja, natürlich, Schatz.« Ich rieb mir nervös die Hände. »Ich muss dir etwas sagen. Es ist so, dass Sadie nicht mehr nur unsere Hundetrainerin ist. Sie und ich … wir haben uns besser kennengelernt, und, na ja, wir mögen einander sehr.«

Die wenigen Sekunden, die ich auf ihre Reaktion wartete, waren die reinste Qual.

Ihre Mundwinkel gingen nach oben. »Das überrascht mich nicht.«

Ich zog die Augenbrauen hoch. »Nein?«

»Du benimmst dich irgendwie komisch, wenn sie da ist. Und sie ist sehr hübsch.«

»Warum hast du mir nie von deinem Verdacht erzählt?«

»Ich wollte mir keine Hoffnungen machen.«

»Dann freust du dich darüber, dass ich mit Sadie zusammen bin?«

Sie nickte.

Ich grinste erleichtert. »Du magst sie wirklich, oder?«

»Ja, ich mag sie wirklich *sehr*.«

Ich nahm eins von ihren Stofftieren und betrachtete es, während ich redete. »Weißt du, es ist mir wichtig, dass du dich gut mit der Frau verstehst, mit der ich Zeit verbringe, und sie dich auch glücklich macht. Ich würde niemals eine Frau herbringen, die nicht zu uns beiden passt.«

»Ich weiß, Daddy.«

»Und du weißt hoffentlich auch, dass all das nichts daran ändern wird, wie sehr ich deine Mom geliebt habe, auch wenn Sadie und ich uns jetzt näherkommen.«

Birdie schaute zu dem Foto von Amanda an der Wand. »Ich weiß. Mommy kommt nicht wieder zurück. Wenn sie hier wäre, wärst du noch mit ihr zusammen. Das weiß Mommy.«

Ein interessanter Kommentar, denn ich hatte mich schon so manches Mal gefragt, ob Amanda und ich noch ein Paar wären, wenn sie nicht krank geworden wäre.

Ich setzte das Stofftier wieder an seinen Platz. »Möchtest du mich noch irgendetwas fragen?«

»Wird Sadie bei uns einziehen?«

Mit so einer direkten Frage hatte ich nicht gerechnet.

»Nein, nicht so bald. Vielleicht später, wenn alles gut zwischen uns läuft. Es ist noch ganz frisch, und das bedeutet, dass man nicht weiß, ob es wirklich klappt.«

»Du meinst, du könntest es vermasseln?«

Ich schmunzelte. *Ja, das ist wohl das wahrscheinlichere Szenario.*

»Ich habe es nicht vor, aber die Beziehungen von Erwachsenen sind kompliziert, und manchmal funktionieren sie nicht, obwohl wir uns alle Mühe geben.«

Sie hatte keine Ahnung, dass auch ihre Mutter und ich unsere Schwierigkeiten gehabt hatten.

»Hat Sadie denn noch Verabredungen mit Männern wegen ihrer Arbeit?«

Ja, heikles Thema.

»Keine richtigen.«

»Weil du jetzt ihr Freund bist?« Sie lächelte.

Ihr Freund? Ich brauchte einen Moment, um das Wort zu verarbeiten. Gott, ich war seit Ewigkeiten niemandes Freund mehr gewesen.

»Ja. Ich schätze schon.«

»Wird sie Marmaduke weitertrainieren?«

Ich kratzte mich am Kinn. »Ich habe den Eindruck, dass sie gern Zeit mit dir und dem Duke verbringt. Du kannst sie bestimmt dazu überreden, weiter mit euch beiden spazieren zu gehen.«

Sie seufzte. »Okay, Daddy.«

Ich legte die Hand auf ihr Knie. »Keine weiteren Fragen?«

Sie schüttelte den Kopf. »Ich glaube nicht.«

»Okay.« Ich gab ihr einen Kuss auf die Stirn. »Wir müssen bald los, ich sage dir Bescheid.«

Als ich zur Tür ging, hielt sie mich auf. »Warte!«

»Ja?«

»Ich habe doch noch eine Frage.«

»Heraus damit!«

»Kann ich im Kino eine große Packung Schoko-Karamell-Bonbons haben?«

Ich schmunzelte. »Mal sehen.«

Mir fiel ein Stein vom Herzen, als ich das Zimmer verließ. Es war wesentlich besser gelaufen, als ich gedacht hatte. Das war hoffentlich ein gutes Omen.

Birdie hatte große Freude an dem Disneyfilm, den wir uns ansahen. Ich wiederum hatte große Freude daran, Sadies Hand zu halten, während ich zwischen den beiden saß. Außerdem hatte ich mich in den vergangenen Jahren immer allein um alles kümmern müssen, sodass ich völlig vergessen hatte, wie es sich anfühlte, wenn sich jemand anderes um mich kümmerte. Sadie tat viele kleine Dinge für mich: Sie strich mir beispielsweise das Haar aus dem Gesicht und wischte Krümel von meinem Hemd. Sie hatte eine sehr fürsorgliche Ader, und es gefiel mir zugegebenermaßen, von einer schönen Frau umsorgt zu werden.

Ich hätte Sadie in dieser Nacht liebend gern in meinem Bett gehabt, aber es war noch zu früh, dass sie bei mir übernachtete, während Birdie zu Hause war. Ich musste mir etwas überlegen, damit wir auch Zeit allein verbringen konnten – entweder tagsüber oder indem ich Magdalene bat, ab und zu über Nacht bei Birdie zu bleiben.

Als wir den Kinosaal verließen und Sadie mit Birdie zur Toilette ging, wurde mir bewusst, dass ich mich zum ersten Mal seit Jahren nicht vor die Tür stellen musste, um auf meine Tochter aufzupassen, während sie eine öffentliche Toilette benutzte. Es gehörte auf jeden Fall zu den Sachen, die komplett an mir vorbeigegangen waren, als Amanda noch lebte.

Nach dem Film besuchten wir ein Restaurant, das Birdie sich aussuchen durfte, und sie entschied sich wie immer für Fondue.

Sie tauchte ein Stück Brot in den geschmolzenen Käse und sah zu Sadie auf, die neben ihr saß.

»Magst du kein Fondue, Sadie?«, fragte sie.

Sadie schien mehr Freude daran zu haben, Birdie beim Essen zuzusehen, als selbst zu essen. »Weißt du … du wirst es vielleicht nicht glauben, aber das ist heute mein erstes Fondue.«

Birdie fielen fast die Augen aus dem Kopf. »Echt? Wieso?«

»Ich weiß, es klingt verrückt. Ich habe erst angefangen, auswärts essen zu gehen, als ich in die Stadt gezogen bin. Ich musste also eine Menge aufholen – und muss es wohl immer noch.«

»Dein Dad ist nie mit dir essen gegangen?«

»Wir hatten nicht so viel Geld. Deshalb hat mein Vater lieber zu Hause gekocht.«

»Dein Dad kann kochen?« Birdie warf mir ein schelmisches Grinsen zu. »Meiner nicht.«

Ich lachte. »Besten Dank, mein Schatz.«

»Ja, aber dein Dad hat viele andere tolle Eigenschaften«, sagte Sadie. »Er ist intelligent und witzig und ein hervorragender Geschäftsmann. Wenn er auch noch kochen könnte, dann wäre er ja perfekt – und niemand ist perfekt.« Sie zwinkerte mir zu, und ich wäre am liebsten über den Tisch gesprungen, um sie zu küssen.

»Das stimmt«, sagte Birdie. »Er ist intelligent und wirklich lieb und kann richtig tolle Gutenachtgeschichten erzählen.«

»Siehst du …« Sadie lächelte.

Birdie sah sie neugierig an. »Was hat dein Dad denn so für dich gekocht?«

»Er hat einen großen Garten und alles Mögliche mit Gemüse gekocht. Tomatensoße für selbstgemachte Pizza, gebratene Zucchini und so weiter.«

»Zucchini!« Birdie rümpfte die Nase. »Ich mag kein Gemüse. Ich mag nur Oliven.«

»Birdie würde es gefallen, wenn ihr Dad *Kekse* im Garten anbauen würde – nicht wahr, mein Schatz?«, sagte ich.

Sadie legte den Finger ans Kinn. »Dann müssen wir uns etwas ausdenken, damit dein Körper auch mal Gemüse bekommt, Birdie.« Sie zog eine Augenbraue hoch. »Magst du Shakes?«

»Oh ja! Vor allem mit Eis.«

»Ich wette, ich kann Gemüse in einen leckeren Shake mogeln, ohne dass du es merkst.«

Birdie war skeptisch. »Wirklich?«

»Klar. Ich mache mir ständig welche, und ich kann den Spinat nicht herausschmecken.«

Ihr fiel die Kinnlade herunter. »Spinat?«

Aufgrund der entsetzten Reaktion meiner Tochter hätte man meinen können, Sadie hätte etwas sehr Unanständiges gesagt.

»Ja. Wetten, dass dir der Shake schmecken würde?«

»Kannst du mit zu uns kommen und mir einen machen?«

Sadie sah mich unsicher an.

»Ich glaube, Sadie muss morgen arbeiten«, sagte ich.

Sadie schien etwas enttäuscht zu sein, weil ich nicht eingewilligt hatte. Natürlich wäre mir nichts lieber gewesen, aber ich hatte Angst davor, es vor meiner Tochter zu vermasseln. Trotzdem wollte ich sie noch bei mir haben, wenn auch nur für ein Weilchen. Deshalb lenkte ich ein: »Aber wenn sie noch mitkommen und dir einen Shake zum Nachtisch machen möchte, werde ich dafür sorgen, dass sie sicher nach Hause kommt.«

Ich gab ihr mit Blicken zu verstehen, wie sehr ich mir wünschte, dass sie mit zu uns kam. Je länger ich darüber nachdachte, desto klarer wurde mir, wie sehr ich es *brauchte*, um ihr zumindest einen Gutenachtkuss geben zu können.

Sadie lächelte mich an. »Okay, vielleicht kann ich ja noch auf einen Sprung mit reinkommen.«

»Juhu!« Birdie freute sich.

Auf dem Heimweg machten wir bei einem Supermarkt Halt, damit Sadie die Zutaten für ihren »Zaubershake«, wie sie ihn nannte, besorgen konnte.

Als wir zu Hause waren, legte sie alles auf die Küchentheke.

»Eigentlich darf ich mein Geheimrezept niemandem verraten, aber weil ich dich wirklich mag, Birdie, zeige ich dir jetzt ganz genau, wie man meinen besonderen Shake zubereitet.«

Birdie setzte sich gespannt hin, als ich den Mixer für Sadie aus dem Schrank holte. Dann krempelte ich die Ärmel hoch und lehnte mich an die Theke, um den beiden zuzuschauen.

Sadie schälte eine Banane. »Die erste Zauberzutat ist eine schöne reife Banane. Die macht den Shake richtig süß, und man muss nicht so viel Zucker reintun.«

Birdie sah zu ihr auf. »Ich liebe Zucker!«

»Ich weiß, du Keksmaus, aber Zucker ist nicht so gut für dich. Ich verspreche dir, das hier wird zuckersüß.«

Meine Tochter zuckte die Achseln. »Okay.«

Sadie öffnete ein Glas Erdnussbutter. »Das ist die nächste Zutat, und da ist sogar Zucker drin, aber ich werde ein Auge zudrücken.« Sie zwinkerte Birdie zu.

»Ich liebe Erdnussbutter, besonders Erdnussbutterkekse!«, sagte Birdie.

»Warum überrascht mich das nicht?« Sadie schmunzelte.

Meine Tochter stellte sich neugierig auf die Zehenspitzen. »Und jetzt?«

»Jetzt kommt eine Tasse Vanille-Mandelmilch.«

Birdie zog die Nase kraus. »Milch aus Mandeln?«

»Genau. Sie schmeckt ungefähr wie Vanilleeis.«

Sie schien ihre Zweifel zu haben. »Hm.«

»Glaubst du mir etwa nicht, Fräulein Birdie?«

Die Kleine kicherte. Es war schön, die beiden so zu sehen. Sadie machte sie sehr glücklich. Sie machte *mich* sehr glücklich.

»Als Nächstes kommen tiefgefrorene Blaubeeren.« Sadie riss die Packung auf.

»Ich liebe Blaubeeren!«, quiekte Birdie.

Sadie ging zum Eiswürfelbereiter und stellte eine Tasse darunter. »Dann gebe ich ein paar Eiswürfel dazu, damit der Shake schön kalt wird. Und zu guter Letzt kommt die wichtigste Zutat.«

»Welche?«

»Weißt du nicht mehr? Das ist natürlich der Spinat!«

»Ach ja. Ich habe gehofft, du vergisst ihn.«

»Zu früh gefreut!« Sadie warf eine Handvoll frische Spinatblätter in den Mixer.

»Haben wir jetzt alles?«

»Das war's.« Sadie schloss den Deckel. »Willst du das machen?«

»Darf ich?«, fragte Birdie begeistert.

»Ja, du hast die Ehre.«

Birdie drückte mit ihrem kleinen Finger auf den Knopf und beobachtete, wie das Gemisch eine dunkelgrüne Farbe mit einem violetten Stich von den Blaubeeren annahm.

»Weißt du, wie ich diesen Shake nenne?«, sagte Sadie.

»Wie denn?«

»Grünes Monster.«

»Cool!«

Sadie hielt den Mixer an und nahm einen Eiskaffeebecher und einen Trinkhalm aus dem Schrank.

»Willst du probieren?«, fragte sie, als sie den Becher auf die Theke stellte.

Meine Tochter nickte.

Sadie schüttete den Shake in den Becher und steckte den Trinkhalm hinein. Dann schob sie ihn Birdie hin.

Wir sahen gespannt zu, wie Birdie probierte. Nach einem vorsichtigen ersten Schluck hielt sie inne und leckte sich die Lippen, dann nahm sie einen größeren Schluck und schaute uns an.

Sadie stützte den Kopf in die Hände. »Und?«

»Schmeckt wirklich richtig gut!«

Sadie vollführte einen kleinen Freudentanz, und wir klatschten uns ab. Birdie fing an zu kichern und trank genüsslich weiter.

Sadie servierte mir ebenfalls ein Glas. »Und ich glaube, dass sogar dein Dad das hinkriegt.«

Ich nahm einen Schluck und leckte mir die Lippen. »Mmm. Wirklich gut.«

Sie konnte mir bestimmt an den Augen ablesen, dass ich mit »Mmm« nicht unbedingt den Shake gemeint hatte. Obwohl er tatsächlich nicht nach Spinat schmeckte.

Ich schaute zur Uhr. Es war schon ziemlich spät für meine Tochter. »Birdie, du müsstest längst im Bett sein. Du hast morgen Schule. Wie wär's, wenn du dich wäschst und dir die Zähne putzt und danach noch mal herkommst, um Sadie Gute Nacht zu sagen.«

Sie schien traurig zu sein, dass der schöne Abend zu Ende ging. Ich hoffte, es würden noch viele weitere folgen.

Als Birdie endlich im Bad verschwand, zog ich Sadie an mich, um ihr den Kuss zu geben, nachdem ich mich schon die ganze Zeit gesehnt hatte. Sie stöhnte in meinen Mund, was mir bestätigte, dass sie ebenfalls nur auf diesen Moment gewartet hatte.

Ich biss sie sachte in die Unterlippe und ließ langsam wieder los. »Du bist verdammt lecker, weißt du das?«

»Ach herrje«, sagte sie, weil ihr die wachsende Beule in meiner Hose aufgefallen war. »Wow. Sieh zu, dass du das in den Griff bekommst, bevor deine Tochter wiederkommt.«

»Ja.« Ich seufzte. »Ist halt alles ungewohnt für mich.«

Aber weil sie natürlich recht hatte, nahm ich eine kleine Auszeit und ging zur Toilette.

Als ich zurückkam, stand Birdie im Nachthemd in der Küche. Sie hatte nasse Haare.

»Kannst du mir die Haare flechten, bevor ich ins Bett gehe, Sadie?«

Sadie sah mich fragend an. Ich nickte.

»Na klar, nichts wie los«, sagte sie.

Die beiden gingen in Birdies Zimmer, und Sadie blieb viel länger, als ich gedacht hatte. Als sie wiederkam, wartete ich auf der Wohnzimmercouch auf sie.

»Die Flechterei hat aber lange gedauert.«

Sadie setzte sich zu mir und legte den Kopf an meine Schulter. »Sie ist so süß. Sie wollte nur reden.«

»Danke, dass du so lieb zu ihr bist.« Ich gab ihr einen Kuss auf den Scheitel. »Möchtest du ein Glas Wein? Was hättest du gern?«

»Nein, danke. Ich will einfach nur einen Moment in deinen Armen liegen, wenn das okay ist.«

Ich drehte mich zur Seite, um sie komplett umarmen zu können. »Total okay.«

Als sie nach einiger Zeit den Kopf hob, verstand ich es als Aufforderung, sie zu küssen. Mein Schwanz erwachte augenblicklich wieder. Ich war unglaublich erregt, wusste aber, dass sie nicht über Nacht bleiben würde, selbst wenn ich sie darum bat. Es war kompliziert. Sie sollte nicht bei mir übernachten, das war mir klar, aber ich war auch nicht bereit, sie gehen zu lassen. Während wir uns leidenschaftlich küssten, schürte ihr vertrauter Geschmack ein derart intensives Verlangen in mir, dass ich befürchtete, irgendwann nicht mehr aufhören zu können. Als ich sie stöhnen hörte, fragte ich mich, ob sie so feucht war wie ich hart. Ich konnte der Versuchung kaum widerstehen, meine Hand in ihre Hose zu schieben, um es herauszufinden.

»Das ist echt qualvoll. Ich wäre so gern in dir«, murmelte ich. »Es kommt mir vor, als wäre das letzte Mal schon eine Ewigkeit her.«

Ich überlegte, ob wir uns irgendwie ins Badezimmer schleichen konnten oder sonst wohin. Ich brauchte sie einfach.

Sadie spürte anscheinend, dass ich schwach wurde, denn sie löste sich von mir. »Ich mache mich jetzt mal auf den Weg.«

Ich schnaufte frustriert. »Du weißt, wie ungern ich dich gehen lasse, oder?«

»Natürlich weiß ich das. Aber es ist besser so.« Sie stand auf.

Ich legte die Hände an ihre Wangen. »Ich werde nicht aufhören können, an dich zu denken.« Meine Augen wanderten über ihr Gesicht, während sich die Rädchen in meinem Kopf drehten.

»Was geht in dir vor?«, fragte sie.

»Ich überlege, wie du heute Nacht in meinem Bett sein und morgen früh wie von Zauberhand verschwinden kannst.«

»Das ist leider nicht möglich. Es ist viel zu früh, um etwas zu riskieren. Und deshalb gehe ich jetzt.«

Sie hatte recht. Aus irgendeinem Grund fühlte es sich jedoch falsch an, sie gehen zu lassen. Es war, als gehörte sie hierher.

Ich rief ihr schließlich ein Taxi, und bis es kam, knutschten wir an der Tür wie übermütige Teenager.

Nachdem sie eingestiegen und davongefahren war, schickte sie mir eine Nachricht.

Sadie: Ich habe vergessen, die Reste des grünen Monsters aufzuräumen. Eigentlich wollte ich noch in die Küche gehen und sauber machen.

Sebastian: Das echte Monster ist in meiner Hose, und es wird sich heute nicht bändigen lassen.

Sadie: LOL

Sebastian: Keine Sorge, die Küche übernehme ich. Ich bin dir etwas schuldig, weil du meine Tochter dazu gebracht hast, Gemüse zu essen. Im Ernst, das war wirklich Zauberei.

Sadie: Ich war so froh, dass es ihr geschmeckt hat.

Sebastian: Sie mag dich.

Sadie: Das macht mich sehr glücklich.

Sebastian: Könnte sein, dass ich dich auch mag. SEHR.

Sadie: Ich mag dich auch, Sebastian. Könnte sein, dass ich regelrecht verrückt nach dir bin.

Sebastian: Ich habe eine Idee für einen neuen Artikel für dich.

Sadie: Ja?

Sebastian: Verabredungen mit einem alleinerziehenden Vater, der dringend Sex braucht.

Sadie: LOL. Und wie soll ich das recherchieren?

Sebastian: Du musst dich mit ihm mehrmals nachmittags an unterschiedlichen Orten treffen und jede Menge Sex haben. Bist du dabei?

Sadie: Auf jeden Fall.

Es war Montagmorgen, und Sadie ging mir einfach nicht aus dem Kopf. Deshalb beschloss ich, ein Treffen anzustoßen, wie ich es am vergangenen Abend vorgeschlagen hatte.

Sebastian: Guten Morgen. Hast du gut geschlafen?

Sadie: Ziemlich gut. Ich hatte einen schönen Traum, indem du auch vorgekommen bist.

Ein breites Grinsen breitete sich auf meinem Gesicht aus, als ich antwortete.

Sebastian: Um wie viel Uhr machst du Mittagspause? Ich könnte vorbeikommen und dich zum Essen ausführen. Dann kannst du mir von deinem Traum erzählen.

Sadie: Klingt super, aber …

Die Nachricht brach ab, und ich wartete mit hängendem Kopf auf das, was nach dem »aber« kommen würde. Wahrscheinlich so etwas wie »ich kann nicht, weil ich zu viel Arbeit habe« oder »ich habe ein Meeting«. Doch was sie als Nächstes schrieb, munterte mich auf – manche Teile von mir mehr als andere.

Sadie: Wie wäre es, wenn wir uns um zwei in meiner Wohnung treffen? Dann brauche ich dir von dem Traum nicht zu erzählen, sondern wir könnten ihn in die Tat umsetzen …

Ja, verdammt. Ich konnte nicht schnell genug zurückschreiben.

Sebastian: Ich stehe um Viertel vor zwei bei dir vor dem Haus.

Sadie: LOL. Dein Tatendrang gefällt mir, Mr Maxwell.

Sebastian: Und was für einen Drang ich habe! Du solltest sehen, was jetzt schon in meiner Hose los ist – mehr als fünf Stunden bevor ich bei dir bin.

Sadie: Du könntest … mir zeigen, was da los ist.

Das gesamte Blut aus meinem Kopf rauschte südwärts, weil es Besseres zu tun hatte als vernünftige Entscheidungen zu fördern. Deswegen fand ich die Idee in dem Moment verdammt gut und folgte ihrem Vorschlag sofort. Ich umfasste meinen harten Schwanz durch den Stoff meiner Jogginghose, schoss ein Foto und schickte es ihr. Es mochte an der Perspektive liegen, aber mein Schwanz sah ziemlich beeindruckend aus, wenn ich so sagen darf.

Sadie antwortete auf der Stelle.

Sadie: OMG. Der Lunch sieht wirklich köstlich aus! Ich kann's kaum erwarten. Sagen wir lieber ein Uhr!

Ich lachte.

Sebastian: Dann bis um eins, meine Schöne. Ich kann es auch kaum erwarten.

22. KAPITEL

Sadie

»Ich liebe diese kleine Kuhle.«

Ich lag auf dem Bauch, und Sebastian fuhr mit dem Finger zwischen meinem Kreuz und der Kuppe meines Pos auf und ab. Wir waren gerade erst übereinander hergefallen, doch die leichte Berührung weckte mein Verlangen von Neuem.

»Ach ja?«

Er nickte. »Wäre es zu viel verlangt, wenn ich die Suppe, die ich mitgebracht habe, hineingieße und daraus trinke?«

Ich lachte. »Na ja, sie könnte zu heiß sein, und ich glaube nicht, dass du sie *trinken* würdest. Du würdest sie wohl eher auflecken wie ein Hund.«

»Die Suppe ist inzwischen eiskalt, Liebling. Und an dir lecken klingt absolut perfekt.«

Er hatte vollkommen recht. Die Suppe war nicht mehr heiß. Zum Glück hatte ich mir im Büro wegen eines angeblichen Arzttermins einen halben Tag freigenommen. Wir hatten uns schon vor fast zwei Stunden getroffen und das chinesische Essen, das Sebastian mitgebracht hatte, nicht einmal ausgepackt.

Als hätte dieser Gedanke meinen Körper daran erinnert, dass er kein Frühstück gehabt hatte, begann mein Magen zu knurren … und zwar laut.

Sebastian schmunzelte. »Willst du mir damit sagen, dass ich dich füttern muss?«

»Ich sterbe vor Hunger! Normalerweise esse ich morgens in der Bahn immer einen Müsliriegel, aber heute ist er mir nach einem Bissen runtergefallen, weil irgendein Idiot mich angerempelt hat.«

»Dann wärme ich mal das Essen auf.«

»Okay.«

Sebastian stand auf. Als er sich bückte, um seine Jeans aufzuheben, genoss ich die atemberaubende Aussicht auf seinen knackigen Hintern.

»Warte!«

Er erstarrte mit einem Bein in der Hose und drehte sich zu mir um.

»Zieh dich nicht an«, sagte ich.

Er warf mir ein schiefes Lächeln zu. »Du willst nackt essen?«

»Ja. Oder fändest du es ekelig, nackt mit mir im Bett zu essen?«

Sebastian grinste. »Nein, es könnte höchstens dazu führen, dass ich dir einen Antrag mache.«

Er ließ die Hose fallen und stolzierte nackt in die Küche.

Was für ein Anblick! Ich seufzte zufrieden, setzte mich auf und rückte die Kissen zurecht, um mich an das Kopfteil des Betts anzulehnen.

Wenige Minuten später kam Sebastian mit drei Schachteln und zwei Paar Essstäbchen zurück. Er kletterte wieder ins Bett und gab mir eine der Schachteln, dann packte er die Holzstäbchen aus und brach sie auseinander, bevor er sie mir reichte.

»Danke.«

Sein Blick fiel auf meine nackten Brüste, und er schüttelte den Kopf. »Der beste Lunch aller Zeiten.«

Ich aß hungrig meine Szechuan-Garnelen. »Mmm. Lecker. Wo hast du das geholt?«

»In dem kleinen Imbiss zwei Blocks von meinem Haus entfernt.«

»Bei chinesischem Essen bin ich ziemlich wählerisch. Wahrscheinlich, weil ich zum Teil Chinesin bin.«

Sebastian verschluckte sich und musste husten. »Du bist Chinesin?«

»Zu vier Prozent. Ich habe vor zwei Jahren einen Gentest machen lassen, um meine Herkunft zu erforschen, weil ich adoptiert bin. Ich bin zu sechzig Prozent Italienerin, zu sechsunddreißig Prozent Norwegerin und zu vier Prozent Chinesin. Seit ich das weiß, habe ich das Gefühl, besser mit den Stäbchen zurechtzukommen.«

Er lachte. »Interessant. Birdie ist völlig besessen von diesen verdammten Werbespots, seit sie in der Schule einen Familienstammbaum gemacht hat.«

»Das hatte ich völlig vergessen! In einem ihrer ersten Briefe hat sie dem Weihnachtsmann geschrieben, dass sie sich so einen Test wünscht.«

Sebastian schüttelte den Kopf.

»Was ist mit dir? Wo liegen deine Wurzeln?«

»Meine Großeltern väterlicherseits stammten aus Sizilien und meine Mutter war Waliserin.« Sebastian fischte ein Stück Sesamhühnchen aus seiner Schachtel und führte es zum Mund. Auf halbem Weg fiel es ihm jedoch herunter und landete auf seinem Bauch. Er las es mit seinen Stäbchen wieder auf. »Liegt wahrscheinlich daran, dass ich nicht zu vier Prozent Chinese bin.«

Ich lächelte. »Singst du unter der Dusche?«

Sebastian zog eine Augenbraue hoch. »Das ist aber eine merkwürdige Frage.«

Ich zuckte mit den Schultern. »Kann sein. Aber ich glaube, dass die Duschgewohnheiten eines Menschen eine Menge über ihn aussagen. Zum Beispiel, ob man in fünf Minuten rein und wieder raus ist und es möglichst schnell hinter sich bringt, oder ob man sich Zeit lässt und die Shampooflasche auch mal als Mikro benutzt.«

»Ich glaube, ich habe die Shampooflasche noch nie als Mikrofon benutzt. Aber ich pfeife manchmal.« Er verzog das Gesicht. »Habe ich zumindest früher.«

Ich stellte meine Schachtel auf das Nachtschränkchen, nahm Sebastian seine ab und stellte sie daneben. Dann setzte ich mich rittlings auf seinen Schoß. »Ich glaube, wir können dafür sorgen, dass du wieder unter der Dusche pfeifst.«

Er strich mir die Haare aus dem Gesicht. »Das glaube ich auch. Du machst mich so glücklich, wie ich es lange nicht mehr war, *Estelle*.«

Ich rieb meine Nase an seiner. »*Merci.*«

Eine halbe Stunde verging, bis Sebastian und ich uns wieder dem chinesischen Essen widmeten. Das Schicksal wollte es offensichtlich, dass wir es kalt aßen, aber das war mir egal. Es war mir weitaus wichtiger, Cowgirl auf seinem Schoß zu spielen, als warmes Essen im Bauch zu haben.

Danach duschten wir gemeinsam, und Sebastian musste sich fertigmachen für die Arbeit im Restaurant.

»Was machst du heute Abend?« Er gab mir einen Kuss auf den Kopf, während ich an meinem Schminktisch saß und meine nassen Haare ausbürstete. »Hast du Pläne?«

»Ja, ich habe eine tolle Verabredung.«

Ich sah im Spiegel, wie Sebastian die Gesichtszüge entgleisten. *Mist.*

»Oje! Nicht, was du denkst! Ich gehe mit meinem Vater essen.«

Er schaute mein Spiegelbild mit zusammengekniffenen Augen an. »Das ist nicht witzig. Bei deinem Job.«

Ich stand auf und ging auf die Zehenspitzen, um ihm einen Kuss auf die Wange zu geben. »Entschuldige, es war gedankenlos von mir.«

Er knöpfte sein Hemd zu. »Wo wollt ihr denn essen?«

»Ich weiß es noch nicht. Wir entscheiden das meistens, wenn er hier ist.«

»Dann kommt doch zu mir!«

Ich stutzte. »Wirklich? Du hättest nichts dagegen, meinen Vater kennenzulernen?«

Sebastian zuckte mit den Schultern. »Warum sollte ich etwas dagegen haben? Du bist ja schon lange einer der Lieblingsmenschen meiner Tochter.«

Mir wurde warm ums Herz. Dieser Mann war reif und erwachsen und ließ die Männer, mit denen ich mich in den letzten … was weiß ich … *zehn Jahren* verabredet hatte, wie kleine Jungs erscheinen. Sebastian scheute sich nicht, meine Familie kennenzulernen, und hatte mich in seine aufgenommen, nachdem er sich seine Gefühle eingestanden hatte.

»Das wäre wunderbar! Ich muss nur sehen, ob mein Vater sich schon auf etwas anderes gefreut hat. Aber vielleicht kommen wir.«

»Klingt gut.«

Ich brachte Sebastian zur Tür. »Danke … für den Lunch.«

Er küsste mich noch einmal und strich mir mit dem Daumen über die Unterlippe. »Danke, dass du mich nicht abgeschrieben hast, als du es wahrscheinlich hättest tun sollen.«

»Es ist dir also ernst mit diesem Mann?«

Mein Vater nahm die gefaltete Serviette vom Tisch, schüttelte sie aus und legte sie sich auf den Schoß.

Ich schaute über seine Schulter. Sebastian war gerade gegangen, um uns eine Flasche Wein von der Bar zu holen. Er zwinkerte mir zu, als er merkte, dass ich ihn beobachtete. Ich seufzte lächelnd. »Ich bin verrückt nach ihm, Dad.«

»Dann sollte ich den Kerl wohl ein bisschen besser kennenlernen.«

Unterwegs hatte ich meinem Vater in groben Zügen erzählt, wie wir zusammengekommen waren. Er hatte nicht viel gesagt, und ich wusste nicht genau, was er dachte. Aber so war er nun mal. Manchmal hatte ich das Gefühl, dass er mir gar nicht zuhörte, wenn ich mit ihm redete. Und dann überraschte er mich ein paar Wochen später mit einer Frage zu irgendeiner Nebensächlichkeit, die ich beiläufig erwähnt hatte. Er war kein großer Redner, aber ein hervorragender Zuhörer.

Sebastian kehrte mit einer Flasche Merlot zurück und öffnete sie.

Mein Vater sah sich um. »Ziemlich viel Betrieb. Haben Sie vielleicht trotzdem einen Moment Zeit, sich zu uns zu setzen? Ich würde den Mann gern kennenlernen, mit dem meine Tochter zusammen ist. Wie alt sind Sie?«

»Daddy!«, schimpfte ich. »Sebastian muss arbeiten.«

Sebastian winkte lächelnd ab. »Ich schaue nur schnell, ob in der Küche alles läuft, und bestelle etwas für euch, und dann habe ich ein bisschen Zeit.« Er wandte sich meinem Vater zu. »Gibt es etwas, das Sie nicht mögen, oder haben Sie irgendeine Allergie?«

Mein Vater klopfte sich auf das Bäuchlein, das er sich in den vergangenen Jahren angefuttert hatte. »Sieht das so aus, als gäbe es etwas, das ich nicht esse?«

»Okay. Ich bin in zehn Minuten wieder da, und dann stehe ich Ihnen für sämtliche Fragen zur Verfügung.«

Meinem Vater schien die Antwort zu gefallen, aber mir war die Situation total peinlich. »Was zum Kuckuck sollte das, Dad?«, fragte ich, sobald Sebastian gegangen war.

»Was?«

»Sebastian hat uns hierher eingeladen und gibt sich alle Mühe, und du sagst ›Hey, nett, Sie zu sehen … *Wie alt sind Sie?*‹ Was spielt es für eine Rolle, wie alt er ist?«

»Du hast gesagt, du bist verrückt nach ihm, und ich will ihn kennenlernen.«

»Es gibt einen Unterschied zwischen Kennenlernen und unhöflichen Fragen.«

Mein Vater nahm sich ein Grissini und brach die Stange in der Mitte durch. »Du hast dich auf einen Mann mit einer Menge Ballast eingelassen. Er ist Witwer, hat eine zehnjährige Tochter und führt dieses Lokal … Ich habe gelesen, achtzig Prozent aller Restaurants gehen innerhalb von fünf Jahren in Konkurs. Ich bin nur besorgt, Liebes.«

Ich seufzte. Wahrscheinlich war es ganz normal, dass sich ein Vater Sorgen um seine Tochter machte, die sich mit einem Mann einließ, der schon einmal verheiratet gewesen war *und* ein Kind hatte. Es war nachvollziehbar, dass er Birdie als Ballast ansah, obwohl sich das sicherlich ändern würde, wenn er ihr begegnete.

»Okay, ich verstehe dich. Aber bitte sei nett zu ihm. Geh es langsam an.«

Eine Viertelstunde später erschien Sebastian mit vier verschiedenen Tellern. Er stellte sie auf den Tisch und setzte sich.

»Wir machen jeden Tag frischen Mozzarella. Es ist unsere meistverkaufte Vorspeise.« Er zeigte der Reihe nach auf die anderen Teller. »Außerdem habe ich Crostini mit Feigen, Salami und Ricotta mitgebracht, selbstgemachte Reisbällchen und Auberginen-Rollatini.«

Das Essen roch nicht nur köstlich, es war auch wunderschön angerichtet und mit den Dressingspritzern und der bunten

Garnierung fast zu hübsch zum Essen. »Wow, das sieht alles großartig aus!«

Sebastian lächelte. »Es ist nicht mein Verdienst, sondern allein das Werk meines Chefkochs. Allerdings kann es sein, dass ich ihm mit der Kündigung gedroht habe, falls er die Teller nicht perfekt hinkriegt.«

Wir bedienten uns alle drei, und Sebastian stellte sich meinem Vater.

»Also, Mr Bisset, um auf Ihre Frage zurückzukommen: Ich bin sechsunddreißig, sieben Jahre älter als Ihre Tochter. Mit dreiundzwanzig habe ich meine Jugendliebe geheiratet, und sie ist vor vier Jahren gestorben. Meine Tochter Birdie ist zehn. Ich habe ein Stadthaus auf der Upper West Side, von dem wir aber nur einen Teil bewohnen. Die andere Hälfte vermiete ich, obwohl es nicht nötig wäre, weil das Restaurant ziemlich gut läuft, doch meine Tochter und ich benötigen nicht so viel Platz.«

Mein Vater lächelte ihn traurig an. »Ihr Verlust tut mir leid.«

»Danke.«

»Es ist schon ein ungewöhnlicher Zufall, dass Sie und meine Tochter jemanden wegen genau der gleichen Krebsart verloren haben.«

Sebastian nickte. »Ich bedaure Ihren Verlust auch, Mr Bisset.«

»Nennen Sie mich bitte George.«

Sebastian sah zu mir herüber. »Ja, es gibt einiges, das Sadie und ich gemein haben. Ich denke, das ist einer der Gründe dafür, warum wir uns so schnell nähergekommen sind.« Er reichte mir seine Hand, und ich ergriff sie mit Freude.

Mein Vater lächelte. »Wollen Sie weitere Kinder?«

»Ist diese Frage nicht ein bisschen zu persönlich, Daddy? Sebastian ist sehr offen, aber ich glaube, das geht etwas zu weit.«

Sebastian drückte meine Hand. »Ist schon gut. Ich bin wohl

immer davon ausgegangen, dass es in meinem Leben nicht mehr eigene Kinder geben wird. Amanda wurde krank, als Birdie erst viereinhalb Jahre alt war, und ich dachte, dieser Teil meines Lebens wäre abgeschlossen. Ich habe eine Tochter, und dafür bin ich dankbar.« Sebastian lächelte mich an. »Aber ich habe nichts gegen weitere Kinder einzuwenden. Ich glaube, es würde mir sogar sehr gefallen. Und Birdie wäre begeistert, so viel ist sicher.«

Oh wow. Dass Sebastian offen für weitere Kinder war, hörte ich gern. Familie war mir wichtig, und ich hatte immer davon geträumt, eines Tages eine große Familie zu haben.

Mein Vater nickte. »Danke für Ihre Offenheit, Sebastian.«

Danach wurde das Gespräch lockerer. Wir unterhielten uns angeregt, und mein Vater und Sebastian fanden heraus, dass sie beide eine Passion für Fliegenfischen und Poker hatten. Ich interessierte mich weder für das eine noch das andere, aber weil es wahnsinnig faszinierend war zu beobachten, wie die zwei miteinander warm wurden, aß ich zufrieden vor mich hin und hörte zu. Irgendwann kam ein Kellner und teilte Sebastian mit, er werde in der Küche gebraucht.

Ich beugte mich zu meinem Vater vor, nachdem Sebastian sich entschuldigt hatte. »Und? Zufrieden, dass dir keine Enkel verwehrt bleiben?«, fragte ich.

Mein Vater ergriff meine Hand. »Liebes, wenn du einen Mann mit Kind heiratest, dann ist dieses Kind genauso mein Enkelkind wie eins, das du selbst zur Welt bringst. Es geht nicht darum, was *ich* will. *Du* hast dir immer eine große Familie gewünscht, und deine Mutter und ich konnten sie dir nicht geben. Ich will nur, was du willst.«

Mit meinen Eltern hatte ich wirklich das große Los gezogen. Ich stand auf, um meinem Vater einen Kuss auf die Wange zu geben.

»Wofür war der?« Mein Vater lächelte.
»Dafür, dass du einfach du bist, Daddy.«

»Danke für den schönen Abend. Du warst großartig.«

Nach unserem dreistündigen Essen war mein Vater nach Hause gefahren, und ich hatte im Restaurant gewartet, bis Sebastian fertig war. Dann hatte er mich dazu überredet, noch auf einen Sprung mit zu ihm zu kommen.

Wir setzten uns auf die Couch, und Sebastian zog mir die Schuhe aus. Er nahm meine Füße auf seinen Schoß und begann sie zu kneten. Als er seine Daumen in die Wölbung drückte, seufzte ich.

»Oh mein Gott. Das fühlt sich so gut an! Aber eigentlich warst du den ganzen Abend auf den Beinen. Ich sollte dir die Füße massieren.«

Er lächelte. »Meinen Füßen geht es gut. Du bekommst die Massage als Belohnung dafür, dass du heute diese sexy High Heels getragen hast. Und dein Vater ist super. Der Apfel fällt nicht weit vom Stamm.«

»Ja, er ist ziemlich toll. Aber es tut mir leid, dass er so persönlich wurde. Das hat er noch nie gemacht.«

»Hat er viele Männer kennengelernt, mit denen du zusammen warst?«

»Nicht alle, nur ein paar, und mit denen hat er nur Smalltalk gemacht. Diese Aufdringlichkeit ist völlig untypisch für ihn.«

Sebastian zuckte mit den Schultern. »Als er gehört hat, dass ich bereits verheiratet war und eine Tochter habe, hat er sich bestimmt Sorgen gemacht. Das kann ich ihm nicht verdenken. Mir graut jetzt schon davor, eines Tages nicht mehr auf meine Tochter aufpassen zu können.«

»Ja. Obwohl es meiner Meinung nach nichts mit Birdie zu tun hat oder damit, dass du schon mal verheiratet warst.«

»Nein?«

»Ich glaube, er hat etwas gesehen, das er noch nie bei mir gesehen hat.«

»Und das wäre?«

Ich biss mir auf die Unterlippe. Vielleicht hatte ich zu viel gesagt. Sebastian bemerkte mein Zögern und hörte auf, meine Füße zu massieren.

»Rede mit mir. Was ist es?«

Ich schüttelte den Kopf. »Nichts Schlimmes. Ich glaube, er kann sich zum ersten Mal vorstellen, dass ich eine Zukunft mit jemandem habe.«

Sebastian sah mir in die Augen. »Kluger Mann. Ich sehe es auch so. Hier ist deine Zukunft, Liebling.«

Hier ist deine Zukunft.

Liebling.

Ich ließ die Worte in mir nachklingen und genoss die Wärme in meiner Brust, die sich bis in meine Fingerspitzen und Zehen ausbreitete. Ich strahlte über das ganze Gesicht.

Sebastian lockte mich mit dem Finger. »Komm her, Smiley.«

Ich richtete mich auf und rutschte näher zu ihm.

Er legte seine Hände an meine Wangen, und seine Augen musterten mein Gesicht eine Weile, bevor er mich küsste. Die Emotionen kochten hoch, als wir uns aneinanderschmiegten. Ich verlor mich in dem Moment, bis eine Stimme uns jäh auf den Boden der Tatsachen zurückholte.

»Daddy …«

»Ich gehe jetzt wohl besser.«

Birdie war von einem Geräusch vor ihrem Fenster wach geworden und hatte uns beim Knutschen auf der Couch erwischt. Falls es sie verstört hatte, ließ sie es sich jedenfalls nicht anmerken. Sebastian brachte sie mit einem Keks dazu, wieder schlafen zu gehen, und als sie mich fragte, ob ich sie ins Bett bringen könne, tat ich es natürlich.

Sebastian stöhnte. »Ich hasse es.«

»Ich auch. Aber wir müssen uns vorbildlich verhalten.«

»Können wir es nicht so machen, dass du dich rausschleichst, bevor sie aufsteht?«

Ich gab ihm einen Kuss. »Sie ist ein cleveres Mädchen. Sie wird nicht lange brauchen, um dahinterzukommen.«

Sebastian ließ schmollend den Kopf hängen. »Na gut, ich rufe dir ein Taxi.«

»Danke.«

»Aber ich will eine Nacht mit dir, eine ganze! Ich will mit dir in meinen Armen einschlafen und gleich nach dem Aufwachen wieder in dich hineingleiten. Ich werde Magdalene fragen, ob sie bald mal hier übernachten kann.«

Ich lächelte. »Das würde mir gefallen.«

Ein paar Minuten später kam das Taxi, und Sebastian hielt mir die Haustür auf. Als ich hinausgehen wollte, ergriff er meine Hand. »Hey.«

Ich blieb stehen. »Ja?«

»Ich bin verrückt nach dir.«

Ich schmolz dahin. »Und ich bin verrückt nach dir.«

23. KAPITEL

Sebastian

Meine Tochter erwartete offenbar, Sadie anzutreffen, als sie am nächsten Morgen mit müden Augen in die Küche kam.

»Ist Sadie nicht hier?«, fragte sie.

Ich stellte meine Kaffeetasse ab. »Nein, Schatz, sie ist gestern Abend nach Hause gefahren.«

»Schade. Ich hatte gehofft, sie macht mir noch ein grünes Monster.«

»Der Shake hat dir wirklich geschmeckt, hm? Das hast du nicht nur aus Höflichkeit gesagt?«

»Nein, der war super!«

»Soll ich dir einen machen?« Ich zwinkerte ihr zu. »Ich glaube, ich kriege das hin.«

»Oh ja, bitte!«

Ich stand sofort auf. »Alles klar. Ein grünes Monster, kommt sofort!«

Birdie setzte sich auf einen Hocker an der Küchentheke. Sie machte einen nachdenklichen Eindruck.

»Alles in Ordnung?«, fragte ich, als ich den Mixer aus dem Schrank holte.

»Ich glaube, der Weihnachtsmann hat uns Sadie gebracht.«

Ihre Erklärung brachte mich komplett aus dem Konzept. Ich hielt überrascht inne.

»Wie bitte?«

»Ich habe dir das nie erzählt … aber im Juni habe ich angefangen, an den Weihnachtsmann zu schreiben.«

Da ich wusste, *wer* »der Weihnachtsmann« war, war mir fast unbehaglich zumute, als Birdie mir die ganze Geschichte nun erzählte. Sie berichtete mir von all ihren Briefen. Ich war mir nicht sicher, warum sie ausgerechnet jetzt damit herausrückte.

»Jedenfalls habe ich mir von ihm eine besondere Freundin gewünscht, und ich glaube, Sadie war sein letztes Geschenk für mich.«

»Warum bist du so sicher, dass es der Weihnachtsmann war … und kein glücklicher Zufall?«

»Na ja, Mommy hat an ihn geglaubt.«

Mommy?

»Was meinst du damit?«

»Ich habe nur deshalb an den Weihnachtsmann geschrieben, weil Mom immer die Briefe gelesen hat, die die Leute ihm geschrieben haben. So bin ich überhaupt darauf gekommen. Die Adresse habe ich in den Zeitungsausschnitten gefunden, die Mommy gesammelt hat.«

»Deine Mutter hat Artikel über Leute aufbewahrt, die an den Weihnachtsmann schreiben?«

»Ja. Du hast mir doch mal so einen alten Puppenkoffer gegeben, der Mommy gehört hat.«

»Was ist damit?«

»Da war die Mappe drin. Mit den ganzen Weihnachtsmannartikeln und so.«

Ich hatte keine Ahnung, wovon sie redete. »Hast du sie noch?«

Birdie nickte.

»Kann ich sie mal sehen?«

»Klar.« Sie lief in ihr Zimmer und kam mit einer prall gefüllten Pappmappe zurück. Sie war gut fünf Zentimeter dick und wurde von einem breiten Gummiband zusammengehalten.

Ich nahm sie verblüfft entgegen. »Warum hast du mir nicht erzählt, dass du sie gefunden hast?«

Sie schaute zu Boden. »Ich dachte, du wirst böse auf mich, wenn du von meinen Briefen an den Weihnachtsmann erfährst. Weil ich ja eigentlich nicht viel brauche, und das ist dann ja … habgierig. Ich wollte nur eine besondere Freundin für uns … und Socken für dich.«

»Ist schon gut, mein Schatz. Ich bin nicht böse auf dich. Spring doch schnell unter die Dusche, und zieh dich an, dann gehen wir mit dem Duke in den Park.«

»Okay, Daddy!«

Birdie verschwand, und ich starrte die Mappe lange an, ohne dahinterzukommen, was mir daran nicht gefiel. Was war schon dabei, dass Amanda einen Stoß Artikel über Briefe an den Weihnachtsmann aufbewahrt hatte? Sie hatte sie vermutlich gar nicht versteckt. Vielleicht war die Mappe zusammen mit anderen Unterlagen in dem Koffer gewesen, und als Amanda die Ordner herausgenommen hatte, um den Karton für etwas anderes zu verwenden, hatte sie die Mappe, die vermutlich ganz zuunterst lag, übersehen. Es gab garantiert eine logische Erklärung.

Aber das nagende Gefühl in meiner Magengrube blieb.

Ich versuchte es zu verdrängen, entfernte das Gummiband von der Mappe und öffnete sie. Mindestens hundert Zeitschriftenartikel waren darin gesammelt. Ich blätterte und stellte fest, dass die ersten zwanzig allesamt aus der Artikelreihe über die Weihnachtswünsche stammten. Amanda hatte anscheinend mehrere Jahre lang die Artikel aus den Monaten November und Dezember gesammelt. Sie war wohl ein großer Fan der Rubrik gewesen. Als ich weiterblätterte, entdeckte ich jedoch auch andere Artikel: ein paar Dutzend mit Make-up-Tipps, dann einen ganzen Schwung, der sich um Frauen in der Geschäftswelt drehte – um die Spielregeln der Büropolitik, die richtige Kleidung für die erfolgreiche Frau und solche Dinge. Amanda hatte nie viel Make-up benutzt, und sie hatte nie in einem Büro gearbeitet, daher kam mir die Sammlung ziemlich wahllos vor. Nicht alle Ausschnitte waren mit einem Datum versehen, aber bei manchen stand es am oberen Seitenrand. Die Artikel stammten tatsächlich aus mehreren Jahren. Aber warum hatte sie sie verwahrt? Und warum hatte sie mir nie davon erzählt?

Dann dämmerte es mir.

Make-up-Tipps.

Benimmregeln in der Geschäftswelt.

Briefe an den Weihnachtsmann.

Die Sammlung war keinesfalls wahllos. Alle Artikel hatten eines gemein.

Ich blätterte zurück und überprüfte die Autorennamen, auf die ich vorher nicht geachtet hatte. Bei den Weihnachtswünsche-Artikeln war nur der Weihnachtsmann angegeben.

Aber sämtliche anderen Artikel stammten von ein und derselben Autorin.

Von Sadie Bisset.

Und *nur* von ihr.

Was zur Hölle hat das zu bedeuten?

Birdie hatte mich dazu überredet, Sonntagnachmittag mit ihr und zwei Freundinnen zu einem Trampolinpark zu fahren. Sadie begleitete uns, und wir wollten danach in dem Restaurant Barking Dog auf der Upper East Side einkehren. Es war eins der wenigen Lokale in der Stadt, das für seine Hundefreundlichkeit bekannt war. Meine Tochter war allerdings enttäuscht, als ich ihr eröffnet hatte, dass der Duke nicht mitkommen konnte. Dieser verrückte Hund war noch nicht bereit für derlei Ausflüge. Und ich wusste ehrlich gesagt auch nicht, ob er sich jemals gut genug benehmen würde, um mit uns ein Restaurant besuchen zu können.

Sadie und ich tranken im Wartebereich Kaffee, während die Mädchen fröhlich Trampolin sprangen. Ich hatte schon auf eine Gelegenheit gewartet, ihr von den Zeitschriftenartikeln zu berichten, die ich entdeckt hatte. Ich wusste nicht, warum, aber ich konnte es nicht als Zufall abtun und einfach auf sich beruhen lassen.

»Stell dir vor, Birdie hat mir gestern von ihren Briefen an den Weihnachtsmann erzählt.«

»Oh. Wow. Freut mich, dass sie es dir endlich verraten hat. Ich hoffe, du konntest glaubhaft den Überraschten spielen.«

Ich nickte. »Sie hat nicht mal geahnt, dass ich davon wusste.«

»Gut.«

»Aber bei unserem Gespräch ist etwas sehr Interessantes zutage gekommen.«

»Oh? Was denn?«

»Sie hat gesagt, sie hat dir geschrieben, weil ihre Mutter die Weihnachtswünsche-Rubrik so mochte.«

Sadie fiel die Kinnlade herunter. »Ihre Mutter?«

Ich nickte. »Birdie hat deine Artikel in einer Mappe gefunden. Amanda hatte sie alle aufbewahrt.«

»Dann ist das Ganze hier …« – sie zeigte abwechselnd auf mich und sich – »… passiert, weil ihre Mutter ein Fan der Rubrik war?«

»Anscheinend.«

»Das ist schon kurios, findest du nicht auch? Deine vor vier Jahren verstorbene Frau ist im Grunde dafür verantwortlich, dass wir zusammengekommen sind.«

»Es kommt noch dicker.«

»Was meinst du?«

»In der Mappe waren noch viel mehr Artikel zu anderen Themen. Alle von dir geschrieben. Sie reichen bis in die Zeit zurück, als du bei der Zeitschrift angefangen hast. Annähernd jedenfalls. Amanda hat sie alle gesammelt.«

»Wow.« Sadie schüttelte den Kopf. »Ich … Das gibt's doch gar nicht!«

Ich weiß nicht, was ich erwartet hatte, aber ich beobachtete Sadies Gesicht ganz genau. Sie war wirklich überrascht – vielleicht sogar fassungsloser, als ich es am gestrigen Tag gewesen war.

»Nur Artikel von mir? Oder auch von anderen Autoren?«

»Nur deine. Unmengen davon.«

Sie zog die Augenbrauen zusammen. »Das verstehe ich nicht. Meinst du, sie war ein Fan von mir?«

Ich trank einen Schluck Kaffee. »Sieht so aus. Kommt das öfter vor? Hast du viele Fans, die deine Artikel sammeln?«

»Im Lauf der Jahre habe ich hin und wieder Fanbriefe bekommen von Leuten, die meine Artikel in der Zeitschrift mögen. Aber das ist doch nur ein merkwürdiger Zufall, oder?«

»Das habe ich auch gedacht.«

Wir verfielen in nachdenkliches Schweigen. Schließlich ergriff Sadie das Wort. »Deine Frau hat also alle meine Artikel gelesen und in einer Mappe aufbewahrt. Birdie hat diese Mappe gefunden, wodurch sie auf die Idee kam, mir zu schreiben. Und dass ich den Weihnachtsmann gespielt habe, hat mich zu deinem Haus geführt. Wo ich eine kleine Haarspange gefunden habe, wegen der ich mich dann als Hundetrainerin ausgegeben habe. Außerdem haben wir beide einen geliebten Menschen an den gleichen Krebs verloren.« Sie schüttelte den Kopf. »Ich habe noch nie gehört, dass das Schicksal so viele Türen öffnet, um zwei Menschen zusammenzuführen.«

Ich lächelte. Sie hatte recht. Es war Schicksal. Jetzt kam ich mir wie ein Idiot vor. Einen konkreten Verdacht hatte ich zwar nicht gehabt, aber ich hatte befürchtet, es könnte etwas Ungutes dahinterstecken, statt es einfach als Geschenk anzunehmen. Es mochte an meinen Erfahrungen liegen. Immer, wenn Amanda und ich glücklich gewesen waren, war irgendetwas passiert. Es war mir zur Gewohnheit geworden, stets auf die nächste Hiobsbotschaft zu warten. Ich musste endlich mit diesem Unsinn aufhören und mich über das freuen, was ich hatte, unabhängig davon, wie es zu mir gefunden hatte.

Ich griff über den Tisch und nahm Sadies Hand. »Heute hat das Schicksal sogar noch mal zugeschlagen.«

»Ach, du lieber Gott, was denn jetzt noch?«

»Als ich Melissa abgeholt habe – das Mädchen mit den blonden Locken, das wir mitgenommen haben –, fragte ihre Mutter, ob Birdie morgen mit ihnen zur Apfelernte aufs Land fahren möchte, weil ja Feiertag ist.«

Sadie zog die Augenbrauen zusammen. »Das ist ja schön und gut, aber ich verstehe nicht, was daran Schicksal sein soll – außer dass Birdie und ich morgen beide frei haben.«

Ich schüttelte grinsend den Kopf. »Die Fahrt dauert drei Stunden. Schicksal ist, dass sie wegen des Verkehrs schon um sechs Uhr aufbrechen wollen.«

»Okay … ich stehe immer noch auf dem Schlauch.«

»Weil sie so früh losfahren, hat Melissas Mutter gefragt, ob Birdie heute bei ihnen übernachten kann. Das wiederum bedeutet, dass ich fast vierundzwanzig Stunden allein bin.«

Sadies Augen leuchteten auf. »Oh, ach so. Ja, *das* klingt wirklich nach Schicksal.« Sie grinste. »Aber womit willst du dich nur so lange beschäftigen?«

Ich zog Sadies Stuhl näher zu mir. »Mit dir. Ich werde mich mit dir beschäftigen … immer und immer wieder.«

24. KAPITEL

Sadie

Es war Montagmorgen, und weil wir das Haus für uns hatten, waren wir ziemlich schnell außer Kontrolle geraten. Ich rechnete damit, dass Sebastian sich rechtzeitig ein Kondom überstreifen würde, doch das tat er nicht. Er wusste, dass ich die Pille nahm. Es war also kein Problem, aber bisher war er immer sehr gewissenhaft gewesen, was den zusätzlichen Schutz anging.

Es fühlte sich jedoch unglaublich gut an, ihn hüllenlos in mir zu haben. Das Gefühl war so intensiv, dass ich viel schneller kam als erwartet. Unsere Körper schienen vollkommen miteinander im Einklang zu sein, denn als mein Orgasmus anrollte, spürte ich, wie Sebastian erbebte. Wir bewegten uns im selben Rhythmus, während wir gleichzeitig zum Höhepunkt gelangten. Es gab nichts Schöneres für mich als das tiefe Stöhnen, das Sebastian dabei entfuhr. Es ging mir durch und durch.

»Sebastian!«, rief ich immer wieder. »Sebastian …«

Es war der beste Sex, den wir bisher gehabt hatten. Ich wusste nicht, ob es daran lag, dass wir uns mittlerweile so viel näherstanden. Ich wusste nur, dass ich mich noch nie in meinem Leben so mit einem Mann verbunden gefühlt hatte.

Er legte seinen Kopf in meine Halsbeuge. »Tut mir leid. Es hat sich so gut angefühlt. Ich hätte unterbrechen sollen.«

Ich kniff ihm in den Hintern. »Ist schon okay. Ich nehme doch die Pille.«

»Ich weiß.« Er atmete erleichtert aus. »Aber ich war noch nie so verantwortungslos. Du raubst mir wirklich den Verstand, Sadie.«

Überglücklich erwiderte ich seine Liebesbekundung mit einem strahlenden Lächeln.

»Was möchtest du heute gerne tun?«, fragte er. »Wir haben den ganzen Tag Zeit.«

Ehrlich gesagt wollte ich am liebsten gar nichts tun. Wir hatten schließlich nur selten Gelegenheit, einfach so in seinem Bett rumzuliegen.

»Können wir vielleicht noch ein bisschen liegen bleiben? Ich finde es toll, dass wir nicht aufspringen müssen und uns keine Sorgen darüber zu machen brauchen, erwischt zu werden.«

Er runzelte die Stirn. »Es tut mir leid, dass ich dich nicht die ganze Zeit hier bei mir haben kann.«

»Das ist okay. Tage wie heute machen das Zusammensein mit dir noch besonderer.«

Sebastian griff nach dem Bettlaken, um mich an sich zu ziehen. »Was soll ich bloß mit dir machen? Du haust mich total um, Sadie Mae.«

Ich kniff die Augen zusammen. »Sadie *Mae?* Wie kommst du denn darauf?«

Er lachte. »Das weiß ich auch nicht. ›Mae‹ passt einfach gut zu deinem Namen. Aber wie heißt du eigentlich mit zweitem Vornamen, wo wir gerade dabei sind?«

»Da kommst du nie drauf!«

»Sag schon, jetzt bin ich neugierig.«

»George.«

Sebastian machte große Augen. »Wirklich? Nach deinem Vater …«

»Genau. Meine Mutter fand es lustig, mich nach ihm zu benennen. Ist zwar nicht sehr weiblich, aber mir gefällt der Name.

Er ist nicht so alltäglich.« Ich grinste. »Und was ist dein zweiter Vorname?«

»Rocco.«

»Echt? Total schön. Woher stammt er?«

»Von meinem Großvater.«

»Cooler Name.«

Sebastian schob die Decke zur Seite, um meinen nackten Körper zu betrachten. Ich liebte es, wie er mich ansah.

Er schien über etwas nachzudenken. »Weißt du, die Tatsache, dass ich nicht an das Kondom gedacht habe, ist wirklich aufschlussreich. Normalerweise bin ich immer sehr verantwortungsbewusst. Meine Gedankenlosigkeit kommt wahrscheinlich zum Teil daher, dass ich mich mit dir so verdammt wohlfühle.« Er atmete tief durch. »Aber es tut mir leid, dass ich dich nicht vorher gefragt habe, ob es auch für dich okay ist.«

»Ich hätte dich aufgehalten, wenn ich es nicht gewollt hätte. Also ... wenn du möchtest, können wir zukünftig auch auf Kondome verzichten«, sagte ich augenzwinkernd.

»Ich denke, das würde mir gefallen ... ein bisschen zu sehr wahrscheinlich.« Sein Blick fiel auf die Narbe an meinem Bauch. Offenbar bemerkte er sie zum ersten Mal. Er strich mit dem Finger darüber. »Was ist das?«

Ich schaute an mir hinunter. Mein Puls beschleunigte sich, denn wenn ich ihm diese Geschichte erzählte, musste ich womöglich auch andere Dinge preisgeben.

»In meiner Jugend hatte ich einen Blinddarmdurchbruch. Ich musste notoperiert werden.«

»Scheiße. Das muss schrecklich gewesen sein.«

»Oh ja! Und es hat leider einiges nach sich gezogen.«

Ein besorgter Ausdruck erschien auf seinem Gesicht. »Inwiefern?«

»Das ist eine lange Geschichte.«

»Ich habe Zeit«, sagte er, legte den Arm um meine Hüfte und zog mich an sich.

Ich fragte mich, ob es nicht ein bisschen zu früh war, um dieses Thema anzusprechen. Doch im Grunde war jetzt die perfekte Gelegenheit. Es hatte schon ein bisschen an mir genagt, dass Sebastian es nicht wusste. Ich glaubte nicht, dass er mich verurteilen würde, aber ungeachtet dessen hatte ich das Gefühl, es ihm sagen zu *müssen*. Und da wir gerade darauf kamen, gab es wohl keinen günstigeren Zeitpunkt.

Ich atmete tief durch. »Ein paar Jahre nach der Operation – da ging ich auf die zwanzig zu –, bekam ich plötzlich Schmerzen. Ich ging zur Ärztin und dort stellte sich heraus, dass sich infolge des Blinddarmdurchbruchs Narbengewebe gebildet hatte, das meine Eileiter verklebte. Das bedeutet im Wesentlichen, dass es unter Umständen schwierig für mich sein könnte, schwanger zu werden.«

Seine Miene verdüsterte sich. »Sie konnten nichts für dich tun?«

»Doch, ich wurde operiert, aber sie konnten das Narbengewebe nicht vollständig entfernen. Es gibt also keine Garantie. Mir wurde gesagt, sie könnten sich später wieder verkleben. Möglicherweise werde ich gar keine Probleme haben, aber damals habe ich mir wirklich große Sorgen darüber gemacht, eines Tages nicht schwanger werden zu können, wenn ich dazu bereit bin. Meine Ärztin wusste, wie sehr es mir zu schaffen machte. Deshalb schlug sie mir vor, meine Eizellen aufzubewahren. Für den Fall, dass ich später nicht auf natürliche Weise schwanger werden könnte, stünden mir junge gesunde Eizellen für eine künstliche Befruchtung zur Verfügung.«

Sebastian blinzelte mehrmals, während er die Informationen verarbeitete.

»Du hast also Eizellen einfrieren lassen …«

»Ja, aber …« Jetzt kam der schwierige Teil. Ich hatte mit keinem der Männer, mit denen ich bisher zusammen gewesen war, darüber gesprochen. »Kurz vor dem Eingriff musste ich daran denken, was meine Mutter durchgemacht hat, als sie ihre Empfängnisfähigkeit durch den Krebs verlor und sich um eine Adoption bemühte. Letzten Endes ist ja alles gutgegangen, weil sie mich bekommen hat. Aber nicht jeder hat so viel Glück wie wir. Es war schon lange mein Wunsch, etwas Besonderes zum Gedenken an sie zu tun, und da kam mir eine Idee … weil ich mir ja ohnehin Eizellen entnehmen lassen wollte.« Ich schluckte und fuhr fort. »Meine Ärztin ging davon aus, ziemlich viele Eizellen entnehmen zu können, weil ich jung und gesund war. Und da dachte ich, ich sollte die Gelegenheit nutzen, um ein paar davon einer hilfsbedürftigen Familie zu spenden, zum Gedenken an meine Mutter.«

Seine Augen weiteten sich. Ich konnte nicht abschätzen, was er dachte. Deshalb fuhr ich rasch fort. »Es hat mir das Gefühl gegeben, nicht nur etwas für mich zu tun, für eine zukünftige Schwangerschaft, sondern auch jemandem zu helfen.«

»Wow. Das war … auf jeden Fall eine achtbare Entscheidung, wenn man bedenkt, wie jung du warst.«

»Ja. Ich meine, ich hätte es sicher kein zweites Mal getan. Ich dachte, wenn ich schon da durchmuss, ist es der richtige Zeitpunkt, um so eine Entscheidung zu treffen. Deshalb bin ich über meinen Schatten gesprungen.« Ich schüttelte den Kopf. »Ich weiß gar nicht, warum ich dir das gerade jetzt erzähle. Es ist einfach … Du hast mich nach der Narbe gefragt, und ich hatte das Gefühl, es ist der richtige Zeitpunkt, um es dir zu sagen.« Ich sah ihm in die Augen. »Ich hoffe, du denkst wegen dieser Entscheidung jetzt nicht anders über mich.«

Die Sekunden, die verstrichen, bevor er etwas sagte, waren qualvoll.

Dann legte er die Hände um mein Gesicht. »Ich würde dich nie wegen einer Entscheidung verurteilen, mit der du jemand anderem geholfen hast. So etwas darfst du nicht denken. Es ist natürlich … überraschend, aber es ändert nicht meine Meinung über dich, Sadie. Ganz im Gegenteil, ich bewundere dich noch mehr.«

Ich atmete erleichtert auf. Warum ich vorher solche Befürchtungen gehabt hatte, wusste ich nicht. Im Grunde hätte ich es genauso gut für mich behalten können, dann hätte er nie von der Entscheidung erfahren, die ich vor vielen Jahren getroffen hatte. Aber innerlich hätte es mich gequält, nicht zu wissen, wie er darüber dachte oder ob es etwas an seiner Meinung über mich geändert hätte.

»Und sind diese Eizellen dann an verschiedene Leute gegangen?«

»Nein, das wollte ich nicht. Ich wollte, dass sie alle an eine hilfsbedürftige Frau gehen, an eine Krebsüberlebende wie meine Mutter. Und ich wollte nicht wissen, wer die Empfängerin war. Es war mir wichtig, keinen Kontakt zu ihr zu haben. Ich wollte nur helfen. Deshalb habe ich darauf geachtet, dass alles anonym bleibt. Bis heute habe ich keine Ahnung, ob etwas … ob ein Baby daraus entstanden ist.«

»Wow. Okay.« Er drückte mich. »Danke für dein Vertrauen. Mir ist klar, dass du es mir nicht sagen musstest.« Dann starrte er nachdenklich vor sich hin.

Wir lagen noch eine Weile schweigend beieinander – bis Sebastian plötzlich aus dem Bett sprang und fragte: »Wie wär's, wenn ich uns etwas zum Mittagessen bestelle?«

Ich richtete mich auf. »Das klingt großartig.«

»Geh doch inzwischen duschen, und ich hole das Essen ab, damit es bereitsteht, wenn du fertig bist.«

Ich lächelte und kroch aus den Federn. »Okay.«

Als ich aus dem Bad kam und das thailändische Essen auf dem Tisch stand, wirkte Sebastian zu meiner Überraschung verärgert. »Ich muss ins Restaurant. Der Koch hat sich krankgemeldet, und seine Vertretung hat noch nie bei uns gearbeitet. Ich muss nach dem Rechten sehen und mich vergewissern, dass er klarkommt.«

»Oh nein! Passiert so etwas oft?«

»Bisher nur ein paarmal. Letzten Endes hat es bisher immer geklappt, aber es ist nervenaufreibend.«

Das war echt schade.

»Okay … äh … kann ich irgendetwas tun?«

»Birdie wird nicht so bald zurück sein. Du kannst hierbleiben oder nach Hause fahren. Wie du möchtest.«

»Rufst du mich an, wenn ich mich um sie kümmern soll, falls du nicht rechtzeitig wieder hier sein kannst?«

»Auf jeden Fall! Danke für das Angebot.«

Als er gegangen war, fragte ich mich unwillkürlich, ob hinter seinem eiligen Aufbruch mehr steckte als die Geschichte, die er mir erzählt hatte. Es war wahrscheinlich paranoid und albern, aber ich hatte den Eindruck gehabt, die Stimmung hätte sich komplett verändert, nachdem ich Sebastian von meiner Eizellenspende berichtet hatte. Gut, das Thema konnte einen ziemlich aufwühlen. Ich hatte in den Nachrichten Reportagen über Samenspender gesehen, die Jahre später von ihren Kindern aufgespürt wurden. Ein Typ hatte rund zwanzig Kinder gezeugt. Meine Situation war natürlich völlig anders. Ich hatte es nicht für Geld getan. Ich hatte meine Mutter ehren und einer Familie helfen wollen. Trotzdem, vielleicht war es eine verzögerte Reaktion auf mein Geständnis gewesen.

Wie auch immer, wahrscheinlich interpretierte ich einfach viel zu viel hinein. Ich bemühte mich, die Sache für den Rest des Tages aus meinem Kopf zu verdrängen.

25. KAPITEL

Sebastian

Es war absurd.

Oder?

Es wäre absolut verrückt, so etwas zu vermuten.

Nach Sadies Eröffnung hatte es eine Weile gedauert, bis mein Hirn die wilde Theorie entwickelt hatte. Zuerst war ich erschüttert gewesen, als ich hörte, was sie durchgemacht hatte und wie sie in so jungen Jahren dazu gekommen war, die mutige Entscheidung zu treffen, ihre Eizellen einfrieren zu lassen. Doch als das Stichwort Eizellenspende gefallen war, hatten bei mir sämtliche Alarmglocken geschrillt.

Die Gedankenkette, die diese Information bei mir in Gang gesetzt hatte, war schwer nachvollziehbar. Und doch … wie sollte ich die möglichen Zusammenhänge ignorieren? Es war sehr wahrscheinlich, dass das Ganze nur ein großer Zufall war. Aber wenn nicht?

Ich saß in einem Café gleich um die Ecke von meinem Restaurant und raufte mir die Haare. Ich hatte nicht die geringste Ahnung, was ich tun sollte. Ich hatte ein schlechtes Gewissen, weil ich Sadie angelogen hatte, was die Lage im Bianco's betraf, aber ich musste allein sein, um das alles zu verarbeiten. Wäre ich geblieben, hätte sie mir sicherlich etwas angemerkt.

Denk nach.

Denk nach.

Denk nach.

Okay. Wir wussten nicht viel über unsere Spenderin, sondern hatten lediglich ein paar Auskünfte über ihr Aussehen, ihren Gesundheitszustand und allgemeine Hintergrundinformationen bekommen. Aber … uns war auch gesagt worden, dass die Eizellen von einer Frau kamen, die sie unentgeltlich gespendet hatte, um einer Familie zu helfen. Das konnte natürlich ebenso gut Zufall sein. Aber die Artikel? Warum hatte Amanda sie aufbewahrt? Und wie hatte sie den Namen der Spenderin herausfinden können? Das Verfahren lief angeblich anonym ab. Und warum hatte sie es mir nicht gesagt, wenn sie wie auch immer dahintergekommen war? Wozu hatte sie die Artikel gesammelt und nichts weiter unternommen? Was hatte ihr das gebracht?

Vielleicht hatten sie Amanda einfach gefallen.

Vielleicht war das alles ein riesiger Zufall.

Vielleicht sollte ich es einfach auf sich beruhen lassen.

Vor allem sollte ich vergessen, dass ich überhaupt in diese Richtung gedacht hatte. Aber wie? Wie sollte ich mich von diesen Gedanken verabschieden, ohne zu wissen, ob es einen Zusammenhang gab?

Und wenn sich nun herausstellte, dass Birdie aus Sadies Spendereizellen entstanden war? Sadie hatte nie erfahren wollen, an wen ihre Spende gegangen war. Da war es nicht fair, ihr das Wissen aufzubürden. Es wäre eine Verletzung ihrer Privatsphäre. *Mein Gott. Was für eine verrückte Geschichte!*

Ich zog schweißgebadet meine Jacke aus und stützte den Kopf in die Hände. Ohne einen Beweis konnte ich Sadie auf keinen Fall auf das Thema ansprechen. Ich hatte einmal erwähnt, dass Amanda und ich Hilfe in Anspruch nehmen mussten, um schwanger zu werden, aber sie wusste nicht, dass wir wegen der Krebstherapie Spendereizellen bekommen hatten. Und wenn ich es ihr sagen würde, was dann? Dann würde sie sich die gleichen Fragen stellen, die ich mir jetzt stellte. Also *mussten* wir uns irgendwann damit auseinandersetzen.

Hätte Amanda die Artikel nicht aufbewahrt, wäre ich nicht argwöhnisch geworden, aber die ganze Sache war zu verdächtig, um sich nicht damit zu befassen. Doch solange ich nicht hundertprozentige Gewissheit hatte, durfte ich Sadie nicht in Unruhe versetzen. Ich musste zuerst einen Weg finden, um mir Klarheit zu verschaffen.

»Warum schaust du mich so komisch an, Daddy?«

Ich hatte nicht gemerkt, dass ich meine Tochter angestarrt hatte, als sie mir am folgenden Abend gegenübersaß und ihre Nudeln aß. Den ganzen Tag hatte ich nach Ähnlichkeiten zwischen ihr und Sadie gesucht. Sie hatten beide blonde Haare, aber Birdie hatte mein Gesicht. Sie sah aus wie ich, und ihre Gesichtszüge lieferten mir keine besonderen Hinweise.

»Ich denke nur daran, wie hübsch du bist«, antwortete ich. »Und wie glücklich ich mich schätzen kann, dich zu haben. Das ist alles.«

»Oh.« Sie wickelte eine kleine Portion Spaghetti auf ihre Gabel. »Wann kommt Sadie eigentlich wieder zu uns?«

»Heute nicht, Schatz. Aber hoffentlich bald. Magdalene kommt später her, um auf dich aufzupassen, damit ich Sadie besuchen kann.«

»Warum kann sie nicht zu uns kommen?«

Darauf hatte ich keine gute Antwort.

»Wir können diese Woche irgendwann hier zusammen abendessen, okay?«

Sie zuckte die Achseln. »Okay.«

Mehrere Minuten vergingen, dann sprach sie mich erneut an.

»Dad …?«

Ich tauchte aus meinen Gedanken auf. »Was ist, meine Kleine?«

»Du schaust mich schon wieder so komisch an.«

Ich seufzte. »Ja, das mache ich, nicht wahr?«

Birdie ahnte bereits, dass etwas nicht stimmte, und ich musste aufpassen, mich bei Sadie nicht zu verraten. Am Ende starrte ich sie auch so an! Das durfte nicht passieren. Bei meinem Besuch heute Abend musste ich mich zusammenreißen.

Nach Magdalenes Ankunft fuhr ich, so schnell ich konnte, zu Sadie.

Als sie die Tür öffnete, schloss ich sie augenblicklich in die Arme und drückte sie fest. Denn mir lag verdammt viel an dieser Frau, wie auch immer die Wahrheit aussah. Ich wollte sie keinesfalls kränken oder verletzen. Schließlich hatte sie ihre Entscheidung damals aus reiner Herzensgüte getroffen.

»Wofür ist das?«

»Ich bin einfach verrückt nach dir«, murmelte ich in ihre Halsbeuge. »Und ich möchte mich dafür entschuldigen, dass ich unser Zusammensein gestern so abrupt beenden musste.«

»Dafür musst du dich nicht entschuldigen. Du hast so viel um die Ohren. Es wundert mich ehrlich gesagt, wie du das alles geregelt kriegst.«

Ich zog den Kopf zurück, um ihr in die Augen zu sehen. »Weißt du, Sadie, bevor es dich gab, hab ich einfach mechanisch alles abgewickelt, was zum Leben dazugehört, ohne etwas zu haben, worauf ich mich freuen konnte. Wenn man jemanden an seiner Seite hat – jemanden, der einem Freude bringt –, ist es wesentlich leichter, mit allem klarzukommen. Du bereicherst mein Leben, das darfst du nie infrage stellen. Wir sind zwar noch nicht sehr lange zusammen, aber ich war seit ewiger Zeit nicht mehr so glücklich wie jetzt.«

Ihr kamen die Tränen. »Du musst so was nicht sagen, um mich ins Bett zu kriegen. Das weißt du, oder?« Sie gab mir einen liebevollen Klaps auf die Schulter. »Trotzdem danke, dass du es gesagt hast, ehrlich! Es ist so ein Glück, dass ich dir begegnet bin. Mir fällt zum ersten Mal seit Langem nichts ein, was ich an meinem Leben ändern würde.«

Ich umfing ihr Gesicht mit den Händen, küsste sie auf den Mund und schloss die Augen, um das Spiel unserer Zungen zu genießen. Ich wollte ebenso wenig, dass sich etwas änderte. Alles war perfekt, wie es war – ohne irgendwelche Erkenntnisse, die meine und ihre Welt auf den Kopf stellen könnten.

Aus einem Impuls heraus hob ich Sadie hoch, trug sie in ihr Schlafzimmer und legte sie aufs Bett. Ohne zu zögern, öffnete sie meinen Gürtel und warf ihn zur Seite. Mein Schwanz sprang hervor, als ich meine Hose und die Boxershorts nach unten schob. Kaum hatte ich mich über sie gebeugt, spreizte sie die Beine, und ich war in ihr.

Der Sex mit Sadie war jedes Mal anders – manchmal stürmisch, dann wieder langsam und sinnlich. Diesmal war es pure Leidenschaft, eine Manifestation meiner Worte. Ihre Hitze direkt an meinem bloßen Schwanz zu spüren, war fast zu viel für mich. Schon nach wenigen Minuten verlor ich die Kontrolle und ergoss mich früher in ihr als beabsichtigt.

»Verdammt, tut mir leid«, sagte ich, während ich mich weiter in ihr bewegte.

Das Gefühl, wie sich ihre Muskeln Sekunden später um meinen Penis zusammenzogen, war unbeschreiblich. Es gab nichts Schöneres, als ihren Orgasmus zu spüren.

»Was habe ich nur gemacht, bevor du in mein Leben gekommen bist?«, murmelte ich, ohne mich von ihr zu lösen.

»Ich hoffe, du musst dich nie wieder daran erinnern«, entgegnete sie lächelnd.

Wir hielten einander lange in den Armen, und Sadie schlief irgendwann ein. Sie hatte wohl einen langen Tag gehabt. Ich hatte geplant, gegen elf heimzufahren und Magdalene von einem Taxi nach Hause bringen zu lassen.

Inzwischen war es neun Uhr, und ich hatte keine Ahnung, wie lange Sadie schlafen würde. Es war womöglich die einzige Gelegenheit für mich, etwas zu tun, das ich tun musste, obwohl es sich völlig falsch anfühlte und mir extrem widerstrebte.

Ich erhob mich langsam und vorsichtig aus dem Bett, ging in ihre Küche und sah mich um. Ich fand eine Packung Ziplock-Beutel und nahm zwei heraus.

Dann schlich ich leise in Sadies Badezimmer und tütete ihre Zahnbürste ein. Ich öffnete die Schublade unter dem Waschbecken, zog ein paar Haare aus ihrer Bürste und steckte sie in die andere Tüte. Nach meinem Verständnis waren für einen DNA-Test ganze Haare mit Wurzel nötig, und ich wusste nicht, ob meine Proben ausreichen würden, hoffte aber, dass zumindest die Zahnbürste verwertbar war.

Herrgott.

Was mache ich hier?

Ich kam mir vor wie ein Dieb.

Ein paar Haare und eine gebrauchte Zahnbüste hatten zwar keinen finanziellen Wert, aber was ich getan hatte, war trotzdem Diebstahl. Ich hatte Sadies Privatsphäre verletzt, und seitdem ging es mir beschissen.

Ich stand im Foyer des Postamtes, lehnte mich mit hängendem Kopf gegen die Wand und atmete zittrig aus. Ich hatte eben die DNA-Proben für den Test weggeschickt und sah mich nicht in der Lage, nach Hause zu gehen. Ich hatte ein gewaltiges Wummern im Schädel, ein Engegefühl in der Brust und ein flaues Gefühl in der Magengrube. Normalerweise nahm ich bei Kopfschmerzen Ibuprofen, aber ich hatte keine Linderung verdient. Ich war ein Stück Scheiße, das sich zu Recht miserabel fühlte.

Obwohl ich mein Verhalten mit Abscheu betrachtete, hatte ich als Erster vor dem Postamt gestanden, als es am Morgen aufgemacht hatte.

Sadie hatte gesagt, sie habe nie erfahren wollen, wer die Empfängerin ihrer Eizellenspende war. Sie hatte sich vor dem Eingriff vergewissert, dass alles anonym ablaufen würde. Und sie hatte vermutlich auch keinen Kontakt zu ihren leiblichen Eltern gehabt. Zumindest hatte sie es nie erwähnt. Daher war ich ziemlich sicher, dass sie nicht wissen wollte, ob sie irgendwo da draußen ein Kind hatte.

Aber ich *musste* es wissen.

Und außerdem, wie groß war die Wahrscheinlichkeit, dass Sadie tatsächlich unsere Spenderin war? Die Kinderwunschklinik hatte uns nicht einmal gesagt, aus welchem Bundesstaat die Frau stammte. Ich wusste nur, dass sie US-Bürgerin war. Es gab mehr als dreihundert Millionen Menschen in diesem Land. Da waren die Aussichten auf einen Lottogewinn wesentlich größer. Sadie würde mich wahrscheinlich für verrückt halten, die Möglichkeit überhaupt in Erwägung zu ziehen – dreihundert Millionen Menschen, und meine Tochter schrieb *zufällig* einen Brief an ihre leibliche Mutter. Je länger ich darüber nachdachte, desto klarer wurde mir, dass ich wirklich nicht ganz dicht war, wenn ich es ernsthaft in Betracht zog.

Merkwürdigerweise hatte ich mich in all den Jahren kein einziges Mal gefragt, wer die leibliche Mutter meiner Tochter sein könnte, obwohl ich gewusst hatte, dass sie irgendwo da draußen existierte. In den letzten vierundzwanzig Stunden hatte ich allerdings viel darüber nachgedacht. Warum war ich jetzt so erpicht darauf, es zu erfahren, nachdem es mich vorher kein bisschen interessiert hatte? Die Antwort lag auf der Hand: weil es um Sadie ging. Aber was erhoffte ich mir von dem Testergebnis?

Wünschte ich mir, dass Sadie Birdies leibliche Mutter war?

Oder wollte ich doch lieber wieder zurück in die Unwissenheit?

Diese Fragen machten mir am meisten zu schaffen. Ein Teil von mir wünschte sich, dass Sadie Birdies Mutter war, auch wenn ich es nur schwer zugeben konnte. Meine Tochter hatte ihre Mutter in so jungen Jahren verloren, und ich hätte alles dafür getan, sie ihr zurückbringen zu können. Aber würde ich so weit gehen, die Frau, die ich liebte, dazu zu zwingen, ein Kind anzuerkennen, von dem sie niemals erfahren wollte?

Ich stutzte.

Die Frau, die ich liebte.

Liebte ich Sadie?

Ich ließ die Schultern hängen, stieß einen tiefen Seufzer aus und gab mich geschlagen.

Verdammt.

Ja, ich liebte sie.

Ich war ihr verdammt noch mal restlos verfallen.

Großartig. Einfach großartig. Ich hinterging die Frau, die ich liebte.

Ich würde es mir niemals verzeihen, ganz sicher nicht. Aber das war okay. Ich hatte es verdient, für meine Dreistigkeit zu leiden. Das stand außer Frage. Wichtiger war allerdings, ob Sadie mir jemals verzeihen konnte.

26. KAPITEL

Sadie

Sebastian hatte sich in den letzten Tagen irgendwie merkwürdig verhalten.

Er war stiller als sonst und machte einen zerstreuten Eindruck. Heute hatte ich für ihn und Birdie gekocht, und dann waren wir mit Marmaduke in den Hundepark gegangen. Wie üblich hatte Birdie pausenlos geredet und uns mit Geschichten aus der Schule unterhalten. Aber nachdem sie ins Bett gegangen war, machte sich deutlich bemerkbar, dass er mit den Gedanken ganz woanders war.

Ich erzählte ihm von einem Artikel, an dem ich arbeitete und für den ich Männer und Frauen zu ihrem gemeinsamen Blind Date interviewte. Ich stellte ihnen dieselben Fragen, um herauszufinden, ob ihre Antworten unterschiedlich ausfielen. Es kam schließlich häufig vor, dass der eine dachte, eine Verabredung wäre großartig gelaufen, während es für den anderen ein kompletter Reinfall gewesen war. Nachdem ich gut zehn Minuten herumgeschwafelt hatte, sagte mir mein Bauchgefühl, dass Sebastian kein Wort gehört hatte. Er hatte seinen Blick zwar auf mich gerichtet, aber er sah glatt durch mich hindurch. Deshalb beschloss ich zu testen, wie viel er überhaupt mitbekam.

»Tja …«, sagte ich. »Wir haben gedacht, es könnte lustig sein, die Interviews nackt durchzuführen. Um den Artikel interessant zu gestalten und so, du weißt schon.«

Ich hielt inne und wartete auf eine Reaktion. Sebastian blinzelte ein paarmal, und ihm schien zu dämmern, dass er mit Reden dran war.

»Oh, das klingt großartig.«

Ich runzelte die Stirn. »Ja, einfach super. Ich schlafe auch höchstens mit zwei, drei Männern. Du musst dir also keine Sorgen machen.«

Er begann zu nicken. »Okay, großartig … Moment … Was hast du gerade gesagt?«

»Oh, hi Sebastian! Freut mich, dass du in das Gespräch einsteigst.«

»Wovon redest du?«

Ich verdrehte die Augen. »Ich rede davon, dass du mir in der letzten halben Stunde gar nicht zugehört hast. Du bist überhaupt nicht bei der Sache. Was ist los? Ist alles in Ordnung?«

Er schaute auf den Boden. »Ja, alles okay. Mir geht nur eine Menge durch den Kopf.«

»Zum Beispiel?«

Er wich meinem Blick konsequent aus. »Ich … äh … Ich habe noch keinen neuen Geschäftsführer für das Restaurant gefunden.«

Ich wusste, dass er dummes Zeug redete. »Sieh mich an.«

Er folgte meiner Aufforderung.

»Und was sonst noch?«, fragte ich. »Ich habe den Eindruck, es geht nicht nur um die Arbeit.«

Sebastian konnte mir nicht lange in die Augen sehen. Er war kein guter Lügner. Seit ihm meine Blinddarmnarbe aufgefallen war, benahm er sich sonderbar. Und das kam sicher nicht von ungefähr. Meinem Empfinden nach hatte sein Stimmungswechsel etwas mit dem Gespräch über meine Eizellenspende zu tun. Und ehrlich gesagt hatte ich seitdem auch ständig daran denken müssen.

Ich nahm seine Hand. »Beschäftigt dich das, was ich dir neulich erzählt habe? Das mit der Eizellenentnahme und der Spende?«

Sebastians Augen weiteten sich, doch er wandte den Blick rasch wieder ab und schüttelte den Kopf.

Er wollte es zwar nicht zugeben, aber seine Reaktion bestätigte meinen Verdacht. Im vergangenen Jahr hatte ich einen Artikel mit dem Titel »Partnersuche – was gar nicht geht« geschrieben, für den ich ein paar hundert Singlemänner und -frauen dazu befragt hatte, unter welchen Umständen sie keine Beziehung mit jemandem anfangen würden, den sie ansonsten mochten. Beide Seiten hatten unter anderem gesagt, dass unterschiedliche religiöse Überzeugungen ein Hinderungsgrund sein könnten. Ich wusste, dass Sebastian katholisch war, und die katholische Kirche war gegen In-vitro-Fertilisation, also war es vielleicht das. Oder es hatte ihn geschockt, dass ich meine Eizellen einer Unbekannten gespendet hatte.

»Hast du … religiöse Einwände gegen künstliche Befruchtung?«

Sebastian zog die Augenbrauen zusammen. »Religiöse Einwände? Was? Nein. Natürlich nicht.«

»Was ist es dann? Seit wir darüber gesprochen haben, bist du nicht mehr du selbst.«

Er seufzte und schloss mich in die Arme. »Es tut mir leid. Ich wollte dir nicht das Gefühl geben, etwas Falsches gesagt oder getan zu haben. Ich denke, es war eine bewundernswerte Entscheidung, deine Eizellen einfrieren zu lassen und einige davon zum Gedenken an deine Mutter zu spenden.«

Ich sah ihm in die Augen. »Wirklich? Bist du sicher?«

Er nickte. »Es war eine selbstlose Tat. Diese Geschichte hat mir einmal mehr bestätigt, dass du einer der mitfühlendsten und großherzigsten Menschen bist, denen ich je begegnet bin.«

Ich stieß einen Seufzer aus. »Ich bin unheimlich froh, dass du so empfindest. Ich habe wirklich befürchtet, du würdest deswegen schlecht von mir denken.«

»Warum sollte ich deswegen schlecht von dir denken?«

»Ich weiß nicht. Ich hatte Angst, es könnte dich befremden, dass ich meine Eizellen weggegeben habe, aus denen inzwischen womöglich Kinder entstanden sind.« Ich schüttelte den Kopf. »Es könnten wahrhaftig Kinder von mir da draußen existieren, mit denen ich nichts zu tun habe.«

Sebastian schwieg einen Moment, dann sagte er: »Und wenn du … wo diese Gentests heutzutage schließlich völlig normal sind … wenn du herausfinden würdest, dass du ein Kind da draußen hast? Würdest du es kennenlernen wollen?«

Ich schüttelte den Kopf. »Ich weiß nicht. Ich schätze, ich würde es dem Kind überlassen. Ich selbst wollte meine leiblichen Eltern nie kennenlernen. Viele Adoptivkinder haben das Gefühl, von ihren leiblichen Eltern verlassen worden zu sein, und nehmen es ihnen übel, aber bei mir ist es anders. Ich sehe seltsamerweise keinen Zusammenhang zwischen der Entscheidung meiner Mutter und mir. Sie wussten noch gar nicht, wer ich bin, deshalb nehme ich es nicht persönlich. Ich würde jedoch niemandem Vorwürfe machen, der anders empfindet. Also, falls aus einer meiner kleinen Eizellen ein Mensch geworden ist und er mich kennenlernen will, wäre ich wohl damit einverstanden. Aber die Entscheidung muss in jedem Fall das Kind treffen, wenn es alt genug dazu ist, und nicht ich.«

Sebastians Miene war ernst. »Du bist ein wunderbarer Mensch, Sadie.«

Ich lachte. »Ach, geht so. Aber ich fühle mich immer noch gut mit meiner Entscheidung von damals. Deshalb bin ich erleichtert, dass ich dich nicht damit schockiert habe. Nur wenn das nicht das Problem ist, dann wüsste ich gern, was dir wirklich zu schaffen macht.«

Sebastian schüttelte den Kopf. »Nichts, gar nichts. Aber du hast recht, ich war in den letzten Tagen nicht ich selbst, und das tut mir leid. Ich wollte dir keine Sorgen bereiten.«

»Ist schon okay. Wir haben alle unsere Höhen und Tiefen. Ich hoffe nur, du weißt, dass ich für dich da bin, wenn du etwas auf dem Herzen hast. Egal was.«

Sebastian sah mir tief in die Augen. »Ich weiß. Deshalb bin ich ja so verrückt nach dir.«

Ich lächelte. »Und ich bin verrückt nach dir.«

Danach schien sich alles wieder zu normalisieren, obwohl Sebastian ohne Geschäftsführer noch mehr arbeiten musste als sonst. Es war verständlich, dass ihn die Situation belastet hatte. Da er so beschäftigt war, hatte ich angeboten, öfter auf Birdie aufzupassen, damit Magdalene keine achtzig Wochenstunden arbeiten musste. Heute war ich direkt aus dem Büro hergekommen. Ich hatte uns ein Bastelset mitgebracht, weil Freitag war und Birdie etwas länger aufbleiben durfte. Wir saßen nach dem Essen am Tisch und machten Freundschaftsbändchen. In der Packung war genug Material für zehn davon. Birdie war bei ihrem zweiten und konnte schon richtige Muster flechten.

»Wow, das sieht toll aus!«, sagte ich.

»Das ist für meine beste Freundin.«

Ich lächelte. »Sie ist ein Glückspilz. Als ich in deinem Alter war, haben alle an meiner Schule Freundschaftsbändchen mit Sicherheitsnadeln und Perlen geknüpft, um sie an die besten Freunde zu verschenken. Ich habe auch eins für meinen Freund Darren gemacht. Er wohnte nebenan, und wir haben jeden Tag nach der Schule zusammen gespielt.«

Birdie lachte. »Du hattest keine beste Freundin, sondern einen besten Freund?«

»Tja, das dachte ich jedenfalls. Aber als ich in der Schule zu ihm gegangen bin, um es ihm zu schenken, war er mit seinen anderen Freunden zusammen und hat sich total komisch verhalten. Er hat es in die Hosentasche gesteckt und so getan, als wüsste er nicht, warum ich es ihm geschenkt habe. Anscheinend war es uncool für Jungen, mit Mädchen befreundet zu sein, und ich war die Einzige, die das nicht wusste.«

»Warst du traurig?«

Ich nickte. »Ziemlich. Als er in den nächsten Tagen rüberkam und mit mir spielen wollte, habe ich ihn weggeschickt. Aber dann war er es wohl leid, niemanden zum Spielen zu haben, denn eine Woche später hat er das Freundschaftsbändchen in der Schule getragen. Wir haben nie darüber geredet, aber ich habe wieder mit ihm gespielt.«

»Das erste, das ich gemacht habe, schenke ich Jonathan.«

»Oh? Ist er dein bester Freund?«

»Nein, aber Suzie Redmond mag ihn, und er hat Brendan Andrews gesagt, dass er sie nicht mag, weil er mich mag.«

Oh wow. Jungs? War es schon so weit? Sie war erst zehn! »Magst du … Jonathan denn auch?«

Birdie zog ihre süße Stupsnase kraus. »Ach was!« Sie zuckte mit den Schultern. »Außerdem hat Daddy sowieso gesagt, ich darf Jungen erst mögen, wenn ich dreißig bin.«

Ich schmunzelte. Das klang ganz nach Sebastian. Und ich musste verrückterweise zugeben, dass er in diesem Punkt vielleicht sogar recht hatte.

»Kann ich dich was fragen, Sadie?«

»Natürlich. Alles.«

»Mein Dad ist dein Freund, oder?«

»Ja, ich denke schon. Warum fragst du?«

»Also … wenn Dad dein Freund ist und ich dich Sadie nenne, wie würde ich dich dann nennen, wenn ihr eines Tages heiratet?«

Ich erstarrte. »Hmm. Wir werden nicht so bald heiraten.«

»Ich weiß. Aber wenn, wie würde ich dich dann nennen? Würde ich weiter Sadie zu dir sagen?«

Gott, ich hatte keine Ahnung, wie die richtige Antwort auf diese Frage lautete. »Das weiß ich nicht, Süße. Ich denke, wir würden uns zu dritt hinsetzen und darüber reden. Und es würde wahrscheinlich darauf hinauslaufen, dass du es so machst, wie es dir am besten gefällt.«

»Aber du wärst dann meine Mom, oder?«

Mir wurde schwer ums Herz. *Das* war der Grund, warum ich mich von Anfang an so verbunden mit Birdie gefühlt hatte. Ich wusste, wie es war, sich nach einer Mutter zu sehnen.

»Nun, deine Mom wird immer deine Mom bleiben. Streng genommen wäre ich deine Stiefmutter, wenn wir heiraten würden. Aber ich muss nicht mit deinem Dad verheiratet sein, damit du etwas Besonderes für mich bist.« Ich strich ihr über den Kopf. »Du weißt doch, dass du etwas Besonderes für mich bist, nicht wahr, Birdie?«

Sie zwang sich zu lächeln, aber ich sah ihr an, dass sie noch etwas beschäftigte.

»Was ist los, Birdie?«

»Und was passiert, wenn ihr zwei nicht heiratet und du jemand anders kennenlernst und ihn heiratest?«

»Ach, meine Süße.« Ich schüttelte den Kopf. »Bitte mach dir um so etwas keine Gedanken.« Ich hätte ihr gern versichert, dass ich immer für sie da sein würde – so stark war meine Verbindung zu ihr. Aber ein solches Versprechen konnte ich ihr nicht geben, ohne mit Sebastian darüber gesprochen zu haben. Ich musste mir sicher sein, es auch halten zu können. »Ist es okay, wenn wir ein andermal weiter darüber reden? Ich möchte über ein paar von deinen Fragen nachdenken. Es sind nämlich wichtige Fragen, und ich möchte dir die richtigen Antworten geben.«

Birdie lächelte. »Klar.« Sie flocht weiter, dann hielt sie wieder inne. »Sadie?«

»Ja, Süße?«

»Während du mit Nachdenken beschäftigt bist, habe ich noch eine Frage.«

Oh Mann. »Schieß los!«

»Wie kommt der Weihnachtsmann in unser Haus? Daddy hat doch so eine Haube auf den Kamin gemacht, damit die Eichhörnchen nicht reinkommen.«

Ich lachte. »Du hast heute wirklich schwierige Fragen auf Lager. Gib mir ein bisschen Zeit, damit ich auch darüber nachdenken kann.«

Und plötzlich – einfach so – war die ernste Stimmung wieder vorbei. Eine Stunde später räumten wir das Bastelset weg, und Birdie machte sich bettfertig. Sie putzte sich die Zähne und zog sich ihren Schlafanzug an, dann kam sie mit einem ihrer selbstgemachten Freundschaftsbändchen ins Wohnzimmer.

»Das ist richtig hübsch geworden«, sagte ich. »Von den fünfen, die du gemacht hast, gefällt es mir am besten. Du hast gesagt, es ist für deine beste Freundin, nicht wahr?«

Sie nickte.

»Wie heißt sie?«

Birdie hielt mir das bunte Band hin. »Sadie natürlich. Es ist für dich.«

»Hey, du Schlafmütze.« Sebastian strich mir eine Haarsträhne aus dem Gesicht. Ich musste beim Fernsehen auf der Couch eingeschlafen sein.

Ich reckte mich. »Wie viel Uhr ist es?«

»Fast eins. Entschuldige bitte. Ich brauche wirklich dringend einen neuen Geschäftsführer. Das hier kann ich dir und Magdalene nicht länger zumuten.«

Ich richtete mich auf und rieb mir die Augen. »Ist doch kein Problem. Es macht mir überhaupt nichts aus.«

»Das weiß ich. Aber ich hasse es, dich so spät noch nach Hause fahren zu lassen. Ich habe mir überlegt … Magdalene hat früher auch schon bei uns übernachtet, wenn ich zum Beispiel eine Veranstaltung oder einen Notfall im Restaurant hatte. Sie hat auf der Ausziehcouch in meinem Arbeitszimmer geschlafen. Ich könnte doch mal mit Birdie reden und ihr sagen, dass du in Zukunft ab und zu bei uns übernachtest, zumindest wenn ich so lange arbeiten muss? Ich schlafe dann auf der Couch, und du kannst mein Bett haben.«

»Im Prinzip eine gute Idee. Sie darf nur nicht wach werden und mich mit dir im Bett erwischen.«

Er nickte. »Das ist mir klar. Ich rede morgen mit ihr.« Sebastian bemerkte das Freundschaftsbändchen an meinem Handgelenk und zupfte daran. »Neuer Schmuck?«

»Birdie und ich haben heute Abend gebastelt. Sie hat mir gesagt, dass sie eins für ihre beste Freundin macht, und bevor sie zu Bett gegangen ist, hat sie es mir geschenkt.«

Er lächelte. »Meine Tochter hat einen guten Geschmack, was Frauen betrifft. Sie kommt nach ihrem Vater.«

»Natürlich! Ich fand es so süß! Und wir haben heute noch ein ziemlich interessantes Gespräch geführt.«

»Ja? Worüber denn?«

»Na ja, als Erstes wollte sie wissen, wie sie mich nennen soll, wenn wir mal heiraten.«

Sebastian zog die Augenbrauen hoch. »Scheiße. Was hast du gesagt?«

»Ich bin der Frage im Grunde ausgewichen. Ich habe gesagt, wenn es dazu kommt, würden wir uns zu dritt zusammensetzen und über alles reden.«

Sebastian fuhr sich durch die Haare. »Super! Gott sei Dank hat sie dir diese Frage gestellt und nicht mir.«

»Und dann hat sie mich gefragt, was passiert, wenn wir uns trennen würden und ich jemand anderen kennenlernen und heiraten würde.«

Er runzelte die Stirn. »Weiß sie etwas, das ich nicht weiß?«

Ich lachte. »Nein! Aber ich glaube, sie wollte eine Art Bestätigung von mir, dass wir Freundinnen bleiben, auch wenn es mit dir und mir nicht klappt. Der Verlust ihrer Mutter lastet offensichtlich schwer auf ihr, und nun hat sie Angst, dass sie auch mich verlieren könnte.«

Sebastian seufzte. »Du bist seit dem Tod ihrer Mutter die erste Frau, zu der sie eine Verbindung aufgebaut hat.«

Ich nickte. »Ja, das ist mir bewusst. Deshalb dachte ich, wir sollten darüber reden, bevor ich ihr ein solches Versprechen gebe.«

Sebastians Blick wurde ernst. »Du möchtest ihr gerne versprechen, immer ihre Freundin zu bleiben, ganz egal, was zwischen uns passiert?«

»Ja, genau. Ich kenne sie zwar erst seit ein paar Monaten, aber sie bedeutet mir wirklich viel. Ich liebe sie, Sebastian. Wenn du also damit einverstanden bist, dass ich mit ihr in Kontakt bleibe, auch wenn wir uns trennen sollten – und selbst wenn du mit einer anderen Frau zusammen bist, der es nicht passt, dass deine Exfreundin ab und zu vorbeikommt –, dann möchte ich ihr gern versprechen, immer für sie da zu sein.«

Sebastian schluckte und bekam feuchte Augen. »Sadie Estelle Bisset Dubois, ich liebe dich, verdammt noch mal! Ich weiß es schon eine Weile, aber ich war zu feige, es mir einzugestehen. Doch du und meine zehnjährige Tochter, ihr habt keine Angst, euer Herz zu verschenken.« Er schüttelte den Kopf. »Ich wünschte, ich hätte halb so viel Mut wie ihr!«

Mein Herz schlug schneller, und meine Brust wurde von Wärme durchflutet. »Du liebst mich wirklich?«

»Ja, Sadie, ich liebe dich.«

Ich fasste mir ans Herz. »Ich liebe dich auch, Sebastian. Und ich weiß es schon eine ganze Weile. Ich kann es dir sogar beweisen.«

Seine Mundwinkel zuckten. »Wie denn?«

Ich grinste von einem Ohr zum anderen. »*Je t'aime!*«

27. KAPITEL

Sebastian

Am Samstagmorgen, als ich mich gerade für die Arbeit fertig machte, klingelte es an der Tür.

»Ich gehe schon, Magdalene!«

Ein junger Mann in UPS-Uniform hielt mir ein Tablet vor die Nase. »Sebastian Maxwell?«

»Ja.«

»Unterschreiben Sie bitte hier.«

Ich kritzelte meinen Namen hin und dachte, es wären die neuen iPads, die ich fürs Restaurant bestellt hatte. Unser gesamtes System war elektronisch, und da uns vor zwei Tagen erneut eines kaputtgegangen war, hatten wir nur noch ein einziges übrig. Nachdem ich unterschrieben hatte, händigte mir der Kurier einen kleinen Umschlag aus.

»Schönen Tag noch.«

»Ihnen auch«, sagte ich.

Ich schloss die Tür und ging durch die Diele, ohne weiter über die Lieferung nachzudenken. Doch dann entdeckte ich das Logo oben links in der Ecke.

Heilige Scheiße.

Ich blieb wie angewurzelt stehen.

Ich kannte dieses Logo.

Das Labor.

Sieben bis zehn Werktage hatte es geheißen, und es war

noch nicht einmal eine Woche vergangen. Mich überkam ein überwältigendes Gefühl der Angst.

Verdammt.

Ich starrte den Umschlag an. Der Inhalt stellte womöglich mein gesamtes Leben auf den Kopf. Eine Welle der Übelkeit schlug über mir zusammen.

Birdie kam in die Diele gelaufen. Sie sah meinen Gesichtsausdruck und warf einen Blick auf den Umschlag. »Was ist das?«

»Äh … nichts Wichtiges.« Ich steckte ihn in meine Gesäßtasche. »Nur eine Rechnung für eine Lieferung an das Restaurant.«

»Sadie kommt heute Nachmittag, oder, Daddy?«

Der Gedanke, Sadie auch nur in der Nähe dieses Umschlags zu wissen, versetzte mir einen Stich. »Ja, mein Schatz. Sie hat gesagt, sie kommt gegen fünf.«

»Können wir im Restaurant zu Abend essen?«

Ich hatte keine Ahnung, ob ich den beiden dann ins Gesicht sehen konnte. Trotzdem nickte ich. »Klar. Wenn es Sadie recht ist. Ihr seid immer willkommen.«

Birdie hüpfte auf und ab. »Ich frage Sadie, ob wir uns richtig schick machen können!«

Ich lächelte und gab ihr einen Kuss auf den Scheitel. »Okay, ich muss jetzt los. Dann sehen wir uns wahrscheinlich später.«

»Ich hab dich lieb, Daddy.«

»Ich hab dich auch lieb, meine kleine Birdie.«

Als Sadie und Birdie im Bianco's auftauchten, war ich mit den Nerven am Ende. Weil ich mich nicht konzentrieren konnte, nützte meine Anwesenheit im Grunde niemandem. Ich gab immer wieder falsche Anweisungen, und der Anwärter auf den Posten des Geschäftsführers, den ich einarbeitete, dachte wahrscheinlich, ich wäre auf Drogen.

Sadie winkte mir zu, als sie und Birdie von der Hostess an einen Tisch bei einem der offenen Kamine geführt wurden. Mein Herz explodierte förmlich, als ich die beiden beobachtete – meine zwei Mädchen. Sie hatten sich aufgebrezelt, als wollten sie auf einen Ball gehen. Sadie hatte ihre blonden Haare zu einem Knoten hochgesteckt, sodass ihr schöner Hals frei lag. So hatte ich sie noch nie gesehen. Obwohl ich in diesem Moment völlig durch den Wind war, malte ich mir sofort aus, meine Zähne in ihre zarte Haut zu versenken.

Und Birdie! Meine Tochter sah bezaubernd aus. Sie trug die gleiche Frisur wie Sadie, nur hatte sie noch ein kleines Diadem auf dem Kopf. Sadie trug ein langes schwarzes Abendkleid, während sich Birdie ein lila Kleidchen mit Rüschen ausgesucht hatte.

»Sieh sich einer diese beiden hübschen Damen an! Ihr habt euch ja wirklich schick gemacht.«

»Manchmal muss eine Frau die Prinzessin ausleben, die in ihr steckt«, sagte Sadie und zwinkerte Birdie zu.

»Sehen wir nicht super aus, Daddy?«

»Leg dir am besten eine Serviette auf den Schoß, Birdie, damit dein hübsches Kleid nichts abbekommt. Du bekleckerst dich doch meistens, wenn du deine Bolognese isst.«

Ich atmete tief ein. Das beklemmende Gefühl in meiner Brust kehrte schlagartig wieder zurück. Jedes Mal, wenn ich an den Umschlag dachte, den ich ganz hinten in meinem Schrank in einer Box mit alten CDs verstaut hatte, drehte ich durch. Ich hatte ihn nicht geöffnet. Ich war einfach noch nicht bereit dazu gewesen. Und je länger ich darüber nachdachte, desto klarer wurde mir, wie ungeheuerlich der Eingriff in Sadies Privatsphäre war. Ich hatte immer noch keine Ahnung, was ich tun sollte. Aber die Sache zermürbte mich, und ich wusste, dass ich so nicht mehr lange weitermachen konnte.

Anscheinend gelang es mir nicht, meine Panik zu verbergen, denn ein besorgter Ausdruck huschte über Sadies Gesicht. »Alles in Ordnung, Sebastian?«

Ich blinzelte ein paarmal. »Weißt du ... ich fühle mich schon den ganzen Tag irgendwie unwohl.«

Das ist nicht gelogen.

Ich setzte mich zu ihnen, nahm mir das Wasser, das vor Sadie stand, und schüttete es in mich hinein.

Sie ergriff meine Hand. »Das ist der Stress. Der Personalmangel hat dir ziemliche Sorgen bereitet. Ich weiß, wie sehr dir das zugesetzt hat.«

»Ja, wahrscheinlich liegt es daran.« Ich drückte ihre Hand und rang mir ein Lächeln ab, um Sadie zu beruhigen.

Sie fasste mir an die Stirn. »Du bist eiskalt. Fieber hast du anscheinend nicht.«

Birdie zog eine Schnute. »Paps, mach doch einfach mal Pause und iss gemütlich mit uns. Nach einer großen Portion Birdies Spaghetti bolognese geht es dir bestimmt besser!«

Ich musste mich zusammenreißen. Birdie hatte recht. Ich brauchte wirklich eine Pause, und während ich mit ihnen aß, musste ich mir im Stillen meine nächsten Schritte überlegen, ohne mich zu verraten.

»Weißt du was? Ich glaube, das ist genau die richtige Medizin für mich. Ich gebe schnell unsere Bestellung auf.« Ich wandte mich Sadie zu. »Was hättest du gern, Liebes?«

Sie sah Birdie an und lächelte. »Wie wär's, wenn wir Bolognese im Dreierpack bestellen?«

Ich nickte. »Dreimal Birdies Spaghetti bolognese, wird gemacht!«

Auf dem Weg in die Küche atmete ich tief durch. Ich war froh, Sadie ein paar Minuten lang nicht in die Augen sehen zu müssen. Doch während ich mitten im Küchenchaos stand,

Töpfe und Pfannen scheppern hörte und die Dampfwolken vom Herd aufsteigen sah, schienen die Geräusche immer lauter zu werden. Selbst das Schneiden des Salats hallte in meinem Schädel wider, als würde jemand Holz hacken. Es wurde immer deutlicher, dass ich nicht in der Lage war, die Situation allein zu bewältigen. Ich hatte keine Angst vor dem Ergebnis des DNA-Tests an sich. Ich befürchtete vielmehr, Sadie zu verlieren, weil ich sie hintergangen und bestohlen hatte. Ich erkannte, dass ich diesen Umschlag nicht öffnen konnte, ohne ihr vorher davon zu erzählen, denn die Entscheidung lag nicht bei mir, sondern bei Sadie. Bei ihr allein.

Ich trocknete mir die Stirn, holte tief Luft und kehrte an den Tisch zurück.

»Das Essen kommt gleich.« Ich schaute lächelnd von Sadie zu Birdie.

»Okay.« Sadie griff nach meiner Hand und hielt ihre andere meiner Tochter hin. »Birdie, Süße, ich möchte gern mit dir über etwas reden.«

Birdie nahm Sadies Hand. »Willst du mir sagen, dass wir keinen Nachtisch haben können? Ich denke nämlich die ganze Zeit an die kleinen Regenbogenkuchen, die es hier gibt. Sie sind schön weich, mit Marmelade in der Mitte und außen rum Schokolade. Ich wollte fragen, ob wir sie vor dem Essen haben können, aber ich dachte mir, Daddy sagt sowieso Nein.«

Sadie schmunzelte und schüttelte den Kopf. »Nein, das wollte ich nicht sagen. Aber wo wir gerade davon sprechen, würde ich vorschlagen, wir bestellen gleich zwei Stück.« Birdie sah lächelnd zu mir auf und drückte meine Hand. »Ich wollte noch mal auf unser Gespräch von neulich zurückkommen. Du hast mich gefragt, was passiert, wenn dein Dad und ich uns trennen würden. Ich habe lange darüber nachgedacht und es auch mit deinem Vater besprochen. Und jetzt kann ich dir deine Frage besser beantworten.« Sadie schaute mich abermals an, dann beugte sie sich zu Birdie vor und sah ihr direkt in die Augen. »Egal, was zwischen deinem Dad und mir passiert, ich werde immer deine Freundin bleiben. Du wirst mich nicht mehr los, Süße. Was immer aus uns wird, ich möchte gern ein Teil deines Lebens sein.« Wieder ein Blick in meine Richtung. »Und dein Vater ist damit einverstanden, nicht wahr, Sebastian?«

Ich brachte vor Rührung keinen Ton heraus und musste mich räuspern, bevor ich antwortete. »Absolut. Sadie wird in unserer Familie immer willkommen sein.«

Birdie stand von ihrem Stuhl auf und kam zu mir. »Daddy, kannst du mir das Diadem aus den Haaren nehmen?«

Ich stutzte, kam ihrer Bitte aber nach. Ich löste ein paar Haarsträhnen, die sich darin verfangen hatten, nahm meiner Tochter das glitzernde Krönchen vom Kopf und gab es ihr. Sie ging damit zu Sadie.

»Das ist unsere besondere Freundschaftskrone. Sie ist mein absolutes Lieblingsteil. Als ich mal dachte, ich hätte sie verloren, hat Daddy mir noch eine gekauft, und jetzt habe ich zwei. Ich möchte dir diese hier schenken. Sie bedeutet mehr als ein Freundschaftsbändchen.«

Sadie senkte strahlend den Kopf, damit Birdie ihr das Krönchen aufsetzen konnte. Als sie fertig war, sprang sie Sadie praktisch auf den Schoß. Die beiden umarmten sich stürmisch, aber danach kam Birdie gleich wieder auf den Nachtisch zu sprechen. Sie bat mich, sicherheitshalber zwei Stück zur Seite stellen zu lassen, damit ihr der Kuchen nicht vor der Nase weggeschnappt wurde. Doch während meine Tochter wieder zur Tagesordnung überging, war meine Gefühlswelt komplett in Aufruhr. Ich brauchte einen Drink, um mich zu beruhigen. Und so rief ich den Kellner und bestellte für Sadie und mich eine Flasche Pinot noir.

Dann betrachtete ich meine beiden Prinzessinnen und betete, dass mir nach meinem Geständnis, das ich Sadie am Abend machen würde, sobald Birdie schlafen gegangen war, die eine nicht davonlief.

Sadie ging mit Birdie in ihr Zimmer, um ihr zu helfen, sich bettfertig zu machen. In der Zwischenzeit marschierte ich auf und ab. Pausenlos. Sadie vermutete nach wie vor, dass mit mir etwas nicht in Ordnung war, obwohl ich mir beim Essen größte Mühe gegeben hatte, so zu tun, als wäre nichts. Ihr Verhalten ließ eindeutig darauf schließen. Wahrscheinlich würde sie mich sofort zur Rede stellen, sobald sie aus Birdies Zimmer kam. Ehrlich gesagt hoffte ich darauf. Denn ich hatte nicht die geringste Ahnung, wie ich anfangen sollte mit dem Thema, wenn sie es nicht tat.

Nach einer Weile sah ich, wie Sadie behutsam Birdies Zimmertür schloss. Sie war wunderschön mit ihren nun offenen Haaren. Ihr Abendkleid war leicht zerknittert. Der Anblick ihres nackten Beins, das aus dem Seitenschlitz herausschaute, erregte mich trotz meiner üblen Gemütslage auf der Stelle.

Mit beklommener Miene kam sie langsam auf mich zu. Sie nahm mein Gesicht in die Hände und zwang mich, ihr in die Augen zu sehen. »Was ist los? Verliere ich dich?«, fragte sie. »Ist dir das alles zu viel?«

Mir wurde schwer ums Herz. Ich schloss die Augen und führte ihre Hände an meinen Mund. »Nein, Sadie. Nein. Ich will dich auf keinen Fall verlieren! Niemals!« Nachdem ich tief durchgeatmet hatte, fand ich den Mut fortzufahren. »Aber ich fürchte, es könnte dazu kommen, wenn ich dir gesagt habe, was ich dir sagen muss.«

Sie sah mich erschrocken an. »Was musst du mir sagen? Du machst mir Angst!«

Ich nahm sie an die Hand und ging schweigend mit ihr in mein Schlafzimmer. Für dieses Gespräch mussten wir so weit wie möglich vom Zimmer meiner Tochter entfernt sein.

Nachdem ich sie zum Bett geführt hatte, knipste ich die Lampe an. Dann legte ich mich zu ihr und verschränkte meine Finger mit ihren. Wir sahen uns eine Weile an, bevor ich mich gesammelt hatte und die ersten Worte herausbringen konnte.

»Du hattest den Verdacht, es hätte sich etwas geändert, nachdem du mir von deiner Eizellenspende erzählt hast. Da lagst du nicht ganz falsch. Aber du kannst nicht wissen, weshalb ich danach anders war als sonst.«

Sie schluckte und sah mich halb abwartend, halb ängstlich an. »Okay …« Ihre Hände begannen zu zittern.

»Ich habe dir nie gesagt, dass … Birdie … dass sie aus einer Eizellenspende hervorgegangen ist.«

Ich hielt inne, um ihre Reaktion zu beobachten, aber abgesehen davon, dass sie meinen Blick erwiderte, war Sadies Miene wie erstarrt. Sie hatte noch keinen Zusammenhang hergestellt. Also fuhr ich fort.

»Amanda konnte … wie deine Mutter … wegen ihrer Krebstherapie in jungen Jahren nicht auf natürlichem Weg schwanger werden. Ich wusste es, als ich sie geheiratet habe, und war mir sicher, es würde keine Rolle spielen. Wir würden schon einen Weg finden, dachte ich, um zu einem Kind zu kommen. Als sie sich dann für eine künstliche Befruchtung mit einer gespendeten Eizelle entschied, hatte ich zunächst Bedenken.« Ich seufzte. »Anfangs konnte ich nicht begreifen, wie aus meinem Sperma und der Eizelle einer anderen Frau *unser* Baby werden sollte. Aber sie blieb beharrlich dabei, dass unser Kind wenigstens mit einem von uns blutsverwandt sein würde und sie auf diese Weise die Erfahrung einer Schwangerschaft machen konnte. Nach langen Diskussionen habe ich schließlich eingewilligt.«

Ich hielt inne, um Sadies Gesicht zu studieren. Sie ahnte immer noch nichts. Zumindest soweit ich es beurteilen konnte. Und so erzählte ich weiter.

»Es war ehrlich gesagt wunderschön, sie schwanger zu sehen. Sobald sie in anderen Umständen war und wir diese Freude erleben konnten, wusste ich, dass ich mich richtig entschieden hatte. Sie konnte diese Erfahrung machen, obwohl sie befürchtet hatte, sie bliebe ihr für immer versagt. Und dies war nur möglich, weil eine selbstlose Frau beschlossen hatte, uns einen Teil von sich zu schenken. Es war surreal und wunderbar zugleich. Und es wurde noch wunderbarer, als wir unsere süße Tochter in den Armen hielten, die mit meinem Gesicht auf die Welt gekommen war.« Ich schmunzelte. »Es war *unser* Kind, das war vom ersten Moment an klar. Ihre genaue biologische Herkunft spielte keine Rolle. Sie war genauso Amandas Kind wie meins. Unser *gemeinsames* Kind. Sie war von Gott gesandt.«

Auf Sadies Gesicht erschien ein kleines Lächeln. »Das ist wirklich schön.«

Ich räusperte mich. »Weißt du, bisher habe ich nicht daran gedacht, dir das alles zu erzählen. Ich wollte nicht den Eindruck vermitteln, es wäre wichtig, wie wir sie bekommen haben. Ich wusste natürlich, dass es irgendwann einmal zur Sprache kommen würde, aber es ist bisher einfach noch nicht passiert. Doch nun hast du mir *deine* Geschichte erzählt …«

Ich machte absichtlich eine Pause, damit sie meine Worte sacken lassen konnte.

Dann ergriff ich ihre Hände. »Sadie, Liebes, weißt du, worauf ich hinauswill?«

Sie zeigte immer noch keine Regung, doch dann weiteten

sich plötzlich ihre Augen. Als sie mich ansah, wusste ich Bescheid. Die Rädchen in ihrem Kopf hatten endlich angefangen, sich zu drehen. Sie begriff allmählich, worauf ich hinauswollte. Ihr Blick irrte hin und her, während sie meine Hände fest umklammerte.

Dann begann sie stockend zu reden.

»Die Artikel … dass Amanda meine Artikel gesammelt hat … meinst du … sie dachte, dass ich es war?«

»Ich weiß es nicht. Sie hat es mit keinem Wort erwähnt. Wenn sie nach der Eizellenspenderin gesucht hat, wollte sie auf jeden Fall nicht, dass ich davon erfahre.«

Sadie atmete hörbar aus, ohne meine Hände loszulassen. Ich wusste nicht, was sie dachte. Sie wirkte benommen und leicht verstört, und das machte es mir noch schwerer, das zu beichten, was ich ihr nun beichten musste.

»Als mir der Verdacht gekommen ist, bin ich durchgedreht, Sadie. Ich wollte die Wahrheit wissen, bevor ich das Thema bei dir überhaupt anspreche. Ich wollte dich nicht unnötig in Sorge versetzen. Und deshalb habe ich die voreilige Entscheidung getroffen, deine Zahnbürste und ein paar Haare von dir zu nehmen und sie zusammen mit einer DNA-Probe von Birdie in ein Labor zu schicken.«

Sadie schnappte nach Luft, und ihr Gesicht färbte sich in einem Rot, das ich noch nie gesehen hatte. »Was?«

»Es war völlig falsch von mir«, sagte ich rasch. »Ich habe diese Entscheidung aus Angst getroffen. Ich habe schreckliche Angst, dich zu verlieren, Sadie! Ich liebe dich. Und nichts würde mich glücklicher machen, als wenn die liebevolle wunderbare Frau, die uns einen Teil von sich geschenkt hat … zugleich die Frau ist, die ich liebe. Glaub mir, der Gedanke, meine Tochter könnte ein Teil von dir und mir sein, hat mich kein bisschen erschreckt. Aber die Entscheidung darüber, auf die

Suche nach der Wahrheit zu gehen? Die hätte ich nicht treffen dürfen, das stand mir nicht zu. Deshalb habe ich den Umschlag nicht aufgemacht. Er ist noch verschlossen, und ohne deine Erlaubnis werde ich ihn nicht öffnen. Wir können ihn auch für immer verschlossen lassen. Es ändert nichts zwischen uns oder an unserer Beziehung zu Birdie. Du hast ein Recht auf die Anonymität, die man dir zugesichert hat. Und ich möchte mich aufrichtig bei dir dafür entschuldigen, dass ich mich von meiner Angst habe leiten lassen.«

Ich schluckte und wartete auf ihre Reaktion.

Sie lehnte sich an das Kopfende des Betts. »Der Umschlag … ist er … hier?«

Mein Herz hämmerte. »Ja. Das Ergebnis ist heute Morgen gekommen, deshalb stand ich im Restaurant so völlig neben mir.«

»Glaubst du … dass ich es bin?«, fragte sie mit zittriger Stimme.

»Ich weiß es nicht, Liebling. Ich weiß es wahrhaftig nicht.«

»Wollen wir es herausfinden?«

»Ich habe mich verpflichtet gefühlt, dir davon zu erzählen. Aber letzten Endes ist es nicht meine Entscheidung. Das war es nie. Und ich will nie wieder etwas tun, womit ich dich oder deine Privatsphäre verletzen könnte. Wenn du möchtest, zerreiße ich den Umschlag. Oder du nimmst ihn mit. Wir können ihn gemeinsam öffnen oder einfach vergessen. Wir müssen es nicht erfahren. Birdie liebt dich. Amanda ist ihre Mutter. Es muss sich nichts ändern.«

Ich fand es furchtbar, ihr diese Entscheidung aufzubürden. Ich wusste nicht, was ich sonst noch sagen oder tun sollte. Aber ich spürte, wie mir leichter ums Herz wurde, nachdem ich ihr die Wahrheit gesagt hatte. Ich hatte nur nicht die geringste Ahnung, was sie damit anfangen würde.

28. KAPITEL

Sadie

Es kam mir vor wie ein Traum. Ich saß völlig schockiert da und war unfähig, mich zu bewegen, geschweige denn etwas zu sagen.

Amanda hätte mich aufspüren können, wenn sie meine Personalien bekommen hätte, aber wie war das möglich? Man hatte mir versichert, der Vorgang laufe anonym ab, was der einzige Grund dafür gewesen war, dass ich eingewilligt hatte.

»Entschuldige … ich … kriege das einfach nicht in meinen Kopf«, sagte ich nach einer Weile.

Sebastian nahm mich in die Arme, und ich entspannte mich sofort. Trotz meines Schocks und der Ungewissheit fühlte ich mich sicher. Ich fühlte mich geliebt, und ich wusste, dass Sebastian hinter mir stand, ganz gleich, was geschah. Die Gewissheit, dass er meine Entscheidung in jedem Fall unterstützte, bedeutete mir alles. Denn in diesem Moment hatte ich keine Ahnung, was ich tun sollte.

»Ich mache dir keine Vorwürfe«, sagte ich. »Ich kann nachvollziehen, wie durcheinander du gewesen sein musst.«

Er atmete erleichtert aus. »Danke. Jetzt ist mir klar, dass ich zuallererst mit dir hätte reden müssen, aber ich dachte, ich könnte es einfach ausschließen, ohne dich damit belasten zu müssen.« Er schüttelte den Kopf. »Das war falsch. Denn wenn du es wirklich sein solltest, steht es mir nicht zu, es vor dir zu erfahren – oder es überhaupt zu erfahren.«

»Ich weiß nicht, was richtig ist.«

»Du musst dich nicht sofort entscheiden. Und es ist auch okay, wenn du dich nie dazu entscheidest.«

Ich atmete tief durch und nickte. »Ich habe mich von Anfang an sehr verbunden mit ihr gefühlt.«

»Ich weiß. Diese ganze Geschichte … sie war vom ersten Moment an wie ein Wunder. Aber vielleicht steckt mehr dahinter.«

»Nehmen wir mal an, Amanda hat mich ausfindig machen wollen. Dann besteht doch die Möglichkeit, dass man ihr die falschen Informationen gegeben hat, nicht wahr? Oder meine Artikel haben sie einfach angesprochen und ihr Hoffnung gegeben, und es ist alles nur ein merkwürdiger Zufall. Ich meine, es sind öffentlich zugängliche Artikel. Das wäre alles möglich, oder?«

»Selbstverständlich. Deshalb wollte ich es dir ja auch nicht sagen. Ich dachte, es ist verrückt, so etwas anzunehmen. Es kam mir ziemlich unglaublich vor.«

Eine Träne lief mir über die Wange, als mir alles Stück für Stück ins Bewusstsein drang. Zum einen hatte ich natürlich keinen Schimmer, was ich tun sollte, aber mir wurde auch klar, dass Birdie tatsächlich *unser* Kind war, falls sie mein leibliches Kind war – das Kind von mir und Sebastian. Es bestand die Möglichkeit, dass ich unwissentlich ein Kind mit dem Mann gezeugt hatte, den ich liebte, lange bevor ich ihn kannte. Dieser Gedanke rief Gefühle bei mir hervor, wie ich sie in dieser Intensität noch nie empfunden hatte. Aber die wichtigste Frage war für mich: Wie sollte ich das Ganze Birdie erklären, wenn es denn wahr sein sollte? Sie hatte ihre Mutter verloren, und in gewissem Sinne würde sie sie dann noch einmal verlieren. Und wofür? Damit ich eine Art Bestätigung bekam? Das war nicht fair.

Ich schüttelte ratlos den Kopf. »Ich muss darüber nachdenken.«

»Nimm dir so viel Zeit, wie du brauchst. Wirklich. Bis dahin können wir die Sache völlig ignorieren. Ich habe damit kein Problem. Sag mir nur, dass es uns nicht auseinanderbringt«, entgegnete Sebastian.

Ich sah dem wunderschönen Mann, der vor mir saß, in die Augen und gab ihm die Bestätigung, die er sich in diesem Moment wünschte. »Das Einzige, was ich gerade ganz genau weiß, ist, dass ich dich brauche – mehr denn je. Ich liebe dich, Sebastian. Ich liebe dich so sehr.«

Er drückte mich an sich. »Ich will nicht, dass du heute nach Hause fährst. Ich brauche dich hier bei mir. In meinem Bett. Es ist Zeit.«

Ich hatte nichts dagegen einzuwenden. Ich konnte mir nicht vorstellen, jetzt mit der Last dieser Entscheidung allein zu Hause zu sein. Wir hatten an diesem Abend keinen Sex. Sebastian hielt mich einfach in seinen Armen, bis ich einschlief – verwirrt und voller Sorge, jedoch mit dem Gefühl, geborgen und geliebt zu sein.

Am nächsten Morgen wirkte eigentlich alles wie ein normaler Tagesbeginn, als wir uns zu dritt an den Frühstückstisch setzten. Aber es fühlte sich nicht im Geringsten normal an. Ich konnte nicht aufhören, Birdie anzustarren. Ihr blondes Haar … hatte sie es von mir? Ihre Nase … sie ähnelte der von Sebastian nicht unbedingt. Glich sie vielleicht eher meiner?

»Das ist ja eine Überraschung«, sagte sie zu mir. »Du hast noch nie mit uns gefrühstückt!«

Sebastian räusperte sich. »Sadie hat hier übernachtet. Wärst du einverstanden, wenn sie das ab jetzt öfter macht? Jedes Wochenende zum Beispiel?«

Birdie verdrehte die Augen. »Blöde Frage!«

Sebastian griff nach meiner Hand, und wir grinsten uns an.

Ich war wie betäubt. Wie gern ich dieses Dilemma auch gelöst hätte, ich wusste, die Entscheidung würde weder eine leichte sein noch in naher Zukunft fallen.

Nach dem Frühstück gingen Birdie und ich mit Marmaduke in den Park und genossen die herbstliche Schönheit der Stadt.

Als wir nach Hause kamen, waren wir allein, denn Sebastian war bereits wieder im Restaurant. Birdie ging in ihr Zimmer, um ein Buch für die Schule zu lesen, und ich lief ziellos im Haus umher, bis ich mich vor dem Foto von Amanda in Sebastians Zimmer wiederfand.

Ich nahm es in die Hand und starrte in ihre fröhlichen Augen. Es kam mir ganz selbstverständlich vor, mit ihr zu reden, obwohl mir klar war, dass sie mich nicht hören konnte.

»Was hattest du vor? Warum hast du meine Artikel gesammelt? Wolltest du mich finden, oder hast du gehofft, eine Spur zu hinterlassen? Oder hast du dich einfach für mich interessiert?« Ich seufzte. »Aber womöglich liegen wir ja auch völlig falsch. Ich wünschte, ich könnte dich fragen, was ich jetzt tun soll.« Mir kamen wieder die Tränen.

Wenn Amanda vorhatte, mich zu finden, warum hatte sie dann keinen Kontakt zu mir aufgenommen? Sie wusste, dass sie sterben musste. Und sie wusste allem Anschein nach, wo sie mich finden konnte. Aber sie hatte sich nie gemeldet. Warum hatte sie dann meine Artikel aufgehoben? Ich würde nie erfahren, was sie gewollt hatte. Sebastian überließ mir die Entscheidung. Einerseits wusste ich das zu schätzen. Andererseits wäre es womöglich leichter für mich gewesen, wenn mir einfach jemand gesagt hätte, was ich machen sollte.

»Es tut mir leid, Amanda. Sehr leid. Ich hoffe, du bist jetzt an einem besseren Ort. Ich verspreche dir, auf Birdie aufzupassen. Ich werde sie beschützen und dafür sorgen, dass sie sich an einem weiblichen Rollenvorbild orientieren kann. Danke, dass du sie zur Welt gebracht hast. Und danke, dass du mich zu Sebastian geführt hast. Mir ist klar, wie sonderbar es ist, dir dafür zu danken, dass du mich zu deinem Mann geführt hast, aber ich verspreche dir, ihn zu lieben und zu ehren, und ich werde niemals versuchen, deinen Platz einzunehmen. Ich habe wirklich das Gefühl, dass du ihm wünschst, glücklich zu sein, auch wenn er sich dessen nicht so sicher zu sein scheint. Von Frau zu Frau gesagt weiß ich tief in meinem Herzen, dass du ihn nicht traurig und allein sehen möchtest.«

»Hey.«

Ich zuckte zusammen, als Sebastian hereinkam.

»Du bist ja früh zurück«, sagte ich und stellte das Foto weg.

»Was hast du gemacht?«, fragte er.

»Ich habe … mit Amanda geredet und sie um Hilfe gebeten. Ist das verrückt?«

Er lächelte. »Das mache ich ständig.«

»Hilft es dir denn?«

»Manchmal höre ich sie schimpfen, dass ich mich zusammenreißen und ihr nicht ständig die Ohren volljammern soll.« Er schmunzelte.

»Ich … bin der Entscheidung noch keinen Schritt nähergekommen. Ich brauche wirklich Zeit, um darüber nachzudenken.«

»Du hast alle Zeit der Welt.«

»Ich glaube, ich muss meinen Vater besuchen.«

»Weiß dein Vater von der Eizellenspende?«

Ich nickte. »Ja. Ich habe es ihm vor dem Eingriff gesagt. Er war nicht gerade begeistert, hatte aber Verständnis dafür. Und schlussendlich hat er meine Entscheidung unterstützt.«

»Dein Vater ist ein toller Kerl. Vielleicht kann er dir bei

der Entscheidung helfen. Es ist eine gute Idee, mit ihm zu reden.«

Ich trocknete mir die Augen. »Wahrscheinlich fahre ich nächstes Wochenende hin.«

Er küsste mich sanft auf die Stirn. »Hört sich gut an. Bis dahin lassen wir es einfach ruhen.«

29. KAPITEL

Sadie

»Das ist ja eine verrückte Story!«

Mein Vater rieb sich den Nacken. Ich hatte eine gute Stunde gebraucht, um ihm die komplette unglaubliche Geschichte zu erzählen – angefangen damit, dass ich die Maxwells kennengelernt hatte, weil Amanda meine Artikel gesammelt hatte, bis hin zu der Eizellenspende, die sie erhalten hatte. Manches hatte er bereits gewusst, aber längst nicht alle unfassbaren Einzelheiten. Laut ausgesprochen hatte das Ganze ehrlich gesagt wie eine Seifenoper geklungen. Es war eine Woche her, seit Sebastian mir alles erzählt hatte, und es kam mir immer noch total unwirklich vor.

»Ich weiß. So viele Dinge mussten passieren, um uns dahin zu bringen, wo wir heute stehen. Ich meine, nur mal angenommen, ich wäre ihre Eizellenspenderin und Amanda hätte irgendwie meine Personalien herausgefunden und deswegen meine Artikel aufgehoben. Irgendjemand musste ja meine Spende bekommen, das ist also nicht mal wahnsinnig außergewöhnlich. Obwohl mir natürlich klar ist, dass so eine Spende auch nicht alltäglich ist. Aber selbst wenn es so gewesen sein sollte, musste Birdie immer noch die Artikelsammlung ihrer Mutter in der Kiste finden und auf die Idee kommen, an den Weihnachtsmann zu schreiben. Und dann musste ich mich dazu entschließen, den Weihnachtsmann zu spielen, was schließlich dazu geführt hat, dass ich neugierig wurde und mir ihr Haus angeschaut habe. Birdie musste eine kleine Haarspange verlieren, die ich daraufhin zufällig gefunden habe. Ganz abgesehen davon, dass ich, als ich sie auf die Türschwelle legen wollte, in einem plötzlichen Anflug von Wahnsinn beschließen musste, Hundetrainerin zu spielen – eine, die mit *französischen* Kommandos arbeitet! Und wir dürfen nicht vergessen, dass die *eigentliche* Hundetrainerin zufälligerweise nicht an diesem Morgen aufgetaucht ist, weil sie einen Notfall in der Familie hatte. Und selbst dann, nachdem sich diese verrückte Kette von Ereignissen tatsächlich ereignet hatte, mussten Sebastian und ich uns noch ineinander verlieben. Wie groß ist die Wahrscheinlichkeit, dass so etwas passiert, Dad?«

»Wie du weißt, bin ich ein sehr pragmatischer Mensch. Ich glaube, die meisten Dinge im Leben sind das Resultat unserer eigenen Handlungen. Man findet keinen Fünf-Dollar-Schein auf dem Boden, weil man Glück hat. Man findet ihn, weil man auf die Umgebung achtet. Aber diese Geschichte hier lässt mich glauben, dass mehr dahintersteckt. Deine Mutter war gläubiger, als ich es bin. Ich glaube daran, dass man hart arbeiten muss, um seine Familie zu versorgen. Deine Mutter hingegen hat geglaubt, dass Gott sich um die Menschen kümmert, die ihm dienen. Ich muss sagen, jetzt gerade habe ich das Gefühl, ich sollte sonntags vielleicht mal wieder in die Kirche gehen.«

Ich lächelte. »Was soll ich machen, Dad? Soll ich den Umschlag öffnen?«

»Würde sich dadurch irgendetwas ändern?«

Ich dachte darüber nach und schüttelte den Kopf. »Ich liebe Birdie sowieso schon, es würde also nichts an meinen Gefühlen für sie ändern. Aber ich weiß nicht, ob es richtig wäre, es ihr jetzt zu sagen. Du und Mom, ihr habt mir nicht verheimlicht, dass ihr mich adoptiert habt. Ich kann mich nicht daran erinnern, es jemals *nicht* gewusst zu haben. Ich habe nicht erlebt, wie es ist, wenn einem mit so einer Offenbarung der Boden unter den Füßen weggezogen wird. Ich wusste immer, wer ich bin, und ich befürchte, es könnte Birdie das Gefühl geben, nicht mehr zu wissen, wer sie ist. Verstehst du, was ich meine?«

Mein Vater nickte. »Wir hatten mit der Entscheidung zu kämpfen. Aber letztlich dachten wir, dass die Wahrheit immer herauskommt, und das geschieht oft zum ungünstigsten Zeitpunkt. Wir wollten nicht, dass du irgendwann herausfindest, dass das, was du dein Leben lang geglaubt hast, eine Lüge war. Deine Mutter und ich hatten Angst, du könntest dadurch Vertrauensprobleme bekommen.«

Ich seufzte. »Ja. Das ist sehr einleuchtend, und ich bin froh, dass ich es immer gewusst habe. Aber was Birdie angeht, sieht die Sache anders aus. Sie ist schon zehn Jahre alt und weiß nicht, dass ihre Mom nicht ihre leibliche Mutter ist. Sie würde sich fühlen, als wäre ihre Welt aus den Fugen geraten. Und du hast vollkommen recht, sie würde ihrem Vater – und auch mir – nicht mehr vertrauen, wenn wir sie damit überfallen. Der Schaden ist im Grunde schon in den vergangenen zehn Jahren angerichtet worden, das lässt sich nicht mehr ändern.«

»Als wir uns überlegt haben, wie wir vorgehen, haben wir auch bei der Adoptionsagentur nachgefragt. Weißt du, was die Frau gesagt hat?«

»Was denn?«

»Sie sagte, wenn man sich mit seinem Kind hinsetzen muss, um ihm zu sagen, dass es adoptiert wurde, hat man zu lange gewartet.«

Ich atmete geräuschvoll aus. »Ich denke, du hast recht. Weil es ihr bisher vorenthalten wurde, lautet die eigentliche Frage, wann der beste Zeitpunkt ist, um ihr die Wahrheit zu sagen.

Jetzt oder später, wenn sie reifer ist? Oder sagt man es ihr besser gar nicht?«

»Klingt für mich, als wüsstest du die Antwort schon.«

Ich lächelte traurig. »Ja, ich schätze schon. Danke, Dad.«

Er tätschelte meine Hand. »Ich möchte dir etwas zeigen, komm mal mit.«

Ich folgte ihm in sein Schlafzimmer, wo er einen alten Schuhkarton aus dem obersten Regal seines Schranks nahm. Er kramte darin herum und zog schließlich etwas heraus. »Hier ist es. Sieh es dir an.«

Es war ein zerknitterter Zettel, auf den nur ein Satz geschrieben war. Die Handschrift meiner Mutter erkannte ich sofort. Ich las ihn laut vor.

»Wenn zwei Menschen füreinander bestimmt sind, führt Gott sie zusammen.«

Ich sah erstaunt auf. »Was ist das?«

»Du weißt ja, dass ich beim Militär war, als deine Mutter und ich uns kennengelernt haben. Ich war damals auf Heimaturlaub. Wir verbrachten zwei Wochen lang so viel Zeit wie möglich miteinander, aber dann musste ich wieder ins Ausland, wo ich stationiert war. Ich hatte noch sechs Monate Dienst vor mir.«

»Ja, das weiß ich.«

Er nahm mir den Zettel aus der Hand und betrachtete ihn lächelnd. »Am Morgen meiner Abreise haben wir uns voneinander verabschiedet. Ich war verrückt nach ihr, aber sechs Monate sind eine lange Zeit. Ich hatte große Angst, sie zu verlieren.« Mein Vater zwinkerte mir zu. »Deine Mutter war ein ziemlich guter Fang, vor allem für einen Durchschnittskerl wie mich. Jedenfalls haben wir uns verabschiedet, und ich war achtzehn Stunden unterwegs zu meinem Stützpunkt. Als ich mich abends umgezogen habe, fiel dieser Zettel aus meiner Jackentasche. Deine Mutter hatte ihn heimlich hineingesteckt. Ich habe ihn bei mir getragen, bis ich sie wiedergesehen habe.« Er hielt inne und schaute mich an. »Und später dann, an dem Tag, als wir dich zu uns geholt haben, saß deine Mutter in ihrem geliebten Schaukelstuhl und hielt dich in ihren Armen. Ich konnte mich gar nicht sattsehen an ihr.«

Mein Herz zog sich zusammen. Seine Worte waren wunderschön, aber sie machten mich auch traurig. Ich legte den Kopf auf seine Schulter und betrachtete den Zettel mit ihm gemeinsam.

Er räusperte sich. »Na ja, und als deine Mutter gemerkt hat, wie ich sie anstarre, hat sie gefragt, was zum Teufel ich da mache. Weißt du, was ich gesagt habe?«

»Was?«

»Wenn zwei Menschen füreinander bestimmt sind, führt Gott sie zusammen.«

Ich schluckte und bemerkte einen salzigen Geschmack in meinem Rachen. »Oh, Dad …«

Er faltete den Zettel zusammen und steckte ihn mir in die Tasche. »Nimm du ihn. Und teile diese Weisheit irgendwann mit deinem Kind, ob es nun Birdie ist oder irgendein anderer kleiner Glückspilz.«

An diesem Abend konnte ich nicht einschlafen. Also schrieb ich Sebastian und fragte ihn, ob ich bei ihm vorbeikommen könne, obwohl es schon fast elf war.

»Hey!« Er öffnete die Tür, noch bevor ich geklingelt hatte.

»Woher wusstest du, dass ich da bin?«

Sebastian lächelte. »Ich habe am Fenster nach deinem Taxi Ausschau gehalten.«

»Oh. Okay.« Ich zog meinen Mantel aus und hängte ihn in der Garderobe auf. »Entschuldige, dass ich so spät noch hier aufkreuze.«

Als ich mich umdrehte, zog Sebastian mich gleich in seine Arme. »Ich bin froh, dass du da bist.« Er gab mir einen Kuss auf den Scheitel. »Ich hoffe nur, deine Nachricht klang nicht deshalb so dringlich, weil du so schnell wie möglich mit mir Schluss machen willst.«

Ich sah ihn verdutzt an. »Was? Nein. Wie kommst du denn darauf?«

Er schnaufte. »Ich habe in den letzten Tagen nicht so viel von dir gehört. Ich dachte, du bist vielleicht zur Besinnung gekommen.«

Ich lächelte zerknirscht. »Tut mir leid. Ich habe nur Zeit zum Nachdenken gebraucht.«

»Natürlich. Komm mit, möchtest du einen Tee oder so?«

Ich schüttelte den Kopf. »Nein, danke.« Wir gingen ins Wohnzimmer. »Birdie schläft bestimmt schon, oder?«

»Ja.« Er hob den Arm und zeigte mir das Freundschaftsbändchen an seinem Handgelenk. »Ich musste ihr noch so ein Set besorgen, und dann hat sie mich dazu befragt, ob es den Weihnachtsmann gibt, während sie mir beigebracht hat, diese Dinger zu flechten. Ich habe eins für dich gemacht.«

Ich lächelte. »Wirklich?«

»Ja, aber freu dich nicht zu früh. Ich habe ziemlich versagt.«

»Okay«, sagte ich lachend. »Der Gedanke zählt.«

»Vergiss das nicht, wenn du siehst, wie erbärmlich dein neuer Schmuck ist.«

Ich wies mit dem Kopf in Richtung Schlafzimmer. »Wollen wir uns zurückziehen? Für den Fall, dass sie wach wird.«

»Gute Idee.«

In seinem Zimmer angekommen setzte er sich aufs Bett und lehnte sich gegen das Kopfteil. Ich setzte mich ihm zugewandt zwischen seine geöffneten Beine und nahm seine Hände in meine.

»Ich habe also gründlich überlegt und denke, wir sollten den Umschlag nicht öffnen.«

Er sah mir unverwandt in die Augen. »Bist du sicher?«

Ich nickte. »Ich finde, unter den gegebenen Umständen ist es im Grunde Birdies Entscheidung. Wenn sie erfährt, wie sie gezeugt wurde, möchte sie eventuell wissen, wer ihre biologische Mutter ist – oder auch nicht. Ich wollte meine nie kennenlernen, weil ich meine Familie hatte, und mehr brauchte ich nicht.« Ich schüttelte den Kopf. »Vielleicht habe ich mich aus Loyalität zu meinen Eltern so entschieden. Ich bin mir nicht sicher. Aber für mich steht fest, dass Birdie die Entscheidung treffen sollte und nicht wir.«

Sebastian fuhr sich durch die Haare. »Okay. Aber stellen wir sie jetzt schon vor diese Entscheidung?«

»Letztendlich hast du als Vater das zu entscheiden, denke ich. Du kennst sie besser als jeder andere. Meinem Empfinden nach ist es besser zu warten, bis sie älter ist. Aber das musst du selbst wissen.«

Er schwieg eine ganze Weile, bevor er wieder das Wort ergriff. »Und was ist mit dir? Wird es nicht schwierig für dich sein, es nicht zu wissen, wenn ich es hinausschiebe?«

»Es ist nicht immer einfach, das Richtige zu tun.«

In den nächsten zwei Stunden besprachen wir in aller Ausführlichkeit, ob es besser wäre, es Birdie jetzt zu sagen oder erst später. Ich erklärte Sebastian meine ehrliche Meinung, und er hörte mir zu und vertraute mir seine Befürchtungen an. Eines stand fest – ich beneidete ihn nicht darum, eine derart schwierige Entscheidung treffen zu müssen. Die schwierigsten Fragen sind die, auf die es keine richtige oder falsche Antwort gibt.

Schließlich schüttelte er den Kopf. »Wir legen den Umschlag morgen in mein Banksafe. Ich weiß nicht, wann wir es ihr sagen sollten … vielleicht wenn sie achtzehn ist … Ich bin mir da unsicher. Ich schätze, wir werden es merken, wenn der richtige Zeitpunkt kommt. Das hoffe ich zumindest.«

Ich lächelte. »Ja, ich glaube auch, dass wir es wissen werden.«

»Aber ich möchte noch etwas anderes mit dir bereden. Ich will ja nicht morbid erscheinen, aber wir haben beide erfahren müssen, dass das Leben sich von einem Augenblick auf den anderen ändern kann. Wenn mir etwas zustößt und du Birdies Mutter bist, dann sollte sie bei dir bleiben, Sadie. Laut meinem jetzigen Testament geht das Sorgerecht an Macie.«

»Oh, wow. Okay. Ja, daran habe ich noch gar nicht gedacht.«

»Ich würde vorschlagen, wir gehen zu meinem Anwalt und lassen uns dazu beraten.«

»Das sollten wir wirklich tun.«

Wir sahen uns lange in die Augen. »Dann ist es also abgemacht«, sagte ich.

Sebastian lächelte. »Ich schätze schon.«

Ich atmete tief ein und meine Schultern entspannten sich zum ersten Mal seit Tagen. Er legte die Hände um mein Gesicht.

»Ich weiß nicht, ob uns das Schicksal zusammengebracht hat oder eine Reihe verrückter Zufälle. Aber das, was mich zu dir geführt hat, ist längst nicht so wichtig wie das, was dich hier halten wird. Ich liebe dich von ganzem Herzen, Sadie.«

»Ich liebe dich auch.«

Er lächelte. »Gut. Und jetzt *couché!*«

»Couché?« Ich runzelte die Stirn. »Ich soll mich hinlegen?«

Sebastian machte eine schnelle Bewegung, und ich lag auf dem Rücken.

Seine Augen funkelten. »Weißt du, die Entscheidung, den Umschlag erst in ein paar Jahren zu öffnen, ist auch in anderer Hinsicht gut für mich.«

»Ach ja? In welcher denn?«

»So hast du einen Grund, bei mir zu bleiben, um irgendwann die Wahrheit zu erfahren.«

Ich lächelte. »Du meinst, *noch* einen Grund?«

Er sah mich verwirrt an. »Was ist der erste Grund?«

»Du. Einen anderen brauche ich nicht.«

30. KAPITEL

Sadie

Vier Wochen später

»Kaffee?« Devin kam in mein Büro hereinspaziert und ließ zwei mit Gummibändern zusammengehaltene Bündel Post auf meinen Schreibtisch fallen. Jedes war mindestens acht Zentimeter dick.

Das sind ja sogar noch mehr Briefe als gestern.

»Ich glaube, dafür brauche ich Koffein«, sagte ich, während ich die Bündel betrachtete. »Bringst du mir das Übliche mit? Einen großen Iced-Vanille-Latte mit Sojamilch?«

»Klar. Ein Becher ohne Spaß, kommt sofort!«

Ich nahm mein Portemonnaie aus der Schublade, aber Devin hob die Hand. »Nein. Ich bin an der Reihe. Bin gleich wieder da. Leg die verrücktesten Briefe zur Seite, damit ich sie lesen kann.«

Ich lachte. »Wie immer.«

Vor zwei Tagen hatte die Zeitschrift den Beginn der Weihnachtswünsche-Artikelreihe in der kommenden Woche angekündigt. Es war unglaublich, wie viel Post ich in nur achtundvierzig Stunden bekommen hatte. Normalerweise sortierte eine Praktikantin die Briefe vor. Sie zog die heraus, die sie für interessant hielt, aber ich stöberte auch gern selbst darin. Manchmal griff ich wahllos zu und nahm beispielsweise die obersten Briefe eines Stapels, ein andermal suchte ich nach einem auffälligen Nachnamen oder einem außergewöhnlichen Wohnort in der Absenderadresse. Gestern hatte ich den Brief von Janice Woodcock herausgepickt, denn wen würde es nicht interessieren, was sich eine Frau mit diesem Nachnamen noch zu Weihnachten wünschen konnte. Ich hatte auch den Brief von jemandem herausgegriffen, der in Bacon, Indiana, lebte. Weil, na ja … Bacon.

Ich lehnte mich in meinem Sessel zurück, löste das Gummiband von einem der Bündel und ging die Briefe durch. Ich überflog die Namen und Adressen, doch mir sprang nichts ins Auge, bis ich zu einem besonderen Umschlag gelangte und erstarrte.

B. Maxwell.

Ach, du liebe Güte! Birdie hatte wieder an den Weihnachtsmann geschrieben? Ich konnte den Brief nicht schnell genug öffnen.

Lieber Weihnachtsmann,
ich weiß nicht, ob du dich an mich erinnerst, aber ich heiße Birdie Maxwell. Ich habe dir vor ein paar Monaten geschrieben und dich gebeten, meinem Dad und mir ein paar Sachen zu bringen. Keine Sorge, ich will nicht schon wieder etwas. Ich habe alles, was ich brauche. Aber die Sache ist die: Ich glaube nicht mehr an dich. Und das hat seine Gründe.
In Geschichte beschäftigen wir uns gerade mit Bevölkerungszahlen. Meine Lehrerin Mrs Parker hat gesagt, der Nordpol ist nicht bewohnt. Sie meinte, dass Menschen bei den Temperaturen nicht überleben können und es da oben praktisch nur Narwale gibt. Null Bevölkerung also am Nordpol, wo du angeblich lebst!
Und Suzie Redmond, das Mädchen in der Schule, von dem ich dir schon erzählt habe, hat letztes Jahr gesehen, wie ihre Mutter

die Weihnachtsgeschenke unter den Baum gelegt hat. Und wenn du die ganzen Spielsachen in deiner Werkstatt machst, warum steht dann auf den Puppen, die ich letztes Mal bekommen habe, »Made in China«? Das kommt mir komisch vor.
Oh, und wir haben nachgerechnet. Mrs Parker hat gesagt, es gibt 1,9 Milliarden Kinder auf ungefähr 510 Millionen Quadratkilometern, und die Durchschnittsfamilie hat 2,67 Kinder. Das würde bedeuten, dass du mehr als 8180 Kilometer in der Stunde zurücklegen müsstest, um alle an Heiligabend zu besuchen. Kann dein alter Holzschlitten etwa so schnell fahren? Außerdem … kommst du bei uns gar nicht durch den Kamin!
Du fragst dich wahrscheinlich, warum ich dir überhaupt schreibe, wenn ich nicht mehr an dich glaube. Also, ich habe beschlossen, Journalistin zu werden, wenn ich groß bin, genau wie meine besondere Freundin Sadie. Manchmal kommt sie zu uns, damit meine Babysitterin früher nach Hause kann, und dann sitzen wir zusammen am Esszimmertisch und arbeiten. Jetzt tippt sie zum Beispiel mir gegenüber auf ihrem Laptop, und ich tue so, als würde ich Hausaufgaben machen. Die habe ich aber schon in der Schule erledigt, als die Lehrerin etwas Langweiliges erzählt hat, und deshalb schreibe ich dir, einfach um mich im Schreiben zu üben.

Ich schlug die Hand vor den Mund und lachte herzhaft.

So eine kleine Schlawinerin! Neulich hatten wir tatsächlich zusammen am Tisch gesessen, als ich bei ihr gewesen war und noch arbeiten musste. Und ich hatte nicht mitbekommen, dass sie keine Hausaufgaben gemacht hatte. Ich wischte mir die Lachtränen aus dem Gesicht und las den Brief zu Ende.

Jedenfalls ist es okay, dass du nicht echt bist. Ich habe alles, was ich mir wünschen könnte. Mein Dad lächelt jetzt die gan-

ze Zeit. Das liegt natürlich an Sadie. Sie macht mich auch fröhlich. Selbst wenn ich noch an dich glauben würde, hätte ich dieses Jahr keine Wünsche. Na ja, außer vielleicht, dass Sadie Ja sagt zu dem, was Daddy sie an Weihnachten fragen will.
Liebe Grüße
Birdie Maxwell

Ich machte große Augen.
Was Daddy sie an Weihnachten fragen will?

An Heiligabend saß ich wie auf glühenden Kohlen. Es war womöglich der wichtigste Tag meines Lebens! Ich wählte meine Garderobe sorgfältig aus und entschied mich für das rote Kleid, das Sebastian so gut gefallen hatte, als ich es einmal getragen hatte. Wenn er mir einen Antrag machte, wollte ich dem Anlass entsprechend gekleidet sein.

Wir hatten vor, den Abend in kleiner Runde mit meinem Vater zu verbringen, der von Suffern anreisen und in Sebastians Arbeitszimmer übernachten sollte, das auch als Gästezimmer diente. Ich freute mich sehr darauf, Birdie einige Weihnachtsbräuche meiner Familie zu zeigen und einen gemütlichen Abend mit den Menschen zu verbringen, die mir am wichtigsten waren.

Als ich vor dem Haus aus dem Taxi ausstieg, blieb ich kurz stehen und genoss die kalte Abendluft. Kleine Schneeflocken schwebten auf mich herab. *Weiße Weihnachten?* Perfekter konnte der Abend nicht sein. War es das letzte Mal, dass ich als nicht verlobte Frau vor dieser Tür stand? *Wow. Das muss ich erst mal sacken lassen.*

Ich kuschelte mich in meinen Mantel und schaute in den dunkler werdenden Himmel, um dem alten Mann da oben dafür zu danken, dass er mir dieses Leben ermöglichte, dass er mich zu dieser Familie geführt und mir die Möglichkeit geschenkt hatte, sie zu meiner zu machen.

Sebastian machte mir auf, bevor ich klingeln konnte.

»Warum stehst du da draußen in der Kälte herum, meine Schöne?«

»Ich habe nur den Sternen gedankt, weil ich die glücklichste Frau der Welt bin.«

Er wies mit dem Kopf ins Haus. »Komm rein, damit ich dich küssen kann.«

Kaum war ich in der Diele, schloss er mich in seine Arme. Von der Wärme seines Pullovers umfangen fühlte ich mich sofort geborgen. Er roch unheimlich gut, nach einer Mischung aus Wacholder und Sandelholz. Er gab mir einen langen leidenschaftlichen Kuss, und ich spürte, wie schnell sein Herz schlug. Ich fragte mich, ob er nervös war wegen dem, was er sich allem Anschein nach für heute Abend vorgenommen hatte.

»Sadie! Da bist du ja! Das wurde auch Zeit!« Birdie kam auf uns zugelaufen.

Sie trug einen Weihnachtspullover mit Katzen drauf, den viele als hässlich bezeichnen würden, und hatte sich zwei Zöpfe gemacht.

Es gab eine dicke Umarmung zu dritt.

»Ich bin schon ganz aufgeregt«, sagte ich. »Bist du bereit, mir in der Küche zu helfen?«

Birdie klatschte in die Hände. »Ja!«

Sebastian nahm mir meinen Mantel ab. Er betrachtete mich einen Moment in meinem Kleid, stöhnte leise und schüttelte den Kopf. Ich freute mich schon darauf, dass er es mir später ausziehen würde. Wir mussten natürlich leiser sein als sonst, weil mein Vater im Nebenzimmer übernachtete, aber ich wollte auf jeden Fall ein bisschen weihnachtliche Liebe in dieser Nacht.

Birdie lief in die Küche voraus, doch es klingelte, bevor ich ihr folgen konnte.

»Das muss mein Vater sein.«

Sebastian öffnete die Tür. Mein Vater trug seine geliebte Fellmütze mit Ohrenklappen.

»George! Schön, dass Sie gut angekommen sind.« Sebastian klopfte ihm auf den Rücken.

Mein Vater hatte rote Wangen von der Kälte.

»Wie war die Zugfahrt?«, fragte ich und umarmte ihn.

»Ganz entspannt.« Er sah sich um. »Wo ist Miss Amerika?«

»Hier bin ich!«, rief Birdie und kam aus der Küche gelaufen, um meinen Vater zu umarmen. »Hallo Sadies Dad!«

»Frohe Weihnachten, Kleine. Endlich lerne ich dich kennen!« Er drückte sie ganz fest. Mir war klar, was er dachte: Sie könnte seine Enkelin sein.

Sebastian nahm ihm die Jacke ab. »Was möchten Sie trinken, George?«

»Ein Schlückchen von dem köstlichen Rumpunsch meiner Tochter wäre nett.«

»Den wollte ich gerade machen, Dad. Zuerst eine Version ohne Alkohol für Birdie, und dann kommt der Rum für uns dazu.« Ich zwinkerte ihm zu.

Birdie und ich gingen in die Küche, um mit den Vorbereitungen zu beginnen. Wir rösteten Maronen, bereiteten den Punsch zu und richteten Teller mit Gemüsesticks und verschiedenen Dips her.

Sebastian hatte von seinem Koch eine besondere Lasagne für uns vorbereiten lassen, die im Kühlschrank stand und später in den Ofen kam.

Irgendwann bemerkte ich einen träumerischen Ausdruck in Birdies Augen. »Meine Mom hat Weihnachten immer Lebkuchenmännchen gebacken«, sagte sie.

Mir wurde schwer ums Herz. Es setzte mir zu, dass sie jetzt an ihre Mutter dachte. Ich gab mein Bestes, um an diesem Abend mütterlich zu sein, dabei würde ich Amanda niemals ersetzen können.

»Wirklich?«, sagte ich. »Ich liebe Lebkuchen!«

»Ich weiß nicht mehr alles, was sie gemacht hat. Aber an die Lebkuchenmännchen und die Mickey-Mouse-Pancakes erinnere ich mich noch.« Sie schloss kurz die Augen. »Ich will nicht vergessen. Aber manchmal habe ich Angst, dass es passiert, wenn ich älter werde.«

Ich wusste sofort, was zu tun war.

»Wir werden nichts vergessen. Haben wir alles hier, um Lebkuchenmännchen zu machen?«

Ihre Augen leuchteten auf. »Ich glaube schon. In der Schublade sind auf jeden Fall die Ausstechformen.«

»Dann müssen wir jetzt welche backen. Und wenn wir die Zutaten nicht dahaben, gehe ich gleich los und besorge sie, okay? Ich finde, das sollten wir jedes Jahr zur Erinnerung an deine Mom machen.«

Sie strahlte. »Danke! Das würde Mommy gefallen!«

Weil ein paar Zutaten fehlten, musste ich tatsächlich zu dem Supermarkt am Ende der Straße gehen. Zum Glück hatte er noch auf.

Nach meiner Rückkehr machten wir den Teig, stachen die Lebkuchenmännchen aus und backten und verzierten sie.

Als wir fast fertig waren, kam Sebastian in die Küche.

»Ich wollte mal sehen, wie es hier läuft.« Sein Blick fiel auf die Lebkuchenmännchen auf dem Kuchengitter. »Oh, Lebkuchenmännchen! Jetzt verstehe ich, warum du noch einkaufen warst.«

»Ja. Birdie hat mir erzählt, dass ihre Mom sie immer an Weihnachten gebacken hat.«

»Ja.« Er lächelte. »Das ist wahr.«

»Ich habe vorgeschlagen, das ab jetzt auch jedes Jahr zu machen.«

Er betrachtete die Lebkuchenmännchen einen Moment, bevor er zu mir aufsah. »*Danke*«, formte er lautlos mit den Lippen.

»*Keine Ursache*«, gab ich zurück.

Mein Vater kam herein. »Riecht es hier etwa nach gerösteten Maronen?«

Wir versammelten uns um die Kücheninsel, naschten von den vielen Leckereien und tranken Punsch dazu.

Dann trugen wir einige Sachen ins Wohnzimmer, wo der Weihnachtsbaum stand, und mein Vater erzählte Sebastian Geschichten aus meiner Kindheit.

»Was hast du dir denn dieses Jahr vom Weihnachtsmann gewünscht, Birdie?«, fragte er schließlich.

»Nichts«, entgegnete sie. »Ich habe alles, was ich brauche. Außerdem weiß ich nicht, ob ich noch an den Weihnachtsmann glaube.«

Wir Erwachsenen sahen uns unsicher an. Wie sollten wir darauf reagieren?

Sebastian versuchte es als Erster. »Und wo kommen dann jedes Jahr die Geschenke her?«

»Keine Ahnung. Vielleicht bringst du sie. Kann ja sein, dass manches an der Geschichte stimmt, aber bestimmt nicht alles. Das mit dem Kamin zum Beispiel? Ich habe an jemanden geschrieben, den ich für den Weihnachtsmann gehalten habe. Das habe ich dir erzählt, Paps. Ich habe gedacht, dass mir der Weihnachtsmann antwortet, aber ich bin mir da nicht mehr so sicher.« Sie zuckte mit den Schultern. »Obwohl seitdem viel Gutes passiert ist.«

Wir schwiegen einhellig.

»Ich glaube an gute Menschen«, schob Birdie nach. »Und

ich hoffe, dass ich dieses Jahr Oliven und schicke Fingernagelstempel bekomme.« Sie zwinkerte Sebastian zu.

Ich seufzte. Unsere Kleine wurde groß.

Unsere Kleine.

So oder so, sie war *mein* Mädchen. Mein kleines Mädchen. Egal, wie die Wahrheit aussah.

Sebastian stand von der Couch auf. »Also, Birdie, du musst noch warten. Du kannst deine Geschenke erst morgen früh aufmachen, weil *der Weihnachtsmann* heute nicht vorbereitet war. Aber vielleicht ist jetzt ein guter Zeitpunkt, um Sadie das Geschenk zu geben, das wir für sie gekauft haben.«

Sie hüpfte vor Freude. »Ja! Ich bin so aufgeregt!«

Ist es jetzt so weit?

Mein Herz raste. Wollte Sebastian mir mit Birdie an seiner Seite einen Antrag machen? Wollten sie mich ganz offiziell fragen, ob sie mich in ihre Familie aufnehmen durften? Ich war vor Rührung den Tränen nahe, als sie zusammen ins Schlafzimmer gingen.

Mein Vater lächelte mir zu. Ich war mir nicht hundertprozentig sicher, aber es kam mir so vor, als wüsste er eventuell etwas.

Ist er eingeweiht?

Möglicherweise hatte Sebastian ihn um seine Zustimmung gebeten.

Birdie hopste neben Sebastian her, als sie ins Wohnzimmer zurückkehrten. Sebastian hatte ein kleines rotes Päckchen mit einer eleganten goldenen Schleife in der Hand.

Er setzte sich neben mich und gab es mir. »Wir haben lange darüber nachgedacht, was wir jemandem schenken sollen, der uns so viel bedeutet. Seit du zum ersten Mal bei uns aufgetaucht bist, ist unser Leben reicher und glücklicher geworden. Mit diesem Geschenk möchten wir uns bei dir dafür bedanken, dass du ein Teil unserer Welt bist. Wir lieben dich.«

Ich löste die Schleife mit zitternden Händen.

Als ich merkte, dass es kein Ring war, rutschte mir das Herz in die Hose. Ich schloss die Augen. Ich brauchte einen Moment, um meine Nerven zu beruhigen, weil ich mir so sicher gewesen war. Dann öffnete ich sie wieder, und als ich das Geschenk sah, verwandelte sich meine Enttäuschung in pures Staunen.

In der Schachtel befand sich eine exakte Nachbildung der Schmetterlingsspange, die mich zu Sebastians Tür geführt hatte, nur war sie mit Diamanten besetzt und baumelte an einer Weißgoldkette.

Mir fehlten die Worte. »Ich weiß nicht, was ich sagen soll.«

»Ich habe Birdie erzählt, wie toll du ihre Haarspange findest«, erklärte Sebastian augenzwinkernd – und wohl wissend, dass nur er und ich die ganze Geschichte hinter dieser Spange kannten. »Wir haben sie zu einem Juwelier gebracht und gefragt, ob er eine Nachbildung mit Diamanten machen kann. Ich finde, sie ist perfekt geworden, und ich hoffe, sie gefällt dir.«

Nun war ich wirklich gerührt. »Machst du Witze? Das ist das bedeutungsvollste und unglaublichste Geschenk, das ich jemals bekommen habe!«

Nachdem ich die beiden fest umarmt hatte, nahm Sebastian die Kette aus der Schachtel.

»Dann will ich sie dir mal umlegen.«

Als ich Sebastians Hände auf meiner Haut spürte, lief mir ein Schauer über den Rücken.

Mein Vater grinste von einem Ohr zum anderen. »Sieht toll aus, Mäuschen.«

Birdie betrachtete die Kette mit glänzenden Augen. »So denkst du immer an mich, wenn du sie trägst!«

Ich drückte sie nochmals. »Ich brauche keine Kette, um an dich zu denken, Süße. Ich denke sowieso ständig an dich. Aber ich werde sie in Ehren halten. Sie bedeutet mir mehr, als du ahnst.«

An diesem Weihnachtsfest würde es also keinen Ring für mich geben. Es war okay für mich. Mir war es nur recht, wenn Sebastian diese wichtige Entscheidung nicht übereilte. Ein bisschen enttäuscht war ich natürlich schon. Aber ich war trotzdem die glücklichste Frau der Welt.

31. KAPITEL

Sebastian

»Marmaduke, sieh mich an!«

Der Hund rannte wie ein Wahnsinniger im Raum herum und schlitterte über den Parkettboden.

»Bleib stehen, du sturer Esel!«

Er ignorierte mich. Dann fiel mir das französische Kommando für *Bleib* wieder ein.

»Reste!«

Das funktionierte. Er stoppte vor mir und sah zu mir auf.

»Zeig mir, was du damit gemacht hast.«

Wuff!

Ich hielt ihm die zerkaute, leere Ringschatulle hin. »Was hast du mit dem Ring gemacht?«

Wuff!

Wären die letzten Tage ein Film gewesen, hätte er wohl »Das Jahr, in dem der Hund Weihnachten ruinierte« geheißen.

An Heiligabend hatte ich morgens vor dem Spiegel in meinem Zimmer gestanden und die ergreifenden Worte geübt, die ich sagen wollte, wenn ich auf die Knie ging und Sadie bat, meine Frau zu werden. Ich hatte keine Ahnung gehabt, wann ich die Frage aller Fragen stellen würde – an Heiligabend oder am ersten Weihnachtstag. Aber ich wollte, dass es in diesen zwei Tagen passierte, wenn sich der Moment für mich richtig anfühlte.

Birdie wusste Bescheid und hatte selbst eine kleine Rede eingeübt, die sie halten wollte, wenn *wir* Sadie den Antrag machten. Und das alles in Anwesenheit ihres Vaters – es sollte ein bewegender Augenblick werden. Zumindest bis ich duschen ging und den Ring auf meinem Nachtschränkchen liegen ließ. Als ich aus dem Bad kam, war die Schatulle verschwunden.

Es konnte niemand anderes als der Duke gewesen sein. Nur er war zu Hause gewesen und überall herumgelaufen, als ich unter die Dusche gegangen war.

Mir war nichts anderes übrig geblieben, als es Birdie zu sagen. Wir hatten den ganzen Tag das komplette Haus auf der Suche nach der Ringschatulle durchforstet. Irgendwann hatten wir sie gefunden – allerdings leer. Unser Hund hatte einen 20 000-Dollar-Diamantring von Tiffany auf dem Gewissen.

Vermutlich hätte ich auch ohne den Ring um Sadies Hand anhalten können. Aber es sollte alles perfekt sein, und ohne Ring wäre es nicht dasselbe gewesen. Gott sei Dank hatte ich die Idee mit dem Kettenanhänger gehabt. So hatte ich wenigstens ein Geschenk für Sadie. Was für ein Albtraum!

Da stand ich nun am zweiten Weihnachtstag – ohne Ring, nur mit einer kaputten, leeren Schatulle – und redete wie ein Irrer auf den Hund ein, als könnte ich ihn irgendwie dazu bringen, mir zu sagen, was er mit dem Ring angestellt hatte.

Die Tatsache, dass wir das Haus vollständig auf den Kopf gestellt und den Ring trotzdem nicht gefunden hatten, war gelinde gesagt entmutigend.

Wenn er in den nächsten paar Wochen nicht auftauchte, musste ich wohl oder übel einen neuen kaufen. Ich hatte die Hoffnung jedoch noch nicht ganz aufgegeben.

Und es war merkwürdig. Ich hatte Sadie eine leise Enttäuschung angemerkt, als sie am Morgen gegangen war. Ich fragte mich, ob sie insgeheim auf einen Heiratsantrag gehofft hatte.

Das machte alles noch viel schlimmer – denn ich wollte ihr diesen Ring unbedingt an den Finger stecken.

Birdie kam in mein Zimmer, während ich mit dem Hund verhandelte.

»Und, Daddy?«

»Nichts. Und bei dir?«

Sie schüttelte den Kopf. »Auch nichts. Ich habe sogar meine ganzen Stofftiere durchsucht, weil ich dachte, Marmaduke hätte mit ihnen gespielt und den Ring vielleicht da verloren. Aber ich habe ihn nicht gefunden. Können wir sonst noch irgendwo suchen?«

Ich sah mich um und kratzte mich am Kopf. »Ich habe das Gefühl, dass wir schon in jeden Winkel des Hauses geschaut haben.«

Birdie kniete sich vor den Hund. »Marmaduke, bitte sag uns, wo du Sadies Ring gelassen hast?« Er leckte ihr ungerührt durchs Gesicht. In diesem Moment versagten sogar die Zauberkräfte meiner Tochter.

Es klingelte an der Tür. Mein Herz schlug schneller, weil ich wusste, dass es Sadie war. Sie war nur zum Umziehen nach Hause gefahren. Wir wollten mit Marmaduke in den Park und dann im Bianco's essen. Danach wollten wir gemütlich zu Hause einen Film gucken.

Ich öffnete ihr. »Hallo, Liebling«, sagte ich und gab ihr einen Kuss.

Sadie hatte rote Wangen von der Kälte. »Hallo.«

»Ist dein Vater gut nach Hause gekommen?«

»Ja. Er hat gerade angerufen. Er ist wieder zurück in Suffern.«

»Super. Es war schön, ein bisschen Zeit mit ihm zu verbringen.«

»Ja. Ihm hat es auch total gut gefallen.« Sie lächelte.

Birdie kam ins Wohnzimmer. Sie hatte ihre Jacke schon angezogen. »Ich bin so weit! Können wir, Sadie?«

»Hallo Birdie.« Sie umarmte meine Tochter. »Hast du mich in den letzten drei Stunden vermisst?«

»Total!« Birdie kicherte.

Wir zogen gemeinsam zu unserem Spaziergang los, und wie immer wurden wir von dem Hund ausgeführt statt umgekehrt.

Als wir im Park ankamen, ließen wir Marmaduke eine Weile frei laufen, während wir uns auf eine Bank setzten und Birdie zuhörten, die in einem fort von den Kindern in der Schule erzählte. Ich dachte die ganze Zeit an den verdammten Ring und hoffte, es fiel nicht auf, dass ich nicht bei der Sache war. Es wäre mir unangenehm gewesen, Sadie anlügen zu müssen, wenn sie mich wegen meiner mangelnden Aufmerksamkeit zur Rede gestellt hätte.

Nach zwanzig Minuten hatte sich Marmaduke endlich ausgetobt. Wir standen von der Bank auf und machten uns auf den Weg nach Hause, um ihn vor dem Essen im Restaurant wieder dort abzusetzen.

Ein paar Blocks die Straße hinunter blieb der Hund an einem Baum stehen. Wir wussten, was das bedeutete. Also warteten wir, während er sein Geschäft erledigte. Sadie zog einen Hundekotbeutel aus der Tasche und bückte sich, um seine Hinterlassenschaften aufzusammeln.

Plötzlich erstarrte sie.

»Was ist?«, fragte ich.

Sadie stand der Mund offen.

»Äh … da ist … ein Diamantring … in seiner Kacke!«, stammelte sie.

Birdie stieß einen Schrei aus und hüpfte auf und ab. »Yay!«

Und ich? Ich stand einfach fassungslos da und traute meinen Augen nicht.

Das gibt's doch nicht!

Statt ihr die ganze Sache zu erklären, begann ich zu lachen. Wahrscheinlich fiel in diesem Moment die gesamte Anspannung von mir ab, die sich in den vergangenen Tagen in mir aufgestaut hatte. Es war anscheinend ansteckend, denn Birdie bekam ebenfalls einen Lachanfall. Sadie stimmte als Letzte ein. Auch sie konnte sich schließlich nicht mehr beherrschen und lachte los. Daraufhin bellte Marmaduke uns alle drei laut an.

Als ich mich wieder gefangen hatte, merkte ich, dass Sadie immer noch den großen ovalen Diamanten anstarrte – und alles, was dranhing.

Ich hob den Zeigefinger. »Bleib da stehen. Rühr dich nicht vom Fleck!«

»Ja, okay … ich will gerade eh nirgendwohin.« Sie lachte.

Zum Glück war ein Geschäft an der nächsten Ecke. Ich lief hinein, bat den Mann an der Kasse um ein paar Plastiktüten und dankte ihm überschwänglich.

Ich rannte zurück, stülpte mir die eine Tüte über die Hand, um den Ring vorsichtig herauszupulen und in die andere Tüte zu legen.

Sadie hob alles andere mit ihrem Beutel auf und knotete ihn zu.

Dann sah sie mich fragend an. Ich musste etwas zu dem Ring sagen, wusste aber nicht so recht, wie ich es angehen sollte. Deshalb tat ich, was sich für mich in diesem Moment richtig anfühlte.

Ich ging auf ein Knie. »Sadie, das hier wird vermutlich als der beschissenste Heiratsantrag aller Zeiten in die Geschichte eingehen. Jetzt hast du den Ring schon gesehen, und die Überraschung ist im Eimer, also muss ich das Beste draus machen.« Ich holte tief Luft. »Ich wollte dir unbedingt an Weihnachten einen Antrag machen. Birdie und ich hatten es schon seit einiger Zeit geplant. Dann ist der Ring verschwunden, wie du dir inzwischen denken kannst. Wir haben ihn überall gesucht, und jetzt ist uns auch klar, warum wir ihn nicht finden konnten.« Ich schaute zum Himmel, um meine Gedanken zu sammeln, dann sah ich ihr wieder in die Augen. »Ich war am Boden zerstört, weil der Ring für mich ein wichtiger Bestandteil der ganzen Angelegenheit war, und habe etwas hinausgeschoben, das ich im Grunde meines Herzens gar nicht aufschieben wollte. Auf diese Weise wollte mir das Universum offenbar sagen, dass der Ring gar nicht das Wichtigste ist. Der wichtigste Teil eines Heiratsantrags ist die Liebeserklärung.« Ich legte die Hand auf meine Brust. »Ich liebe dich, Sadie. Birdie liebt dich. Bitte sag, dass du für immer zu unserer Familie gehören willst!«

Sadie liefen Tränen über das Gesicht, und sie nickte eifrig. »Ja! Natürlich, es ist mir eine Ehre. Ja!«

Und dann küsste ich meine Zukünftige voller Leidenschaft – meine Zukünftige, die noch immer den Kackebeutel in der Hand hielt. Doch das alles schien in diesem Moment keine Rolle zu spielen. Meine Tochter jubelte und klatschte in die Hände, während Marmaduke unablässig bellte. Dann kam Birdie zwischen uns, und wir umarmten sie von beiden Seiten.

Wir hatten gemeinsam gelacht, und nun weinten wir alle drei. Hätte jemand die Szene beobachtet, wäre er entweder völlig verwirrt gewesen oder sehr amüsiert.

»Ich verspreche dir, den Ring ordentlich zu desinfizieren«, sagte ich.

Sie wischte sich die Augen. »Soweit ich es sehen konnte, ist er traumhaft schön.«

Ich wandte mich dem Hund zu. »Du hättest daran ersticken können, du verrücktes Tier!«

Sadie lachte. »Ich finde, es passt irgendwie, dass er bei dem Antrag mitgemischt hat, wo er doch von Anfang an eine so große Rolle dabei gespielt hat, dass wir eine Familie werden.«

»Und ich kann jetzt jedem erzählen«, rief Birdie begeistert, »dass mein Hund Diamanten kackt!«

EPILOG

Sadie

Acht Jahre später

Weihnachten war mittlerweile für mich die schönste Zeit des Jahres. Ich wartete voller Ungeduld am Fenster auf Birdie, die vom College über die Feiertage nach Hause kam. Sie hatte mir wahnsinnig gefehlt.

Im Lauf der Jahre war Birdie mir eine gute Freundin geworden. Wir hatten keine typische Mutter-Tochter-Beziehung. Vielmehr beruhte unsere Freundschaft auf einer bewussten Entscheidung und dem Wunsch, zum Leben der jeweils anderen dazugehören zu wollen. Sie war nahezu magischen Ursprungs und fühlte sich fast stärker an als jede Blutsverwandtschaft.

Blut. Das Wort erinnerte mich an einen der schwersten Tage meines Lebens – an den Tag, an dem wir Birdie die Wahrheit gesagt hatten. Sebastian und ich hatten beschlossen, ihr von der Eizellenspende zu erzählen, wenn sie sechzehn war. Ein paar Monate nach ihrem Geburtstag hatten wir uns mit ihr zusammengesetzt und ihr die komplette Wahrheit enthüllt: über die Spende, über die Umstände, die mich in ihr Leben geführt hatten, und über die Möglichkeit, dass ich ihre leibliche Mutter sein könnte.

Sie hatte schweigend zugehört, als wir ihr alles erklärt und den Umschlag auf den Tisch gelegt hatten. Ich weiß noch, dass ich gedacht hatte, sie müsste vollkommen unter Schock stehen, denn sie hätte alles Mögliche sagen können, doch ihre erste Frage hatte gelautet: »Du hast nur so getan, als wärst du eine Hundetrainerin?«

Als die Geschichte schließlich richtig in ihr Bewusstsein vorgedrungen war, wurde es schwierig. Es war ein anstrengender, emotionaler Tag gewesen, den ich in meinem Leben nie vergessen werde. Ihre Emotionen hatten das gesamte Spektrum durchlaufen: von Schock über Verwirrung und Traurigkeit bis hin zur Akzeptanz. Danach hatte es noch lange gedauert, bis sich alles wieder normal anfühlte – ungefähr ein Jahr. Aber irgendwann war es in Ordnung. Und letztlich hatte es unsere Beziehung nur gestärkt, dass wir es ihr gesagt hatten. Im Endeffekt waren alle Teile unserer Geschichte, wie verrückt sie auch war, fest durch die Liebe zusammengeschweißt.

Außerdem hatte Birdie fast das ganze Jahr gebraucht, um zu der Entscheidung zu gelangen, ob sie das Ergebnis des DNA-Tests erfahren wollte. Wenn ja, dann wollten wir noch eine Blutuntersuchung machen lassen, um die Richtigkeit zu bestätigen. Birdie kam jedoch zu dem Schluss, dass das Wissen, ob wir blutsverwandt waren, nichts daran ändern würde, wie sehr sie mich liebte. Und sie war unsicher gewesen, ob Amanda gewollt hatte, dass sie es erfuhr. Daher hielt sie es für das Beste, es nicht zu wissen. Sebastian und ich respektierten ihre Entscheidung, und als sie einmal feststand, fühlten wir uns alle in gewisser Weise erleichtert. Wir konnten das Thema endlich hinter uns lassen.

Eines Tages hatten Sebastian, Birdie und ich den berüchtigten Umschlag, den sie in ihrem Zimmer aufbewahrt hatte, im Garten verbrannt.

Und damit war die Sache erledigt.

Ob ein Teil von mir hin und wieder daran dachte? Sicher. Aber letztendlich änderte es nichts. Und nur das zählte.

Ironischerweise gehörten Briefe nach all den Jahren wieder zu unserer Beziehung. Birdie hielt mich nämlich am liebsten per Brief auf dem Laufenden, wenn sie an der Uni war. Sie meinte, es sei ein bisschen wie Tagebuchschreiben – mit dem Unterschied, dass sie ihre Gedanken und Gefühle mit mir teilte und nicht für sich behielt. Es machte mich sehr glücklich, dass sie mich nicht nur als Mutterfigur, sondern auch als Freundin betrachtete. Ich freute mich immer sehr auf ihre Briefe.

Mein Sohn tauchte hinter mir auf und riss mich aus meinen Gedanken.

»Was hast du da auf dem Kopf, Mom?«

Ich zog ihn an mich, während ich weiter am Fenster Ausschau hielt. »Oh … das ist meine Krone. Deine Schwester hat sie mir vor langer Zeit geschenkt.«

»Sieht aus, als wäre sie dir zu klein.«

Ich lachte. »Willst du damit sagen, dass *du* sie gern aufsetzen würdest?«

Seb rümpfte sein süßes kleines Näschen, als hätte er an einem verdorbenen Fisch gerochen. »Niemals! Kronen sind was für Mädchen.«

»Also, ich finde eigentlich, jeder kann eine Krone tragen.« Ich beugte mich vor und rieb meine Nase an seiner. »Aber ich bin froh, dass du meine nicht haben willst. Sie ist nämlich mein absolut liebstes Schmuckstück.«

Seb junior war vor sechs Jahren infolge einer künstlichen Befruchtung einer meiner eingefrorenen Eizellen zur Welt gekommen, nachdem Sebastian und ich einige Zeit vergeblich versucht hatten, auf natürliche Weise ein Kind zu zeugen. Wie seine Schwester hatte er blondes Haar und Sebastians Gesicht.

»Ist sie immer noch nicht da?«, fragte mein Mann und kam in die Diele.

»Nein, sie steckt bestimmt im Stau.«

Sebastian legte mir eine Hand in den Rücken. »Gott, ich denke jedes Mal, wie sehr sich Marmaduke freuen wird, sie zu sehen, und dann fällt mir wieder ein, dass er tot ist.«

Mir lief eine Träne über die Wange.

Unser geliebter Hund war vor einigen Monaten an einem Lymphom gestorben, gleich nachdem Birdie zu ihrem ersten Semester in Stanford abgereist war. Dieser Tag, als wir sie anrufen und ihr sagen mussten, dass Marmaduke von uns gegangen war, war der zweitschwerste meines Lebens gewesen.

Wir hatten seine Hundemarke als Weihnachtsgeschenk für Birdie zu einem Kettenanhänger umarbeiten lassen. Sie sollte etwas haben, das sie für immer an ihn erinnerte, weil die beiden eine ganz besondere Beziehung zueinander gehabt hatten.

»Da ist sie!«, rief Seb junior aufgeregt, als er Birdies Taxi vorfahren sah.

Sebastian rannte zur Tür. Mein Sohn und ich eilten hinter ihm her. Es war ein regelrechter Wettlauf.

Birdie stieg aus, und ihr Anblick zauberte sofort ein riesiges Lächeln in mein Gesicht. Sie hatte sich inzwischen einen schicken Boho-Style zugelegt. Ihr langes blondes Haar hatte sie zu einem Seitenzopf geflochten, und sie trug einen wallenden Rock, der bis zum Boden reichte. Doch als ich sah, was sie auf dem Kopf hatte, kamen mir beinahe die Tränen. Ich schlug gerührt die Hand vor den Mund. Meine Birdie trug ebenfalls ihre Krone. Ich konnte es nicht fassen, obwohl es mich wahrscheinlich nicht hätte überraschen dürfen. Wir waren immer schon auf der gleichen Wellenlänge gewesen, von Anfang an.

Birdie lief die Treppe hoch und warf sich in Sebastians Arme.

Er drückte sie fest. »Meine Kleine ist da!«

»Ich bin so wahnsinnig froh, zu Hause zu sein!« Sie bückte sich, um ihrem kleinen Bruder das Haar zu zerzausen. »Hallo Zwerg. Danke, dass du für mich die Stellung gehalten hast.«

Sie richtete sich auf und schloss mich in die Arme. »Smami! Du hast deine Krone auch auf! Du hast mir so gefehlt!«

Sie nannte mich »Smami«, seit Sebastian und ich geheiratet hatten. Es war die Abkürzung für Sadie-Mami. Und es war wirklich perfekt für uns. Ich war nicht ihre richtige Mutter. Ich war ihre Sadie-Mami.

Sie schaute sich um, und ich sah die Tränen in ihren Augen, als ihr bewusst wurde, dass unser Riese von einem Hund nicht zu ihrer Begrüßung um die Ecke kommen würde. Seit ihrem zehnten Geburtstag war er immer für sie da gewesen, wenn sie das Haus betreten hatte.

»Ich kann nicht fassen, dass er nicht mehr da ist.«

Ich wischte mir über die Augen. »Ich weiß, Liebes.«

»Das ist wahrhaftig der einzige Grund, warum ich nicht nach Hause wollte.«

Sebastian strich ihr über den Rücken. »Er war so etwas wie dein Seelengefährte, er wird immer bei dir sein, Birdie.«

»Können wir morgen zum Friedhof gehen?«

»Natürlich«, entgegnete ich. »Das hatten wir sowieso geplant.«

Sie schüttelte den Kopf. »Okay. Fröhliche Gedanken! Fröhliche Gedanken!«, sagte sie und wandte sie sich mir zu. »Ich sterbe vor Hunger!«

»Nun, ich habe zufällig deinen Lieblingssalat gemacht, und dein Vater hat eine große Schüssel Birdies Spaghetti bolognese aus dem Restaurant mitgebracht.«

Birdie ballte die Hand zur Siegerfaust. »Yay!«

Wir gingen zusammen ins Esszimmer, wo ich bereits den Tisch gedeckt hatte.

»Kommt Magdalene auch mal vorbei?«, fragte Birdie. »Ich habe gehofft, ich kann sie sehen.«

»Sie kommt morgen kurz zu Besuch.«

»Oh, cool.«

Magdalene arbeitete nicht mehr bei uns, gehörte aber praktisch immer noch zur Familie. Wir hielten miteinander Kontakt, und Birdie schrieb ihr immer wieder vom College. Sie hatte vor ein paar Jahren bei uns aufhören müssen, um sich um ihren kranken Mann zu kümmern. Es war ein günstiger Zeitpunkt gewesen, denn ich hatte mir bereits überlegt, die Zeitschrift zu verlassen und zu Hause bei Seb zu bleiben.

Im Nachhinein betrachtet war es eine gute Entscheidung, denn in ein paar Monaten würde ich noch ein Kind zur Welt bringen.

Birdie hielt inne, um sich meinen Bauch anzusehen, bevor sie sich Salat auffüllte. »Du bist ziemlich in die Breite gegangen, Smami.«

Ich strich mir über meine Kugel. »Ich weiß. Ist doch verrückt, oder?«

Es war schon lustig, wie das Leben manchmal spielte. Vor der Geburt unseres Sohnes hatten wir uns eine gefühlte Ewigkeit bemüht, schwanger zu werden, und schließlich auf künstliche Befruchtung zurückgegriffen. Und nachdem wir die Tatsache akzeptiert hatten, dass unsere Familienplanung wahrscheinlich abgeschlossen war, war ich auf natürliche Weise schwanger geworden. Wir waren verblüfft gewesen, aber restlos begeistert.

»Wollt ihr wissen, ob es ein Junge oder ein Mädchen wird?«, fragte Birdie.

»Ich weiß nicht«, sagte Sebastian. »Smami und ich haben darüber gesprochen. Was meinst du? Sollen wir uns diesmal überraschen lassen?«

»Diese Familie ist ziemlich gut in Überraschungen«, entgegnete sie sarkastisch. »Also ja, vielleicht.«

In den nächsten Minuten schaufelte sie schweigend das Essen in sich hinein.

Irgendwann hielt sie inne und sagte: »Übrigens …«

Ich legte den Kopf schräg. »Ja?«

»Ich habe jemanden für morgen Abend eingeladen.«

Sebastian hob beide Augenbrauen. »Jemanden?«

»Ja. Meinen … Freund.« Birdie sah aus, als würde sie sich gegen seine Reaktion wappnen.

Ich sah, wie die Ader an Sebastians Hals hervortrat. »Deinen … Freund …«

»Ja. Weißt du, ich bin fast neunzehn.«

»Wie heißt er?«, fragte ich.

»Ihr dürft nicht lachen.« Sie wischte sich den Mund mit der Serviette ab. »Er heißt Duke.«

»Nicht dein Ernst, oder?«, sagte ich. »Das könnte ein gutes Omen sein.«

»Oder es könnte bedeuten … dass er ein Hund ist«, warf Sebastian trocken ein.

»Daddy!« Birdie verdrehte die Augen. »Er ist total in Ordnung.«

»Das werde *ich* beurteilen!«, mischte sich Seb junior mit einem Mal ein. Diesen Satz hatte er sich von Sebastian abgeschaut, der ihn ziemlich häufig sagte.

Wir sahen alle zu ihm und lachten. Er war ziemlich clever für sein Alter, wie ein kleiner Erwachsener. Und bereits im Alter von sechs Jahren wollte er seine große Schwester beschützen.

Sebastian seufzte. »Ich werde mir Mühe geben und mich von meiner besten Seite zeigen.«

»Seine Familie lebt in Brooklyn. Es ist ein ziemlicher Zufall, dass wir beide aus New York sind.«

Ich griff nach ihrer Hand. »Nun, wir freuen uns schon darauf, ihn kennenzulernen.«

Im Lauf der nächsten Stunde genossen wir das Essen, während Birdie uns Geschichten aus ihrem ersten Jahr am College erzählte. Als Nachtisch hatte ich Lebkuchenmännchen gebacken. Es verging kein Jahr, in dem ich sie Weihnachten nicht in Erinnerung an Amanda machte.

Birdie setzte ihr Wasserglas ab und hob den Zeigefinger. »Ach, was ich ganz vergessen habe! In meinem Genetikkurs haben wir uns mit Genotypen und genetischen Merkmalen beschäftigt. Ein Vorteil von diesem Kurs ist, dass wir einen satten Rabatt auf diese DNA-Tests bekommen. Ihr wisst schon, diese Sets, die man online bestellt und wo man dann eine Speichelprobe einschickt? Erinnerst du dich noch, Daddy, dass so ein Test jahrelang auf meiner Wunschliste stand? Aber der Weihnachtsmann hat mir nie einen gebracht.«

Sebastian schaute zu mir herüber. »Ja, daran erinnere ich mich.«

»Tja, jetzt habe ich endlich einen gemacht. Das Ergebnis war erstaunlich. Ich bin im Grunde eine richtige Promenadenmischung. Aber wisst ihr, was wirklich interessant ist?«

»Was?«, fragte ich lächelnd.

»Dass ich zum Teil Chinesin bin.«

Mein Lächeln schwand, als mir klar wurde, was sie gesagt hatte. Mir wurde heiß und kalt zugleich.

Sebastian und ich sahen uns nur an.

Und … wir wussten es.

Jetzt wussten wir es.

Wow.

Einfach wow.

Wir hatten nicht nach der Wahrheit gesucht, aber ganz offensichtlich hatte sie zu uns gefunden. Und wie jeder einzelne Teil unserer Reise war auch dieser Moment einfach magisch.

DANKSAGUNG

Ein Dankeschön an die vielen fantastischen Blogger, die *Sleepless in Manhattan* ihrer Leserschaft vorgestellt haben. Wir sind euch sehr dankbar für eure Unterstützung.

Julie, danke für deine Freundschaft und dass du immer für unsere kleinen Abenteuer zu haben bist!

Luna, danke für deine Freundschaft, deinen Zuspruch und deine Unterstützung. Heute war 70 die magische Zahl. Wir sind schon gespannt, wie sie lauten wird, wenn du das hier liest.

Vielen Dank an unsere großartige Agentin Kimberly Brower dafür, dass du es mit uns aushältst!

Danke an Lindsey Faber, unsere fabelhafte Lektorin bei Montlake, und an Lauren Plude und das gesamte Montlake-Team: Eure Begeisterung für dieses Buch begann schon bei der Inhaltsangabe und war uns während des ganzen Schreibprozesses eine große Motivation. Danke, dass ihr *Sleepless in Manhattan* so toll in Szene gesetzt habt.

Zu guter Letzt danken wir unseren Leserinnen und Lesern: Danke, dass ihr uns in euer Herz und in euer Zuhause lasst. Es ehrt uns, dass ihr immer wieder literarisch mit uns auf Reisen geht. Ohne euch hätten wir nicht diesen Erfolg!

Alles Liebe!
Penelope und *Vi*

Er glaubt nicht mehr an die Liebe –
bis er sie trifft ...

Vi Keeland / Penelope Ward
PARK AVENUE PLAYER
Aus dem amerikanischen
Englisch von
Antje Görnig
432 Seiten
ISBN 978-3-7363-1441-2

Auf dem Weg zu einem Vorstellungsgespräch passiert es: Elodie erwischt mit ihrem alten Jeep den glänzenden Mercedes eines reichen Schnösels. Es ist Abneigung auf den ersten Blick, als ihr der arrogante – wenn auch leider attraktive – Geschäftsmann die Schuld an dem Unfall gibt. Nach einem hitzigen Wortgefecht muss die temperamentvolle New Yorkerin sich sputen, um noch pünktlich zu ihrem Termin zu erscheinen – und staunt nicht schlecht, als sich ihr Unfallgegner als ihr zukünftiger Arbeitgeber entpuppt ...

»Welch. Ein. Spaß!!! Ich habe dieses Buch von Anfang bis Ende einfach nur geliebt!« MARYSE'S BOOK BLOG

LYX

Sie hat einen Prinzen verdient. Doch Royal Lockhart ist alles, nur kein Prinz

Winter Renshaw
RIXTON FALLS
– SECRETS
Aus dem amerikanischen
Englisch von
Silvia Gleißner
352 Seiten
ISBN 978-3-7363-1440-5

Sieben Jahre ist es her, dass Royal verschwand und Demis Herz in tausend Scherben zerbrach. Er war ihr erster Kuss, ihre erste Liebe, alles, was sie jemals wollte. Dabei wussten sie von Anfang an, dass sie nicht zusammen sein können. Denn als Tochter der angesehensten Familie von Rixton Falls hatte Demi einen Prinzen verdient und keinen Jungen aus einfachen Verhältnissen. Seit Royals plötzlichem Verschwinden versucht sie daher ihre erste große Liebe zu vergessen. Doch gerade als sie glaubt, endgültig über ihn hinweg zu sein, ist Royal zurück in Rixton Falls!

»Ein hart verdientes Happy End. Winter Renshaw ist fantastisch!«
THE BOOK HOOKUP

LYX